Heike Koschyk

Pergamentum

HEIKE KOSCHYK

PERGAMENTUM

ROMAN

rütten & loening

ISBN 978-3-352-00772-9

Rütten & Loening ist eine Marke der Aufbau Verlag GmbH & Co. KG

1. Auflage 2009

Einbandgestaltung morgen, Kai Dieterich
Druck und Binden Bercker Graphischer Betrieb Kevelaer
Printed in Germany

www.aufbau-verlag.de

Für Mirko

Prolog

Oktober im Jahr des Herrn 1188

Und plötzlich wurden alle Elemente und Geschöpfe von einem schrecklichen Beben erschüttert. Feuer, Luft und Wasser brachen hervor und brachten die Erde in Aufruhr.

Es war kurz vor Beginn der Komplets, als Otilie von Hagenau ein zaghaftes Klopfen an der Klosterpforte vernahm. Zunächst dachte sie, es sei der heftige Wind gewesen, der das Geräusch umherwirbelnder Gegenstände an ihr Ohr trug, aber als das Pochen erneut erklang, erhob sie sich von ihrem Platz im Torhaus, nahm die Fackel vom Halter und schob den Riegel beiseite.

Später dachte sie, es wäre besser gewesen, das Klopfen zu überhören, vielleicht wäre dann auch das Böse vor den Toren geblieben. In diesem Augenblick aber, da sie noch nicht wusste, was sie in der Dämmerung der anbrechenden Nacht erwartete, machte sie sich daran, die schwere Pforte zu öffnen.

Ein alter Mann stand vor ihr, regungslos. Seine Kleidung entsprach der eines Benediktinermönches, abgerissen zwar, aber, soweit im Licht der Fackel zu erkennen, nicht besudelt, obgleich ihm ein eigentümlicher Geruch anhing. Unter der weit ins Gesicht gezogenen wollenen Kukulle blitzte schlohweißes Haar hervor und wehte im immer stärker werdenden Wind.

»Was kann ich für Euch tun, ehrwürdiger Bruder?«, fragte Otilie, doch sie erhielt keine Antwort.

Warum verbirgt er sein Gesicht? dachte sie und starrte in die Schwärze der Kapuze. Besaß er die Male der Aussätzigen?

Einer plötzlichen Eingebung nach hätte sie die Pforte lieber wieder geschlossen. Aber es entsprach nicht der erforderlichen

Gastfreundschaft. Fremde sollten aufgenommen werden wie Christus, und man erwies ihnen die angemessene Ehre, besonders den Brüdern im Glauben.

Ich muss ihn melden, beschloss Otilie, die Priorin selbst wird sich des Mönches annehmen und dann über seinen Verbleib entscheiden.

»Wie heißt Ihr?«

Der Mönch gab kehlige Laute von sich, kurz und fremd. Otilie glaubte, die Worte *Korzinthio* zu verstehen und *Diuveliz*. Dann verstummte der Alte.

Pilger aus dem Norden sprachen ähnlich, ja, eines der Worte klang wie Düwel – Teufel.

Otilie hielt die Fackel in die Dunkelheit, um das Gesicht des Mannes zu erkennen, und noch im selben Moment schien es ihr, als fahre der Schreck wie Eisenstangen durch ihre Glieder, und sie erstarrte.

Unter der Kukulle erblickte sie eine Fratze, eine Kreatur des Teufels. Der Ausdruck war schmerzhaft verzerrt, die blasse, durchscheinende Haut straff über spitze Wangenknochen gespannt. Die Augen des Mönches lagen tief in ihren Höhlen, nackt, ohne Wimpern und Brauen. Sie waren blassblau, ja, fast milchig, und flatterten unruhig, unfähig, einen festen Punkt zu fixieren.

»Jesu Domine noster!« Hastig zeichnete Otilie mit der rechten Hand das Kreuz. Und während sie noch nachsann, was zu tun war, schob sich der Alte mit einer überraschenden Schnelligkeit an ihr vorbei in den Klosterhof und hielt dann inne, als müsse er sich orientieren.

»Wartet! Ihr dürft nicht ohne Zustimmung passieren«, rief sie aus und hielt ihn am Arm. Der Arm war dürr, wie der Zweig eines morschen Baumes. Otilie zuckte zurück, aus Angst, er könne zerbrechen.

Der Mönch ignorierte ihre Aufforderung. Er starrte zur Klosterkirche und beobachtete die Nonnen, die von allen Seiten herbeiströmten, um in der Kirche das Komplet zu beginnen. Plötzlich kam Bewegung in ihn. Mit schnellem, gleichwohl stolperndem Gang bewegte er sich in Richtung des Westportals.

»Halt, wartet, Bruder!«

Einige der Nonnen erstarrten, verfolgten den Mönch mit ängstlichen Blicken, als er auf das Kirchenportal zustürzte. Der Wind zerrte an seiner Kapuze, blähte sie unwillkürlich auf, die weißen Haare umflatterten den Saum. Dann, als er fast das Portal der Abteikirche erreicht hatte, rutschte die Kapuze ihm vom Kopf. Die Nonnen in seiner Nähe schrien bei seinem Anblick auf, eine von ihnen sank zu Boden.

»Der Teufel!«, rief die Nonne und bekreuzigte ihre Brust. »Der Antichrist ist gekommen, um uns alle zu holen.«

»Das ist nicht der Antichrist, du dummes Ding, das ist Adalbert vom Kloster Zwiefalten!«, erwiderte Schwester Margarete, eine der älteren Nonnen. Sie sah dem Alten in das entstellte Gesicht. »Ja, das ist Adalbert«, murmelte sie. »Bei Gott, was ist ihm zugestoßen!«

Behutsam nahm sie den Mönch am Arm. Er folgte ihr ohne jeden Widerstand. Margarete führte ihn nicht in den Gästetrakt, sondern am Kreuzgang vorbei in die Krankenstube, die direkt unter dem Dormitorium lag.

Als Margarete am nächsten Morgen noch vor der Laudes nach dem alten Mönch sah, war sein Krankenlager leer, die Strohmatte unbenutzt. Neben dem Lager lag ein lederner Beutel, den er bei sich getragen haben musste.

Auch Jutta, als Medica im Kloster für die Versorgung der Kranken zuständig, war nirgends zu sehen. Beunruhigt lief Margarete hinauf ins Dormitorium. Hier war alles ruhig. Die Nonnen waren auf dem Weg in die Kirche, um das Morgenlob zu singen, und Margarete sah ein, dass es auch für sie Zeit wurde, der Glocke zu folgen, die den Beginn ankündigte. Hastig durchquerte sie in der Dunkelheit des Morgens den Kreuzgang und schlüpfte durch eine Seitentür in den von Kerzen erhellten Chorraum, wo sie gerade noch rechtzeitig Platz fand. Linker Hand entdeckte sie Jutta, die ihre Augen niedergeschlagen hatte, als führe sie ihr eigenes Zwiegespräch mit Gott. Margarete nahm sich vor, die Medica nach den Gesängen zu dem Verbleib von Adalbert zu befragen.

»Wo ist der Mönch?«, wisperte Margarete, kaum dass die Nonnen sich gesammelt hatten, um den Chor zu verlassen.

»Ich weiß es nicht«, flüsterte Jutta fast unhörbar. »Er war schon fort, als ich von den Vigilien zurückkam.« Sie wartete, bis sich der Chorraum geleert hatte. »Er hat sich nicht hinlegen wollen, nachdem du ihn gebracht hattest. Die ganze Zeit hockte er in einer Ecke der Stube und redete wirr. Ich gab ihm einen Tee aus Balsamkraut und Fenchel, um scin Gehirn zu erwärmen und die Luftgeister zu vertreiben, die ihn heimsuchen, aber er hat ihn wieder ausgespuckt.« Jutta stockte und setzte hoffnungsvoll hinzu: »Vielleicht hat er das Kloster wieder verlassen?«

»Hast du der Priorin sein Verschwinden gemeldet?«

Jutta schüttelte den Kopf und presste den Finger auf die Lippen.

Die Stille lastete schwer. Es war nicht das erste Mal, dass Margarete das Schweigegebot als unannehmbar empfand. Sie war eine muntere Person, die sich gerne austauschte und mit ihrer Schwatzhaftigkeit immer wieder den Tadel der Priorin auf sich zog.

Für einen kurzen Moment überlegte sie, ob sie mit den anderen Nonnen die morgendliche Mahlzeit im Refektorium einnehmen sollte, aber sie entschied sich anders. Margarete machte sich Sorgen. Adalbert von Zwiefalten war früher häufig Gast im Rupertsberger Mutterkloster gewesen. Ein freundlicher und gebildeter Mönch, der das volle Vertrauen der seligen Meisterin genossen hatte. Margarete kannte ihn von den Tagen, an denen sie gemeinsam mit ihren Schwestern im Kloster Rupertsberg das Hildegardisfest feierten, dem auch er stets beigewohnt hatte. Noch vor einem Monat hatte sie ihn gesehen, am siebzehnten September, er war bei bester Gesundheit, mit vollem Haar und praller Haut. Adalbert musste Mitte fünfzig sein, nicht viel älter als sie, aber der Mann, den sie gestern in die Krankenräume geführt hatte, hatte wie ein Greis ausgesehen.

»Es muss etwas Schreckliches passiert sein«, flüsterte sie, während sie die Kirche über das Westportal verließ.

Zuerst sah sie in den Lagerräumen nach, dann in der Küche und in der angrenzenden Backstube. Das Feuer im großen Ofen brannte, und auf dem gegenüberliegenden Tisch lag warmes, dampfendes Brot.

»Hat jemand einen alten Mönch gesehen?«, fragte Margarete, aber die Küchengehilfen, mehlverstaubt und mit roten Wangen, verneinten.

Während Margarete zurück zum Krankenlager lief, bemerkte sie, dass es in ihrer Brust heftig pochte. Die Aufregung war ungewohnt, gewiss, aber es war noch etwas anderes, das sie atemlos machte. Wie gut kannte sie Adalbert wirklich, dass sie ihn so sicher in die Krankenstube geführt hatte, ohne den Rat des Seelsorgers einzuholen? Was, wenn die anderen Nonnen recht hatten, wenn es gar nicht Adalbert gewesen war, der sie aufgesucht hatte, sondern der Teufel selbst? Aber hatte nicht die große Meisterin bei der Heilung der besessenen Sigewize gesagt, der Teufel könne nicht in Menschen schlüpfen, weil sie das Abbild Gottes seien?

Aber wenn ihm nun der Teufel eingeflüstert hat, Schreckliches zu tun?

Adalberts Lager war noch immer unberührt. Margarete bemerkte, dass der lederne Beutel nicht mehr an seinem Platz lag. Hastig lief sie zur Misericordia, sah aber nur Jutta und eine kranke

Nonne, die bei Tisch saßen, vor ihnen Schalen mit Getreidebrei und ein Laib Brot.

»Hast du Adalbert gesehen?«, fragte Margarete.

Jutta schüttelte den Kopf und sah sie mit sorgenvollen Augen an. Margarete schloss leise die Tür und stieg abermals hinauf ins Dormitorium, sie glaubte nicht, dass der Mönch hier war, aber sie würde nun jeden Raum inspizieren. Der Schlafsaal war leer. Sie lief weiter.

Im Refektorium an der Südseite des Kreuzganges sammelten sich die Nonnen zum Frühstück an den Tischen, doch auch hier war Adalbert nirgends zu sehen.

Margarete hastete zum Badehaus, dann zu den Latrinen und stellte fest, dass es einer der Nonnen nicht gutging. Sie ignorierte das qualvolle Stöhnen jedoch, was sonst nicht ihre Art war, und lief zum Kreuzgang zurück.

Schwer atmend blickte sie in den bewölkten Himmel, der den Innenhof nur zögernd erhellte. Hatte Adalbert das Kloster tatsächlich verlassen, wie Jutta vermutete? Sollte sie besser im Torhaus nachfragen?

Margarete hielt inne und beobachtete, wie ihr Atem in schnellen Wölkchen zum Himmel stieg. Einer inneren Stimme folgend, wusste sie plötzlich, wo sie suchen musste. Voller Hoffnung eilte sie in Richtung Skriptorium.

Im Kloster Zwiefalten war Adalbert einer der begabtesten Schreiber gewesen. Er musste sich Zugang zur Klosterbibliothek verschafft haben. Warum sie es so fest glaubte, konnte Margarete nicht sagen. Die Bibliothek barg nur einen Bruchteil der Schätze des angesehenen Mutterklosters, enthielt vorwiegend solche Werke, die dem täglichen Klosterleben dienlich waren und den Nonnen zum Vollzug der Offizien nützten. Wenngleich manche von ihnen zu den Psalmen nur stumm die Lippen bewegten, ohne den Inhalt wahrhaftig zu verstehen.

Hier in Eibingen gab es nur wenige, die gelehrt genug waren, Bücher zu lesen, geschweige denn Werke zu kopieren oder gar selbst welche zu schreiben. Das Skriptorium war nahezu verwaist, die Schreibpulte wurden seit Jahren nicht mehr benutzt. Margarete selbst hatte die Arbeit im Skriptorium aufgeben müssen, als ihre Finger zu schmerzen begannen und den Federkiel nicht mehr fest genug halten konnten. Warum also glaubte sie den alten Mönch an diesem verlassenen Ort?

Doch was lag näher, als sich in vertraute Räume zu begeben, wenn man Geist und Körper beruhigen wollte? Wahrscheinlich würde sie Adalbert in dem Raum vorfinden, der Skriptorium und Bibliothek zugleich war. Auf der Suche nach Werken, die ihm seinen Zustand erklärbar machten und Hilfe versprachen bei einer Krankheit, die ihn innerhalb weniger Wochen hatte zerfallen lassen.

Ich hätte gleich hierherkommen sollen, dachte die Nonne, als sie die steile Wendeltreppe hinaufstieg. Und während sie die Stufen erklomm, nahm sie auch den merkwürdigen Geruch wahr, der Adalbert anhaftete.

Fast wäre sie über ihn gestolpert. Der Mönch lag am Ende der Treppe, direkt hinter der letzten Windung. Der Körper seltsam verrenkt, die rechte Hand auf die oberste Stufe hinabhängend. Seine Augen waren weit aufgerissen, das Gesicht war bläulich verfärbt.

Margarete unterdrückte einen Schrei. Sie würgte heftig, am liebsten wäre sie aufgesprungen und davongerannt, dann aber erinnerte sie sich ihrer Pflicht.

Mit einem tiefen Seufzer überging sie das immer stärker werdende Gefühl der Bedrohung, betrachtete die eigentümlich helle Farbe seiner Haare, die kahlen Stellen, an denen sich sonst Augenbrauen befanden, die pergamentartige Gesichtshaut. Dann strich sie über seine wimpernlosen Lider und schloss die Augen.

Margarete atmete auf, sie konnte sich nicht des Eindrucks erwehren, dass die Augen sie anklagend angestarrt hatten, so, als hätte Adalbert jemanden dafür verantwortlich gemacht, nicht den Tod zu sterben, den er als Christ verdient gehabt hätte. Den richtigen, guten Tod, mit Weihwasser, Weihrauch und den Psalmengesängen der umstehenden Vertrauten, die den Übergang ins Himmelsreich begleiteten. Und mit Beichte und der Erteilung der Absolution, denn dass diese vonnöten gewesen wäre, um ihn ins königliche Himmelreich zu geleiten, dessen war sich Margarete nun sicher.

Hastig nahm sie seine Hände, um sie wie zum Gebet zu falten. Sie waren kalt und starr, es war, als begriffen sie nicht, dass die Seele bereits losgelassen hatte. Margarete hatte Mühe, die Finger auseinanderzubekommen, und als sie die einzelnen Glieder zurückbog, fiel ein helles Stück abgerissenen Pergaments heraus, beschrieben mit lateinischen Buchstaben und verziert mit einer prachtvollen Miniatur. Behutsam strich sie über das Blatt. Die Oberfläche war aus feinster Kalbsleder- oder Lämmerhaut, mit Bimsstein so glatt geschliffen, dass keine Poren mehr zu erkennen waren.

Aufmerksam betrachtete Margarete die kostbare Miniatur. Sie war fein und dergestalt, wie sie sonst nur in den großen Klöstern gefertigt wurde. Das Bild kam ihr bekannt vor, und dennoch konnte sie es nicht gleich zuordnen, denn etwas irritierte sie.

Margarete hielt das kleine abgerissene Blatt ins Licht der schmalen Fensteröffnung, die zum Kreuzgang hinauswies. Sie erkannte Wolken in mehreren Farbschichten und ein loderndes Feuer, dessen Gold auf rotem Ocker gefertigt war.

Ein Gefühl der Gefahr schnürte Margarete plötzlich den Hals zu. Ehe sie überlegen konnte, was sie tat, ließ sie das Stück Pergament in der Tasche ihres Wollhabits verschwinden. Dann faltete sie Adalberts Hände über dem Bauch und eilte die Wendeltreppe hinunter, um Priorin Agnes von dem Toten zu berichten.

1. Teil

Doch in der Luft entsteht ein Wind, der sich mit seinen Stürmen überallhin ausbreitet. Auch von der satanischen Wut, die Gott kennt und fürchtet, geht mit bösen Worten übelste Verleumdung aus, die sich nach allen Seiten verteilt.

I

Elysa von Bergheim reckte sich über die schmale Brüstung des Prahms. Ein eisiger Wind streifte ihre Wangen. Für einen Moment glaubte sie, durch den dunstigen Nebel bereits die Umrisse des Kloster Eibingen zu erkennen, doch im nächsten Augenblick verschlossen dichte Schwaden den Blick.

Plötzlich begann das Boot zu schlingern, geistesgegenwärtig klammerte sie sich an die Seitenplanke. Die Pferde schnaubten unruhig und tänzelten auf der Stelle, so dass das Boot nun zu schwanken begann. Ein Blick auf den Schiffer, der am Bug stand und das Boot ruhig mit der Stakstange vorwärts trieb, zeigte ihr jedoch, dass keine unmittelbare Gefahr bestand.

»Was war das?«, rief sie dem Kanonikus entgegen, der seit ihrer Abfahrt in Mainz nahezu unbewegt in der Mitte des Bootes saß.

»Die Strömung der Rheinenge bei Bingen.«

»Aber wir sind doch noch nicht einmal bei Rüdesheim.«

Hastig tastete Elysa sich zur Schiffsmitte zurück und setzte sich neben Clemens von Hagen, Kanonikus vom St.-Stephans-Stift zu Mainz, einen großen, breitschultrigen Mann mit ausgeprägtem Kinn und wachen Augen, der alleine durch seine Statur allerorts Respekt einflößte, was sich noch verstärkte, wenn er seine tiefe, volltönende Stimme erhob. Ein idealer Begleiter für eine alleinreisende Adelige.

Der Wind nahm an Stärke zu, stob gegen den von der schweren

Ladung erhobenen Bug des Bootes, das nun wieder zu schlingern begann. Elysa wurde übel.

Sie hätten einen Pferdewagen nehmen sollen, es wäre schneller gewesen und angesichts der unberechenbaren Strömung wahrscheinlich auch sicherer, aber der Kanonikus hatte auf der Rheinfahrt bestanden, zum Schutz gegen die Wegelagerer, die in den Wäldern abseits der alten Römerstraßen überhandnahmen.

Elysa versenkte ihre Hände tief in die Taschen des groben Wollmantels. Trotz des großen Eindrucks, den Clemens von Hagen zunächst bei ihr hinterlassen hatte, unterschied er sich anscheinend nur wenig von den meisten Männern, die sie kannte. Von ihrem Vater, Gott sei seiner Seele gnädig, ihrem Bruder Magnus von Bergheim und all jenen, die vergeblich um ihre Hand angehalten hatten. Diese Männer waren alle stur, besserwisserisch und selbstverliebt gewesen. Was bei dem Kanonikus noch schwerer wog, entbehrte er bislang doch jener Eigenschaften, die ein Mann des Glaubens mitbringen sollte: Demut, Güte und Barmherzigkeit.

Elysa fröstelte in der ungewohnten Kleidung. Mit Bedauern dachte sie an die herrlichen Dinge, die nun am Heck des Bootes in ihren Truhen lagen. An den pelzgefütterten langen Mantel, die bestickten Fingerhandschuhe und an den saphirblauen, modisch kurzen Friesenmantel aus Flandern, die langen hochgeschnürten Seidenkleider aus Italien und den goldverzierten Umhang, einziges Andenken an ihre Mutter.

Der Kanonikus hatte Elysa die grobe Kleidung der einfachen Städter gegeben, um sie vor Überfällen zu schützen. Es war gut und richtig, und dennoch, der raue Stoff war in der feuchtkalten Luft schnell klamm geworden und bot nur wenig Schutz gegen den eisigen Novemberwind.

Elysa seufzte schwer. Sie hätte darauf bestehen sollen, im Haus ihrer Großmutter in Mainz zu bleiben, bei der sie den Großteil ihres Lebens verbracht hatte und die sie nun alleine zurücklassen musste. Hier hatte sie ohne allzu strenge Aufsicht leben und unbeirrt all die Bücher studieren können, die laut allgemeiner Auffassung den Frauen nicht zugänglich sein durften.

Sie hatte die Werke von Aristoteles und Plinius gelesen, die des Isidor von Sevilla und Bruno von Segni. Am stärksten hatte sie das *Sic et Non* des Petrus Abaelard beeindruckt, der die ungeheuerliche Auffassung vertrat, dass es dem Menschen zustand, kraft des Verstandes Dinge zu erklären, ja sogar Widersprüche in den Aussagen von Propheten, Aposteln und Kirchenvätern zu hinterfragen und zu analysieren. Stunde um Stunde hatte Elysa über all jenen Büchern gesessen, die ihr der Onkel kurz vor seinem Tod vermacht hatte. Natürlich nur heimlich und ohne das Wissen der Großmutter, denn die war eine strenggläubige Frau, die in den aufrührerischen Gedanken und der Hinterfragung christlichen Gedankenguts nur einen weiteren Beweis für das Ende des sechsten Zeitalters sah, in dem sich die Welt unweigerlich auf den Untergang zubewegte.

Elysa jedoch war fasziniert von den neuen Sichtweisen der Scholastik. Und mit jedem Wort, das sie verschlang, begriff sie, dass die Welt eine andere war, als man ihr auf Burg Bergheim stets hatte einflüstern wollen.

Doch nun, da ihr Bruder Magnus sich entschlossen hatte, dem Aufruf zur heiligen Heerfahrt zu folgen, sollte sie als Statthalterin zurückkehren. Zurück in jene Burg, die sie im Alter von acht Jahren verlassen musste und an die sie nur abscheuliche Erinnerungen hatte.

Der Nebel nahm zu, ebenso die Dunkelheit. Bald schon würde der Fluss vollends in der Schwärze der Nacht versinken und den Schiffern die Weiterfahrt erschweren.

Der scharfe Wind drang durch den Stoff und löste in Elysa ein heftiges Zittern aus. Inständig sehnte sie sich nach dem prasselnden Feuer eines Kamins und nach einer weichen Decke, die ihre Glieder wärmte. Bequemlichkeiten, die sie in Eibingen wahrscheinlich nicht vorfinden würde.

»Warum nächtigen wir nicht im Kloster Rupertsberg? Es wäre standesgemäßer.«

»Es gibt einen guten Grund.« Clemens von Hagen nahm seinen schwarzen Mantel ab und legte ihn Elysa fest um die Schultern. »Ich habe eine Botschaft zu übermitteln.«

»Vom Erzbischof?«

»Woher wisst Ihr?«

»Das Pergament, das Ihr eingesteckt habt, bevor wir den Prahm bestiegen, trägt sein Siegel.«

Es war ihr, als unterdrücke er ein Lächeln.

Elysa spürte das Gewicht des warmen Stoffes. Langsam ließ das Zittern nach. »Was ist das für eine Botschaft?«, fragte sie.

»Ihr seid sehr wissbegierig. Euer Onkel erwähnte es.«

Bernhard von Oberstein, ihr Onkel und väterlicher Freund, Magister Scholarum in der Domschule zu Mainz. Sein Tod hatte ein tiefes Loch in ihr Leben gerissen, und nun musste Elysa auf Geheiß ihres Bruders Magnus auch noch den Ort ihrer Jugend verlassen, der ihr vertrauter war als der Stammsitz der Familie. Je näher sie der Burg kamen, umso schwerer fiel es ihr, das Schicksal anzunehmen, das er für sie auserkoren hatte. Nun war es Nacht, und sie mussten im Kloster einkehren, morgen aber würde sie auf der Familienburg eintreffen.

Unvermittelt fuhr Clemens von Hagen fort. »Bevor wir in Eibingen ankommen, sollte ich Euch den Grund der erzbischöflichen Botschaft enthüllen, um Euch auf unseren Aufenthalt vorzubereiten.« Er wandte seinen Blick zum rechten Rheinufer. »Es geschehen dort Dinge, von denen Ihr wissen solltet.«

»Was sind das für Dinge?«

»Man sagt, der Teufel habe im Kloster Einzug gehalten.«

»Der Teufel?« Unwillkürlich tastete Elysa nach dem Kreuz, das sie um den Hals trug.

Clemens von Hagen blickte zum Schiffer, der in seiner Bewegung innehielt, und senkte die Stimme. »Es heißt, er sei in der Gestalt eines seelenlosen Mönches gekommen und treibe seit dessen Tod dort sein Unwesen.« Er schwieg kurz, als müsse er seine Gedanken sammeln. »Eine Nonne starb unter entsetzlichen Krämpfen«, fuhr er flüsternd fort. »Plötzlich und ohne jede erkennbare Ursache. Eine weitere wäre fast bei einem Brand umgekommen, der ein Seitenschiff der Kirche nahezu zerstörte, ebenso wie einen Teil des Skriptoriums. Vom Hildegardisaltar verschwand ein Schrein mit Reliquien der Meisterin, kurz darauf fanden Nonnen ihn zerschmettert und leer in der Nähe der Backstube. Ihr könnt Euch vorstellen, dass die Priorin in Aufruhr ist.«

Entsetzt starrte Elysa den Kanonikus an. »Es wäre mir lieber, Ihr würdet mich zum Kloster Rupertsberg bringen und Eure Botschaft am nächsten Tag zustellen.«

»Ausgeschlossen. Man würde eine Verbindung zum Rupertsberg herstellen, was gerade jetzt, wo man die Heiligsprechung Hildegards anstrebt, verheerende Folgen haben könnte. Nein! Wenn wir in Eibingen nächtigen, tun wir es als Gäste, die nach einer beschwerlichen Reise Unterkunft suchen, nicht als Botschafter des Erzbischofs.«

»Und wie wollt Ihr für meine Sicherheit garantieren? Weiß mein Bruder von Eurem Vorhaben?«

»Euer Bruder gab mir seine Zustimmung. Euch wird nichts geschehen, dafür werde ich Sorge tragen.«

»Ich verstehe nicht, warum Ihr Euch da so sicher seid!«

Elysa fühlte Wut in sich aufsteigen, gepaart mit einer tiefen Hilflosigkeit. Zum ersten Mal kam ihr der Gedanke, dass der

Kanonikus mehr als nur ein Reisebegleiter war. Fast schien es, als wäre ihre Heimreise nur nützliche Nebensache. Clemens von Hagen hatte jemanden gebraucht, der seinen Aufenthalt in Eibingen erklärte. Und was lag näher, als dass eine junge Adelige, von Dunkelheit und schlechter Witterung überrascht, Unterkunft in einem Kloster suchte, das sie ansonsten niemals erwählt hätte. Einem Kloster, deren Nonnen vorwiegend aus Ministerialentöchtern und Frauen der unteren Schichten stammten und das nicht dem Adel vorbehalten war, wie das Mutterkloster auf dem Rupertsberg, das nur wenige Stunden flussaufwärts lag. Und das sie mit einem Pferdewagen noch bei Tageslicht hätten erreichen können.

»Versucht mich zu verstehen, ehrwürdiger Clemens, lieber nächtige ich auf dem Boot, als Euch nach Eibingen zu folgen.«

Elysa glaubte, in der Dunkelheit ein Lächeln des Kanonikus zu erkennen. »Meine liebe Elysa. Soweit ich in Erfahrung bringen konnte, ist Euch die kritiklose Annahme mysteriöser Überlegungen fremd.«

»Ihr glaubt also nicht an die Anwesenheit des Teufels?«

Clemens von Hagen lachte verhalten. »Das Fegefeuer, das die Leiber der Verdammten peinigt, ist eine Erfindung unseres verehrten Kirchenvaters Augustinus, um die armen Sünder zur Umkehr zu bewegen. Die Wahrheit liegt in der Allegorie. Warum also sollte sich der Teufel persönlich nach Eibingen begeben, um ein Feuer zu zünden?«

Elysa ahnte, worauf Clemens von Hagen abzielte. »Ihr glaubt, es steckt eine planvolle Absicht dahinter?«

Der Kanonikus schwieg. Elysa beobachtete das Ufer, das in der Ferne von flackernden Lichtern erhellt wurde. Unversehens hatte Clemens von Hagen etwas in ihr berührt, das sie neugierig machte. Wenn man alles, wie es die Scholastiker verkündeten, mit wachem Verstand hinterfragen konnte, musste es dann nicht auch für die Vorgänge im Kloster eine Erklärung geben? Sollte man es nicht zumindest in Erwägung ziehen?

Eine Erinnerung stieg in ihr auf und führte sie in die Kindheit, zurück zum elterlichen Anwesen. Sie nahm die Sonne auf ihrem Haar wahr, den Duft der Wiesenblumen, das Klappern der Hufe, das Rütteln des Pferdewagens, der dem unebenen Weg zur Holzbrücke folgte, unter dem sich der tiefe Wassergraben auftat. Neben ihr die Mutter, mit geröteten Wangen, lachend. Sie hatte das knackende Geräusch nicht gehört, aber Elysa vernahm es. Damals hatte sie es jedoch nicht zuordnen können. Als der Wagen die Brücke erreichte, geschah es: Die Achse brach, der Wagen kippte zur Seite und krachte gegen das hölzerne Geländer. Ihre Mutter wurde hinausgeschleudert, hinab in den Graben. Das Wasser spritzte hoch und prasselte auf Elysas Gesicht. Noch heute spürte sie das Entsetzen, das sie angesichts der Schreie der Mutter empfunden hatte. Eine der Wachen des Burgtores schaffte es, sie aus dem Wasser zu ziehen, bevor sie ertrank, doch fortan war sie verändert. Es hieß, der Teufel habe ihr ein Bein gestellt. Es sei die Strafe für den Hochmut, den sie empfunden hatte, als sie lachend vor Glück über die Felder geritten war.

Erst Jahre später hatte Elysa erkannt, dass es noch eine andere Wahrheit gab, geben musste. Man konnte es Schicksal nennen, dass die Achse ausgerechnet auf der Brücke gebrochen war. Und was sprach gegen die absichtsvolle Handlung eines missgünstigen Hörigen etwa, die Achse brüchig zu machen?

Die Rufe des Mannes, der am Heck das Ruder bediente, vertrieben ihre Gedanken. Elysa erkannte am Ufer kleine Feuer, die man entzündet hatte, um die mondlose Nacht zu erhellen. Zwei Männer, ihrer Kleidung nach Laienbrüder, standen winkend daneben, sie wurden anscheinend erwartet.

»Wir sind gleich da«, erklärte Clemens von Hagen und sah Elysa fest an. »Ich bitte Euch nun, gleichgültig, was ich sage, vertraut mir. Und tut nichts, was Argwohn wecken könnte, es sei denn, Ihr wollt meine Mission gefährden.«

Der Schiffer lenkte das Boot mit dem Bug voran an die Böschung. Elysa ließ sich von dem Kanonikus ans Ufer helfen und beobachtete, wie die Männer die Pferde an Land führten. Sie versuchte, im Licht der Fackeln einen Pferdewagen zu entdecken oder eine Karre für die vielen Truhen, in denen sie ihre gesamte Habe bewahrte, die Kleidung, den Schmuck, die Bücher ihres Onkels. Aber sie sah nichts dergleichen.

Als sie sich zum Boot umdrehte, beobachtete sie, wie der Kanonikus kurz mit einem der Laien sprach und ihm etwas zusteckte. Kurz darauf kletterte der Mann auf das Boot zu den Schiffern, während der andere es vom Ufer abstieß und sofort mit einem großen Satz aufsprang.

Clemens von Hagen trat zu ihr. »Die Truhen bleiben auf dem Boot. Wir können sie nicht mitnehmen.«

»Aber warum? Die Männer werden damit verschwinden!«

»Sie gehören zum Kloster. Eure Habe kommt an einen sicheren Ort.«

»Wo könnte sie sicherer sein als im Kloster?«

Der Kanonikus antwortete nicht. Wortlos führte er die Pferde heran und half Elysa in den Sattel. Dann nahm er eine der Fackeln und bestieg sein eigenes Pferd.

»Es gibt noch etwas, das Ihr wissen solltet.«

»Was kann es noch geben?«

»Der Brief, den ich unter dem Siegel des Mainzer Erzbischofs Konrad mit mir führe, enthält auch eine Empfehlung, und Ihr müsst mir jetzt sagen, ob Ihr möchtet, dass ich sie vor der Priorin verlese oder augenblicklich vernichte.«

Elysa umklammerte die Zügel ihres Pferdes, das unruhig zu tänzeln begann. »Was ist das für eine Empfehlung?«

»Es ist die Aufforderung, die Tochter eines von ihm hoch geschätzten Handwerkers im Kloster als Novizin aufzunehmen.«

»Und wer ist diese Frau?«

»Ihr seid es.«

2

Elysas Gedanken wirbelten durcheinander. Hatte der Kanonikus alles gesagt, als er ihr offenbarte, dass man sie dafür auserwählt hatte, den Grund der Vorfälle herauszufinden? Glaubte er wirklich, es sei von Vorteil, sich als Handwerkstochter im Kloster zu melden und um Aufnahme zu bitten?

Aber warum sollte sie sich in eine derart große Gefahr begeben? Was, wenn sie es doch mit dunklen Mächten zu tun hatte, die sie heimsuchen und ihr Leben für immer verderben könnten!

Und doch hatte Clemens von Hagen ihr glaubhaft versichert, dass jemand durchaus ein ernsthaftes Interesse daran haben könne, dem Andenken der seligen Rupertsberger Meisterin zu schaden, hier, im von ihr gegründeten Nonnenkloster Eibingen. Und niemand könne einen besseren Einblick in die Vorgänge erhalten als eine Frau, welche die Nonnen als eine von ihnen betrachteten. Zudem noch eine gebildete Frau, die um das Wesen der Hinterfragung wisse, was die Nonnen jedoch nicht erfahren dürften.

Der Kanonikus hatte ihr erklärt, dass, sollte sie sich dazu entschließen, ihm bei der Aufklärung zu helfen, alles getan werde, um sie im Nachhinein für ihre Mühen zu entschädigen. Obwohl, wie er betonte, der Herr im Himmel, dessen Sprachrohr Hildegard gewesen sei, es ihr ohnehin auf seine Weise vergelten werde.

Sollte sie lieber weiterreisen wollen, könne sie es unbehelligt am nächsten Morgen tun, er werde sie begleiten. Aber dann – und er sagte es mit großem Bedauern – werde es nicht viel länger möglich sein, die Nachricht über die Einkehr des Bösen in Eibingen zurückzuhalten und deren Verbreitung bis über den Rupertsberg hinaus, wo noch immer Hunderte von Menschen zum Grab der Hildegard pilgerten. Was würden sie sagen, wenn die verehrte Meisterin den Teufel vom Himmelsreich aus nicht an seinem Wirken hindern konnte, und er es sogar wagen durfte, ihre Reliquien ungestraft zu entwenden?

»Und was gedenkt der Erzbischof dagegen zu tun?«, hatte Elysa atemlos gefragt.

Der Kanonikus hob die Brauen. »Der Erzbischof ist ein frommer Mann inmitten von Schlangen. Er glaubt nur das, was er sieht, und er sieht in den Vorgängen ein Zeichen des Kampfes zwischen Gut und Böse, der sich von alleine entscheidet, wenn man nur fleißig genug betet und den Exorzismus spricht. Zudem sind seine Gedanken ganz von den Vorbereitungen des Kreuzzuges erfüllt, gerade jetzt befindet er sich auf dem Weg nach Ungarn, um den Landweg für Kaiser Barbarossas Ritterheer vorzubereiten.« Clemens von Hagen lächelte bitter. »Den Mainzer Prälaten hingegen wäre es ganz recht, wenn das Andenken der seligen Hildegard beschmutzt würde. Sie haben nicht vergessen, wie die Meisterin ihnen kurz vor ihrem Tod zugesetzt hatte, als sie das Interdikt über ihr Kloster verhängten.«

»Ein Verbot von gottesdienstlichen Handlungen? Warum?«

»Hildegard hatte einen exkommunizierten Adeligen in geweihter Erde begraben lassen, weil er sich kurz vor seinem Tod mit der Kirche aussöhnte. Die Mainzer Prälaten, die sich durch ihre Predigten wider den Verfall des Klerus angegriffen fühlten, bezweifelten die Richtigkeit der Aussage, und als Hildegard sich weigerte, den Adeligen zu exhumieren, verhängten sie ein Interdikt.«

»Was geschah dann?«

»Hildegard fuhr persönlich trotz ihres hohen Alters nach Mainz, um für das Christenrecht zu kämpfen. Aber die Prälaten blieben stur, für sie war es endlich die Gelegenheit, die mächtige Prophetin vom Rupertsberg in ihre Schranken zu weisen. Auch die Einmischung des Kölner Erzbischofs, der Hildegards Anliegen unterstützte, half nur kurzfristig. Erst als die Meisterin einen Brief nach Rom sandte, wo der damalige Mainzer Erzbischof Christian anlässlich des dritten Laterankonzils weilte, erreichte sie endlich die Auflösung des Interdikts. Für die Mainzer Prälaten ein Schlag ins Gesicht. Ich kenne kaum einen der geistlichen Würdenträger, der sich nicht über eine Vergeltung für die erlittene Schmach freuen würde. Und sei es vom Teufel höchstpersönlich.«

»Aber warum sucht Erzbischof Konrad dann eine Klärung der Vorgänge?«

»Weil ich ihn darum gebeten habe.«

Clemens von Hagen hatte sein Pferd angetrieben und war vorangeritten, ohne sich zu ihr umzudrehen. Elysa hatte Mühe, ihm zu folgen. Der Regen der letzten Wochen hatte den Boden aufgeweicht und ließ die Hufe der Pferde im Schlamm versinken.

Den Blick fest auf die Fackel vor ihr geheftet, fragte sich Elysa, ob der Kanonikus in seiner Wahl nicht geirrt hatte. Zumindest in ihrer Menschenkenntnis schien sie fehlbar, hatte sie doch die Tugenden des Geistlichen bei weitem unterschätzt, auch wenn er sie soeben dazu aufgefordert hatte, gegen eines der Gebote zu verstoßen.

Der Weg veränderte sich, aus Schlamm wurde Kopfsteinpflaster. Das plötzliche Klappern der Hufe war laut und fand einen Widerhall. Fast unmerklich waren sie dem Kloster näher gekommen, das wie eine kleine graue Festung im Dunkeln lag. Elysa betrachtete die Klostermauer, die aus unregelmäßigen Steinquadern bestand und von der überraschend großen Klosterkirche weit überragt wurde.

Der Kanonikus drosselte die Gangart. Erst als sie schon fast am Torhaus ankamen, wandte er sich zu ihr um.

»Und wie habt Ihr Euch entschieden?«

Elysa schüttelte bedauernd den Kopf. »Es ist eine Lüge, eine Täuschung, wider das fünfte Gebot – wie kann ich da Eurer Bitte Folge leisten?«

»Eine Lüge ist, wer anderen bewusst damit schaden möchte, aber hier geht es um mehr! Es geht darum, eine weit größere Lüge aufzudecken. Und wenn nichts geschieht, werden all die Mühen der größten Prophetin aller Zeiten, dem Sprachrohr Gottes, innerhalb kurzer Zeit zunichte gemacht!«

»Aber wer eine Aussage macht, obwohl er weiß, dass es nicht der Wahrheit entspricht, lädt Schuld auf sich, auch wenn er keinen Schaden anrichtet. *Mendax, quod mentem alterius fallat*. Wer lügt, sagt die Unwahrheit und ist daher ein Lügner.«

»*Pro salute vel commodo alicuius*. Es ist eine Lüge zum Nutzen des Wortes Gottes! Elysa, ich bitte Euch, wollt Ihr eine Täuschung verdammen, die gegen jemanden gerichtet ist, der im Namen des Teufels mordet und brandschatzt?«

Elysa wandte den Blick zum Himmel. Was hätte Bernhard an ihrer Stelle getan? Ihr Onkel war ein kluger Mann gewesen, der sie immer wieder dazu ermunterte, auf ihr Herz zu hören, ebenso wie auf ihren Verstand.

Ihr Herz aber schwieg. Weder wollte sie die Tage in einem kalten Kloster verbringen, in dem der Teufel walten sollte, noch zur Familienburg reiten. Doch beim Gedanken an ihren Bruder und an das bevorstehende Wiedersehen schien es, als ziehe sich ein eiskalter Griff um ihr Herz, und es wurde ihr bewusst, dass sie jeden Aufschub nutzen würde, und wäre es nur für wenige Tage.

Ihr Atem ging schwer, fast meinte sie, ihre Brust müsse zerspringen. Dann sah sie den Kanonikus an.

»Gut, so sei es. Ihr dürft die Empfehlung verlesen.«

3

Wenn Ida von Lorch sich in tiefe Meditation versenkte, erinnerte sie sich all der Farben und Formen, die sie gesehen hatte, als sie ihr Augenlicht noch besaß. Im Sommer, wenn die Sonne ihr Gesicht erhellte und sie den Duft der Natur einsog, glaubte sie fast, das Grün zu fühlen, das sie umgab und Teil der göttlichen Schöpfung war. Nun war es fast Winter, dunkel und farblos, erst, wenn der Schnee fiele, würde sie wieder Teil der Welt sein, die auch sie mit Licht umgab.

Dieses Jahr jedoch schien der helle Schnee fern und damit auch das Licht. Der Herbst hatte etwas Furchtbares mit sich gebracht, das sie in jeder Pore ihres Körpers fühlte. Seit jenem Tag, an dem der Teufel an die Klosterpforte geklopft hatte, stürmte es, und es war nicht der gute, sanfte Wind. Nein, es war der schlechte, der gepaart mit Rauch, Feuer, Finsternis und Wasser der Seite der unheilbringenden Elemente angehörte, die den Kosmos durchdrangen und mehr und mehr beherrschten.

An manchen Tagen glaubte Ida sogar innerhalb der Gemäuer einen Luftzug zu spüren, der ihr den Atem nahm, dann und wann vermischt mit dem Gestank von Schwefel oder dem beißenden Geruch von Feuer, obwohl ihr die anderen Nonnen immer wieder versicherten, dass es nicht brannte. Bis auf die eine Nacht, als sie hinausgelaufen war und die Hitze der Glut hell und rot in ihrem Gesicht gespürt hatte.

Es war, als begegneten ihr die anderen nun mit Vorsicht. Ja, mit Vorsicht, nicht mit Respekt, wie sie es sonst taten, wenn sich ihre Vorahnungen bewahrheiteten. Doch seit jenem unglücklichen Tag waren die Stimmen gedämpfter, und die fröhliche Schwatzhaftigkeit, die Ida sonst so ärgerte, war seltener geworden.

Ida bewegte ihren Stab entlang der Mauern und schritt sicher voran. Und nun waren wieder Menschen gekommen, kaum dass die Brüder aus Zwiefalten abgereist waren. Menschen, die die heilige Ruhe des Klosters störten. Es war weit nach der Komplet, als Priorin Agnes sie rufen ließ, trotz der Schweigepflicht, die nun herrschte. Die anderen lagen längst auf ihren Matten im Dormitorium, aber sie selbst brauchte nur wenig Schlaf. Es war ihre Zeit. Die Zeit, in der sie ungestört durch die Gänge gehen konnte, ins Gebet versunken. Aber nicht heute.

Das leise Klopfen des Stabes veränderte seinen Klang. Ida hielt inne und tastete nach dem Knauf, der die Tür öffnete.

»Tritt ein, Schwester Ida«, hörte sie Priorin Agnes sagen.

»Ihr habt mich rufen lassen?« Ida erhob die Nase, aber der zarte Duft, den sie vernahm, war süß und rein und machte den ranzigen Geruch der Kerzen aus Schafsfett erträglich, die trieften und stanken.

»Komm näher.«

Ida trat ein paar Schritte vor, bis der Atem der Anwesenden lauter wurde. Es waren ein Mann und eine Frau, der Duft kam von der Frau. Aber der Mann verriet sich durch sein Atmen. Es war schwerer und tiefer. Der Mann musste groß sein und stattlich, ja, so atmeten nur große Menschen.

»Wir haben Gäste?«

»Clemens von Hagen, Kanonikus von St. Stephan in Mainz, und eine junge Frau, die um *susceptio*, um Aufnahme bittet.«

Ida trat einen Schritt in die Richtung, in der sie die Frau vermutete, und hob suchend die Hand. Die Frau war nicht sehr groß.

Flüchtig strich sie über lange Haare, die in sanften Wellen herabfielen.

»Ich bin Elysa.« Die Stimme klang schön und warm, doch nicht so jung, wie man es von einer Anwärterin erwartete. Der Klang verriet die Tonalität der gehobeneren Schichten, die Aussprache war deutlich. Der feste Ausdruck ließ Ida zweifeln, ob Elysa die gebotene Schamhaftigkeit in der Rede würde lernen können, aber es stand ihr nicht zu, bereits in diesem Moment ein Urteil zu fällen.

»Du wirst die Anwärterin zunächst in ihre Zelle im Gästehaus führen«, fuhr die Priorin fort. »Nach vier Tagen, wenn sie sich im Kapitelsaal niedergeworfen und ihre Bereitschaft zur Einhaltung der benediktinischen Regel erklärt hat, teilst du der Handwerkstochter eine Novizinnenzelle zu. Und nun fort – ich habe mit dem Kanonikus zu sprechen.«

Ida eilte voran, den Stab in ständiger Bewegung. Hatte die Priorin tatsächlich Handwerkstochter gesagt? Eine Handwerkstochter klang anders, selbst wenn sie im Dienste des Adels stand. Sie wird sich den Ausdruck der höheren Töchter angeeignet haben. Eitel war die junge Frau, das hatte Ida sogleich am feinen Duft erkannt. Eitel und unfähig, sich ihrem Stand gemäß zu verhalten.

Verärgert schüttelte sie den Kopf. Nichts war mehr, wie es einmal war. Früher konnte man bereits am Geruch erkennen, wer wohin gehörte. Heute hingegen gab es auf den Märkten in den Städten allerlei Dinge zu kaufen, die die natürlichen Grenzen verschwimmen ließen. Ja, es konnten sogar einfache Menschen durch Fleiß zum Adel aufsteigen, sie nannten sich hochmütig Ministerialen, aber für Ida war es einfach nur der Dienstadel.

Die Zeiten hatten sich geändert. Früher, als Hildegard das zerstörte Augustinerkloster für dreißig Benediktinerinnen hatte herrichten lassen, waren Ministerialen und niedere Stände die Ausnahme, heute hingegen die Regel. Und das war nicht gut, denn wo Zucht und Ordnung fehlten und die Sitten verrohten, öffnete man dem Bösen alle Pforten!

Und außerdem: Welcher Mensch sammelt seine ganze Herde in einem einzigen Stall, Ochsen, Esel, Schafe, Böcke, ohne dass sie auseinanderlaufen? Aber die Rupertsberger Meisterin hatte es dennoch getan, als sie hier in Eibingen alle Stände zuließ.

Ida ging festen Schrittes voran, dann und wann lauschte sie, ob die Anwärterin ihr folgte. Als sie unter freiem Himmel den Kreuzgang durchquerten, glaubte sie, hinter dem Schleier ihrer Augen sanftes Mondlicht wahrzunehmen, das sich durch die Wolkendecke geschoben hatte. Und für einen kurzen Moment meinte sie, der schlechte Wind würde innehalten, bevor er mit unverminderter Kraft anhob.

4

Lautes Klopfen ließ Elysa hochschrecken. Die Zelle war dunkel, es musste noch Nacht sein. Die Kerze, die sie gestern Abend hatte brennen lassen, war erloschen. Und auch durch das geölte Pergament, das als Schutz vor der Kälte in einem Holzrahmen vor die Fensteröffnung gestellt war, drang noch kein Licht. Elysa zog die grobe Decke um ihren Körper und setzte sich auf. Langsam gewöhnten sich ihre Augen an die Dunkelheit.

Die Tür öffnete sich, und eine kleine Nonne, noch nicht alt, aber doch ehrfurchtgebietend, mit buckligem Rücken, schob sich in die Zelle, in der Hand eine helle Laterne. Ida.

»Ich hoffe, du hast gut geschlafen«, sagte sie spöttisch, und ihre trüben Augen blitzten. »Das Morgenlob ist bereits vorbei – hast du denn die Glocke nicht schlagen gehört?«

Elysa schüttelte gähnend den Kopf. »Nein.«

Ida stellte die Laterne auf dem Boden ab. »Dann hat dich der Schlaf betäubt. Wenn Schwester Gudrun den Schlagring führt, gibt es niemanden, der auch nur ein Auge zubehalten kann. Also auf, nun, wenn du noch ein wenig vom Getreidebrei haben möchtest, es ist nicht mehr viel da.« Damit verließ die blinde Nonne den winzigen Raum.

Elysa sah sich um. Die steinerne Zelle war eng und klamm. Neben dem strohbedeckten Bett aus harten Brettern stand ein kleiner Tisch, daneben ein Schemel. Sie dachte an den Getreidebrei und verspürte einen lauten, unbändigen Hunger. Seit der letzten Rast am vergangenen Mittag hatte sie nichts mehr zu sich genommen. Als Gast hätte sie Anspruch auf ein wärmendes Fell und ein reichhaltiges Mahl gehabt, aber nun war sie kein Gast mehr. Fast schon bereute sie es.

Eilig stand Elysa auf. Sie schlüpfte in die ledernen Schuhe, zog das knöchellange Obergewand über das Unterkleid aus Leinen und schnürte den Umhang über der Brust. Rasch flocht sie die langen Haare zu straffen Zöpfen und verließ die Zelle.

Als sie vor die Tür auf den schmal gemauerten Gang trat, war niemand zu sehen.

Elysa machte sich auf den Weg zum Refektorium, das sie in dem Trakt südlich der Abteikirche vermutete. Über den Kreuzgang trat sie ins Freie. Der Himmel war noch immer dunkel, kleine Laternen erhellten in regelmäßigen Abständen den Weg. Der Innenhof war symmetrisch angelegt, mit Beeten und kleinen Büschen. Im Sommer mochte es hier prächtig blühen, nun bedeckten kurzgeschnittenes Gehölz und buntes Laub den Boden.

Überall erblickte Elysa wundervolle architektonische Details, Zeugen der vergangenen Pracht, die der Zerstörung durch die kaiserlichen Truppen widerstanden hatten. Damals war das Land im Streit des achtzehnjährigen Schismas versunken, und Friedrich Barbarossas Heer hatte den Rheingau heimgesucht, in dem Bischöfe sich entgegen der kaiserlichen Anordnung zum kirchlichen Papst bekannt hatten.

Bewundernd strich Elysa über die ebenmäßigen Säulen aus grauem Kalkstein, auf denen kunstvoll verzierte Kapitelle saßen, mit emporwachsenden Akanthusblättern, sich biegenden Ranken und hervorragenden Sporen, die im flackernden Licht fast wie Löwenköpfe aussahen.

Ihr Blick glitt weiter und erstarrte. Ja, gewiss, Clemens von Hagen hatte ihr von einem Brand erzählt, aber nun erst sah sie, dass dieser Brand leicht das ganze Kloster hätte vernichten können. Die Bruchsteinmauer des am Kreuzgang angrenzenden südlichen Seitenschiffs der Kirche war schwarz gefärbt, der Dachstuhl stand zum Teil offen und ungeschützt. Auch das Obergeschoss des westlichen Traktes war geschwärzt, aus einer der Fensteröffnungen zog sich die rußige Spur des Feuers. In diesem Kloster waren nahezu alle Gebäude miteinander verbunden. Dass nicht alles von den Flammen erfasst worden war, grenzte an ein Wunder. Was hatte das Feuer aufgehalten?

Sie hatte vier Tage, das herauszufinden. Am fünften Tag erwartete die Priorin die Aufnahme zur Novizin. An jenem Tag aber würde Elysa das Kloster verlassen.

Plötzlich erhob sich ein ohrenbetäubender Klang. Das Läuten der Glocke war scharf und erbarmungslos. Elysa sah angestrengt zum Glockenturm hinauf, dann erstarb der Ton.

Eine Tür wurde aufgestoßen, einige Mädchen in der Kleidung der Novizinnen kamen herausgeeilt, laut schwatzend und lachend. Sie waren jung, manche von ihnen noch Kinder.

»Schwestern, mäßigt euch.« Eine ältere Nonne eilte hinterher, aber die Mädchen reagierten nicht auf ihre barschen Rufe. Die Nonne erblickte Elysa und kam auf sie zu.

»Du musst die Anwärterin sein.«

Elysa nickte.

»Dann solltest du wissen, dass der Weg zum Westportal über die Außenanlage führt, nicht über den Kreuzgang, der ganz der Kontemplation vorbehalten ist.«

Elysa blickte in Richtung der Mädchen, die den Weg über das Seitenschiff genommen hatten.

»Ich gebe zu, es fällt schwer, das ungebührliche Betragen mancher Schwestern zu bändigen«, sagte die Nonne milde. »Dennoch ist es bei uns üblich, derartige Regelverstöße zu bestrafen. Und nun komm, bevor die Prim beginnt.«

»Ich habe noch nicht gegessen.«

»Dann muss du dich bis zur Sext gedulden.« Die Nonne runzelte die Stirn. »Ist denn niemand da, der dich einweist?«

»Nein. Schwester Ida hat mir nur meine Zelle zugewiesen.«

»Schwester Ida!« Die Nonne lächelte mit erhobener Braue, aber es war ein freundliches Lächeln, das viele kleine Fältchen um ihre Augen warf. »Dann werde ich mich um dich kümmern. Ich bin Schwester Margarete. Schwester Elisabeth war für die Einweisung der Anwärterinnen zuständig, sie beaufsichtigte auch die Novizinnen. Aber nun …«

Elysa wartete auf eine Erklärung, doch Margaretes eben noch lächelndes Gesicht schien in schweren Gedanken entrückt.

»Was ist mit der Abteikirche passiert?«, fragte Elysa und zeigte zum Dach des Seitenschiffes.

»Eine Feuersbrunst«, flüsterte Margarete, dann war sie wieder bei sich. »Beim Herrn, es wird Zeit. Komm, schnell! Die Priorin weiß jeden Verstoß gegen die Gottesdienstordnung streng zu ahnden.« Dann eilte sie gedankenverloren zum Portal des Seitenschiffs. Elysa folgte ihr.

Während sich die anderen Nonnen auf den Gottesdienst konzentrierten, wurden Elysas Augen schwer. Sie setzte sich gerade auf, um nicht augenblicklich einzuschlafen, und versuchte, ihre Gedanken zu sammeln. Wo sollte sie mit ihrer Untersuchung beginnen? Was konnte Clemens von Hagen ihr noch zu den Vorfällen erzählen?

Sie sehnte sich danach, mit ihm zu sprechen, doch sie vermochte ihn nirgends zu entdecken, auch nicht im Querschiff des von Kerzen erleuchteten Chorraumes. Sie würde sich noch ein wenig gedulden müssen. Also lauschte Elysa den Psalmen, während ihre Lider erneut herabsanken.

Ein heftiger Regen ließ Elysa aufschrecken, er stürzte prasselnd durch das zerstörte Dach des südlichen Seitenschiffes und bildete große Lachen, die sich rasch über den Fußboden verteilten und bis an das hintere Chorgestühl reichten, wo Margarete ihr einen Platz zugewiesen hatte.

Einige der Nonnen sahen sich leise flüsternd um, bis die blinde Ida laut vernehmlich hüstelte und alle sich wieder der Lesung zuwandten.

Leise stand Elysa auf und trat aus dem durch einen hohen Transversalbogen abgetrennten Chorraum ins Langhaus. Während die Nonnen ihren Gesang anstimmten, betrachtete sie das verkohlte Dachgestühl des schmalen Seitenschiffes, von dem nun das Wasser herabfloss. Das Feuer hatte vor allem im Bereich des Daches gewütet und das kostbare Glas der Fenster oberhalb der Arkaden zerstört, ohne jedoch ins Mittelschiff einzudringen. Es schien sich auf den höheren Bereich beschränkt zu haben, denn die unteren Altarnischen, deren Bilder man wohl aus Schutz vor dem Wasser abgehängt hatte, waren nahezu unberührt. Wie war das Feuer dort hingekommen, und wo war sein Ursprung?

Der Gesang der Nonnen wurde lauter, mischte sich mit dem Plätschern des nachlassenden Regens und füllte die Kirche mit herrlichen Sequenzen. Für einen Moment hielt Elysa inne und blickte zurück zu den Schwestern, die entrückt und gleichsam ergriffen eine Musik intonierten, die sie so noch nie gehört hatte. In diesem Augenblick spürte sie, dass es einen Gott gab. Er war hier, in dieser Kirche, trat aus den Sphären himmlischen Gesanges und durchdrang ihre Seelen. Und obgleich Elysa hin und wieder bezweifelte, dass die Vorgänge von Menschenhand gelenkt worden waren, spürte sie, dass es an einem solchen Ort keinen Teufel geben konnte.

Dann war es still. Elysa wandte sich wieder dem zerstörten Dachstuhl zu. Regentropfen fielen in ihr Gesicht, als sie sich unter das klaffende Loch stellte und mit den Augen die Höhe maß.

Selbst für einen sehr großen Mann waren die Balken zu hoch, es gab niemanden, der mit ausgestrecktem Arm das trockene Holz hätte zünden können. Es sei denn …

»Furchtbar, nicht wahr?«

Elysa schrak zusammen. Sie hatte Margarete nicht kommen hören. Erstaunt drehte sie sich um. Das Schlussgebet war verklungen, Nonnen und Novizinnen befanden sich bereits auf dem Weg zum Westportal.

»Lass uns gehen«, sagte Margarete. »Ich möchte sehen, ob du für die Handarbeit begabt bist.«

»Warte!« Elysa sah sie flehend an. »Erzähl mir, was vorgefallen ist.«

Margarete seufzte. »Ich sehe ein, dass du ein Anrecht auf eine Erklärung hast. Nun, da dieser unselige Ort deine Heimat werden soll.« Sie sah sich hastig um, dann fuhr sie fort. »Nachdem Mönch Adalbert von Zwiefalten bei uns Zuflucht gesucht hatte, passierten seltsame Dinge. Die Schwestern sprechen von Teufelswerk …«

»Was für seltsame Dinge?«

»Als Adalbert kam, war er in einem furchtbaren Zustand. Um Jahre gealtert, die Haare schlohweiß, mit nackten Brauen und wimpernlosen Augen. Schwester Jutta, die Medica des Klosters, sagte, die Luftgeister hätten Besitz von ihm ergriffen, und nachdem er die Medizin verweigert hatte, verlegte sie sich aufs Beten. Doch Gott der Herr hatte andere Pläne. Am nächsten Morgen fand man Adalbert tot auf. Noch am selben Tag starb Schwester Elisabeth an furchtbaren Krämpfen. Ich hörte, wie sie litt, aber ich dachte, es käme von der Völlerei, denn es war zur Zeit des Morgenmahls.«

»Woher kamen die Krämpfe?«

»Ich weiß es nicht, Schwester, aber du kannst mir glauben, dass es seitdem viele Nonnen gibt, die morgens lieber fasten, so wie es der heilige Benedikt vorgesehen hat.«

»Sie glauben, es sei eine Strafe?«

»Die Regeln erlauben nur eine warme Mahlzeit am Tag und im Sommer noch etwas Brot am Abend. Aber die selige Meisterin war gegen die strenge Askese, und so führte die Priorin zum Getreidebrei am Morgen auch noch das tägliche Brot am Abend ein, selbst in den Wintermonaten.«

»Und was glaubst du?«

Margarete sah sie überrascht an. »Ich weiß nicht, was ich erzählen kann und was nicht«, begann sie zögernd, »aber mein Herz quillt über von all der Traurigkeit und den Worten, die ich zurückhalte, weil ich mich niemandem offenbaren darf.«

Elysa nahm schweigend Margaretes Hände.

»Warum Elisabeth starb, kann ich nicht sagen, aber in einem anderen Punkt glaube ich etwas zu wissen.«

»Der Mönch?«

»Ich habe ihn gefunden«, flüsterte die Nonne und senkte den Kopf. »Ich glaube nicht an das, was Jutta sagt. Auch wenn ich mich in der Krankenpflege nicht auskenne, so weiß ich doch um all die Wirkungen von Pflanzen und Mineralien aus den Werken unserer Bibliothek.«

Die Nonne sah auf, und ihre Augen funkelten. »Ich habe ganz alleine das *De Medicina* des Isidor von Sevilla für unsere Klosterbibliothek kopiert. Und, bei Gott, in einem bin ich mir sicher: Adalbert von Zwiefalten wurde vergiftet!«

5

»Vergiftet?« Nachdenklich strich sich Clemens von Hagen über das Kinn. »Was habt Ihr noch erfahren?«

Der Kanonikus hatte sich auf einem kleinen Schemel neben der Schlafstatt niedergelassen, auf der Elysa saß. Es war die Zeit der Mittagsruhe.

»Schwester Otilie hat den Mönch eingelassen. Er war verwirrt, sprach in fremder Mundart. Und doch konnte die Pförtnerin eines der Worte verstehen, das im Norden gebräuchlich ist und für den Teufel verwendet wird.«

Das sichere Gefühl, das Elysa während des Chorgesanges empfunden hatte, war verschwunden und hatte einer schwelenden Sorge Platz gemacht.

»Zweifellos hat Bruder Adalbert Furchtbares erlebt«, sagte Clemens düster. »Ich habe von einem Mann gehört, der von einer Schlacht zurückkam, um Jahre gealtert und mit weißem Haar, obgleich er fast noch ein Kind war.«

»Aber wie erklärt Ihr dann Adalberts Tod? Schwester Margarete erzählte, dass sie ihn mit weit aufgerissenen Augen fand, das Antlitz blau verfärbt.«

»Gewiss, es ist nicht auszuschließen, dass auch Gift einen Menschen derart zu entstellen vermag. Vielleicht aber will man uns nur glauben lassen, dass er vergiftet worden ist.« Der Kanonikus wiegte den Kopf, schien für einen Moment versunken in klugen

Überlegungen. »Die fremde Mundart jedoch, von der Ihr erzähltet, zeigt, dass meine Vermutungen richtig waren.«

»Welche Vermutungen?«

»Möglicherweise liegt Adalberts Tod in einem Wissen begründet, das ein Zwiefaltener Abt mit Hildegard geteilt hat: das Wissen um die *Lingua Ignota*, eine geheime Sprache, die Hildegard niederschrieb und mit der sich nur Eingeweihte verständigen konnten.«

Eine wahrlich bedeutsame Neuigkeit, die sogleich Elysas Interesse erregte. Sie beugte sich vor, den weiteren Erklärungen zu lauschen.

»Jener Kanonikus, der gemeinsam mit Hildegards Bruder Hugo auf dem Rupertsberg als Seelsorger, Sekretär und Probst wirkte, war mein Großonkel«, fuhr Clemens fort. »Von ihm habe ich erfahren, dass der Codex, in dem sämtliche Werke Hildegards gesammelt wurden, Worte jener himmlischen Sprache enthält, die sie in ihren Visionen hörte.«

»So hat vermutlich jemand den Mönch daran hindern wollen, sein Wissen zu teilen oder es zu nutzen …«

»In der Tat, so könnte es gewesen sein«, sagte Clemens sorgenvoll. »Zumal man munkelt, dass jene Sprache für Eingeweihte weit umfassender war, als der Codex erahnen lässt. Denn dort findet man ausschließlich Substantive. Wichtige Teile fehlen, um die Sprache lebendig zu machen und ihren Sinn vollends zu verstehen.«

Der Kanonikus wirkte bedrückt, als läge ihm noch etwas auf dem Herzen. Nur zögernd fuhr er fort. »Priorin Agnes hat sich geweigert, Adalbert in geweihter Erde beisetzen zu lassen. Sein Körper ist vor wenigen Tagen von einer Gesandtschaft des Klosters Zwiefalten abgeholt worden. Vielleicht ist unter den Brüdern einer, der imstande ist, uns Antwort zu geben.«

»Das mag sein, doch wie wollt Ihr es in Erfahrung bringen?«

Clemens von Hagen sah Elysa fest in die Augen. »Ich werde noch heute hinter der Gesandtschaft herreisen.«

»Nach Zwiefalten? Aber das dauert Tage! Zehn, wenn man ein Pferd hat, das kräftig ist und ausdauernd.«

Elysa spürte heftige Angst in sich aufsteigen. Sie betrachtete das Gesicht des Kanonikus, forschte nach Zweifeln an seinem Vorhaben, aber sie sah nur Entschlossenheit. »Am fünften Tag soll ich Novizin werden. Doch ich werde keinen falschen Eid schwören. Clemens, ich kann nicht länger im Kloster bleiben!«

»Ich weiß, Elysa. Die Gesandten sind jedoch noch nicht lange unterwegs, und ein Pferdewagen ist langsamer als mein Ross. In ein, zwei Tagen werde ich sie sicher einholen können.« Clemens von Hagen ergriff ihre Hände. »Hildegard von Bingen pflegte eine intensive Freundschaft zum Kloster Zwiefalten. In ihren Briefen tauchten immer wieder Worte der *Lingua Ignota* auf, die der selige Abt Berthold auf seinen häufigen Besuchen im Rupertsberg erlernt hatte. Und auch Hildegard besuchte sein Kloster auf einer ihrer Predigtreisen. Warum also taucht plötzlich der Zwiefaltener Mönch Adalbert in ihrem Zweitkloster auf und spricht in einer Sprache, die ansonsten niemand versteht? Hatte er eine Botschaft zu überbringen? Oder suchte er etwas, das er nur hier finden konnte? Und was ließ ihn innerhalb kurzer Zeit um Jahre altern? Das herauszufinden ist nun meine Aufgabe und für die Mission von größter Wichtigkeit. In diesen Mauern kann ich nicht mehr viel tun. Als Mann sind mir weite Bereiche des Klosters verschlossen – es liegt bei Euch, zu ergründen, ob eine der Nonnen Anteil am Verrat hat.«

Elysa fragte sich, was es wirklich war, das den Kanonikus antrieb. War es nur die Sorge um die Heiligsprechung der Prophetin? Was hatte es mit jener eigentümlichen Sprache auf sich, deren Geschichte sogleich Bilder von geheimen Treffen aufsteigen ließ, von der Verschwörung jener, die sich anschickten, das Böse zu besiegen.

Elysa rang mit ihren Gefühlen. Trotz seiner gewiss hehren Überlegungen konnte sie nicht einsehen, warum Clemens sie einem derart ungewissen Schicksal überlassen wollte. Es musste andere Wege geben, die verborgenen Dinge ans Licht zu bringen, doch sie würde ihn nicht umstimmen können, das war offenbar.

»Werdet Ihr rechtzeitig zurück sein können? Wenn nicht, so verlasse ich auf der Stelle das Kloster und verlange von Euch, mich zur Burg zu bringen. So, wie es vereinbart war.«

Noch immer lagen ihre Hände in seinen. Er drückte sie, wie zur Bestätigung. »Ich schwöre beim Herrn, dass Ihr nicht in die Verlegenheit kommen werdet, ein falsches Gelübde abzulegen.« Dann ließ er ihre Hände los und erhob sich. »Mein Pferd steht bereit, ich werde mich unverzüglich auf den Weg machen.«

Elysa folgte dem Kanonikus hinaus, schweigend. Sie fühlte sich alleine, unvermittelt in eine Aufgabe gedrängt, die sie nun heftig bereute. Warum nur hatte sie sich darauf eingelassen? Sie musste zugeben, dass sie sich geschmeichelt gefühlt hatte, als der Kanonikus ihr zutraute, das Ansehen der Rupertsberger Meisterin zu retten. Nun aber musste sie einsehen, dass sie nur zugestimmt hatte, um das Treffen mit ihrem Bruder hinauszuzögern. Aber war Burg Bergheim wirklich so viel unheilbringender als dieser unselige Ort?

Das stille, kalte Kloster wirkte auf einmal bedrohlich, und es gab nichts, das sie länger als vier Tage hier halten könnte. Niemals würde sie so weit gehen, einen falschen Eid zu schwören, um auf die Rückkehr des Kanonikus zu warten, einen Meineid im Angesicht Gottes. Ihr kam ein furchtbarer Gedanke.

»Was ist, wenn Euch auf dem Weg etwas zustößt?«

»Dann wendet Euch an den Konversen Gregorius. Ihr findet

ihn im Laientrakt an der Nordseite der Klosterkirche. Er wird Euch weiterhelfen«, erwiderte Clemens von Hagen.

»Ist er der Mann, dem ihr gestern Abend etwas zustecktet?«

Clemens nickte wortlos.

Es war neblig gewesen in jener Nacht. Nur schemenhaft erinnerte sich Elysa des Laienbruders, der mit einem Mantel über der grauen Tunika und kurzem braunem Skapulier gekleidet gewesen war.

Unterdessen waren sie bei den Ställen angelangt. Beklommen verfolgte Elysa, wie sich der Kanonikus auf sein Pferd schwang und durch die Klosterpforte ritt. Ihr Herz war schwer. Obwohl sie Clemens von Hagen kaum kannte, schien er ihr plötzlich nah und vertraut, Teil jenes Lebens, das sie vor der Klosterpforte gelassen hatte. Nun, da er ging, war es ihr, als ginge ein Teil ihrer selbst.

Für einen kurzen Moment dachte sie daran, auf der Stelle zum Laientrakt zu laufen und von Gregorius die Herausgabe ihrer Truhen einzufordern. Für ein paar Silbermünzen wäre der Laienbruder vielleicht auch dazu bereit, sie bis zur Burg zu begleiten. Aber wollte sie das wirklich?

Wind kam auf und zerrte an ihrem Umhang. Die Glocke erklang, laut und durchdringend, kündete vom Beginn der Sext.

Elysa straffte die Schultern. Sie würde sich dem Klosteralltag beugen müssen und dabei versuchen, mehr über die Vorgänge in Erfahrung zu bringen. Und sei es, um sich zu wappnen, sollte das Böse erneut hereinbrechen.

Als Elysa sich der Klosterkirche zuwenden wollte, ertönten plötzlich lautes Rumpeln und das Schnauben von Pferden. Dann erklangen Rufe von Männern, die sich mit der Pförtnerin verständigten. Das Tor wurde auf beiden Flügeln weit aufgestoßen, und ein Pferdewagen schob sich hinein, vorweg ein stämmiger Gaul. Auf dem Kutschbock saßen zwei Männer, ein jüngerer und ein älterer, der die Zügel lenkte und das Pferd nun zum Stehen brachte.

Auch die anderen Nonnen hatten den Lärm vernommen, aufgeregt schwatzend kamen sie herbeigeeilt. Als Priorin Agnes den Hof betrat, stoben sie auseinander, hinüber zur Klosterkirche, in deren Portal Schwester Ida stand und voller Ungeduld mit dem Stab gegen die Tür klopfte. Elysa zögerte kurz, doch nachdem sie einen kühlen Blick der Priorin aufgefangen hatte, schloss sie sich ihnen an.

Die Ankunft der Handwerker sorgte für große Aufregung unter den Nonnen. Keine von ihnen dachte daran, sich der stillen Arbeit zuzuwenden. Die angefangenen Näharbeiten lagen achtlos auf den Tischen. Liturgische Gewänder, die darauf warteten, gesäumt zu werden, dunkle Stoffe, Borten und allerlei Verzierungen. Der Werksraum war erfüllt von leisem Getuschel.

Zimmerleute, wisperte es, sie sollen das Dach des Seitenschiffes ausbessern.

»Ich kenne sie«, flüsterte Anna, eine junge Nonne. »Es sind Ditwin und sein Vater Eberold aus Bingen.«

»Woher kennst du Handwerker?«, fragte eine andere Nonne, und es klang verächtlich.

Anna bedachte sie mit einem überheblichen Blick. »Es sind verdiente Leute, die im Gegensatz zu deinem Vater einen guten Leumund haben!«

Die andere Nonne errötete und senkte die Augen.

»Eberold und sein Sohn haben im Auftrag eines Baumeisters an unserem Haus in Bingen gebaut. Ditwin zählte damals noch nicht einmal zwölf Winter«, fuhr Anna fort. »Und seht, was für ein stattlicher junger Mann er nun geworden ist.«

Ein erschrockenes Raunen ging durch den Raum. Augenblicklich trat Stille ein. Elysa betrachtete Anna. Sie mochte nicht älter als sechzehn sein. Die Haube saß fest um Stirn und Kinn, und dennoch hatten sich ein paar flachsblonde Haare befreit, die seitlich unter dem engen Gebinde hervorlugten.

»Eine Oblatin«, flüsterte Margarete, die neben Elysa saß. »Ihr Vater ist Münzmeister in Bingen. Sie kam im Alter von neun Jahren in unser Kloster.«

»Sie ist nicht freiwillig da?«, fragte Elysa leise.

»Nein. Es war der Wunsch ihrer Eltern.« Margarete seufzte. »Wäre Hildegard noch am Leben – sie hätte es niemals zugelassen. Sie selbst war eine Oblatin, und der Herr hat ihr in einer Vision mitgeteilt, dass er das Darbringen von Kindern gegen deren Willen verurteilt. Priorin Agnes aber ignoriert es aus Sorge um die Zukunft des Konvents.«

»Warum?«

»Seit dem Tod der Rupertsberger Meisterin nimmt der Zustrom der Nonnen in Eibingen stetig ab. Die adeligen Familien sind nicht bereit, ihre Töchter in ein Kloster zu geben, in dem alle Stände zugelassen sind.«

»Es gibt doch ausreichend Anwärterinnen aus den unteren Ständen?«

»Ja, doch auch die müssen eine Mitgift zahlen, die ihrem Besitz entspricht. Es gibt inzwischen andere Klöster, die weit komfortabler sind als Eibingen und ihre Pforten auch den unteren Ständen öffnen.« Margarete sah Elysa an. »Dem Vernehmen nach muss dein Vater ein wohlhabender Handwerker sein – warum bist du nicht in Hirsau vorstellig geworden oder in St. Marien in Andernach?«

Überrascht setzte Elysa zu einer Antwort an. Doch bevor sie etwas sagen konnte, ertönte eine barsche Stimme.

»Habt ihr nichts Besseres zu tun, als herumzusitzen und zu schwatzen?« Unbemerkt hatte Ida den Raum betreten, bebend vor Zorn. Sie bewegte ihren Stab, bis er Margarete berührte, und schlug ihr mit kleinen festen Hieben auf den Rücken.

Margarete schrie auf, aber sie fügte sich. Hastig beugte sie sich über den Stoff, der vor ihr lag. Elysa kämpfte mit sich, sie wollte aufspringen und die blinde Nonne scharf zurechtweisen, entschied sich jedoch dagegen, durch ein solches Verhalten würde sie nur ihre Aufgabe erschweren. Dann verließ Ida den Raum.

Elysa betrachtete Margarete erstaunt, der nun die Tränen in die Augen stiegen. Warum ließ sie sich das gefallen? Sie war älter als Ida, und ihr gebührte mehr Respekt. Ida schien im Kloster die Rolle der Wächterin übernommen zu haben. Sie war blind, und doch hatte sie ihre Ohren überall. Was mochte sie über die Vorgänge wissen?

Eine Weile beugten sich die Frauen still über die Arbeit. Elysa beobachtete Anna, die unruhig auf ihrem Platz hin und her rutschte. Schließlich stand die junge Nonne auf und lief zum Fenster. Der Wind hatte an Stärke zugenommen und stob durch die Öffnung. Annas gelöste Strähnen flatterten im Wind, doch sie schien es nicht zu bemerken, lehnte sich gegen die Mauer und starrte mit sehnsüchtigem Blick hinaus. Die anderen Nonnen taten, als sähen sie es nicht, und fuhren mit der Arbeit fort.

Elysa wandte sich Margarete zu. »Ich muss mit dir sprechen«, wisperte sie.

Die Nonne schüttelte stumm den Kopf. Tränen rannen ihr noch immer über das Gesicht und versickerten im Stoff der engen Haube.

Elysa strich ihr über die Finger, die sich in das vor ihr liegende Gewand gekrallt hatten. »Du musst mir erzählen, was hier vor sich geht. Und warum es Schwester Ida erlaubt ist, Nonnen zu züchtigen.«

Die Nonne starrte regungslos ins Leere, Elysa glaubte, deren Angst fast körperlich zu spüren. Sie sah ein, dass sie Margarete so nicht zum Reden bringen könnte, nun, da sie vor den Augen der anderen bestraft worden war. Aber es gab noch eine Sache, die sie wissen musste.

»Glaubst du, Elisabeth ist auch vergiftet worden?«

Margarete sah auf, entsetzt.

»Du darfst jetzt nicht schweigen«, flehte Elysa. »Es könnte weiteren Menschen das Leben kosten.«

Margaretes Lippen schienen unhörbare Worte zu formen. Und so leise, dass Elysa es nur mit Mühe verstehen konnte, flüsterte sie: »Ich habe furchtbares Unrecht getan. Und ich glaube, wir werden alle dafür bestraft.«

6

Clemens von Hagen trieb sein Pferd an. Er hatte den Wind im Rücken, mit Gottes Hilfe würde er es schaffen und die Mönche rasch einholen, die Adalberts Leichnam ins Heimatkloster führten.

Die Überfahrt über den Rhein hatte viel Zeit gekostet, kaum ein Fährmann wollte sich bereit erklären, den Weg bei Sturm zu wagen, doch schließlich hatte einer der Verlockung des Geldes nachgegeben.

Clemens wusste nicht, was ihn so antrieb. Glaubte er wirklich, die Mönche könnten ihm bei seinen Untersuchungen weiterhelfen? Eine Eingebung sagte ihm, dass Adalbert etwas erfahren haben musste, das ihm Aufschluss gab. Aufschluss über jene Dinge, die sein Großonkel Heinrich im Vertrauen angedeutet hatte, bevor er gestorben war.

War es Zufall, dass Heinrich nur kurz nach Probst Hugo von Bermersheim verschied, kaum dass Wibert von Gembloux das Kloster betreten hatte?

Es wäre übereilt, hier einen Zusammenhang zu vermuten, beide waren alt gewesen, beinahe Greise. Und doch verfingen sich Clemens' Gedanken bei Wibert, dem feurigen Wallonen, der die Meisterin mit schmeichelnden Briefen belästigt hatte, sich schließlich in ihrem Kloster niederließ und seinem Abt dafür eine Einladung vorgaukelte, die Hildegard niemals ausgesprochen hatte. Und der, kaum waren Seelsorger und Probst verstorben, sich sogleich als Ersatz anbot und damit Zugriff auf sämtliche Werke der seligen Meisterin bekam. Auf alle Visionsschriften und Briefe, alle musikalischen, theologischen und naturheilkundlichen Werke und auf die *Lingua Ignota*, die geheime Sprache.

Von Beginn an hatte Clemens großes Misstrauen gegen diesen Mönch gehegt, der sich auch nicht scheute, Worte der Schriften gefälliger zu feilen, trotz Hildegards Anliegen, alles Empfangene der Vision gleich zu belassen. Hatte die Prophetin den Wallonen auch an der vollständigen *Lingua Ignota* teilhaben lassen?

Wie viel hingegen hatte Bruder Adalbert gewusst? Gewiss war, dass er etwas erfahren hatte, das seine Pläne, zum Heimatkloster zurückzukehren, durchkreuzt hatte.

Noch im September war der Mönch anlässlich des Hildegardisfestes auf dem Rupertsberg zu Gast gewesen. Er konnte unmöglich die lange Reise nach Zwiefalten angetreten haben, um kurz darauf wieder gen Bingen zu fahren, dieses Mal zum Kloster Eibingen. Etwas musste ihn aufgehalten haben.

Clemens von Hagen fragte sich, ob es nicht besser gewesen wäre, das Rupertsberger Kloster aufzusuchen, um dort etwas über Adalberts Aufenthalt in Erfahrung zu bringen, statt durch Wälder zu reiten, in denen die Pfade immer schmaler wurden.

War es der richtige Weg? Er hatte die Abkürzung durch die Wälder genommen, um in Höhe von Oppenheim auf die alte Römerstraße zu stoßen, die im weiteren Verlauf über Cannstatt nach Augsburg führte. Doch nun war er nicht sicher, ob er die vorgesehene Richtung eingeschlagen hatte. Er sah durch die blattlosen Bäume in den Himmel, wo Wolken die Sterne verdeckten und damit jede Orientierung unmöglich machten.

Clemens stieg ab und untersuchte den Boden, der, von Laub bedeckt, den Pfad nur noch erahnen ließ. Dann besah er die Rinden der Bäume, fühlte die moosbewachsenen Seiten.

Es musste der richtige Weg sein. Mit einem Schwung hob Clemens sich auf sein Pferd, dessen Atem nun ein wenig ruhiger ging.

Der Wind drängte in seinem Rücken, schien ihn vorwärtszuschieben. In diesen Tagen war der Wind überall, durchdrang den ganzen Kosmos, eisig und voll zerstörerischer Kraft. Die Sonne war auf ihrem Weg vom Feuerkreis hinab in der Kälte angekommen, in der ihre Strahlung keine Kraft mehr besaß.

Das nasse Grau des Tages begann seinen Übergang in die Dämmerung, und der Kanonikus erkannte, dass er bald ein gastliches Haus aufsuchen musste, wollte er nicht in den Wäldern nächtigen, wo die Armen sich zusammenrotteten und ihre Nebenwelt lebten. Ohne Zweifel würde deren räuberische Mordlust auch vor einem Geistlichen nicht haltmachen.

Die Dunkelheit nahm rasch zu, der Pfad war kaum noch zu erkennen, doch weder war eine Siedlung in Sicht, noch bemerkte Clemens Rauchsäulen, die ihm Hinweise auf eine Feuerstelle gegeben hätten.

Er dachte an Elysa von Bergheim und an ihren angsterfüllten Blick, als er sein Vorhaben enthüllt hatte. War es richtig gewesen, sie in die Vorgänge zu verwickeln?

Und doch gab es niemand anderen, dem er diese Aufgabe zugetraut hätte. Keine Frau, die er kannte, besaß jene Fähigkeit, Dinge mit dem Verstand und gleichzeitiger Gottesfurcht schlüssig zu beurteilen, auch wenn Elysas Eigenwille so manches Mal im Weg stehen mochte. Clemens erinnerte sich voller Wärme an die wenigen Worte, die sie in diesen Tagen gewechselt hatten. Nie zuvor hatte eine Frau derart sein Interesse geweckt. Bernhard von Oberstein, über die Grenzen hinaus bekannter Gelehrter, hatte viel von Elysa erzählt, und was Clemens selbst in diesen wenigen Stunden erfahren hatte, bestätigte das Gesagte.

Nein, es war richtig gewesen. Es hätte sie ohnehin auf Burg Bergheim nichts Gutes erwartet. Clemens war Magnus von Bergheim nur einmal begegnet, Ende März, als auf dem Hoftag Jesu Christi in Mainz zur bewaffneten Pilgerfahrt gegen die Feinde des Christenreichs aufgerufen worden war. Ein Widerling, ein aalglatter Adeliger, der sich Kaiser Friedrich Barbarossa als Ritter anbot und dabei arrogant und selbstherrlich seine Verdienste im letzten Italienfeldzug pries, die indes wesentlich schmaler waren – wie Clemens später erfuhr –, da er vorzeitig zurückgekehrt war, um seine Wunden zu pflegen, die er sich noch vor der Überquerung der Alpen zugezogen hatte. Und nun, da Magnus' Vater verstorben und er Herr über Bergheim war, schien seine Arroganz noch zu wachsen.

Ein furchtbares Krachen riss den Kanonikus aus seinen Gedanken. Vor ihm stürzte ein dicker Ast zu Boden und ließ sein Pferd scheuen. Im selben Augenblick sprangen zwei lumpenverhüllte Männer aus dem Unterholz auf ihn zu, brüllend und mit schwingenden Keulen. Clemens riss sein Pferd herum und setzte zurück. Keinen Augenblick zu spät. Der Hieb einer Keule traf ein Bein, doch sein Ross war schneller. Mit klopfendem Herzen stob Clemens durch das Dickicht, den Pfad entlang, den er gekommen war.

Zwei weitere Männer versperrten ihm den Weg. Er saß in der Falle.

7

Sie warteten bis nach der Komplet. Während die anderen Nonnen zum Westportal hinaus in die Dunkelheit des stürmischen Abends strömten, kniete sich Margarete mit tief gesenktem Kopf vor den Altar des heiligen Rupertus im intakten nördlichen Seitenschiff. Elysa hingegen blieb unbeweglich auf ihrem Platz im Chorgestühl sitzen, flach atmend, und beobachtete Humbert von Ulmen, Priester und Seelsorger, der sich nun anschickte, die flackernden Kerzen zu löschen.

Seine Handlungen wirkten eingespielt, fast abwesend, und Elysa fiel auf, dass der Priester nicht die Dominanz ausstrahlte, die ihm in dieser Position gebührte. Fast war er ein Schatten, der auftauchte, wenn die Pflicht ihn von innen erleuchtete und dann wieder verschwand, als wäre er bis zur nächsten Pflichtübung nicht existent.

Durch das offene Dach des südlichen Seitenschiffs heulte der Wind immer stärker. Er hatte die Nonnen bereits beim Ave Maria gestört, das sie leise vor sich hin beteten, nun aber schien er zu einem Orkan zu werden. Elysa fragte sich, wie die Handwerker sich am nächsten Tag auf dem Dach halten wollten, wenn sie es erneuerten.

Sie betrachtete den hohen Raum, der karg war und doch von überwältigender Größe. Ungewöhnlich für ein kleines Nonnenkloster, deren Kirchen üblicherweise nur aus schmalen einschiffigen Saalbauten bestanden. Hatte Hildegard von Bingen, als sie das ehemalige Augustinerkloster für ihre Nonnen wählte, der männlichen Welt ein Zeichen setzen wollen?

Ihr Blick fiel auf das große Kruzifix über dem Altar, hölzern zwar, aber mit Blattgold bemalt und durch Gestalt und Ausdruck kraftvoll und eindringlich.

Der Gottessohn neigte sein Haupt nach links, sein Blick ernst und scheinbar unberührt von dem Leid, das sein ausgemergelter Körper mehr als erahnen ließ. Sollte es Gottes Wille sein, durch den Zustand des gleichmütigen Duldens über das Leid zu triumphieren? Erlaubte man damit nicht dem Bösen, in seinem Tun fortzufahren?

Nun war es fast dunkel. Das Flackern der verbliebenen Kerze im Nonnenchor ließ die Schatten des Chorgestühls im Luftstrom tanzen.

Dann ging auch der Priester – ohne sich noch einmal zu den Nonnen umzudrehen, ganz in sich und der Welt seiner Gedanken versunken. Mit leicht gebücktem Gang, so als trüge er die Last der Verantwortung für den Konvent auf seinen Schultern, schritt er zum Ende des nördlichen Querschiffes und verließ die Kirche über die zum Nordtrakt geöffnete Tür.

Der Wind tönte, sonst war es ganz still. Elysa richtete sich auf und sah zum Westportal – sie waren alleine. Dann erhob sie sich. Das laute Knacken des Chorgestühls ließ sie zusammenzucken, aber außer Margarete war niemand da, der davon Notiz nehmen könnte.

Leise ging Elysa zum seitlichen Altar des heiligen Rupertus, wo Margarete auf sie wartete. Sie bemerkte, dass die Nonne zitterte, konnte jedoch nicht zuordnen, ob vor Angst oder vor Kälte. Mit einer kurzen Handbewegung bedeutet Margarete, ihr zu folgen.

Im nördlichen Arm des Querschiffes, dort, wo der Priester die Kirche verlassen hatte, ging Margarete auf die hölzerne Statue einer Frau mit Jungfrauenkrone zu und schob sie beiseite. Bei näherer Betrachtung erkannte Elysa eine weitere, allerdings unscheinbare Holztür, die sich zum Osten hin öffnete. Klein und kaum wahrnehmbar in die Mauern eingelassen, verdeckt von der Statue, die Margarete soeben verrückt hatte.

»Eine Krypta?«

Margarete legte den Finger auf den Mund und schob den Riegel zur Seite. Die Tür öffnete sich mit einem leisen Knarren. Vor ihnen lagen in Stein gemauerte Stufen, die in tiefe Schwärze führten.

Margarete nahm eine Fackel aus dem Halter seitlich der Treppe und entzündete sie am verbliebenen zuckenden Licht. Dann schritt sie voran, die Stufen hinab.

Elysa zählte fünf Stufen und nach einer Windung weitere fünf, hinab in eine Kammer, die direkt unter dem Nonnenchor liegen musste. Das Licht der Fackel erhellte einen niedrigen, fensterlosen Raum, dessen Säulen sechs quadratische Kreuzgratgewölbe trugen.

Es roch modrig und feucht, und doch musste es eine Art Belüftung geben, denn Elysa spürte ganz deutlich einen feinen Luftzug auf ihren Wangen.

»Eine Krypta«, wiederholte sie. Früher Ort der Märtyrergräber und Stätte der Reliquienverehrung, nun oftmals Raum des stillen Rückzugs und Hüter des Klosterschatzes.

Elysa war noch nie in einer Krypta gewesen, und nun, da sie sich in einer befand, empfand sie eine Mischung aus Ehrfurcht und Beklemmung. Sie sah sich um, während das Gefühl der Beklemmung Oberhand gewann. Der Raum war aus unverputztem Bruchsteinmauerwerk, gleich einer kargen, unterirdischen Grablege. Er war leer, bis auf zwei Tafelbilder, die umgedreht an der nach Süden weisenden Wand lehnten, und einen kleinen Reliquienschrein aus Tannenholz. Keine Werke der Goldschmiedekunst, keine kostbaren Edelsteine und Gemmen, die den Betrachter von den irdischen Sorgen ablenken konnten, kein prächtiges Antependium. Es gab weder Fresken noch Ornamente, nur in der Westwand der Krypta befand sich eine stuhlartige Nische. Nichts, alles schmucklos, ebenso schmucklos wie die Kirche selbst.

Elysa betrachtete den hölzernen Kasten. »Ist das der Schrein für die Reliquien der Meisterin?«

Margarete nickte. »Er enthielt Fingerknochen und Partikel der Zunge. Außerdem einen Strang des Haupthaares Hildegards.«

»Erstaunlich«, murmelte Elysa. »Gewiss, die Reliquien sind ein kostbares Gut, doch wem sollte es gefallen, diese Dinge in aller Heimlichkeit zu besitzen? Doch nicht einer Nonne, die dem Eigenbesitz abschwören musste und diese Schätze nirgends zu verbergen vermochte?«

Elysa kniete nieder und strich sanft über das wohl durch einen Sturz verzogene Holz, ohne es zu berühren. Ihre Finger pulsierten. Hier in diesem Schrein hatten noch vor kurzem sterbliche Reste der seligen Hildegard gelegen. In ihnen lebten die Kräfte weiter, die der verehrten Prophetin innewohnten. Denn selbst wenn Hildegard noch nicht heiliggesprochen worden war, so gab es kaum jemanden, der an ihrer Heiligkeit zweifelte. Dieser schmucklose, in die modrige Krypta verbannte Schrein übte eine Anziehung aus, die sie augenblicklich ergriff. Eigentümlich bewegt, drehte sie sich zu Margarete um. »Erzähl mir von ihr.«

Margarete steckte die Fackel in einen der Halter des Gewölbes. Die Hand war nun sicher, das Zittern verschwunden.

»Hildegard von Bingen war entgegen ihren bescheidenen Beteuerungen eine starke, gebildete Frau.« Die Nonne hockte sich neben Elysa vor den Reliquienschrein und legte ihre Hand auf das Holz, das sie nun voller Zuneigung betrachtete. »Bereits als Kind hatte sie Visionen, konnte die Farbe eines ungeborenen Kalbes voraussagen. Im Alter von zweiundvierzig Jahren aber wurde sie vom gleißenden göttlichen Licht heimgesucht und bekam den Auftrag, all die Botschaften niederzuschreiben, die sie fortan erhielt.«

Elysa nickte – das war ihr bekannt. Im Rheingau kursierten allerhand Erzählungen von Hildegards mächtigem Auftrag. Handschriftliche Kopien ihrer Abhandlungen über den göttlichen Kosmos und die Botschaft Gottes wurden allerorts gelesen.

»Viele Menschen suchten ihren Rat«, fuhr Margarete fort. »Einfache Gläubige wie auch Kirchenfürsten, denn in ihrer liebevollen Weisheit wusste die Meisterin immer den rechten Weg. Doch trotz Heiligkeit konnte sie auch halsstarrig sein. Sie hat immer für das Gute gekämpft und für das Christenrecht, mit regsamem Geist und geschliffener Rede. Und dabei hat sie sich nicht gescheut, kirchliche und weltliche Würdenträger in ihre Schranken zu weisen.« Sie lächelte, und aus ihren Augen begann ein inneres Feuer zu leuchten. »Selbst Kaiser Barbarossa, der ihr dereinst einen Schutzbrief für das Rupertsberger Kloster ausstellte, hat sie mit schneidenden Worten Gottes Botschaft zugerufen, als er mit Gegenpäpsten die christliche Welt entzweite und sich aufmachte, jede Parteinahme für den kirchlichen Papst mit Waffengewalt zu bekämpfen.«

»Sie ist dem Kaiser in die Parade gefahren?«, fragte Elysa.

»In der Tat.« Margarete schloss die Augen, als suche sie in ihrer Erinnerung nach Worten. »Wehe, wehe diesem bösen Tun der Frevler, die Mich verachten!«, flüsterte sie schließlich. »Das hört, König, wenn du leben willst! Sonst wird Mein Schwert dich durchbohren!«

Elysa schwieg und betrachtete das weiche Gesicht der Nonne. Die Verehrung für die beherzte Meisterin war offenbar. Und doch wohnte Margarete, ja, keiner der Nonnen jener Kampfesgeist inne. Nein, auf eine stoische Weise suchten sie das Böse in das tägliche Einerlei zu integrieren, schienen es als gegeben zu ertragen, ohne sich dagegen aufzulehnen. Was taten sie, um sich ihrer Meisterin würdig zu erweisen? Das gleichmütige Dulden des Leids – es hing als Kreuz über dem Altar und durchdrang das ganze Kloster. Doch es war gewiss nicht im Sinne der seligen Äbtissin vom Rupertsberg.

»Was, ehrwürdige Schwester, hätte die Meisterin getan, nun, da ein unheilvolles Spiel eines ihrer Klöster zu zerstören droht?«

»Hildegard?« Margarete sah erstaunt auf. »Sie hätte gebetet«, begann sie zögernd und setzte sogleich fest hinzu: »Gebetet und gekämpft. Ja, Hildegard war eine Kämpferin, klug und zäh. Sie wusste ihre Fäden zu spinnen. Viele Menschen, Bischöfe, Erzbischöfe, Klostervorsteher und Adelige und auch das gemeine Volk, sie alle standen ihr zur Seite. Sie war das Licht im Dunkeln, die Kraft der weibischen Zeit, in der der Klerus machte, was ihm in den Sinn kam, anstatt das Wort Gottes zu leben und nicht nur lau zu verkünden.«

»Hildegard hätte es niemals zugelassen, dass das Böse in ihr Kloster dringt. Warum tut ihr nichts dagegen?«

Margarete schlug bestürzt das Kreuz. »Hildegard war eine Heilige, die es vermochte, selbst die aufsässigsten Dämonen zu vertreiben. Wie aber sollten wir, einfache Nonnen, es mit dem Teufel aufnehmen?«

»Ich glaube nicht an ein Werk des Teufels. Du selbst nahmst an, Adalbert wäre vergiftet worden – von Menschenhand«, erwiderte Elysa.

Margarete war sichtlich bemüht, ihrem Antlitz einen Ausdruck von Gleichmut zu geben, aber es gelang ihr nur mäßig. Indessen schien sie sich zu verschließen, presste die Lippen fest aufeinander, als wolle sie von nun an schweigen. Schon glaubte Elysa, sie wäre zu weit gegangen – was scherte sich eine Anwärterin um die Belange des Klosters –, dann aber nickte die Nonne. »Möglicherweise hast du recht.«

Behäbig erhob sie sich und schritt die östliche Wand ab, während sie leise zählte. Endlich schob sie ihre Finger in eine Ritze im Mauerwerk und förderte ein kleines leinenes Tuch zutage. Das Zittern hatte wieder begonnen und erfasste die Finger. Tränen rannen ihr über die Wangen. Wortlos hielt sie Elysa das Tuch hin.

Das Leinen war rau. Es war mehrfach gefaltet und schien etwas zu verhüllen. Vorsichtig schlug Elysa den Stoff auf, und was sie dort sah, verschlug ihr für einen Moment den Atem.

Das Pergament, das sie in den Händen hielt, war augenscheinlich sehr kostbar. Es war recht klein, nicht größer als die Fläche einer Hand. Der Rand war ausgefranst, als habe jemand mit Kraft an ihm gezerrt und es sodann in zwei Hälften gerissen. Elysa befühlte es vorsichtig mit den Fingern, strich über samtige, leicht getönte Haut, die feiner war als all die Häute, die sie bislang in Händen gehalten hatte. Wahrhaftig, mit diesem Pergament musste es etwas Bedeutsames auf sich haben.

Dann betrachtete sie das im Nichts verschwindende, feine und mit prachtvollen Farben gemalte Bild und ging näher zum Licht, um das Fragment einer genaueren Betrachtung zu unterziehen. »Eine wundervolle Miniatur.«

Margarete nickte wortlos.

Elysa hielt das Pergament ein wenig höher, direkt vor das Feuer der Fackel, und versuchte, die zerrissene Schrift zu erkennen.

»*... ne laberetur continebant. Et idem globus se aliquando sursum eleuauit et plurimus ignis ... ita quod exinde ... produxit*«, las sie leise flüsternd. »... sie hielten, damit er nicht herunterfalle. Und dieselbe Kugel erhob sich einst empor und mehrfaches Feuer ...« Sie hielt inne. »Es ist zu wenig, es ergibt keinen Sinn.«

Irritiert bemerkte sie feine braune Linien am Rande des Blattes, die sich nur wenig vom Pergament abhoben, wenn sie es vom Licht weghielt. Es sah aus wie eine fremde Schrift, nicht Griechisch, weil runder und geschwungener. Elysa hatte solche Buchstaben noch niemals gesehen. Was für einen Sinn ergab es, eine Schrift einzufügen, die einer anderen Kultur zu entstammen schien und die man nur bei genauerer Untersuchung einsah, wenn nicht, um die Bedeutung der Worte vor Unbefugten zu verbergen?

»Du kannst lesen?«, fragte Margarete erstaunt.

Elysa schrak zusammen. »Mein Onkel lehrte es mich …« Sollte sie sich Margarete anvertrauen? Nein, sie würde die Nonne unnötig in Aufruhr bringen.

Margarete schien auf eine weitere Erklärung zu beharren. Mit großen Augen sah sie Elysa an.

»Ich vermag ein paar Worte mit meiner bescheidenen Bildung zu erkennen, doch um wie vieles gelehrter bist du!« Elysa wandte sich wieder dem Pergament zu. »Es ist wundervoll – wie kam es in deine Hände?«

Margarete senkte die Lider und errötete voll tief empfundener Schuld. Dann hob die Nonne den Blick – er war verschleiert.

»Es handelt sich um ein schwerwiegendes Vergehen, Elysa, und ich sollte es besser beichten, als dir zu offenbaren. Doch ich zaudere vor der Geißel, die mich hierfür treffen wird, wenngleich ich ihr nicht entfliehen kann, denn die Augen des Herrn sind allgegenwärtig.«

Die Nonne ergriff Elysas Hände und drückte sie fest. »Irgendetwas bewegt mich dazu, dieses Geheimnis mit dir zu teilen, bevor ich dafür büße, denn mir ist, als kenne ich dich eine Ewigkeit. Ich habe das Schweigegelübde schon immer schwer ertragen können, und nun scheint es, als öffnetest du mir nicht nur die Zunge, sondern auch das Herz.« Margarete hielt einen Augenblick inne, dann fuhr sie fort. »Das Pergament ist von dem Mönch Adalbert. Er hatte es in der Hand, als ich ihn fand.«

»Von Adalbert?« Das war wahrlich eine große Neuigkeit. Ein kostbares Fragment mit lateinischem Text und einer verborgenen

Botschaft. Was für einem Geheimnis war der Mönch auf der Spur gewesen, bevor er sein Leben ließ? »Weiß sonst noch jemand von deinem Fund?«

»Niemand.« Margarete ließ Elysas Hände los. »Er lag auf dem Boden, direkt am Ende der Stufen. Beinahe wäre ich über ihn gestolpert. Ich weiß auch nicht, was in mich gefahren ist. Elysa, wie konnte ich das nur tun?«

»Ein Toter lag vor dir. Du hast im Schrecken gehandelt.«

»Im Schrecken, ja, und in großer Angst.«

»Angst?«

»Das Gefühl der Bedrohung – ich spürte es, als ich seine Hände zum Gebet schloss, und ich spüre es wieder, wenn ich davon berichte.«

»Du musst dich erinnern, Margarete. Was hatte dich derart beunruhigt? War noch jemand im Raum?«

»Nein.« Margarete stockte. »Das heißt, ich kann es nicht genau sagen. Gewiss, der Tag war noch dämmerig, ich ging zum Fenster, um das Pergament eindringlicher zu betrachten.«

»Und was hast du gesehen?«

»Nicht mehr, als du eben selbst gesehen hast.«

»Ich meinte, als du am Fenster standest?«

»Ich habe nur auf das Pergament geachtet.«

»Ist dir im Skriptorium etwas aufgefallen?«

Margarete schüttelte den Kopf. »Es ist, wie ich dir erzählt habe. Außer Adalbert sah ich niemanden im Raum. Er lag da, seltsam verrenkt, mit weit aufgerissenen, anklagenden Augen und bläulichem Gesicht.«

Die beiden Frauen schwiegen für ein paar Momente, jede in ihre Gedanken versunken. Vor Elysas Augen entspann sich ein Bild des Mönches, so, wie Margarete ihn beschrieben hatte. Seine dünne Haut, das weiße Haar, die wimpernlosen Augen. Das bläuliche Gesicht mit dem geweiteten Blick. Kaum begann das Bild sich zu verflüchtigen, fiel ihr etwas auf. Elysa versuchte, es zu greifen, bevor es sich verlor, ja, es war etwas, das der Kraft der Analyse nicht standhielt.

»Welches Gift«, begann sie langsam, »vermag einen Menschen langsam zu zerstören, Glieder und Haut auszumergeln und dennoch einen Todeskrampf auszulösen, der so plötzlich kommt und den Anschein macht, als wolle er sich wehren?«

Margarete überlegte einen Augenblick und sagte dann: »Ich dachte an argentum vivum, denn dem Mönch entströmte ein merkwürdiger Geruch. Aber du hast recht, das Gift wirkt langsam, lässt die Gedärme qualvoll verfaulen. Adalbert wäre entschlafen, die Glieder gelähmt, mit blasigem Schaum vorm Mund. Er hätte sich nicht in einem plötzlichen Todeskampf aufgebäumt. Es sei denn, man hätte es ihm erneut verabreicht, in stärkerer Dosis.«

»Vielleicht ist er erst vergiftet worden und dann gemeuchelt?«

»Doch wäre er gemeuchelt worden, hätte er Male aufgewiesen.«

Gewiss, dachte Elysa, doch wer hätte sie entdecken sollen? Die Priorin etwa oder die Mönche, die Adalbert zurück in die Heimat führten? Vielleicht auch gab es etwas, das ihr den Blick verstellte und das sie noch nicht zu begreifen vermochte.

Ein toter Mönch, offenbar verwirrten Geistes, mit einem Stück Pergament, dessen Bedeutung noch im Dunkeln lag. Clemens von Hagen hatte vermutet, dass Adalbert bei seiner Ankunft die geheime Sprache Hildegards sprach, die *Lingua Ignota*. War es die verborgene Sprache des Pergaments?

Was war mit der anderen Toten, Elisabeth, die unter qualvollen Schmerzen gestorben war? Gab es einen Zusammenhang zwischen den beiden Todesfällen?

»Sprach Elisabeth auch jene Sprache, die der Mönch von sich gab?«

»Du fragst nach einer Sprache, ich glaubte, es wären nur wirre Worte.«

»Es könnte auch eine Sprache gewesen sein, das Pergament enthält sonderbare Schriftzeichen.«

»Nun, Otilie dachte, den Klang nordischer Pilger zu erkennen, doch Adalberts Heimat lag im Süden«, erklärte Margarete.

Elysa seufzte. Sie würde sich zu erkennen geben, erzählte sie von ihrem Wissen um die *Lingua Ignota*. Wusste Margarete von der Geheimsprache der Prophetin? Wie gerne würde sie sich der Nonne offenbaren.

»Und was ist mit der Novizinnenmeisterin? Hast du Elisabeth je eine andere Sprache sprechen hören?«

Margarete verneinte vehement. »Niemals. Gewiss, Elisabeth war eine gute Nonne, still und ehrfürchtig, aber ich habe nie verstehen können, wie die Priorin eine derart einfältige Person für die Unterweisung der Novizinnen berufen konnte.«

»Einfältig?«

»Ja, zwar war Elisabeth des Lesens mächtig, nicht aber des Schreibens. Wenn sich ihre Gedanken nicht in Kontemplation versenkten, dachte sie nur ans Essen. Rund war sie und maßlos, befreundete sich mit Ermilindis, der Celleraria, und nahm heimlich, was die anderen liegen ließen.« Margarete zögerte kurz und setzte hinzu: »Die Maßlosigkeit ist ein schlimmes Laster, das alles an sich reißt, um es zu verschlingen. Nun hat der Teufel, die alte Schlange, sich ihrer angenommen. Gott sei ihrer Seele gnädig.«

Elysa runzelte die Stirn. »Nicht der Teufel, ehrwürdige Schwester. Ein allzu menschliches Wesen möchte uns glauben machen, es geschähe etwas, das außerhalb unserer Macht läge. Und ich komme nicht umhin zu mutmaßen, dass jemand in diesem Kloster genau weiß, was er tut.«

Margarete stöhnte leise auf. In ihrem Blick lag Bestürzung, nein, es war der Atem der Angst, der von ihr Besitz ergriffen hatte. »Ich habe ihn gefunden, Elysa, ich habe etwas genommen, das er im Kampf mit dem Tod fest umklammert hielt.« Hastig nahm sie das Pergament wieder an sich und hüllte es in das Tuch. »Ich muss es der Priorin geben und beichten, sonst sind wir alle verloren.«

»Tu es nicht, Margarete. Dieses Pergament könnte der Schlüssel zu all den Vorgängen sein.«

Vehement schüttelte Margarete den Kopf. »Siehst du es denn nicht, Elysa? Seit der Mönch dieses Kloster betrat, hat sich die Zeit verändert. Die Elemente sind gewandelt, ja, entfesselt! Seit ich denken kann, hat es solche Winde nicht gegeben. Sie sind voller Kraft und Zerstörungswut.« Margaretes Stimme wurde flehend. »Der Mensch hat die Gebote des Schöpfers missachtet, die Elemente werden aufsässig und bringen Verderbnis, denn in dieser Zeit geht die Gerechtigkeit zugrunde. Es ist allein meine Schuld, und ich werde es wiedergutmachen!«

»Margarete, ich bitte dich. Die Elemente wandeln sich seit Adams Fall. Nun sind sie entfesselt, aber nicht durch dein Tun.« Elysa dachte an ihre eigene Angst und an die Eindringlichkeit, mit der Clemens von Hagen sie hatte überzeugen können. »Jemand anderes hat die Sünde begangen, und dieses Pergament könnte helfen, die Wahrheit zu offenbaren. Oder glaubst du wirklich, Adalbert war derjenige, der dem Kloster schaden wollte?«

Die Nonne wiegte den Kopf. »Ich weiß es nicht, Elysa. Nein, Adalbert war ein guter Mönch, er genoss das Vertrauen der Meisterin.«

»Dann hatte es einen Grund, warum ihm das Pergament so wichtig war, dass er es in der Stunde des Todes umklammerte.«

»Woher kannst du dir so sicher sein?«, fragte die Nonne.

»Die Wahrheit zeigt sich erst in der Untersuchung. Margarete, wir müssen annehmen, dass Adalbert dem Pergament einen Wert beimaß, der uns noch verschlossen ist. Bevor du es der Priorin übergibst, sollten wir da nicht versuchen, sein Geheimnis zu entschlüsseln?«

Margarete setzte zu einer Antwort an. Ein plötzliches Geräusch ließ sie aufschrecken. Es war nur ein leises Klacken, doch in der Stille der Krypta war es derart durchdringend, dass Elysa den Atem anhielt.

»Still«, zischte sie.

Margarete erstarrte. »Was hast du?«

Elysa lauschte angestrengt. Das Geräusch war verschwunden. Hatte der Wind sie getäuscht?

Dann hörte sie es wieder. Jetzt wurde es lauter und kam immer näher. Es war das Geräusch eines Stabes, der auf den Boden schlug. Ida.

Auch Margarete hatte es gehört, ihr Gesicht verriet eine Furchtsamkeit, die Elysa bereits am Nachmittag im Handwerksraum bemerkt hatte.

»Rasch, lösch die Fackel!«

Margarete aber blieb regungslos stehen, das Leinen fest umkrallt.

Mit einem Satz war Elysa bei der Fackel, riss sie aus dem Halter und warf sie zu Boden. Dann wurde es dunkel.

8

Gestrüpp peitschte in sein Gesicht. Die Hände auf dem Rücken mit einem Strick verknotet, hatte Clemens von Hagen angesichts seines schmerzenden Beins nur mit Mühe sein Gleichgewicht halten können. Immer wieder war er gestürzt, bis man ihm einen Stock durch die Öffnung der zurückgebundenen Arme gesteckt hatte. Nun schleifte man ihn erbarmungslos über den Boden.

Die Männer lachten und riefen sich etwas in der Sprache der Landleute zu, die Clemens nicht verstehen konnte. Laut und barbarisch klang sie in seinen Ohren.

Er hätte es wissen müssen. Warum nur war er das Risiko eingegangen? Die *pauperes* zogen zuhauf durch die Wälder. Arme Menschen, die raubten und mordeten, selbst die eigenen Leute, wenn es ihnen ein Stück Brot versprach. Das Pferd würde ihnen ein willkommener Festschmaus werden, da war sich Clemens sicher, und es nähme ihm jegliche Gelegenheit zur Flucht.

Sein Körper schrammte über unwegsames Gelände. Begannen seine Sinne bereits zu schwinden? Er dachte an seine Mission und daran, dass er sie nicht mehr würde erfüllen können.

Eine tiefe Trauer überkam ihn. Hatte er versagt? Hatte ihn sein Großonkel überschätzt, als er ihn beiseitenahm, damals auf dem Rupertsberg?

»Etwas geht vor in dem Kloster«, hatte Heinrich geflüstert, ein alter faltiger Mann, aber kräftig und mit klarem Verstand. Clemens hörte die Worte deutlich, so als wären sie soeben gesagt worden. »Die Prophetin ist beunruhigt, und ich bin es auch.«

»Warum? Ist es wegen der spitzfindigen theologischen Fragen der Villerenser Mönche?« Clemens war damals noch jung gewesen, unbedarft, den Blick mehr auf die herrlichen Frühlingsblumen gerichtet, das Gesicht in der Sonne. Sie hatten im Kreuzgarten gesessen, dessen Beete gerade ihre Pracht entfalteten.

»Es ist etwas weit Bedeutsameres«, hatte Heinrich geantwortet und seine Stimme gesenkt, so dass Clemens sich zu ihm beugen musste, um ihn zu verstehen.

»Hildegard hatte eine Vision. Anders als diejenigen, die sie sonst in ihre Wachstafeln ritzt. Es geht um eine Zeit, die erst kommen wird.«

»Die Endzeit?«

Heinrich hatte unschlüssig den Kopf gewiegt. »Etwas Furchtbares wird geschehen, aber es scheint abwendbar. Hildegard weiß, dass sie in absehbarer Zeit den Weg ins königliche Himmelsreich antreten wird. Sie ist eine Greisin, beinahe achtzig, ein wahrlich biblisches Alter. Und doch wurde ihr etwas aufgetragen, das sie selbst nicht mehr ausführen kann.«

»Was sollte das sein?« Mit einem Schlag war Clemens' Neugierde erwacht.

Sein Großonkel hatte jedoch nur den Kopf geschüttelt. »Ich weiß es nicht. Und dennoch: Wenn die Zeichen der Endzeit nahen und der Papst zur Reise zum heiligen Grab aufruft, dann sei gewappnet und stelle dich in den Dienst Gottes und seiner Prophetin.« Er hatte seine Hände gefaltet. »Die Meisterin will die Vision noch nicht kundtun, so, wie es ihr aufgetragen wurde, aber sie wird Vorkehrungen treffen. Und doch weiß ich, dass es Menschen gibt, die ihr die Gabe der inneren Schau und ihre Verbundenheit mit dem Herrn neiden, denn auch unter uns gibt es

Schlangen. Und obwohl ich nicht weiß, was Hildegard gesehen hat, so konnte ich in Erfahrung bringen, dass Vorsicht geboten ist, denn der Teufel kommt, um die Christenheit zu verderben.« Sein Großonkel hatte ihn streng und gleichzeitig voller Hoffnung angesehen. »Du, Clemens, solltest dich bereitmachen. Wenn etwas passiert, das dir Gewissheit gibt, dann schreite ein.«

Noch in diesem Moment, während der Boden an seinen Gewändern riss, erinnerte sich der Kanonikus an den Schauder, den er empfunden hatte.

Im Laufe der Jahre war der Auftrag verblasst, doch als Jerusalem gefallen und die Kunde von dem Tod des Zwiefaltener Mönchs an sein Ohr gedrungen war, hatte er gewusst, dass die Zeit gekommen war.

Die Männer hielten an und ließen den Kanonikus auf dem Boden liegen. Mühsam hob Clemens seinen Kopf und öffnete die Augen. Sie waren an einer Lichtung angekommen, keiner einsamen, nein, sie war voller Menschen! Sie saßen um kleine Feuerstellen, Männer, Frauen, auch Kinder. Es war laut, einige sangen, ein Mann schrie, aber niemand nahm Notiz von ihm.

Was war das für ein Ort? Clemens drehte seinen Kopf, aber wohin er auch sah, es gab keine Häuser und keine Hütten.

Ein Gesicht voller Geschwüre tauchte vor ihm auf, entstellt und ohne menschliche Züge. Das Monstrum kreischte mit hohler, katzenhafter Stimme, Arme wie Stumpen näherten sich seinem Körper.

»Verschwinde, du Untier, geh zu den Deinen!«

Eine schneidende Stimme ließ das Monster zusammenzucken. Mit einem Heulen eilte es davon.

»Ein Aussätziger, es ist schlimm um ihn bestellt. Doch nicht alle haben derart ungehobelte Manieren.«

Der Mann, der sich nun vor ihn kniete, trug einen langen filzigen

Bart und war ebenfalls in Lumpen gekleidet wie die Männer, die Clemens überfallen hatten. Nur trug er eine Tunika aus Ziegenhaar, seine Füße waren nackt, und trotz des Schmutzes, der ihm anhaftete, durchdrang ihn ein eigentümliches inneres Leuchten.

»Ich bin Werner von Kastellaun. Und wer seid Ihr?«

»Zuerst bindet mich los!«

»Ihr seid ein großer, stattlicher Mann. Wie soll ich wissen, dass Ihr mich nicht gleich zu überwältigen sucht?«

»Ich bin Kanonikus!«

Werner von Kastellaun lachte auf. »Das besagt gar nichts. Unlängst hörte ich von einem furchtbaren Streit zwischen einem Abt und einem Bischof um den Sitzplatz neben dem Mainzer Erzbischof. Sie ließen den Streit mit dem Schwert austragen, es rollten mehrere Köpfe. Und das zum Pfingstfest in der Kirche.«

»Ihr sprecht von einem Vorfall, der mehr als hundert Jahre zurückliegt.«

»Das ändert nichts an dem unchristlichen Verhalten.«

»Und wie steht es mit Euch? Waren es nicht Eure Männer, die mich überfallen haben?«

Werner von Kastellaun lächelte. »Es sind Männer Gottes, auch wenn sie es mit den Geboten nicht so ernst nehmen.«

»Männer Gottes? Ihr wollt mich wohl zum Narren halten!«

Doch der bärtige Mann lächelte weiter, es war ein hochmütiges, fast spöttisches Lächeln. »Mitnichten, ehrwürdiger Kanonikus. Diese Männer mögen das Gute noch nicht von dem Bösen zu unterscheiden wissen, aber wie sollten sie denn, wenn es selbst die Kirche nicht vorlebt? Und doch sind sie dem wahren Glauben näher als Ihr.«

Clemens von Hagen begriff. Werner von Kastellaun war ein Häretiker, ein Abtrünniger, der in der Abgeschiedenheit fern der Stadt ein einfaches Leben im Geiste des Evangeliums führte und damit Scharen einfacher, entwurzelter und gebrandmarkter Menschen anzog, die dem weltlichen Elend zu entfliehen suchten. Aber was für einen Grundsatz verfolgte dieser Wanderprediger zum Erhalt seiner Rechte? Wahrte er sie mit Gewalt?

»Ihr habt Euch von der Kirche losgesagt. Und nun wollt Ihr den Menschen den wahren Glauben predigen«, stellte Clemens lakonisch fest.

»Ihr seid ein kluger Mann.«

»Dann solltet ihr dem einfachen Volk auch Vorbild sein im Sinne Christi – also bindet mich los.« Ein paar Männer hatten sich von einer Feuerstelle erhoben und den beiden genähert, um dem Disput zu folgen. »Sieh, Werner von Kastellaun, sie erwarten Eure Gerechtigkeit.«

Das Lächeln des Wanderpredigers erstarb für einen kurzen Moment, dann aber näherte er sich Clemens und flüsterte ihm ins Ohr: »Ich werde an Euch ein Exempel statuieren!«

Der Bärtige stand auf. »Seht her, liebe Leute. Vor Euch liegt ein Mann der Kirche. Erbärmlich in seinem Reichtum und Prunk. Und doch selbstherrlich genug, um das Evangelium zu verachten, nach dem wir leben. Der Herr hat ihn zu uns geführt, um uns zu prüfen und unsere Standhaftigkeit gegenüber den unrechten Schäfern zu beweisen.«

Immer mehr Menschen kamen herbeigeströmt. Clemens von Hagen bemerkte noch weitere Aussätzige mit den furchtbaren Spuren, welche die Lepra an ihren Körpern hinterlassen hatte. Sie waren verkrüppelt, gerötet und entstellt, darunter eine junge Frau in der gefärbten Kleidung wohlhabender Städter. Unter den gestrengen Blicken des Bärtigen sammelten sie sich im gebührenden Abstand von den anderen.

Der Wind stob durch die Lichtung, eine Haube flog über den Platz, aber niemand machte Anstalten, sie einzufangen.

»Seht nur, das Ende ist nah«, begann der Prediger laut in einem Singsang, während er die Arme gen Himmel reckte. »Das Land

Kanaan sei euch verheißen, in dem auch ihr euren Anteil erhaltet, denn dort wird euch am Ende der Zeiten euer Recht zurückgegeben.«

Ein zustimmendes Raunen erhob sich.

»Der reiche Klerus aber missachtet die Gesetze Gottes, badet in selbstgefälligem Reichtum und lässt die Armen vor seinen Augen verhungern.«

»Selig, die hungern und dürsten nach der Gerechtigkeit, denn sie werden satt werden.« Die Worte erklangen in vielfältigem Gemurmel.

Der Prediger fuhr fort. »Also gewöhne dich an die Armut, denn nur wer den Reichtum verachtet, erlangt göttliche Würde.«

»Selig, die arm sind vor Gott, denn ihnen gehört das Himmelreich.«

Clemens betrachtete die versunkenen Gesichter. Die Schergen haben ihre Aufgabe erkannt, dachte er voller Bitterkeit, und nun soll ich für die Zwecke des Predigers zum Scheiterhaufen geführt werden.

»Selig die Barmherzigen, denn sie werden Erbarmen finden!« Clemens' Stimme klang tief und voll über den Platz. Irritiert blickten die Menschen auf.

»Seid barmherzig, denn ich bin in göttlicher Mission unterwegs«, fuhr er fort. »Und wenn ihr mich an der Ausführung hindert, so ist das Himmelsreich für immer verloren! Das Böse geht um, es verbreitet sich mit der Geschwindigkeit des Windes. Wir müssen ihm Einhalt gebieten, ehe es uns alle vernichtet.«

Clemens erkannte Erstaunen auf den Gesichtern, auf manchen sogar Entsetzen.

»Ruhig«, versuchte Werner von Kastellaun die Menschen zu beschwichtigen, »er redet im Gewand des Herrn, doch mit der Zunge des Teufels.«

»Ja, schneidet ihm die Zunge raus«, rief ein jüngerer Mann. Zustimmendes Geschrei erklang. »Werft ihn ins Feuer und überlasst ihn dem Schlund der Hölle!«

»Haltet ein, ihr benehmt euch wie die Tiere!« Es war die junge Aussätzige, die sich unbemerkt genähert hatte und vor der nun die Menschen voller Furcht und Ekel wichen. »Lasst ihn erzählen.«

Clemens von Hagen blickte dankbar in das von Geschwüren entstellte Gesicht. Dann wandte er sich an die Umstehenden. »Helft mir auf, damit ich euch berichten kann.«

Die Menge zauderte. Mit aller Kraft versuchte Clemens, sich hochzustemmen, doch sein von einem Keulenhieb verletztes Bein schmerzte noch immer, und er sank wieder zu Boden.

»Gottes Strafe richtet ihn!«, rief Werner aus. »Seht doch, wie er strauchelt!«

»Ich bin gestrauchelt, weil mich eine menschliche Keule traf, nicht Gottes Zorn«, antwortete Clemens und blickte die Menschen um ihn beschwörend an.

Er sah Männer und Frauen in Lumpen, manche zahnlos und mit filzigem Haar, auch schmutzige Kinder mit dürren Bäuchen. Dort drüben seine beiden Peiniger, barbarisch grinsend, als diente sein Leid nur ihrer Belustigung.

Hier standen Menschen, die auf Almosen hofften und sie in Demut empfingen, aber vor allem standen hier solche, die Gottes Botschaft missachteten, die Trägheit liebten und sich weder körperlich noch geistig bemühten, um ihrer Seele zu helfen. Bettler, ausgeschlossen und rechtlos, fern von der eigenen Barmherzigkeit.

Clemens spürte, dass seine Möglichkeiten gering waren, doch er musste sie nutzen, und das gelang nur, wenn er ihr Dasein nicht in Frage stellte.

»Ich verachte euer Evangelium nicht. In diesem Punkt irrt euer Prediger, denn die Mutter Kirche ist barmherzig. Ihr mögt

Geistliche kennen, die sich ihres Standes nicht würdig erwiesen haben, ja, manche von euch haben wohl auch unter ihnen gelitten. Voller Hoffnung wendet ihr euch nun einem neuen Glauben zu, in der Annahme, dort der Verheißung göttlicher Gerechtigkeit nahe zu sein. Doch es ist nicht der kirchliche Glaube, der euch vom himmlischen Vater trennt, es ist der ewige Kampf von Gut und Böse, dem ihr euch auch hier stellen müsst. Ich achte euer Verlangen nach Armut, denn ich bin sicher, es entspringt dem Wunsch, es Gottes Sohn gleichzutun. Und ebenso sicher vertraue ich darauf, dass ihr seine Gebote ehrt, von denen eines heißt: Du sollst nicht töten.«

Werner von Kastellaun sah beunruhigt in die Reihen, Menschen, die eine direkte Ansprache nicht gewohnt waren, sondern nur Gegenwehr und Ablehnung, nickten zögernd angesichts des Verständnisses, das sie soeben auf unerwartete Weise erhielten. Einer der älteren Männer, sein Wollhemd zerschlissen, das rechte Beinkleid durchsetzt von Eiter und Blut, trat einen Schritt nach vorn. »So helft ihm doch auf. Lasst uns hören, was er zu sagen hat.«

Zu Clemens' Erleichterung kam Bewegung in die Umstehenden. Ein Mann entfernte den Ast, der noch immer zwischen seinen zurückgebundenen Armen steckte, ein anderer half ihm auf die Beine. Nun überragte er den Prediger um Haupteslänge.

»Ich reise in Gedenken an die selige Rupertsberger Äbtissin Hildegard von Bingen, dem Sprachrohr Gottes. Nur wenn ihr mich ziehen lasst, kann ich ihren Auftrag vollenden, dessen Ausführung in größter Gefahr ist.«

»Hildegard von Bingen war eine hochmütige Person«, erklärte Werner von Kastellaun, »nicht besser als der gesamte Klerus. Man sagt, die Visionen hätten Luftgeister ihr eingeflüstert, um die Menschen mit dem Geschwätz eines Weibes zu täuschen.«

Clemens war erbost, doch er musste seine aufsteigende Wut im

Zaum halten, sonst war alles verloren. »Die Botschaften kamen von Gott. Selbst Papst Eugen hatte das erkannt und Hildegard ermuntert, mit der Niederschrift der Visionen fortzufahren«, antwortete er äußerlich ruhig. »Auch die Prophetin hat gegen die Selbstgefälligkeit und den satten Reichtum des Klerus gepredigt und ihn an seine göttliche Berufung erinnert.«

»Doch predigte sie auch gegen die Katharer, die Armut, Keuschheit und Enthaltsamkeit lieben. Wegen ihres Aufrufs gegen diese Leute sind in Köln Menschen dem weltlichen Gericht übergeben und verbrannt worden«, warf Werner von Kastellaun ein.

»Die Katharer sind Heuchler, ihre Frömmigkeit ist haltlos, denn sie frönen der Wollust, wenn niemand ihnen zusieht. Man kann den sündigen Körper nicht von einer reinen Seele trennen, das ist Dualismus, und das widerspricht Gottes Gesetz. Hildegard rief lediglich zur Vertreibung auf, um die Kirche und damit Gottes Werk zu schützen, nicht aber zur Verbrennung.«

»Nein, ich sage Euch, wie es wirklich ist: Eure Hildegard selbst ist eine Heuchlerin, denn sie predigte öffentlich, obwohl der Apostel Paulus es verbot. Eine Frau soll sich still und in aller Unterordnung belehren lassen, denn zuerst wurde Adam erschaffen, danach Eva. Vor allem soll sie in der Versammlung schweigen, es gehört sich nicht für eine Frau, vor der Gemeinde zu reden!« Der Wanderprediger hatte seine Sicherheit zurückgewonnen. Sollte Clemens ihn kurzzeitig irritiert haben, so war nun nichts mehr davon zu spüren.

»Hildegard sprach im Auftrag des höchsten Herrn, der über den Aposteln steht!«, rief Clemens gegen den immer lauter werdenden Wind an. »Und wie steht es bei Euch?«, fügte er hinzu. »Wie könnt Ihr predigen, wenn der Auftrag dazu doch ausschließlich vom Bischof zu erfolgen hat?«

»Wollt Ihr sagen, ich sei ein Ketzer?«, fragte Werner von Kastellaun erbost.

»Zum Ketzer wird man durch Irrtum und Streitsucht, wenn man seinen Irrtum hartnäckig verficht und die Worte oder Schriften der Weisen missachtet.«

Inzwischen hatte der Sturm an Kraft gewonnen. Äste flogen herum, die kleinen Feuerstellen loderten und rissen Funken mit sich. Ganz in der Nähe der Gruppe stürzte ein Baum. Die Menschen schrien und stoben auseinander, manche zum dunklen Waldrand hin, wo sie sich ins Gebüsch kauerten und die Hände über den Kopf hielten. Andere rannten ziellos umher, dem Funkenflug folgend, der nun ein Bündel Reisig erfasste und es entzündete.

Werner von Kastellaun bemühte sich vergebens, seine Anhänger zu beruhigen. Hilflos versuchte er ein kleines Mädchen abzuschütteln, das ihn umklammert hielt und mit vor Angst verzerrtem Gesicht nach der Mutter rief.

Clemens von Hagen sah sich unbeobachtet. Mit wenigen Sätzen rannte er auf die Stelle zu, an der er sein Pferd entdeckt hatte, wuchtete sich auf dessen Rücken, während er versuchte, seine engen Armfesseln abzustreifen. Als er bemerkte, dass auch sein Pferd angebunden war, sah er bereits den Prediger auf sich zustürzen.

»Haltet ihn!«, rief Werner von Kastellaun mit sich überschlagender Stimme, doch zu leise, um das Geschrei zu übertönen, das die Lichtung erfüllte. »Haltet ihn auf!«

Die junge Aussätzige sprang hinzu, und gerade, als Clemens glaubte, alles sei verloren, sah er einen scharfen Stein in ihren Händen, mit dem sie begann, das Seil zu lösen, das sein Pferd zurückhielt.

»Geht mit Gott«, rief sie ihm zu.

»Was wird aus Euch?«

»Seid unbesorgt – was kann mir schon noch geschehen?«

Damit gab sie dem Pferd einen Schlag auf die Flanken, dass es nach vorne stob, in einem Satz über am Boden kauernde Leiber. Clemens hatte Mühe, sich auf dem Tier zu halten. Mit größter Kraft presste er seine Beine gegen den Rumpf, die Angst größer als der Schmerz.

Hinter ihm krachte ein weiterer Baum zu Boden. Sein Umhang verfing sich im Geäst und riss an seinem Hals, doch er trieb sein Pferd weiter, das Astwerk berstend hinter sich. Immer weiter ging es durch das Unterholz in die Dunkelheit. Er betete stumm, dass sein Pferd nicht stürzte. Dann entfernten sich die Geräusche.

Clemens war entkommen.

9

Sie hätte in den Klostergängen bleiben sollen, doch irgendetwas hatte ihre Aufmerksamkeit erregt.

Der Herr hatte ihr ein gutes Gehör geschenkt, auf dass sie sehr genau, sorgfältig und streng die Einhaltung seiner Gebote prüfe, zur Wahrung der himmlischen Gerechtigkeit. Indessen zeigte ihr Körper Schwäche, zauderte vor einem unerträglichen Gefühl drohender Gefahr.

Doch Gott war mit ihr, er leitete jeden Schritt, den sie in der Dunkelheit ihrer Augen machte. Der Herr hatte sie vor der Feuersbrunst gerettet und ihr Rufen erhört. Wenn Gott mit ihr war, wer sollte dann gegen sie sein?

Vorbei die ruhigen Nächte, in denen sie betend die Gänge durchschritten hatte, vorbei die Stille, in der sie sich ganz der Innenschau hatte widmen können und das farbenprächtige Schauspiel der geistigen Welt erfahren hatte.

Ein lautes Scheppern ließ Ida von Lorch zusammenzucken. Etwas war auf den Boden gestürzt. Krachend und mit großer Wucht, als käme es von oben. Würde der Sturm nun das Dach der Kirche auf sie niederschmettern?

Weiter, nur weiter, getrieben von Ahnung. Etwas, das sie noch nicht zu greifen wusste, geschah, und sie musste es verhindern.

Gerade noch hatte sie Worte vernommen, kaum mehr als ein Flüstern. Nun waren sie verstummt. Doch was war das? Hörte sie den Klang von Schritten, oder war es eine Täuschung des Windes?

Ida stand ganz ruhig, das Geräusch war verklungen. Es blieb ihr jedoch keine Wahl, sie musste ihm auf den Grund gehen. Was es auch gewesen sein mochte – es war vom Ostteil der Kirche gekommen.

Aufrecht schritt Ida durch das Chorgestühl in Richtung Altar, ihre Nase witternd in der Luft. Ein Geruch, den sie nur allzu gut kannte, erfasste ihre Sinne. Er war modrig und klamm – die Krypta, ja, zweifellos. Jemand musste sie geöffnet haben. Aber wer und aus welchem Grund?

Sie dachte an die Nonnen, die sich nun im Dormitorium zur Ruhe legten. Margarete fehlte, wie Bertha, die in dieser Woche Nachtwache hielt, ihr mitgeteilt hatte. Und auch die junge Oblatin Anna hatte nicht auf ihrer Matte gelegen.

Ida verspürte ein heftiges Pochen in ihrer Brust, während sie zügig voranschritt. Der Stab glitt über den Boden, behutsam wies er ihr den Weg. Das leise Geräusch fand einen Widerhall im Saal, doch der Wind nahm es mit sich und verschluckte es mit lautem Geheul.

Ihre Gedanken begannen zu kreisen. Warum die Krypta? Wollte sich jemand der Altarbilder des südlichen Kirchenschiffes bemächtigen, die sie aus Schutz vor der Nässe dort abgestellt hatten? War eine der als abwesend gemeldeten Nonnen eingedrungen, um den Konvent nun auch noch um den geplünderten Reliquienschrein zu bringen?

Ida hielt inne. Und wenn es keine Nonne war, die sich in der Tiefe des unteren Geschosses verbarg, sondern die Handwerker oder gar Plünderer, die in das Kloster eingedrungen waren und nun nach verborgenen Schätzen suchten?

Wieder vernahm sie ein Geräusch. Das Scharren von Füßen, ein kurzes Wispern. Das Pochen in der Brust wurde stärker, begann sich in ihrem ganzen Körper auszubreiten. Nein, sie durfte jetzt nicht zögern, es war ihre Aufgabe, augenblicklich zu handeln.

Mit ihrem nun fast unmerklich über den Boden gleitenden Stab eilte sie voran, am Altar vorbei ins nördliche Querschiff. Wenn sich jemand in der Krypta aufhielt, dann gab es nur eine Möglichkeit: Man musste sie von außen verriegeln. Die Priorin würde sich der ungebetenen Eindringlinge annehmen müssen, um zu strafen, was zu strafen war. Es würde sich schon herausstellen, wer an diesem geheiligten Ort gegen die Regeln verstieß.

Der Stab schlug gegen einen unerwarteten Widerstand und fiel zu Boden. Heftig keuchend tastete sich Ida voran, die Luft schien ihre Lungen nicht zu erreichen. Ihre bebenden Hände glitten über kalten Stein. Die Statue der heiligen Ursula! Ida atmete tief durch.

Dann endlich fühlte sie auch die Holztür zur Krypta. Sie stand offen. Wieder dieses scharrende Geräusch, nur lauter, es kam direkt aus dem Schacht. Rasch, die Tür – sie musste sie verschließen, bevor jemand ihre Anwesenheit bemerkte.

Flugs griff sie nach dem Holz. Doch in dem Moment, als sie sich gegen den Zugang stemmte, erklangen laute Schritte, die die Stufen hinaufstürmten. Die Tür wurde ihr aus den Händen gerissen und schlug zurück, prallte mit einem lauten Krachen gegen die Steinwand. Grober Stoff streifte ihre Wangen, und in dem Moment, als sie zu Boden gerissen wurde, erkannte sie den zarten Geruch, der sich noch vor kurzem in ihrer Nase verfangen hatte.

10

Elysa lag mit klopfendem Herzen auf ihrer Schlafstatt. Die Kerze war fast heruntergebrannt, aber sie würde sie heute Nacht nicht mehr löschen. Ihre Augen wanderten zur Tür. Hastig sprang Elysa auf und schob das Tischchen davor. Wenn jemand heute Nacht eindringen sollte, dann wollte sie gewarnt sein.

Doch was sollte schon geschehen? Ida konnte sie unmöglich erkannt haben, und wenn – würde die Priorin sie für ihr Vergehen züchtigen?

Es war kein Zustand, nein, sie würde morgen früh abreisen. Die Priorin aufklären und um Vergebung bitten. Dann zum Laienbruder Gregorius gehen und ihn um Geleit ersuchen.

Aber was würde dann aus Margarete werden? Aus dem Vermächtnis der seligen Hildegard und aus dem Kloster?

Was würde Clemens von Hagen denken, wenn er zurückkehrte und sie nicht mehr vorfand? Er wäre enttäuscht. Ja, enttäuscht, und das zu Recht. Sie hätte früher entscheiden müssen, aber nun, da er sich auf sie verließ, konnte sie einfach gehen? Nein, sie konnte es nicht.

Sie könnte indessen ausharren, sich all jener Dinge entziehen, die sie zweifellos in unangenehme Bedrängnis brachten. Sollte doch der Kanonikus sich der Klärung der Verbrechen annehmen – Elysa würde nunmehr beobachten und ihm ihre Erkenntnisse berichten. Noch drei Tage.

Der Klosteralltag machte mürbe. Beten und singen, sticken und nähen. Hungern und frieren in Demut und Gehorsamkeit. Und was war mit dem toten Mönch, dem Feuer und der Nonne?

Elysa seufzte. Der neue Tag würde es entscheiden.

Der Wind heulte, durchdrang eiskalt die kleine Zelle und schmerzte bis tief ins Mark. Elysa ging zum Fenster und rückte den pergamentbespannten Rahmen zurecht. Morgen würde sie um eine zweite Decke bitten, es musste doch ein Fell aufzufinden sein. Vielleicht gab es auch irgendwo ein Calefactorium mit einem Kamin, an dem sie sich wärmen konnte.

Vollständig bekleidet legte sie sich auf das unbequeme Lager und starrte an die Decke aus kaltem Stein, rissig verputzt. Elysa musste an Burg Bergheim denken, auch dort war es im Winter bitterkalt gewesen. Aber es hatte weiche Kissen gegeben, mit Federn gefüllt, Felldecken und einen Kamin im großen Schlafraum. Sie hatte sich immer an den Körper ihrer Mutter geschmiegt, der warm war und duftete. Selbst als die Mutter sich nach dem furchtbaren Unglück nicht mehr rühren wollte, nur aufrecht im Bett saß und unbewegt zur Decke starrte. So wie sie jetzt.

Elysa schüttelte die Gedanken ab. Der Wind blies ungehindert durch die Ritzen des Rahmens und ließ die Kerze flackern.

Wo waren all die Wärme und Schönheit der Welt? Das unerschöpfliche Universum, der Kosmos als Offenbarung Gottes? Wo war die Wintersonne, die kühle und doch blendende Kaskade des Lichts?

In diesem Moment erschien Elysa ihr eigenes Dasein trüb und leer, Spielball des Schicksals, dem es erst gefiel, sie überstürzt ihres geordneten Lebens zu berauben, um dem ungeliebten Bruder Magnus zur Seite zu stehen, und das sie nun in ein klammes Kloster führte, dem ein unheilvolles Geheimnis innewohnte.

Das Rad des Schicksals drehte sich, und es war Elysa, als risse es sie vom Niedrigsten zum Höchsten und nun wieder vom Höchsten zum Niedrigsten. Gab es eine Möglichkeit, es anzuhalten? Konnte sie es aus eigener Kraft wieder nach oben zwingen?

Zumindest erhielt sie nun Gelegenheit, über den weiteren Verlauf ihres Lebens nachzudenken. Für einen Augenblick sann Elysa darüber, wie es wäre, sich dem Willen des Bruders zu entziehen und wieder nach Mainz zurückzukehren.

Sie lächelte wehmütig im Gedanken an die wunderbaren Jahre, die sie dort verbracht hatte, bevor Bernhard von Oberstein, ihr geliebter Onkel, verstarb. Auch das Herz der Großmutter würde leichter werden, wenn Elysa zurückkehrte. Bei ihrer Abreise hatte die alte Frau bittere Tränen vergossen.

Aber Magnus würde sie suchen lassen und für ihren Ungehorsam bestrafen. Sie müsste sich an einem anderen Ort verbergen. Ihre Habe, der Schmuck und das wertvolle Kleinod reichten sicher aus, um ihr für eine Weile ein angenehmes Leben zu ermöglichen. Aber was käme dann? Ohne den Schutz der Familie wäre sie verloren. Eine alleinstehende Frau war in diesen Zeiten immerzu gefährdet, sie würde heiraten müssen, um ehrlosen Übergriffen zu entgehen.

Elysa dachte an all die Anträge, die sie voller Abscheu abgelehnt hatte. Ihre Freier waren allesamt selbstgefällige Männer gewesen, die sie als wohlgefallendes Beiwerk verstanden und bedingungslosen Gehorsam verlangten.

Das Bild des Kanonikus drängte sich auf, der Moment, als er seinen Mantel um ihre Schultern gelegt hatte und sich selbst der Kälte aussetzte. Sein ruhiges Gesicht stand ihr deutlich vor Augen, die Wärme und Zuversicht seiner Stimme strich sanft durch ihre Erinnerung. Eine unerwartete Zuneigung durchflutete ihr Herz, plötzlich und voll beunruhigender Intensität.

Elysa schrak auf und schüttelte heftig den Kopf. *Ihm* hatte sie es zu verdanken, dass sie sich nun in dieser Lage befand. Er hatte sie dazu gedrängt, kurz bevor sie Eibingen erreichten. Hätte sie ablehnen sollen, nachdem er von der Gefährdung der Heiligsprechung Hildegards berichtet und deren Schicksal in ihre Hände gelegt hatte? Ausgerechnet Hildegard von Bingen, die es vermocht hatte, den Menschen einen liebenden Gott nahezubringen, und deren Lebenswerk nun dem Spott des Volkes anheimfallen würde, gelänge es dem Teufel, ungestraft ihre Schäflein zu vertreiben.

Elysa seufzte. Nein, sie würde den Auftrag ausführen müssen – trotz der Bedrängnis, in die sich sie begab. Dann würde sie weiter zur Burg reisen und dort ausharren, Spitzfindigkeiten und Ungemach des Bruders ertragen, seine Launen, seine Tyrannei. Und wenn im Frühjahr der Zug zur Befreiung Jerusalems Magnus ins Gelobte Land führte, könnte sie hoffen, dass er niemals wieder zurückkam.

Elysa stand auf und blies warmen Atem in die kalten Hände. Sie musste sich auf ihre Aufgabe besinnen, die Zeit eilte voran. Nun waren es fast nur noch drei Tage, die ihr blieben.

Sie dachte an das niedergebrannte Dach des Seitenschiffes, überlegte, wer das Feuer entfacht haben konnte. Jeder kam in Frage, selbst Ida, jene kleine, bucklige Nonne, die vorgab, über die Moral zu wachen. Sie schien überall zu sein, nahezu unsichtbar und doch allgegenwärtig. Aber wie könnte Ida ein Feuer legen, das nur das Dach erfasste, nicht aber die unteren Mauern?

Nun, es gab eine Möglichkeit. Auch der Raum des Skriptoriums mit der Bibliothek hatte zum Teil gebrannt. Was, wenn die Nonne eine Fackel genommen und durch das Fenster des Skriptoriums auf das Dach des Seitenschiffs geschleudert hatte? Ida hätte den Lauf des Wurfes nur erahnen können. Ließ sie die Fackel zu nahe am angrenzenden Skriptorium aufkommen, so dass auch dieses entflammte?

Und wenn nun aber von Beginn an das Skriptorium das Ziel

gewesen war und das Seitenschiff nur zur Ablenkung diente? Margarete hatte den Leichnam des Mönches im Skriptorium gefunden. Wollte jemand dort Spuren verwischen?

Alles nur Mutmaßungen. Elysa sah ein, dass sie an diesem Tage nur wenig dienliche Erkenntnisse gewonnen hatte. Sie musste mehr erfahren, wenn sie bis zum vierten Tag zu einer Lösung kommen wollte. Morgen würde sie das Skriptorium besichtigen, das Adalbert gewiss nicht ohne Grund aufgesucht hatte, bevor er gestorben war.

Ihre Gedanken wanderten zur Krypta und zu dem Fragment, das sie nur für einen kurzen Augenblick in den Händen gehalten hatte. Es war kostbar und barg zweifellos ein Geheimnis, das der Schlüssel zu allen Vorfällen sein mochte. Was hatte Margarete damit getan, als sie Idas Stab hörten und das Licht löschten? Hatte sie es ins Mauerwerk zurückgeschoben? Undenkbar, sie waren umfangen von Dunkelheit gewesen – wie hätte die Nonne den Spalt finden können! Außerdem war Margarete wie erstarrt gewesen, es hatte Elysa Mühe gekostet, sie zur Flucht über die Treppe zu bewegen.

Elysa schrak auf. Oder lag das Fragment noch da, mitten auf dem nackten Boden, auf den Stufen der Treppe? Hatte Margarete es aus Angst vor der Entdeckung einfach fallen lassen?

Nein, sie konnte nicht untätig verweilen, sich der Kälte der Nacht hingeben und über ihr Schicksal brüten. Es gab weitaus Wichtigeres. Das Pergament war von größter Bedeutung, es galt, es zu finden und zu ergründen, warum der Mönch es bei sich trug.

Sie musste noch einmal in die Krypta.

Der Gang lag in Dunkelheit. Tastend ging Elysa durch das stille Gebäude. Die Nacht war schwarz, ohne Mond und Sterne. Aber der Wind war verschwunden, ganz plötzlich, so, als hätte es ihn niemals gegeben. Während Elysa ins Freie lief, war es ihr, als halte die Zeit den Atem an.

Ob Ida unterdessen schlief? Irgendwann musste sie es tun, sie konnte nicht die ganze Nacht Wache halten. Elysa lächelte. Welch absonderlicher Gedanke! Und doch – es beschrieb ihren Eindruck vortrefflich. Ida als unermüdliche Wächterin, Hüterin des Klosters. Aber über was wachte die Nonne? Über Anstand und Sitte, das war offensichtlich. Doch es gab noch etwas – das spürte Elysa bis in die Fingerspitzen. Was es war, konnte sie noch nicht ergründen, aber es hieß, vorsichtiger zu sein.

Das große Westportal war verschlossen, auch ihrem leisen Rütteln gab es nicht nach. Elysa lief zurück, durch das Westgebäude zum Kreuzgang hinaus. Doch der südliche Eingang ließ sich ebenfalls nicht öffnen.

Es gab noch eine Möglichkeit, gewiss, aber jene Tür, durch die der Priester nach der Komplet entschwunden war, lag nördlich der Kirche. Dort, wo die Konversen und zweifellos auch der Priester wohnen mussten.

Im Geiste durchmaß Elysa die Klosteranlage. Außer der Tür im Querschiff hatte sie keinerlei Verbindung zum nördlichen Trakt gesehen. Allerdings hatte sie bisher auch nie auf einen derartigen Zugang geachtet.

Wie aber gelangten die Küchenhilfen an ihren Platz, wie die Handwerker, die ebenfalls im Laientrakt nächtigten? Kamen sie durch die große Pforte, gleich den Pilgern und Gästen oder den Feldarbeitern, die die Früchte der Arbeit ins Kloster brachten?

Elysa eilte zurück zum großen Westportal der Klosterkirche. An der dem Laientrakt angrenzenden Kirchenseite verlief eine Mauer, an deren Ende, direkt vor dem Torhaus und dem anschließenden, westlich gewandten Klostertor, noch eine kleinere Pforte lag, die sich zum Norden hin öffnete.

Das musste der Durchgang zum Nordtrakt sein! Im Schutz der

Dunkelheit überquerte Elysa den Klosterhof und näherte sich der Pforte. Durch die schmale Fensteröffnung des Torhauses flackerte das Licht einer Fackel. Würde die Pförtnerin schlafen? Oder saß sie lauernd auf ihrem Schemel, auf jedes Geräusch achtend?

Zu Elysas Überraschung ließ sich der Durchlass zum Laientrakt geräuschlos öffnen. Flugs schlüpfte sie hindurch und verschloss ihn erneut.

Nun befand sie sich auf einem schmalen, mit einer Feldsteinmauer eingefassten Weg, der an der Kirche entlang zu jener Stelle führte, an der der Priester das Gebäude verlassen hatte. Unmittelbar vor dem Querschiff verbreiterte sich der Weg, wurde zu einem kleinen Platz, der von zwei Wohnhäusern aus Fachwerk und einer steinernen Kapelle umschlossen war.

Aus dem größeren der beiden Gebäude drang leise Musik. Elysa kannte das Lied, sie hatte es auf den Märkten in Mainz gehört, die sie mit der Großmutter oft besucht hatte, wenn die Händler aus Italien kamen, aus Frankreich und dem fernen Byzanz und all die herrlichen Stoffe, Leder und Gewürze feilboten.

Dieses Lied klang von Sehnsucht, von der Schönheit der Liebe und dem Schmerz des Verlustes.

Einer bin ich gut,
einem holden Sterne,
deren Kuss voll Glut,
süß wie Mandelkerne,
mir so sanfte tut,
mir erhöht den Mut,
der ich, ach, so gerne
schenkte Gut und Blut.

Ein Lied der Vaganten. Die Stimme aber gehörte einer Frau!

Elysa unterdrückte das Gefühl der Neugierde, das sie zum

Haus hinzog, um zu ergründen, welche der Frauen sich unerlaubt in einem Männertrakt aufhielt.

Doch ungleich größer als die Neugier war der Drang, das Pergament zu finden, bevor es ein anderer tat. Hastig eilte sie voran, zum Seiteneingang der Kirche, den sie zu ihrer Erleichterung unverschlossen fand.

Völlige Dunkelheit umfing sie, die Kerzen waren gelöscht. Kein Lufthauch drang durch das offene Dach, die ungewohnte Stille war übermächtig. Ein Gefühl der Bedrohung kroch in Elysa hoch, hieß ihren Augen, zu blinzeln, damit sie nichts Unerwartetes ereilen konnte. Bebend stand sie im kalten Gemäuer und versuchte, den allzu schnellen Atem zu bezwingen. Sie bereute heftig, nichts bei sich zu haben, das eine der Kerzen hätte entzünden können, so blieb ihr nur, zu warten, bis die Augen sich dem Dunkel angepasst hatten.

Dann endlich, als sie die Umrisse des Kircheninneren zu erkennen begann, wandte sie sich der Tür zur Krypta zu. Die Statue stand wieder an ihrem alten Platz. Vorsichtig schob Elysa sie beiseite.

Die Schwärze schien unten nur noch stärker zu werden, die Stufen verloren sich in einem bodenlosen, modrigen Schlund. Elysa hatte gehofft, das helle Leinen auf den Stufen liegen zu sehen, dort, wo sie atemlos gestanden hatten, während sie Idas Schritten lauschten. Doch es war nichts zu sehen. Sie brauchte ein Licht, um weiter unten zu suchen, niemals würde sie sich so heruntertasten wollen, und ohnehin wäre es unmöglich, das Leinentuch im Dunkeln zu erkennen.

Es war sinnlos. Elysa verharrte eine Weile, unschlüssig, ob sie unverrichteter Dinge in ihre Zelle zurückkehren oder sich um eine Fackel oder eine Laterne bemühen sollte. Flehend hob sie den Blick zum Gottessohn, der über dem Altar duldsam sein Kreuz ertrug.

»Dic lux!«, flehte sie flüsternd. »Gib mir ein Zeichen.«

Ein knarzendes Geräusch zerriss die Stille, ließ Elysa zusammenfahren. Die schwere Tür des Westportals wurde aufgeschlossen. Laute Schritte hallten erst durch den Saal, dann die Stufen zur Empore hinauf.

Hastig schloss Elysa die hölzerne Tür zur Krypta, und noch während sie die Statue an ihren Platz schob, ertönte der ohrenbetäubende Klang der Glocken. Es war die Zeit der Vigilien, der in der achten Nachtstunde begangenen Morgenfeier, nur zwei Stunden nach Mitternacht. Nicht viel später, und der Saal würde sich mit Nonnen füllen, die sich nun im Dormitorium erhoben und ohne Umwege zur Messe eilten.

Blindlings stürzte Elysa zum Nordtor hinaus. Kaum aber hatte sie den Laienhof betreten, öffnete sich die Tür des gegenüberliegenden Wohngebäudes.

Elysa schrak zurück, das Herz schien ihr zu bersten. Augenblicklich drückte sie sich an die Kirchenmauer und zog die Kapuze ihres Umhanges tiefer, um das helle Gesicht zu verbergen, und verharrte regungslos in der Dunklheit.

Die Gestalt indes, die das Haus verließ, eilte mit gesenktem Kopf und ohne sich umzusehen durch die Nacht in Richtung Pforte. Elysa stockte der Atem. Unter der in die Stirn gezogenen Kapuze hatte sie ganz deutlich das Gewand einer Nonne erkennen können. Sie hatte eine Laienschwester erwartet, eine Küchenmagd oder eine Wäscherin, die aus ihrer Wohnstatt im Westtrakt des Klosters geflohen war, um sich trotz strikter Geschlechtertrennung die Zeit mit Spiel und Gesang zu vertreiben. Doch es wog schwerer, wenn eine Nonne sich den weltlichen Gelüsten zuwandte. Zudem, welche der Schwestern kannte ein derartiges Vagantenlied?

Rasch sah sie sich um. Niemand kam, um der Nonne zu folgen. Nicht lange, und auch der Priester würde den Hof betreten. Elysa hastete in Richtung Pforte, die den Laientrakt vom Klostertor trennte. Der Platz war noch leer, doch schon vernahm sie leise Schritte. Also lief sie weiter, ins Westgebäude hinein, bis sie in ihrer Zelle stand und keuchend innehielt.

2. TEIL

Die Luft aber hält das Wasser in seinen Bereichen. Doch löst sie sich auf, fließt das Wasser über und erfüllt die ganze Erde mit heftig prasselndem Regen und Hagel von großen und kleinen sehr spitzen Steinen. Denn der Menschenmord ist voller Habsucht und verletzender Hartherzigkeit, die erbarmungslos in großen und kleineren Lastern wüten.

1

Es war ein klarer, windstiller Morgen. Im Osten stieg zögernd die Wintersonne, verfolgt von dunklen Wolken, die sich bedrohlich zusammenbrauten und einen nasskalten Vormittag versprachen.

Clemens von Hagen hatte Mühe, sich auf dem Rücken seines Pferdes zu halten. Nur kurz hatte er gehalten, um sich an einem kantigen Felsen die Fesseln der zurückgebundenen Hände aufzuscheuern.

Dann war er weitergeritten, an Feldern vorbei und an Siedlungen mit kleinen Gehöften und armseligen Hütten, deren Bewohner in tiefem Schlaf lagen. Durch sumpfige Niederungen und über sanfte Anhöhen mit dichtem Buschwerk.

An einer Stelle hatte er einen breiten Bach überqueren müssen. Fast wäre er in der Dunkelheit die Böschung hinabgerutscht, doch sein Pferd hatte das Wasser gewittert und das Schlimmste verhindert. Nun aber verweigerte das Tier jeden weiteren Schritt. Mit dampfenden Flanken blieb es stehen, stoisch, ohne auf das Treiben der Schenkel zu reagieren.

Ermattet legte Clemens seinen Kopf auf den Hals des treuen Rosses, das ihn Meile um Meile getragen hatte, vergrub das Gesicht in der Mähne und schloss für einen kurzen Moment die Augen. Die Römerstraße konnte nicht mehr weit sein, wenige Stunden nur, und er wäre am Ziel. Käme er noch rechtzeitig?

Würde er noch auf die Abordnung der Mönche treffen, die ihren toten Bruder nach Zwiefalten führten?

Es half alles nichts, er würde dem Pferd eine Rast zugestehen müssen. Schwerfällig saß Clemens ab und rieb sich das schmerzende Bein. Erstaunt spürte er etwas Feuchtes, Klebriges an seinen Händen und hob den Leibrock. Das Beinkleid war blutbesudelt, schon waren Stoff und Haut fest verklebt. Er würde die Wunde so bald als möglich mit abgekochtem Wein auswaschen und ihr mit einem Umschlag aus warmer Schafgarbe Fäulnis und Eiter entziehen müssen.

Am Horizont hatte sich die Sonne unterdessen von den bewaldeten Hügeln gelöst, nun erhob sie sich über die Wipfel der Bäume.

»*Lumen mundi*«, flüsterte Clemens und sog den Anblick ganz tief in seine Seele ein.

Aber was war das? Ganz in der Nähe meinte er, Rauch zu sehen. War es nur die Einbildung seines schwindenden Geistes? Nein, eine schmale Säule stieg in den Himmel hinauf, ein Feuer, und wo ein Feuer war, gab es vielleicht auch eine Hütte und etwas zu essen. Seine klammen Finger befühlten die Münzen, die gut verborgen in sein Gewand eingenäht waren. Die Barbaren hatten ihm das Geldsäckchen entrissen, das er bei sich getragen hatte, diese Münzen aber hatten sie nicht entdeckt.

Clemens musste der Rauchsäule folgen, selbst wenn er sich damit erneut in Gefahr begab. Doch seine Kräfte schwanden mit jeder Stunde, und wenn er sich hier, mitten im Wald, auf dem eisigen Boden zur Ruhe legte, würde er gewiss der Kälte zum Opfer fallen.

Beruhigend sprach er auf sein Pferd ein, zog sanft am Zügel. Und als witterte es die Wärme eines Stalls und den Geruch getrockneten Heus, bewegte das geschundene Tier sich zögernd voran.

Clemens gelangte auf eine Lichtung, in deren Mitte eine große Hütte stand, allem Anschein nach ein Gasthaus. Einige Männer, offenbar Adelige höheren Standes, standen davor und diskutierten heftig. Plötzlich zog einer von ihnen, ein junger Heißsporn, das Schwert und ging auf den Älteren los, der einen modisch gestutzten Bart trug. Sein Hieb verfehlte nur knapp die Brust, der Angegriffene sprang zurück und griff ebenfalls zur Waffe.

Die anderen Männer umringten anfeuernd die Kämpfenden, einer klatschte sich vor Freude auf die Schenkel. Clemens konnte nicht ersehen, wem die Umstehenden Zuspruch zuriefen, doch es war offensichtlich, dass es beiden ernst war.

Der Kampf endete rasch mit einem gezielten Hieb, der dem Jüngeren die rechte Wange aufritzte.

Aufschreiend sank er auf die Knie, während er mit beiden Händen die blutüberströmte Seite hielt. Die anderen Männer lachten johlend.

Eine Frau kam aus der Hütte gelaufen, wohl die Hausherrin, sie half dem Blutenden auf die Beine und führte ihn lamentierend ins Innere.

Der ältere Mann erblickte Clemens, hielt augenblicklich inne und sah ihn herausfordernd an. »He, du, was glotzt du so! Hast du noch nie einen ordentlichen Kampf unter Männern gesehen?«

Clemens straffte die Schultern und reckte sich zur vollen Größe. Gewiss, er sah abgekämpft aus, die Kleidung zerschlissen. Auf Reisen war das Tragen der liturgischen Tracht nicht vorgesehen, und doch musste er durch den schwarzen kragenlosen Mantel und den dunklen *roccus* als Kanoniker erkennbar sein. »Ihr redet mit einem Geistlichen, werter Herr.«

Der Mann musterte ihn lauernd, dann ging er auf ihn zu und deutete eine Verbeugung an. »Mein Name ist Gerold von Mettlach«, sagte er und bedachte Clemens mit einem Lächeln. »Verzeiht, Ehrwürdiger, ich konnte doch nicht ahnen … In dieser Zeit wimmelt es von Räuberpack, und Ihr seht, wenn ich ehrlich sein darf, eher wie Gesinde aus denn wie ein Mensch Euren Standes.«

Clemens nickte kurz. »Ich bin auf der Durchreise überfallen worden.«

»Überfallen? Von wem?«

»Von Schergen eines Wanderpredigers, der barfuß durch die Wälder zieht und die Geächteten belehrt.«

»Werner von Kastellaun ...« Das Grinsen auf dem Gesicht erlosch schlagartig. »Sagt, wo habt Ihr ihn gesehen?«

»Etwa einen halben Tagesritt entfernt.« Clemens deutete in die Richtung, aus der er gekommen war.

»Der Teufel soll ihn holen!« Gerold von Mettlach sah verbittert in die Ferne.

»Ihr kennt ihn?«

»Wer kennt ihn nicht? Einst war er Bischof, doch er klagte zu laut gegen die kaiserlichen Statuten und wurde von Barbarossa kurzerhand abgesetzt. Seitdem zieht er durch die Lande und wiegelt gegen Klerus und Krone. Wir waren vor einiger Zeit ganz nahe an ihm dran, aber er ist uns entkommen.«

»In wessen Auftrag verfolgtet Ihr ihn?«

»Im Auftrag des Kaisers, Friedrich Barbarossa, Herrscher über das Heilige Römische Reich Deutscher Nation«, antwortete Gerold mit stolzgeschwellter Brust. »Aber nun gibt es Wichtigeres, als ein lamentierendes Männchen mit einer Gefolgschaft aus Lumpensöhnen und Aussätzigen durchs Land zu treiben.«

»Und das wäre?«, fragte Clemens.

Gerold von Mettlach zögerte und musterte den Kanonikus eindringlich. »Von welchem Ort kommt Ihr? Wisst Ihr denn nicht um den größten heiligen Krieg, den es vorzubereiten gilt? Nicht von dem Verlust der Heiligen Stadt Jerusalem, kläglich der Vernichtung anheimgegeben? Nicht vom Raub des wahren Kreuzes Christi durch die Hände der Heiden? Das Volk im Perserreich, eine Brut von ziellosem Gemüt, hat mehr als fünfzig Kreuzfahrerstaaten besetzt, durch Mord und Brand entvölkert und die Kirchen Gottes zerstört, die Altäre befleckt mit Scheußlichkeiten. In schändlicher Misshandlung schlitzen sie ihren Opfern die Bäuche auf und schänden zahllose Frauen. Die Wahrheit selbst und der Prophet der Wahrheit beklagen die Verwüstung und die erbarmungswürdige Knechtung, die das Land des Herrn unter die abscheuliche Herrschaft von Barbaren zwang.« Er lachte bitter. »Wem obliegt nun, jene Schmach zu rächen, dieses Land zu befreien, wenn nicht uns, Ritter im Gefolge des lebendigen Kreuzes, Hüter des Gottesfriedens zum Schutz der Kirchen im Heiligen Land? Uns verlieh Gott mehr als den übrigen Völkern Mut, Gewandtheit und Kraft, den Scheitel unserer Widersacher zu beugen! Und Ihr wollt mir weismachen, Ihr wisset nicht von unserer Aufgabe?« Sein Gesicht war rot angelaufen, die Augen traten ihm hervor.

»Doch, sicher, im ganzen Land spricht man von nichts anderem«, antwortete Clemens von Hagen beschwichtigend. Gewiss wusste er vom bevorstehenden Zug ins Gelobte Land. Der Schmerz war heftig, der die Herzen aller Christen ergriffen hatte, das Unrecht am Gekreuzigten, ihrem Christus, zu rächen.

Auch er war erschrocken gewesen vom Ausmaß der barbarischen Rohheit, die nach Christenblut dürstete – und die ihre ganze Kraft darauf richtete, das Heilige zu entweihen und den Gottesdienst aus jenem Lande zu entfernen, um das sich einst die Propheten und Apostel mit ganzem Eifer bemüht hatten. Doch es war auch durchaus Folge der Zwietracht, die durch die Bosheit der Menschen im Lande des Herrn entstanden war. Und waren es nicht eben diese Männer, denen man dort unten nun die Bäuche aufschlitzte, die es vorher mit den Persern getan hatten? Sie selbst waren eingefallen wie nun die Barbaren, hatten ebenso gemordet, im Namen des Herrn gebrandschatzt und die Heiden zur Taufe gezwungen, bevor sie den Glauben lehrten und wahrhaftig in die Herzen der Völker brachten.

Die Zeit der Buße ist angebrochen, riefen Kirchenfürsten nun allerorts den Menschen zu und versprachen mit dem Zug ins Heilige Land die Reinigung der Seele von allen Sünden. Sollte es Gottes Wille sein, in seinem Namen Blut zu vergießen und im Kampf für ihn zu sterben? Sollten sie es den Makkabäern gleichtun, die, vom Eifer für Gottes Gesetz entflammt, sich außerordentlichen Gefahren aussetzten, um ihre Brüder zu befreien, und lehrten, dass für das Heil der Brüder nicht nur Mittel, sondern auch Menschen geopfert werden mussten?

Clemens schüttelte die Gedanken ab und richtete seine Aufmerksamkeit auf das Pferd, das noch immer dampfend vor ihm stand.

Es wird zu Tode kommen, wenn ich es nicht abreibe, dachte er und führte das Ross über den gepflasterten Hof zu dem kleinen Stall direkt neben der Hütte. Die anderen Männer trollten sich, Gerold von Mettlach aber folgte ihm dicht.

Der Stall war klein und roch nach altem Stroh. Fünf Pferde standen angepfercht, sie waren gesattelt und scharrten nervös mit den Hufen, zum Aufbruch bereit.

Clemens rümpfte die Nase und suchte nach etwas, mit dem er sein Pferd trocknen konnte.

»Was habt Ihr mit den Vorbereitungen zu schaffen, von denen Ihr spracht?«, fragte er Gerold, der ihm nicht von der Seite wich.

»Wir treiben Gelder ein. Ein Pfalzgraf, dessen Namen ich für mich behalte, hat 1150 Mark für den Erhalt seiner Privilegien an Kaiser Friedrich Barbarossa zu zahlen.«

»1150 Mark? Das entspricht fast 600 Pfund Silber! Dieser Pfalzgraf muss sehr vermögend sein. Oder ein naher Verwandter des Kaisers.«

Der Edelfreie überhörte die letzte Bemerkung geflissentlich.

»Der Kreuzzug wird ohne die Beteiligung aller nicht stattfinden können, 1150 Mark reichen höchstens für die Ausstattung von 380 Kreuzfahrern, es ziehen jedoch Zehntausende ins Heilige Land.«

»Der Kaiser zahlt die Ausstattung? Ich vernahm, dass jeder Teilnehmer drei Mark Vermögen nachweisen und für seinen Unterhalt selbst aufkommen muss, ebenso für Pferd, Bewaffnung und Rüstung.«

»Es gibt Dinge, von denen Ihr offenbar nichts versteht. Und dazu gehört zweifellos die hohe Kunst der Kriegsführung.«

Nun, von Menschen allerdings verstehe ich etwas, dachte Clemens und wandte sich wortlos ab. Und dieser Mann gehörte zu einer äußerst unangenehmen, wahrlich sich selbst überschätzenden Sorte, mit denen man besser nicht debattierte, wenn man seinen Kopf behalten wollte.

In einer Ecke fand Clemens Stroh, das noch nicht mit dem Kot anderer Tiere besudelt war. Er hob es auf und rieb seinen Gaul mit den Halmen trocken.

»Selbst Erzbischöfe begeben sich mit ihren Mannen nach Jerusalem, um die heilige Stätte von den Ungläubigen zu befreien«, fuhr Gerold unbeirrt fort. »Wollt nicht auch Ihr dem Kaiser Eure Unterstützung zusichern? Jeder so stattlich gebaute Mann, wie Ihr es seid, sollte dem Ruf folgen und sich Gottes Gerechtigkeit anvertrauen!«

»Euer Vertrauen schmeichelt mir, ehrenwerter Gerold, doch ich bin mit einer anderen christlichen Aufgabe betraut.«

Clemens musste seinen aufwallenden Zorn zügeln. Allerorts rühmte man Barbarossas Entschlossenheit, sich weder durch sein ehrwürdiges Alter noch durch die hochbedeutenden Geschäfte des Reiches davon abhalten zu lassen, der Kirche im Orient Frieden zu bringen.

Schon hatte man vergessen, mit welch großer Gerissenheit und Skrupellosigkeit Barbarossa in seinen politischen Geschäften vorzugehen pflegte. Ohne die verlorene Schlacht von Hattin und den Raub des wahren Kreuzes hätte er keinen ernsthaften Gedanken an einen weiteren Kreuzzug verschwendet. Nein, die Gedanken des Kaisers kreisten gewiss ungebrochen um Rom, auf dessen Teilhabe er trotz demütigender Niederwerfung vor Papst Alexander im Jahre 1177 noch immer einen Anspruch erhob.

Doch plötzlich hatte sich die Lage geändert, der Kreuzzug erschien in neuem Licht, als Mittel zum Erhalt der Macht. Ja, denn nicht einen Augenblick verschwendete der Kaiser einen Gedanken an das Wohl der Christenheit, dessen war sich Clemens sicher.

Der Streit mit Papst Urban um die Einsetzung von Erzbischöfen war im Fall des Folmar von Trier eskaliert. Der Papst hatte jenen Mann trotz kaiserlicher Ablehnung noch vor Erhalt der Regalien zum Erzbischof geweiht. Als sich der Reichsepiskopat aus Angst vor Verlust der Lehensrechte auf die Seite des Kaisers stellte, drohte der päpstliche Bann, und es brauchte keinen Sterndeuter, um vorauszusagen, dass der Kaiser ebenfalls mit einem Bann geantwortet hätte. Das achtzehnjährige Schisma, in dem der Kaiser im Ganzen vier Gegenpäpste eingesetzt hatte, war noch nicht fern genug, die kaiserlichen Allmachtsansprüche für Clemens unvergessen.

Doch als Jerusalem fiel und Papst Urban voller Sorge und Demut Barbarossas Unterstützung und Führerschaft erbat, gab es endlich eine Möglichkeit, zur Aussöhnung mit der lästig gewordenen Kirche zu kommen – und zur Durchsetzung von hart umkämpften Machtansprüchen.

Als dann Papst Urban III. durch den Schrecken der Katastrophe starb und man Gregor VIII. und nur zwei Monate später Clemens III. zum Nachfolger wählte, saß der Kaiser fest im Sattel. Rom war auf den Kaiser angewiesen, und es gab nur wenig, das man ihm ausschlagen könnte. Noch! Denn die Konflikte schwelten weiter, und gewiss mochte sich die versöhnliche Haltung gleich nach dem Zug gen Jerusalem wieder ändern.

Der Gestank, der im Stall herrschte, raubte Clemens den Atem. Er band sein Pferd fest, trat hinaus ins Freie und sog die frische Luft ein. In seinem Magen kniff der Hunger, so dass er sich fragte, ob es in der Hütte wohl ein Stück frisches Brot für ihn gab.

»Wie steht es hier mit dem Essen?«, fragte er Gerold, der ihm nach draußen gefolgt war.

»Wenn Ihr genügend Silberlinge bei Euch führt, so bietet Euch der Wirt Wurst und Speck von einem soeben geschlachteten, mit Eicheln gemästeten Schwein.«

Clemens hielt inne. Er hatte ein Blitzen in den Augen des Mannes gesehen, das ihn Übles ahnen ließ. Waren die Treiber des Kaisers darauf aus, einem Mann Gottes auch noch das Letzte zu nehmen? Er betrachtete den edlen Mantel seines Gegenübers, er wurde nicht von einer bronzenen Spange gehalten, nein, sie war golden und kunstvoll verziert. Der Mann schien wohlhabend zu sein, und dennoch hatte Clemens die Gier in seinen Augen deutlich erkannt. Er sollte vorbereitet sein.

»Sagt, ist es noch weit bis nach Oppenheim?«, fragte Clemens.

»Zwei Meilen entlang der alten Römerstraße.«

Zwei Meilen, das war fast ein halber Tagesritt. Er schien zu weit oberhalb gekreuzt zu haben, unweit von Mainz. Eine unerfreuliche Nachricht, so wäre die Straße über die Domstadt ungleich schneller gewesen und vermutlich auch ungefährlicher. Die Mönche waren gewiss bereits hinter Oppenheim. Clemens fragte sich, ob er sie noch einholen und dennoch rechtzeitig ins Kloster zurückkehren könnte. »In welcher Richtung liegt die Straße?«

»Sie kreuzt den Weg gleich hinter der nächsten Biegung.« Gerold zeigte auf einen Weg, der von der Hütte über einen bewaldeten Hügel führte.

Die Erleichterung gab Clemens von Hagen neuen Auftrieb. Er hatte es beinahe geschafft. Konnte er es wagen, sich zu diesen zwielichtigen Rittern in die Hütte zu gesellen, ein Stück Brot zu essen und den Wirt nach den Mönchen zu fragen?

Zögernd sah er zur Wegbiegung, die weiter hinter dem Hügel hinabführte. Ja, er sollte sich nun stärken und seine Reise dann unverzüglich fortsetzen. Sein Pferd würde ihn ohne Rast keine Meile mehr tragen, er musste auf Gottes Beistand vertrauen.

Auf dem Weg in die Gaststube dachte er an Werner von Kastellaun. Ein abgesetzter Bischof also, das erklärte die theologischen Kenntnisse des Wanderpredigers. Er schien zerfleischt in seiner Ablehnung gegen den Klerus, auch Clemens kannte viele verdorbene Kirchenoberhäupter. Aber nicht alle waren so.

Die Gaststube war dunkel, nur wenige Leuchter waren entflammt. Erst jetzt bemerkte Clemens, dass sich draußen die Wolken bereits dunkel zusammengezogen hatten.

Der Wirt war ein dienstbeflissener Mann mit verschlagenem Blick, ihm zu Füßen lag ein räudiger Hund. Angesichts seines fleckigen Hemdes verwarf Clemens die Hoffnung auf ein sauberes Mahl. Er sah sich im Raum um und setzte sich auf einen der Strohsäcke, weitab von Gerolds Gefährten.

»Ein Kanten Brot und ein Krug frischen Wassers«, bat er. »Und etwas Hafer für meinen Gaul.« Der Wirt nickte ergeben und entschwand aus einer Hintertür. Ihm folgte sein hinkender Hund.

Gerold von Mettlach setzte sich zu ihm. »Und was führt Euch in diese Gegend?«

»Ich bin auf der Suche nach einer Abordnung Mönche auf dem Weg in den Süden des Landes. Habt Ihr welche gesehen?«

»Mönche? Ich sah etliche Mönche auf dem Weg, Zisterzienser wie auch Benediktiner.«

»Es sind Benediktiner«, antwortete Clemens.

Der Edelfreie runzelte nachdenklich die Stirn. »Wenn ich mich recht entsinne, habe ich solche gesehen, doch sie waren auf dem Weg in den Norden.«

»Dann waren es nicht die Gesuchten.«

Gerold zuckte die Schultern und strich sich über den wohlgestutzten Bart. Er musterte Clemens ganz unverhohlen, zögerte kurz, bevor er fragte: »Sagt, wie kommt es, dass ein Kanoniker wie Ihr mit einem Pferd reitet wie ein Soldat und noch dazu die Statur eines Kämpfers habt?«

»Was ist der Anlass für Eure Frage?«

»Nun, lasst es mich so ausdrücken: Das Leben hat mich Misstrauen gelehrt.«

Der Wirt kam, stellte einen Krug mit trübem Wasser auf den Boden und daneben einen trockenen Kanten Brot. Der Hund legte sich unweit der Strohsäcke und kroch winselnd näher, als wartete er nur darauf, eine Krume zu erhaschen.

Draußen begann es zu regnen. Clemens setzte den Krug an, das Wasser stank, er würde sich den Magen verderben. Ohne zu zögern, erhob er sich, nahm den Krug und ging vor die Tür, um ihn zu leeren und mit Regenwasser neu zu füllen. Im Vorbeigehen bemerkte er, wie der junge Heißsporn – sein Gesicht zierte nun ein Verband – nach der Waffe griff.

Clemens verstand. Was es auch war, das die Männer antrieb – es verhieß nur Ungemach. Ihre Streitlust war fast mit den Händen zu greifen, sie schienen nur auf jemanden zu warten, an dem sie ihre Kräfte messen konnten. Eher säugte ein Hund Hasen oder ein grimmiger Wolf Lämmer, als dass diese Männer friedlicher Absicht waren. Wollte er ungeschoren davonkommen, so half nur die Flucht. In Gedanken wog Clemens seine Möglichkeiten ab. Sein Pferd würde ihn nicht tragen, er musste eines der Ritter nehmen, Gott möge ihm diese Tat verzeihen. Doch je länger er hier verweilte, desto mehr stieg die Gefahr für Leib und Leben.

Clemens goss das Wasser aus dem Krug und sah zurück in den

Gastraum. Gerold von Mettlach war aufgesprungen. Mit gezücktem Schwert gab er den anderen Zeichen.

Todesfurcht durchfuhr Clemens wie der Schlag eines Blitzes. Mit großen Schritten rannte er zum Stall. Der Krug zerbrach klirrend auf dem Pflaster. Hinter ihm hörte er das Brüllen der Männer, die nun allesamt aus dem Haus stürzten. Behände löste er die Zügel der wartenden Pferde, sprang auf das größte von ihnen und trieb seine Beine in die Flanken. Das Ross machte einen Satz nach vorne, die anderen Tiere folgten ihm. Die Angreifer nahten mit erhobenen Schwertern. Ein Hieb, und Clemens wäre verloren. Hastig riss er die Zügel herum, wich in einem Bogen aus und preschte von dannen, auf dem Weg zur alten Römerstraße.

Kurz vor der Biegung drehte der Kanonikus sich um und wünschte, er hätte es nicht getan. Gerold, der angesichts der entflohenen Rösser wohl versucht hatte, Clemens' müden Gaul zur Verfolgung anzutreiben, stieg fluchend ab und trennte mit einem wütenden Hieb das Haupt seines treuen Tieres vom Rumpf.

2

Als Elysa den Kreuzgarten betrat, bemerkte sie Ditwin und dessen Vater Eberold, die auf dem Dach des Seitenschiffes verkohlte Holzbalken entfernten und neue hämmernd befestigten. Eine Weile beobachtete sie ihr Tun, während sie darüber nachsann, warum Margarete beim Morgenlob gefehlt hatte. An den Vigilien hatte sie noch teilgenommen, blass und unnahbar, doch nun war sie nicht aufzufinden. Hatte sie der Priorin gebeichtet?

Ditwin hob seinen Kopf und sah herunter, er musste ihre Blicke bemerkt haben und lächelte schamlos.

Verärgert sah Elysa an ihm vorbei hinauf zum Glockenturm, der das Kirchendach weit überragte, und tat, als studiere sie dessen eigentümliches Figurenfries. Ihr Blick verweilte in der Mitte des Frieses, in der ein bärtiger, in Stein gemeißelter Mann mit Lockenpracht und breiten, auf die Stirn fallenden Strähnen stand. Die Hände hatte die Figur zum Himmel erhoben, um den mittleren Pfeiler des Turmes wie ein Atlas zu tragen. Seine Gestalt war kurz und gedrungen, mit stämmigen Unterschenkeln, die unter dem Gewand hervorschauten. Um die Hüften wurde das lange, kuttenartige Gewand von einem schmalen Riemen zusammengehalten, dessen Enden auffallend lang herabhingen. Ein Skapulier war nicht zu erkennen. Sollte die Figur dennoch einen Mönch darstellen?

Elysa hatte so etwas noch niemals gesehen. Die Haltung ziemte sich nicht für einen Mönch, ebenso wenig wie die enge Form der Kutte und die nachlässige Unordnung der Kleidung. Der Bärtige musste eine andere Bedeutung haben. Was hatte sich der Steinmetz gedacht, als er die Figuren meißelte, was die Person, die diese Arbeit in Auftrag gegeben hatte?

Rechts und links neben dem Bärtigen knieten Tierfiguren, Ziegenböcke und Widder, die sich zu den Seiten hin neigten, so als würden sie fallen. Fast sah es so aus, als sollten sie geopfert werden. Doch wem? Gewiss nicht dem in der Mitte stehenden Bärtigen, dessen Armhaltung auf groteske Weise verrenkt war. Auch nahm der Ausdruck im angestrengten Gesicht nahezu lächerliche Züge an, und je länger Elysa die Figur betrachtete, desto mehr erschien ihr der Mann als ein Dämon oder Heidenpriester, der die niedergestreckten Tiere seinen Göttern geopfert hatte und nun dazu angehalten war, mit dem Tragen des Gesimses dem christlichen Gebäude zu dienen.

Das Geräusch einer zufallenden Tür zog Elysas Aufmerksamkeit zurück ins Klosterleben. Zwei Nonnen betraten den Kreuzgang. Schweigend und mit gesenktem Kopf gingen sie an ihr vorbei auf dem Weg zur morgendlichen Versammlung im Kapitelsaal, der im östlichen Konventstrakt lag.

Elysa hatte Mühe, ein Gähnen zu unterdrücken. Während der Laudes waren ihr die Augen zugefallen. Zum Glück hatte es niemand bemerkt.

Weitere Nonnen erschienen. Elysa erkannte Anna, die junge Oblatin, und eine Schwester, die wenige Reihen vor ihr im Chorgestühl gesessen hatte. Sie verschwanden hinter den Arkaden im Dunklen des Kapitelsaals. Von Unruhe getrieben, sah Elysa sich um. Margarete war nicht unter den Nonnen gewesen. Wie viel wusste die Priorin bereits von ihrem nächtlichen Ausflug?

Nun würden bald die Novizinnen kommen, wie auch gestern und gewiss an jedem anderen Tag. Diesem Kloster wohnte ein

Rhythmus inne, der sich täglich wiederholte. Alles war vorherbestimmt. Die Zeiten der Messen, die Zeiten der Versammlungen, die Zeiten des gemeinsamen Mahls, ja, selbst das Erscheinen der Schwestern verlief nach einer festen Rangfolge.

Elysa selbst hatte als Anwärterin zu warten, bis alle Schwestern vorübergegangen waren, dann erst durfte sie sich der geforderten Kontemplation widmen. Ihr war die Teilnahme an den morgendlichen Versammlungen noch nicht erlaubt – was ihr sehr gelegen kam. So konnte sie sich, während die Nonnen dem Verlesen der Benediktsregel lauschten und Anliegen der Gemeinschaft besprachen, auf die Suche nach Margarete machen und dann, sollten sich ihre Befürchtungen als unbegründet erweisen, noch einmal in die Krypta steigen, bevor die Glocke die Prim einläutete.

Endlich folgten auch die Novizinnen. Ida, die zügig voranschritt, hatte Mühe, die Mädchen im Zaum zu halten. Immer wieder mahnte sie barsch zur Ruhe, bis sie die Novizinnen schließlich zum Stehenbleiben aufforderte und mit gesenkter Stimme zu ihnen sprach.

Die Mädchen verstummten augenblicklich und gingen nun schweigsam und mit geröteten Wangen weiter. Was hatte Ida ihnen gesagt? Hatte sie ihnen gedroht?

Elysa musterte die bucklige Gestalt, ihren forschen, ehrfurchtsgebietenden Gang. Die Sorge um Margarete wich unvermittelt einer seltsamen Heiterkeit, die durchwachte Nacht tat ihr Übriges. In ihrer übermüdeten Phantasie überkam Elysa die unchristliche Vision eines übelgelaunten Zwerges mit missgestaltetem Leib, der stampfend und mit verzerrtem Gesicht über das Reich der Schatten herrschte. Dieses absurde Bild ließ sie unwillkürlich leise auflachen, gerade als die blinde Nonne an ihr vorbeischritt. Augenblicklich blieb Ida stehen.

»Was stehst du hier herum und huldigst dem Müßiggang? Verharre in Demut, Handwerkstochter, und zügele deine Heiterkeit.

Nur ein Tor bricht in Gelächter aus. Hat dir Margarete das nicht beigebracht?«

Erschrocken bedeckte Elysa ihren Mund. »Woher weißt du, wer vor dir steht?«

»Schweig still, Anwärterin«, knurrte Ida und sah ihr mit milchigen Augen streng ins Gesicht. »Du glaubst wohl, nur weil ich blind bin, kann ich nicht sehen? Wer wohl würde noch hier stehen und warten, bis Nonnen und Novizinnen ihren Platz im Kapitelsaal eingenommen haben?« Ihre Züge verrieten tiefe Abscheu. Mit gesenkter Stimme fuhr sie fort: »Hüte dich vor den Versuchungen des Teufels, der alten Schlange, und halte deine Zunge im Zaum. Antworte, wenn du gefragt wirst, in Demut und Gehorsamkeit, nicht mit einer Gegenfrage. Also übe dich in Ehrfurcht und neige dein Haupt, wenn du nicht die Kraft der Rute am eigenen Leibe erfahren willst. Und nun auf, folge mir!«

»Aber …« Elysa verstummte.

»Die heutige Versammlung wird nicht abgehalten, um das Martyrolog zu lesen«, fuhr Ida etwas milder fort. »Die Priorin hat eine Verkündung zu machen und ausdrücklich deine Anwesenheit befohlen.«

Damit wandte sie sich ab und folgte den Novizinnen in den Kapitelsaal.

Elysa stand starr vor Wut und überwältigt von der Kraft der Demütigung, welche die Nonnen wohl täglich zu spüren bekamen. Nun endlich verstand sie Margaretes Kleinmut, denn Ida würde es nicht nur bei der bloßen Androhung von Züchtigungen belassen. Die blinde Nonne besaß den Scharfsinn einer Sehenden. Zweifellos hatte sie Elysa bei ihrer Flucht aus der Krypta erkannt.

Sollte sie nun deshalb, gegen jede Regel, an der Versammlung teilnehmen? Beunruhigt betrachtete Elysa den türlosen Raum, der sich über die Arkaden hin zum Innenhof öffnete. Die Priorin war zweifellos streng. Wollte sie Elysa nun vor dem versammelten Konvent für ihr Vergehen geißeln?

Diese Schmach wollte Elysa nicht zulassen. Bevor die Geißel auf sie niederging, würde sie sich losreißen und zum Nordtrakt laufen. Keine der Nonnen würde es wagen, ihr zu den Laienbrüdern zu folgen.

Elysa atmete tief durch. Doch zunächst galt es herauszufinden, ob sie mit ihren Befürchtungen recht behielt. Langsam und mit gesenktem Kopf folgte sie den Novizinnen und betrat widerstrebend das Gebäude.

Der Kapitelsaal war ein Zeugnis von vergangenem Reichtum, groß und mit hohem Kreuzrippengewölbe. Elysa setzte sich an den ihr zugewiesenen Platz am äußersten Rand und wartete voller Unruhe auf das Eintreffen der Priorin.

Das Licht des steigenden Morgens fiel gleißend durch die rechts und links des Portals angeordneten Arkadenfenster in den Raum und bildete einen berückenden Gegensatz zu dem gruftartigen Inneren. Das Portal selbst wurde von aufwendigen Monumentalfiguren eingerahmt. Elysa fragte sich, warum man nicht auch den Nonnenchor der Klosterkirche in alter Pracht hatte erstrahlen lassen.

Endlich betrat Priorin Agnes den Raum. Direkt hinter ihr erschien ein großer hagerer Mann mit Tonsur, ein Priester, bekleidet mit einer bestickten Kasel aus kostbar gemustertem Seidenstoff, wie sie ausschließlich während der Messe an besonders hohen Festtagen getragen wurde. Eine Borte, an der Naht nach unten verlaufend, sowie eine andere unterhalb der Schultern, den Oberkörper umfassend, bildeten ein Kreuz, das in seiner Leuchtkraft den Blick von der aufwendigen Stickerei lenkte. Das Gesicht des Priesters zeigte, soweit Elysa es im Schatten erkennen konnte, jene Erhabenheit, welche die Mächtigen oftmals ausstrahlen, denn dass er in seiner christlichen Aufgabe Macht ausübte, schien unzweifelhaft.

Für einen Moment hielten Priorin und Priester inne, als wollten sie den Augenblick der Ehrerbietung wahren, die sich sogleich unter den versammelten Schwestern erhob. Das vom Kreuzgang aus eindringende Licht umstrahlte die beiden und hüllte sie in einen ehrfurchtgebietenden Schein.

Nur einen Moment, dann durchquerte die Priorin mit hoch erhobenem Kopf den Raum, nahm auf dem großen, reich verzierten Stuhl an der Rückwand Platz und wies den Priester an, sich zu ihr zu stellen.

Nach dem Verlesen der Ordensregel und dem anschließenden Segen erhob sich Agnes und wies mit einer ausladenen Geste auf den Priester.

»Ehrwürdige Schwestern, wie ihr wisst, hat uns der Herr mit einer großen Prüfung belegt, der wir nicht zu begegnen wissen. Wir haben uns redlich mit Fasten und Beten abgemüht, doch ohne Erfolg. Jener Dämon, der durch den unwürdigen Bruder unser Kloster betrat, hat bereits mehr Unheil angerichtet, als unser Konvent verkraften kann.«

Sie machte eine Pause und sah in die erwartungsvollen Gesichter der Anwesenden.

»Ich habe«, fuhr sie schließlich fort, »unseren Erzbischof Konrad demütig gebeten, uns von der Last unserer Mühsal zu befreien. Und obgleich er in Ungarn weilt, um den Durchgang zum heiligen Kreuzzug vorzubereiten, haben sich seine Stellvertreter unseres Flehens angenommen und einen Diener Gottes gesandt, der sich auf das Austreiben des Bösen versteht – Radulf von Braunshorn.«

Erleichterung trat in die Gesichter der Nonnen, einige von ihnen schlugen das Kreuz und sahen voller Dankbarkeit gen Himmel. Auch Elysa verspürte Befreiung, als wäre eine schwere

Last von ihren Schultern genommen, wenn auch aus anderem Grund. Ihre Angst war unbegründet gewesen, es ging gar nicht um sie oder um Margarete, es ging um etwas weit Größeres.

Der Priester räusperte sich und sah mit glänzenden Augen in die Runde. Etwas Kraftvolles, nahezu Unheimliches haftete ihm an, und noch während er zum Sprechen ansetzte, verdunkelte sich der Himmel.

Schlagartig wurde es ganz still im Raum. Eine der Nonnen stand auf Geheiß der Priorin auf, die Lichter zu entzünden.

Radulf von Braunshorn wartete, bis sich die Nonne wieder gesetzt hatte. Dann breitete er die Arme aus und begann mit eigentümlich schnarrender Stimme zu sprechen: »So hört nun, ehrwürdige Töchter von Eibingen, ich sehe euch angesichts der unerklärlichen Vorgänge verunsichert. Doch die verborgenen Geheimnisse Gottes können von geschöpflichen Menschen nicht begriffen werden.«

Draußen vor den Arkaden begann der Regen, er fiel zu Boden und untermalte die Verkündung mit immer stärker werdendem Prasseln. Elysa dachte an die Handwerker auf dem Kirchendach, die innerhalb kürzester Zeit völlig durchnässt sein mussten.

Der Priester deutete mit erhobener Hand zum Kapitelsaal hinaus. »Seht, so sammelt sich das Wasser der Taufe durch die Verteidiger der Wahrheit und tropft als Regen auf die Menschen hernieder.« Es war offensichtlich, dass er sich gerne reden hörte, sein Mund umspielte ein zufriedenes Lächeln.

»Bitte, ehrwürdiger Radulf«, fiel die Priorin eifrig ein, »verratet uns den Grund für unsere Bedrängnis.«

Der Priester reckte sich zur vollen Größe und antwortete mit gestrenger Miene. »Der Grund für diese Dinge kann sein, dass die Dämonen sich an gewissen Dingen erfreuen, in denen sie gerne wirken. Oftmals suchen sie Gefühle der Traurigkeit und Melancholie, denn diese Gefühle lieben sie und verweilen darin. Andere

Dinge, vor denen sie zurückschrecken, verdüstern ihre Stimmung: Erfreuliche und heitere Dinge, die im Menschen Frohsinn hervorbringen, sind den Dämonen unangenehm, daher kommt es, dass sie davor fliehen. Darum zeiget ein heiteres Gesicht und habet ein frommes Gemüt.«

Ein lastendes Schweigen lag auf den Nonnen. Wollte Radulf damit andeuten, dass sie trotz der Mühsal, die sie in diesem Kloster zu erdulden hatten, Heiterkeit ausstrahlen sollten?

Eine Novizin zu Elysas Linken begann mit ihrer Nachbarin zu tuscheln. »Es wäre angemessen, die geistige Disziplin ein wenig zu lockern«, zischte sie. »Ich könnte mich durchaus an ein wenig mehr Frohsinn gewöhnen.«

Auch Ida hatte es gehört. Elysa bemerkte eine steile Falte, die sich zwischen ihren Brauen abzeichnete, und musste unwillkürlich lächeln.

Das Antlitz der blinden Nonne verdunkelte sich zusehends, schließlich stand sie auf. »Wenn ihr den Einwand gestattet, ehrwürdiger Radulf ...«

Er ermunterte sie hüstelnd.

»Wer bin ich«, begann sie demütig, »dass ich dem Gesandten des Erzbischofs widersprechen könnte. Doch erlaubt mir einen Einwand. Dieser Dämon suchte nicht die Melancholie, obgleich die Schwarzgalle unzweifelhaft zu Krankheiten führen kann.«

»Und doch sehe ich keine Heiterkeit in eurem Konvent.«

»Die Heiterkeit widerspricht dem Gebot der Demut.«

»Ehrwürdige Schwester.« Der Blick des Priesters wurde mitfühlend, ja, fast bedauernd. »Ich meinte nicht den unangemessenen Frohsinn, der der Sehnsucht nach dem süßen Leben entspringt. Ich sprach von der gelassenen Heiterkeit, die uns die himmlischen Freuden erschließt, wie die Blumen sich der Sonnenwärme öffnen. Doch unter euch weilen Schwestern in der

Schwärze bitteren Rauches, die mit Hartherzigkeit und Eigenwillen auch den anderen schaden.«

Ein lautes Donnern ließ die Nonnen zusammenzucken. Der Himmel war nun pechschwarz.

»Ihr seid noch nicht einen Tag hier und wagt es zu richten«, ereiferte sich Ida, die sich angesprochen zu fühlen schien. »Es sind die Sünden, die den Dämonen Zutritt verschaffen. Und wenn wir ihnen nicht Einhalt gebieten, wird es unser aller Ende sein!« Sie erhob drohend den Finger. »Der Antichrist versammelt seine Scharen und befiehlt den oberen Elementen, ihn gen Himmel zu tragen! Wir aber sollten uns der großen Meisterin erinnern, die uns verhieß: O allmächtiger Gott, wer kann dir widerstehen und dich bekämpfen? Das vermag die alte Schlange, jener teuflische Drache, nicht. Darum will auch ich mit deiner Hilfe gegen ihn kämpfen.«

Der Exorzist hob zur Widerrede an, sichtlich erbost über die ungeheuerliche Respektlosigkeit gegenüber seinem Amt. Doch er sollte nicht dazu kommen. Ein markerschütternder Schrei durchdrang die Versammlung. Die Nonnen sprangen auf und stürmten zum Portal hinaus, der Laienschwester Hiltrud entgegen, die sich um die Sauberkeit der Konventsräume zu kümmern hatte und nun mit schreckensweiten Augen zum Kapitelsaal lief.

Unterdessen hatte sich der Regen in Hagel verwandelt, hart und spitz traf er zu Boden und verwandelte den Kreuzgarten in eisiges Weiß. Ein paar Körnchen prallten ab und rollten in den überdachten Kreuzgang hinein, machten ihn augenblicklich glatt und rutschig, aber niemand schien es zu bemerken.

»Margarete«, schrie Hiltrud aufgebracht. Sie rang nach Atem und deutete geschüttelt von Schluchzen auf den schmalen Weg, der zwischen den Konventsgebäuden zum äußeren Klosterbezirk führte. »Im Badehaus.«

Die Schwestern folgten ihrem Fingerzeig, siebzehn an der Zahl, nur Ida blieb zurück, das Gesicht um Fassung ringend zum Himmel gewandt. Sie alle drängten und schoben den Weg entlang, rutschend und teils fallend, durch den hart prasselnden Hagel hinaus zum Badehaus.

Margarete lag regungslos auf dem Steinboden. Ihr Gesicht war blass, die Augen waren geschlossen. Unter ihrem Hinterkopf eine rote Lache, die sich langsam ausbreitete.

»Jesu Domine noster! Wir sind alle verloren, der Herr sei uns gnädig.«

Ein paar der umstehenden Nonnen begannen zu weinen, andere beteten. Eine junge Novizin lief mit kalkweißem Gesicht in Richtung Latrinen.

Jutta, die Medica, bahnte sich einen Weg durch die Schwestern. Sie strich Margarete über die Stirn und legte ihr Ohr an den geöffneten Mund. »Schweigt still«, rief sie. »Ich kann nichts hören.«

Gebannt verfolgten die Schwestern ihr Tun. Elysa hielt den Atem an und kämpfte mit den Tränen. Nein, nicht Margarete! Ein unerwarteter Gefühlssturm überkam sie. Sie dachte an den Abend in der Krypta und an Margaretes Sorge um ihr Seelenheil. War es falsch gewesen, ihr von der Beichte abzuraten? War sie nun für ihre Tat bestraft worden, schmorte im ewigen Feuer, dafür, dass sie etwas für sich behalten hatte, das nicht ihr gehörte? Nein, nein, Margarete durfte nicht tot sein, Gott stehe ihr bei. Es war nichts Unrechtes, es geschah zum Wohle der Prophetin!

Elysas Kehle schnürte sich zu, die Gefahr kam näher, würde bald auch sie erreichen, ebenso wie den ganzen Konvent. Ausgelöscht, verdammt, vom Teufel und den schlechten Elementen zermalmt, die ihm untertan sind.

Unwillkürlich wischte Elysa sich die Tränen aus dem Augenwinkel. Sie musste ihre Gedanken ordnen, sich nicht von der Angst leiten lassen. Mit der Kunst der Analyse vorgehen, so, wie ihr Onkel es sie gelehrt hatte. Nicht der Teufel war es, sondern ein allzu menschliches Wesen, hatte sie Margarete in der Krypta beschworen. Wer aber konnte all diese Dinge in Gang gebracht haben?

Elysa dachte an das Pergament. Wie töricht waren sie, als sie glaubten, niemand im Kloster würde von der Existenz dieser Schrift wissen. Hatte jemand versucht, es der Nonne zu entreißen? Wollte dieser Jemand sichergehen, dass Margarete das Wissen um die Existenz jenes Schriftstücks mit ins Grab nahm?

Bewegung kam in die Schwestern, nur zögernd lösten sie sich aus der Erstarrung. Elysas Blick fiel auf Radulf von Braunshorn, der sich einen Weg durch die Umherstehenden bahnte, dicht gefolgt von Agnes. Er bekundete Anteilnahme, ermahnte die Nonnen zum Gebet, doch seine Augen zeigten Abscheu. Rasch wandte er sich zum Gehen, und die Priorin folgte ihm.

Schließlich – es schien eine Ewigkeit vergangen zu sein – erhob sich Jutta. »Sie atmet, aber ihr Geist schwindet«, sagte die Medica düster. »Nur noch der Herr vermag das Feuer in ihr wieder zu entfachen.« Sie seufzte schwer. »Doch auch ich will nicht untätig sein. Auf, reicht mir Tücher, damit ich die Blutung stillen kann.«

Während Jutta schweigend einen Sud vorbereitete, saß Elysa neben dem Krankenlager und hielt Margaretes Hand. Die Finger der Nonne waren eiskalt, trotz des Feuers, das im Ofen der Krankenstube flackerte.

Als sie die Bewusstlose in den Raum getragen und auf das Lager gebettet hatten, war Elysa sogleich zum Ofen gegangen, hatte Hände und Leib gewärmt, Juttas tadelnden Blick ignorierend, bis der elendige Frost aus ihren Gliedern vertrieben war.

Seitdem war sie Margarete nicht mehr von der Seite gewichen, hatte auch den Aufforderungen der Medica getrotzt, sich aus der Krankenstube zu entfernen. Sie würde die Nonne nicht verlassen, bevor sie sich sicher sein konnte, dass sie am Leben blieb. Jutta hatte sie schließlich gewähren lassen und sich der Zubereitung der Arznei gewidmet.

»Was ist das für ein Heilmittel, das du ihr verabreichen wirst?«, fragte Elysa, nachdem sie den Blick durch den Raum hatte schweifen lassen, der schlicht war, jedoch mit allem ausgestattet, was man zur Pflege der Kranken benötigte: ein Herbarium, allerlei Behältnisse, Instrumente zum Anmischen der Arzneimittel und solche, um zur Ader zu lassen, saubere Tücher und Wasser zur Erfrischung.

»Du bist überaus neugierig«, antwortete Jutta mürrisch und trat mit einem dampfenden Gebräu an ihre Seite. »Der Herr sieht das nicht gerne.«

»Der Herr?« Soweit Elysa die Überlieferungen vom Leben der seligen Hildegard verstand, hatte auch der Prophetin eine gewisse Neugier innegewohnt, ansonsten wäre sie dazu verdammt gewesen, ihr gesamtes Leben auf dem Disibodenberg zu verbringen, in strenger Klausur und unter dem Scheffel eines misslaunigen Abtes. Aber Elysa wollte Jutta nicht verärgern, also schwieg sie.

Besorgt musterte Elysa Margaretes bleiches Gesicht und die unverändert geschlossenen Augen. »Glaubst du, ein Gift hat sie stürzen lassen?«

»Nein, ganz sicher nicht.« Jutta nahm einen Holzlöffel und schob ihn mitsamt der Arznei durch Margaretes geschlossene Lippen.

»Was dann?«

Jutta sah sie tadelnd an. »Warum möchtest du all das wissen?«

Heißer Zorn stieg in Elysa auf, wallte Gefühle empor, die sie geflissentlich unterdrückt hatte. Da lag Margarete, dem Tode nahe, und Jutta maßregelte ihre Neugier. Sie fühlte sich hilflos, alleine in diesem ungastlichen Kloster, das Mönche wie auch Nonnen dahinraffte. Elysa erhob die Stimme und öffnete ihr Herz, weit lauter, als es sich für eine Anwärterin geziemte.

»Weil ich diese Tochter Gottes schätze und es meine Seele betrübt, sie so zu sehen«, ereiferte sie sich. »Und weil ich nicht zu erkennen vermag, dass auch nur eine der Bräute Christi den Mut aufbringt, die Geschehnisse in diesem Kloster zu hinterfragen. Oder glaubst auch du an einen Pakt des Teufels?« Tränen stiegen in ihre Augen. Hastig wischte Elysa sie mit dem Handrücken weg und starrte Jutta kampfeslustig an.

Mit hochgezogenen Brauen erwiderte Jutta den Blick. Nach einer Weile begann sie zu lächeln, zunächst widerwillig, dann aber voller Wärme.

»So höre, Schwester, denn ich spüre, dass du guten Willens bist«, sagte sie mit einem beifälligen Unterton in ihrer Stimme. »Ich will dir sagen, was in der Arznei enthalten ist. Margaretes Gesicht ist bleich, die Glieder sind eiskalt. Die Kälte hat über das innere Feuer gesiegt und es aus ihrem Körper vertrieben. Nun gilt es, das innere Feuer wieder zu entfachen, also gebe ich eine Arznei aus Galgant und Bertram zu gleichen Teilen und zwei Teile Pfefferkraut, gemischt mit dem Saft von Griechenklee.«

»Wird sie …«

»Unser Kampf geht nicht um Fleisch und Blut, sondern gegen die Mächte und Gewalten dieser Finsternis.«

»So glaubst auch du an die Fallstricke des Teufels?« Elysa sah Jutta ernst an. »Ehrwürdige Medica, etwas geht vor in diesem Kloster, das ich zu verstehen suche, und es scheint eine Verbindung zu geben, die einer irdischen Gewalt unterliegt. Zuerst der Mönch …«

»Du weißt von dem Mönch?«

»Ja, und auch von Elisabeth und von dem Raub der Reliquien. Und die Schäden des Kirchenbrandes sind wohl kaum zu verbergen. Ich bitte dich, im Namen der seligen Meisterin, verrate mir, was du darüber weißt.«

Jutta wandte seufzend den Blick ab, nahm erneut den Löffel und begann, Margarete noch mehr der Flüssigkeit einzuflößen.

Dann sah sie Elysa wieder an.

»Ich vermag dir in deinem Schluss nicht zuzustimmen, und ich sehe nicht, warum du das Recht hast, mich im Namen der Meisterin um die Wahrheit zu ersuchen. Aber sei es drum, ich will deine Neugier stillen. Doch zuerst lass mich dir Folgendes sagen, und ich sage es nicht aus Boshaftigkeit, sondern weil ich will, dass es dir nicht so ergeht wie den Oblatinnen, die ins Kloster gegeben werden, ohne selbst zu entscheiden: Ich glaube nicht, dass der Weg, den du wähltest, der richtige ist. Hat dir Margarete nichts von der Härte und Schwere auf dem Weg zu Gott beigebracht? Ich sehe nicht, dass du Gott suchst, du zeigst keinen Eifer für den Gottesdienst, bist nicht bereit zu schweigen und zu gehorchen, geschweige denn fähig, Widerwärtiges zu ertragen. Nein, ich sehe dich im Weltlichen verstrickt, unfähig zu Leid und leiblicher Zucht. Du fliehst der Kälte, anstatt dich durch sie zu prüfen. Siehe, die Zeiten sind hart, doch auch diese Zeiten sind nur ein weiterer Weg zu Gott. Denn nur in der Fähigkeit zur Askese und Innenschau wirst du Gott finden.«

Elysa war erstaunt, es erschien ihr eindrucksvoll, wie Jutta innerhalb weniger Augenblicke ihre innere Haltung erfasst hatte. »Du magst recht liegen, euer Weg ist hart und steinig. Umso dringlicher ist es, ihn in bis ins Mark kennenzulernen. Doch warum gab man mir nur vier Tage, mein Ansinnen zu überprüfen?«

»Weil die Priorin es so bestimmt hat.« Jutta sah Elysa eindringlich an. »Wie ich hörte, kommst du auf Empfehlung des Bischofstuhls, darum sei achtsam. Agnes hat es eilig mit Anwärterinnen und wird dich trotz mangelnder Ernsthaftigkeit aufnehmen, denn die Gemeinschaft schmilzt dahin. Daher prüfe dein Ansinnen gut, denn danach ist es zu spät für eine Umkehr.«

Jutta hat einen klaren Blick und versteht sich auf die Kunst der Analyse, dachte Elysa. Sie fragte sich, ob die Nonne ahnte, dass sie gar nicht vorhatte, ins Kloster einzutreten, aber Jutta fuhr unbeirrt fort.

»Und nun zu deinen Fragen«, sagte die Medica mit sorgenvoll gerunzelter Stirn. »Was Margarete betrifft, so kann ich nur hoffen, dass sie aus einer Schwäche heraus gestürzt ist. Ansonsten muss ich annehmen, jemand hat sie schwer zu Fall gebracht oder ihr mit Gewalt den Kopf verletzt, denn die Wunde ist tief. Du magst recht haben mit deiner Sorge, es geschehen Dinge, die unsere Heimkehr ins Himmelreich ankündigen, vielleicht liegt es an diesem unseligen Ort. Die Welt besteht ohnehin nur so lange, bis die Zahl derer, die durch ihre Tugendhaftigkeit erwählt wurden, auf die vorherbestimmte Zahl der Erlösten angewachsen ist. Und diese Zeit scheint nun gekommen, denn seit dem Tod der seligen Hildegard gibt es hier kaum Heiliges mehr.«

»Was meinst du damit?«

Jutta sah Elysa fest an. »Was ich dir zu sagen habe, sage ich aus Sorge um dein Wohl, denn du kannst noch fort. Aber es wird in diesen Räumen bleiben, und solltest du jemandem davon berichten, so werde ich tun, als habe dieses Gespräch niemals stattgefunden.«

Elysa nickte.

»Gut. Nun höre, was ich dir zu sagen habe. Als Hildegard noch lebte, war dieses Kloster voller Freude. Wir alle verehrten sie, sie wusste immer das rechte Maß zwischen Strenge und Güte. Zweimal in der Woche setzte sie über den Rhein, um nach uns zu sehen, und umgab uns mit ihrer mütterlichen Fürsorge. Sie nahm sich Zeit für die Sorgen einer jeden und erbaute uns mit ihrer Kraft und Stärke. Von ihr erlernte ich meine Kunst, ich erhielt eine Abschrift ihrer Heilanweisungen, um dem Kloster mit ihrem Wissen zu dienen. Die Zeit mit Hildegard war uns wertvoll, denn ihre Aufgaben waren vielfältig. Den Rupertsberg erreichten täglich viele Boten und Bittsteller, und sie bemühte sich nach Kräften, niemanden abzuweisen. Die Anfragen nach Abschriften ihrer großen Visionsschriften nahmen überhand, so dass befreundete Klöster gebeten wurden, in ihren Skriptorien mitzuhelfen. Und doch kam Hildegard, uns zu unterweisen, trotz all der Gebrechen, unter denen sie seit ihrer Kindheit litt. Viele Frauen, Adelige und auch welche einfachen Standes, strömten in unser Kloster, um sich zu melden. Es war eine gute Zeit.«

Jutta wandte sich ab, trat an die Fensteröffnung und sah am Spalt des vorgestellten Rahmens vorbei nach draußen. »Dann aber wurde sie immer kränklicher, und ihre Besuche nahmen ab. Als sie schließlich starb, versanken wir in großer Trauer und verblieben im Schmerz, bis ein Jahr verging. Dann verschied auch unsere Priorin. Agnes wurde zur Meisterin von Eibingen ernannt, doch sie schien nicht glücklich mit ihrer Wahl. Sie war sehr ehrgeizig, zum Zeitpunkt der Ernennung bereits Bibliothekarin am Rupertsberg, Hüterin der Schriften. Man erzählte sich unter vorgehaltener Hand, dass Agnes die Äbtissinnenwürde für sich anstrebte, doch es war Adelheid, die von Hildegard als Nachfolgerin auf dem Rupertsberg bestellt worden war, und als Adelheid starb, stand Agnes nicht mehr zur Wahl.«

Elysa dachte an die Priorin, die sie stets nur im Hintergrund wahrgenommen hatte. Im Kapitelsaal aber hatte sie geleuchtet, durchdrungen von Stolz und Freude um den ehrenwerten Gast. »Was ist mit Ida?«

Jutta drehte sich langsam um, die Stirn in tiefen Falten. »Ida«, murmelte sie und ging zu Margarete, um ihr einen weiteren Löffel der Arznei einzuflößen. Dann sah sie Elysa eine Weile schweigend an, ohne dass ihre Züge verrieten, was sie dachte.

»Ida«, begann sie schließlich zögernd, »war schon hier, als Agnes kam. In Ida fand Agnes eine willkommene rechte Hand, die ihr all das abnahm, was ihr unliebsam erschien, aber für ein tadellos geführtes Kloster zweifellos vonnöten ist: Wachsamkeit und Härte. Sie selbst konnte sich so den weltlichen Aufgaben widmen, ließ sich von Kirchenfürsten und Pilgern konsultieren, selbst unser Erzbischof Konrad war bei ihr zu Gast. Fernerhin gab sie Ratschläge an andere Klöster, kurz, sie tat ganz, als sei sie eine Äbtissin und nicht die Priorin eines untergeordneten Klosters.«

»Und wurde Agnes dafür getadelt?«

»Man munkelt es. Ich glaube, ihr wurde nahegelegt, Demut walten zu lassen und die Zeit mit Fürbitten zu verbringen, denn seit geraumer Zeit war kaum noch ein Gast in diesen Mauern, der sie um ein Gespräch ersuchte.«

Elysa dachte an den Tag, an dem Adalbert von Zwiefalten gestorben war. »Waren an jenem Tag, an dem der Mönch zu Gast war, noch weitere Besucher im Kloster?«

In Juttas Antlitz spiegelte sich Erstaunen. »Ich glaube nicht. Es sei denn … Du müsstest Otilie fragen, die Pförtnerin. Doch ich ermahne dich, treibe es nicht zu weit. Bring unsere Nonnen nicht dazu, das Schweigegebot zu missachten, nur um dein Ansinnen zu überprüfen.« Sie legte den Löffel auf ein Tischchen und verschloss die Arznei. »Auch ich habe dem Schweigegebot zu folgen, ebenso wie du, denn Reden und Lehren kommen nur dem Meister zu, Schweigen und Hören dem Jünger.«

Damit wandte die Medica sich wieder ihrem Arzneischrank zu und begann, Phiolen und Tonkrüge zu ordnen.

Elysa nahm sich vor, die Pförtnerin so bald als möglich zu befragen. Otilie hatte auch den Mönch eingelassen, gewiss wusste sie mehr zu berichten. Doch in diesem Augenblick hatte etwas anderes Vorrang: das Pergament.

Sie beobachte Jutta, die sich in ihr Werk vertiefte, und glaubte sich unbeachtet. Einer plötzlichen Eingebung folgend, tastete sie nach Margaretes Rocktasche, dann nach dem Saum des Gewandes. Trug Margarete das Pergament bei sich? Mit bangem Herzen befühlte sie die Vorderseite, den Blick bei Jutta, die noch immer ihrer Arbeit nachging. Margaretes Gebinde war gelockert, ein Verband umschlang den Kopf, doch auch unter der Haube konnte Elysa nichts ertasten. Das Pergament war nicht da.

Seufzend betrachtete sie Margaretes blasses Gesicht, ihr Atem flach, fast vollständig verhaucht. Margarete, liebe Margarete, was ist nur mit dir geschehen? dachte Elysa.

Wie gerne hätte Elysa an eine Schwäche geglaubt, die Margarete unglücklich stürzen ließ. Doch es war unzweifelhaft eine menschliche Hand, welche die Nonne niedergestreckt hatte.

Zu jener Zeit aber, als man Margarete gefunden hatte, waren alle im Kapitelsaal versammelt gewesen, und auch während der Laudes, als die Nonne bereits fehlte, waren alle da gewesen, mit andächtig geneigten Köpfen und ergriffenen Stimmen.

Nein, nicht alle. Priorin Agnes war wie immer als Letzte zur Messe erschienen und hatte erhobenen Hauptes ihren Platz im Gestühl eingenommen, Radulf von Braunshorn war dort noch nicht zugegen gewesen. Und auch die Handwerker hatten erst mit ihrer Arbeit begonnen, als das Morgenlob vorüber war. Und was war mit den Laienschwestern und Laienbrüdern, mit Bruder Gregorius?

Elysa begriff, dass sie niemandem trauen konnte. Wer immer Margarete nach dem Leben trachtete, würde sehr bald erfahren, dass der Herr in Erwägung zog, ihr einen Aufschub zu gewähren.

3

Unvermutet brach der Weg durch tief hängende Tannen und mündete direkt auf der alten Römerstraße.

Die Straße hatte den Weg nicht unmittelbar hinter der Biegung unweit der ungastlichen Hütte gekreuzt, wie Gerold von Mettlach behauptet hatte. Clemens hatte sich bereits gefragt, ob er einer Finte aufgesessen war. Dann jedoch waren ihm das Lärmen der Wagen, das Klappern von Hufen und das Rufen der Treiber verheißungsvoll an die Ohren gedrungen. Nun war er angekommen, hatte den Wald mit all seinen Gefahren hinter sich gelassen.

Die Straße war in schlechtem Zustand. Der Sturm der vergangenen Tage hatte Äste und Zweige herabgerissen und Bäume entwurzelt. An vielen Stellen war der Weg aufgebrochen, aus Rissen quoll Kies und Sand.

Ein Stück unterhalb der Straße lag der Rhein, vordem träge, nun jedoch mit reger Strömung, und begleitete die Straße als breites, dunkles Band.

Das nasse Kopfsteinpflaster glänzte. Ein vorbeifahrendes Fuhrwerk schlingerte gefährlich, als die vorgespannten Ochsen den Tritt verloren, doch sie fingen sich wieder und kamen schnaubend zum Stehen. Zwei Spielmänner in auffallend bunter, wenn auch von Nässe matt gewordener Kleidung, der eine bemüht, eine Fiedel unter seinem Gewand zu verbergen, eilten an Clemens vorbei

Richtung Mainz. Ein Viehtreiber mit tief ins Gesicht gezogenem Hut drängte eine Herde Rinder mit einem Stock und lauten Rufen in die entgegengesetzte Richtung.

Darüber hinaus war die Straße menschenleer.

Das Ross unter Clemens tänzelte, es war ein starkes, kräftiges Tier, das zu laufen begehrte. Gewiss gut für die Schlacht, jedoch gefährlich auf glattem, verunreinigtem Pflaster. Clemens drehte sich zurück zur Wegbiegung, es war ihm niemand gefolgt, dann führte er das Tier mit straff gespannten Zügeln nach rechts, Richtung Oppenheim. Der Regen war inzwischen in Hagel übergegangen, schlug mit immer größer werdenden Körnern auf die glatte Fahrbahn.

Der Hagel nimmt seinen Ausgang in der fünften Schicht, die höllenartig ist und dunkel, dachte Clemens mit prüfendem Blick in den Himmel. Doch die zweite Luftschicht schien ihre Spannkraft zu bewahren und hinderte die Fluten des Himmels, herabzufallen und Mensch und Tier hinwegzuschwemmen.

Mit gesenktem Kopf ritt er langsam voran, an Ackerflächen und Weinbergen vorbei. Der Hagel peitschte ihm hart entgegen, er dachte an die Männer, denen er nur knapp entkommen war, an Gerold von Mettlach und an seinen treuen Gaul, dessen Blut nun die Erde färbte. Würden sie ihn verfolgen, sobald sie die anderen Pferde eingefangen hatten? Wieder drehte der Kanonikus sich um, doch die Straße hinter ihm war leer.

Ein Pilger kam ihm entgegen, mit dünner Kutte und rotgeädertem Gesicht, sich schwerfällig auf seinen Stab stützend. Unbewegten Ausdruckes schritt er voran, als fühle er nicht Kälte und Nässe, die seine Kleidung durchdrangen. Clemens zügelte das Pferd und beugte sich zu dem Mann. »Sind Euch auf dem Weg Mönche mit einem Pferdewagen begegnet?«

Der Pilger sah kurz auf, schüttelte aber den Kopf und ging wortlos weiter.

Clemens sank der Mut. Ihm fror, seine Fäustlinge waren ihm im Wald abhandengekommen, als die Barbaren ihn zur Lichtung schleiften.

Ihm, der stets der Kälte zu trotzen vermochte, kroch sie nun bis ins Mark und ließ sein verletztes Bein pulsieren. Der Fuß war beinahe taub.

Er kam nur langsam voran. Wie nur sollte er die weite Reise bis nach Oppenheim überstehen? Vermochte er am Ende sein Bein zu retten?

Auch brannte seine Kehle, seit Stunden hatte er nichts getrunken. Die Wasser aber, die bei einem Wolkenbruch in überreichem Erguss plötzlich ausgeschüttet werden, waren ebenso wie der Hagel gefährlich. Denn, so stand es in Hildegards Naturschrift geschrieben, wollte jemand dieses Wasser trinken, so würde er einem chronischen Leiden verfallen; sein Gewebe würde aufgerissen und zerstört.

Clemens fielen die Augen zu. Ihn übermannte der Schlaf. Im Traum sah er einen Mönch ohne Gesicht, der zu ihm sprach: »Wach auf, wozu schläfst du? Halte den Weg, wohin deine Füße zeigen, denn abseits davon liegt dein Ziel.«

Clemens schrak hoch und rieb sich die Augen. Das Ross schritt beständig voran, nun trabend, das Holpern schmerzte in jedem Knochen. Der Kanonikus straffte erneut die Zügel, bis das Tier wieder den Schritt fand. Wie lange hatte er geschlafen?

Für einen Moment lichteten sich die Hagelschleier, und Clemens erkannte eine hohe zylindrische Steinsäule am Wegesrand, einen Meilenstein. Er brachte das Pferd zum Stehen und betrachtete die verwitterte Schrift.

OPPENHEIM I MILLE PASSUUM

Ein Seufzer der Erleichterung entfuhr ihm. Gerold von Mettlach hatte von zwei Meilen gesprochen, die es von der Kreuzung aus zurückzulegen galt, und Clemens hatte sogleich angenommen, er meinte deutsche Meilen, von denen zwei beinahe einen halben Tagesritt bedeuteten. Doch Gott hatte Erbarmen mit ihm, es waren römische Meilen, ungleich kürzer. Oppenheim – und damit auch die Aussicht auf Schutz und ein warmes Mahl – lag nur noch tausend Doppelschritte von ihm entfernt.

4

Während Elysa die schmalen Stufen der Wendeltreppe zum Schreibraum erklomm, dachte sie an Margarete, die nun unter Juttas gestrengem Auge in der warmen Krankenstube lag. Elysa hatte die Verletzte nur ungerne verlassen. Jedoch hatte sich die Medica strikte Krankenruhe auserbeten und Elysa energisch angehalten zu gehen, nicht ohne deren Besorgnis um das Wohl der Nonne zu teilen und zu versichern, auf sie achtzugeben.

Das harte Klopfen des Hagels, der auf das Dach niederging, übertönte den Klang ihrer Schritte. Unwillkürlich fragte sich Elysa, ob sie mögliche Verfolger würde nahen hören.

Kurz vor Ende der Treppe hielt sie inne. Hier also hatte der Mönch gelegen, leblos und mit verzerrtem Gesicht. Was hatte ihn hierhergeführt?

Beherzt trat Elysa ein. Die Bibliothek war unerwartet klein, kleiner selbst als jener Raum, den ihr Onkel in seinem Haus errichtet hatte, um seinen Studien nachzugehen, und der ihr nun mit seinen hohen, lichtdurchfluteten Fenstern und seinen Schränken wie ein prächtiger Saal erschien.

Wie anders mutete nun dieser enge, verstaubte Ort an, der nichts mit einer Stätte der Schreibkunst gemein hatte, vielmehr mit einer unansehnlichen Kammer, in der man wenig Erbauliches von den Handschriften zu erwarten schien. Was wusste man hier von dem Zauber der antiken Autoren, von Gedichten, wissenschaftlichen

Traktaten und Enzyklopädien? Was nutzte das Sammeln von Wissen, wenn es nicht erwünscht war?

An der Westseite zum Klosterhof befand sich ein einziges Fenster, groß zwar und zu Elysas Erstaunen mit bleigefasstem Glas, doch es standen nur zwei Schreibpulte davor, verwaist und mit Staub bedeckt. Kein Tintenfass und keine Feder, die darauf wartete, feine Linien auf ein Pergament zu setzen. Keine Wachstafeln und keine Griffel.

Außer Margarete, die wohl die Gicht zu sehr plagte, um noch die Feder zu führen, gab es augenscheinlich niemanden, der zu dieser Arbeit berufen worden war.

Auf der gegenüberliegenden Seite ein weiteres Fenster, ebenso groß, doch ohne Pult davor, stattdessen stand unterhalb eine eisenbeschlagene Holztruhe. Das Glas dieses Fensters war vollständig aus der Fassung entfernt worden, die umgebenden Mauern waren schwarz. Die Feuersbrunst, die im Seitenschiff gewütet hatte, hatte auch das Skriptorium ergriffen, doch nur von außen, denn abgesehen vom rußigen Stein und dem geschwärzten Holz der Truhe schien der Raum unversehrt.

Sollte Elysa mit ihrer Vermutung recht gehabt haben, dass jemand von diesem Raum aus das Feuer entzündet hatte, so musste er zuvor das kostbare Glas eingeschlagen haben. Das klirrende Geräusch wäre schwer zu überhören gewesen. Es schien Elysa undenkbar, dass ausgerechnet die blinde Ida das vollbracht haben sollte, um dann ohne Furcht vor Entdeckung noch eine Fackel zu entzünden und aus dem Fenster zu werfen. Nein, es musste eine andere Erklärung geben.

Elysa näherte sich dem offenen Fenster. Es führte zum Kreuzgang hinaus. Der Hagel fiel unvermindert herab. Körner groß wie Kiesel, die den Kreuzgarten vollständig bedeckten.

Keiner der Arbeiter war zu sehen, und auch die Nonnen hatten sich zur Prim in der Kirche versammelt. Elysa lehnte sich hinaus.

Nun konnte sie den Weg des Hagels verfolgen, der durch das offene Dach des Seitenschiffes stürzte und den steinernen Boden des Kirchensaals unter einer dicken weißen Schicht begrub.

Dann zog sie ihren Kopf wieder zurück, kniete sich vor die Truhe – offenbar das Archiv – und versuchte, sie zu öffnen. Doch sie war mit einem schweren Schloss versehen, das auch ihrem Rütteln nicht nachgab. Elysa stand auf und ging nach einem kurzen Blick auf die Wendeltreppe zu dem großen Bücherschrank an der Stirnseite des Raumes. Er trug wenige, doch sorgsam aneinandergereihte Bände, einfach gebundene wie auch solche, die zwischen pergamentbezogenen Holzbrettern befestigt waren.

Elysa strich über die dicke Staubschicht und nahm eine Handschrift heraus, die Vita des heiligen Rupertus. Die Handschrift war klamm und mit gewellten Seiten, wegen der Feuchtigkeit, die durch das offene Fenster in das Pergament gedrungen war.

Es gab vorwiegend liturgische Schriften, Evangeliare, Psalter und Apokalypsen. Dazu weitere Heiligenviten, Schriften der Kirchenväter Ambrosius, Augustinus und Hieronymus und Werke von Cicero und Aldhelm von Sherborne, wohl als Schullektüre gedacht. Einfach beschrieben, ohne jegliche Miniatur. Ebenso fand sie eine Handschrift vom Kloster St. Eucharius in Trier des ersten Buches von ΠΕΡΙ Φ ΥCΩCΜΕΡΙCΜΟΥ von Johannes Scottus und eine metrische Bearbeitung *Depressus usquequaque Omnis pondere noxae*, in der griechische Worte vorkamen, die teils in griechischen Majuskeln, teils in Minuskeln geschrieben waren.

Oberhalb der Augenhöhe reihten sich Werke der seligen Hildegard. Der *Liber divinorum operum* und *Liber vitae meritorum*, dazu einige Musikstücke und ein Singspiel.

Indessen gab es keine illuminierten Enzyklopädien, kein Traktat über die Astronomie, keine Bücher, die über die übrigen *artes liberales* hinaus Wissen darbrachten und den Ruf der Klöster als

Zentren der Bildung und Erziehung rechtfertigten. Nur das von Margarete kopierte Werk *De Medicina* des Isidor von Sevilla, das allerorts zum Repertoire einer guten Bibliothek gehörte, und – zu Elysas Erstaunen – *Summa gloria* von Honorius, eine Streitschrift zum Rangverhältnis zwischen königlicher und päpstlicher Regierungsgewalt. Und wo war das Buch, das Jutta als Grundlage ihrer Künste diente? Befanden sich in ihm die Belehrungen zur geheimen Sprache?

Elysa trat einen Schritt zurück und betrachtete den Schrank. Etwas hatte sie bei der Durchsicht der Schriften irritiert, doch sie vermochte sich nicht mehr daran zu erinnern, was es gewesen war.

Ihre Gedanken wurden von einem Geräusch unterbrochen, das sie herumwirbeln ließ. Aber es kam nicht von der Treppe, es drang durch das zum Klosterhof hinausgehende Fenster.

Rasch lief Elysa dorthin und spähte durch das gräulich-milchige Glas. Die Prim war beendet. Radulf von Braunshorn schritt mit wehender Kasel auf den Platz vor dem großen Westportal, gefolgt von Humbert von Ulmen. Der Seelsorger erschien blass neben der erhabenen Gestalt des Exorzisten, er hatte sein Haupt zwischen die Schultern gezogen und stakte mit kleinen Schritten durch die spitzen Körner am Boden.

Die Nonnen indessen sammelten sich im Schutze des Tympanons, um nicht vom Hagel erfasst zu werden, ebenso die Priorin. Nur Ida wagte sich ein paar Schritte vor bis auf die Stufen, mit hoch erhobenem Kopf, als wolle sie allen Urgewalten trotzen.

Dann streckte der Gesandte des Erzbischofs die Hände vor und malte ein Kreuz gegen die Wolken in die Luft. Der Hagel schlug ihm ins Gesicht, doch sein Antlitz verriet keinen Schmerz. Den Blick zum Himmel gewandt, begann er zu beten. Das Geräusch prasselnden Hagels verschluckte die Worte, er hob an, bis das Schnarren seiner Stimme weit über den Hof klang, bis hin zu Elysa, die erstarrt die Vorgänge verfolgte.

»Quicumque vult salvus esse, ante omnia opus est, ut teneat …«

Schon einmal hatte sie einem Exorzismus beigewohnt, es war Herbst gewesen, in einer Zeit, die sie eigentlich ihrem Gedächtnis entrissen hatte. Der Wind hatte die Blätter von den Bäumen gezerrt und mit ihnen die Hoffnung auf die Rückkehr eines unbeschwerten Lebens.

»Conjuro vos nubes, et grandines, seu tempestates …«

Elysa versuchte, sich auf das Geschehen vor der Klosterkirche zu konzentrieren. Der Priester zeichnete achtmal das Kreuz.

»Domine Jesu Christe, qui fecisti coelum, et terram, mare, et omnia, quae in eis sunt …«

Doch es wollte ihr nicht gelingen. Die Stimme des Exorzisten mischte sich mit der Stimme jenes Priesters, der sich anschickte, die Dämonen aus dem Körper ihrer Mutter zu treiben, die sich ihrer bemächtigt hatten, nachdem das Wasser des Burggrabens ihr über kostbare Augenblicke hinweg den Atem genommen hatte.

»Domine Deus omnipotens Pater …« Ihre Mutter hatte geschrien und sich von den Männern losreißen wollen, die sie festhielten, um sie vor den Augen derer, die sich im Burgsaal versammelten, von den bösen Mächten zu reinigen. Alle waren gekommen, Dienstboten, Mägde und Köchinnen, Landarbeiter und Pferdeburschen, und gafften angesichts des erregenden Schauspiels, das ihnen das tägliche Allerlei versüßte.

»Ad honorem Dei omnipotentis Patris …«

Nie würde sie das Gesicht ihres Vaters vergessen, dessen Mundwinkel ein selbstgefälliges Lächeln umspielte, während der Priester die Mutter, die wild um sich trat, nach der Anzahl der eingefahrenen Dämonen befragte.

Doch um wie viel schrecklicher war der Ausdruck ihres Bruders – Magnus, damals kaum älter als zwölf Lenze, der das Geschehen mit unverhohlener Gier, ja Erregung verfolgte. Und der, als der Exorzist den Dämonen mit Drohung befahl zu weichen, wie in Ekstase schrie, er solle sie hart züchtigen, bis sie aus dem Leibe der Besessenen ausführen.

Elysa schüttelte den Kopf, um die Bilder zu vertreiben, es wollte ihr jedoch nicht gelingen. Nur mühsam konnte sie ihre Aufmerksamkeit wieder auf Radulf von Braunshorn richten, der nun ein Kreuz gegen die vier Himmelsrichtungen reckte und in einer ausladenden Bewegung Weihwasser hinterhersprengte. Der Schmerz und die Hilflosigkeit angesichts der mit Macht aufsteigenden Bilder gewannen Oberhand. Tränen bahnten sich ihren Weg und schwemmten das vor Furcht verzerrte Gesicht der Mutter an die Oberfläche.

Mit einem Ruck wandte Elysa sich um und atmete tief ein, bis die Tränen innehielten und die Bilder wieder zur fernen Erinnerung wurden.

5

Erneut war die Anwärterin aufsässig gewesen, war zur Prim nicht erschienen, sie musste es der Priorin melden. O Herr, was ist nur mit Deinen Schafen? Sie kamen, um sich zu zerstreuen, nicht, um Dich zu loben und zu preisen.

Und was war neuerlich mit den Gesandten des Erzbischofs? Ach, sie alle waren verdorben, verführt von dem Glanz ihrer hohen Stellung. Entrüstet schüttelte Ida den Kopf.

Die blinde Nonne kannte ihren Weg, der Stab glitt leise über den Boden. Gleich war sie bei der Priorin, doch als Ida sich der Tür näherte, zögerte sie. Jemand war bei Agnes und sprach leise vertraute Worte. Es war die Stimme eines Mannes – eines Mannes, der sich mit einem Hauch von Weihrauch umgab und dessen Stimme sie unter vielen herauszuhören wusste.

»Doch wir sollten nicht die Unwetter für Eure Not verantwortlich machen«, sagte er schnarrend. »Weitaus begreiflicher wäre es, sie dem Geist einer widerspenstigen Nonne zuzubilligen, der hier herrscht und der dem Strahlen dieses ehemals prächtigen Klosters abträglich ist.«

»Zweifellos.« Die Stimme der Priorin klang ehrfürchtig, geradezu geschmeichelt. »Doch an wen denkt Ihr?«

Es war nicht recht zu horchen, die Meisterin hätte es nicht gutgeheißen. Doch Ida verharrte, unfähig, sich fortzubewegen, und hob lauschend die Ohren.

»Ich vermag den Namen nicht zu nennen«, sagte der Exorzist, »denn ich will noch abwarten und beobachten, bis ich gänzlich über die Vorgänge dieses Klosters im Bilde bin. Jene Person aber, von der ich sprach, scheint mir gefährlich und besitzt für mein Dafürhalten zu viel Macht.«

Ida stockte. Gott hatte sie hierhergeführt, in einem Augenblick, in dem sie erkennen konnte, wer ihr zugetan war und wer den Bogen gegen sie spannte. Glaubte dieser Priester, er könne in das Kloster kommen und mit seiner unheiligen Magie die Gebote der Demut verletzen?

Ja, denn nichts anderes war es gewesen, als Radulf von Braunshorn seine Hände zum Himmel erhoben und den Exorzismus gesprochen hatte. Wie gerne würde sie ihre Stimme erheben und ihm entgegenschleudern: »Ihr habt nicht den wahren Gott verehrt!«

»Ihr sprecht von Ida«, ertönte nun die besorgte Stimme der Priorin.

»Seht sie mit den Augen der Euch anvertrauten Jungfrauen«, forderte Radulf eindringlich. »Ida vermag in ihrer Herzenshärte keine Einfühlsamkeit mit den ihr anvertrauten Schwestern walten zu lassen, sie ist versteinert und boshaft. Denkt nach, Agnes! Was würde wohl geschehen, wenn Ihr den Schafen die Last der übermäßigen Zucht nehmt und sie wieder beginnen, sich Euch zu offenbaren?«

»Nun, Ida mag ein verstocktes Herz haben, doch sie ist mir treu ergeben und strafft die Zügel, die ich so oft habe schleifen lassen«, wandte die Priorin ein.

»Und dennoch führt sie die Zügel so straff, dass sie reißen. Sie ist hässlich und missgebildet, vom himmlischen Unmut entstellt. Deutlicher kann der Herr seine Missgunst nicht offenbaren. Ihr zeigt zu viel Mitleid und Barmherzigkeit mit dieser Kreatur, die sich, vom bösen Geist des Stolzes erfüllt, einbildet, eine zweite

Priorin zu sein. Wollt Ihr den Dämonen, die sich dieser Laster erfreuen, fruchtbaren Acker geben? Wollt Ihr, dass die Schwestern eine einfache Nonne so sehr fürchten, dass sie Herz und Mund vor Eurer Großmut verschließen?«

»Nein, nein, in Gottes Namen, dem darf ich nicht zustimmen. Doch wie kann das verhindert werden?«

»Das, meine liebe Agnes«, die Stimme des Exorzisten sank zu einem Flüstern herab, »das liegt alleine bei Euch.«

»Was ratet Ihr mir?«

»Ihr kennt die Strafe für ein derartiges Vergehen. Beugt ihr Haupt, auf dass sie zur Demut zurückkehre.«

Ida erstarrte angesichts dieser ungeheuerlichen Forderung. Würde die Priorin dem nachgeben? Würde man sie ihres Lebensinhalts berauben und für ihre gottgefälligen Mühen geißeln?

Nein, das war nicht möglich. Eine Mutter zeigt ihrer Herde die Gebote Gottes, damit sie nicht nachlässig dem Überdruss verfalle. In Agnes jedoch herrschte die untaugliche Neigung zum Erschlaffen, ohne Idas Eingreifen ständen die Schwestern weder in der Zucht noch in der Strenge der Gottesfurcht. Nein, die Priorin war wachen Geistes. Niemals würde sie sich ihres Rückgrats berauben.

Ida hörte, wie ein Stuhl rückte, das Gespräch schien beendet zu sein. Rasch, sie musste davoneilen, bevor jemand sie sah. Sie machte sich auf, doch ein unvermittelter Fortlauf des Gespräches ließ sie erneut innehalten. Agnes sprach noch ein Anliegen aus.

»Der Erzbischof empfahl uns die Handwerkstochter Elysa. Sie ist klug und aufrecht, wenn sie auch der gebotenen Ehrfurcht und Schweigsamkeit entbehrt. Ich gedenke sie in den Konvent aufzunehmen. Doch wir sprachen noch nicht von der Mitgift. Wie Ihr wisst, fehlt es uns an Geldern, und ein Handwerker vermag nicht viel zu geben.« Die Stimme der Priorin wurde schmeichelnd. »Doch da der ehrwürdige Erzbischof Konrad uns in einem Schreiben diese Tochter empfahl, muss ihm besonders an ihrem Wohl gelegen sein …«

»Wovon sprecht Ihr?«

»Ich spreche von Elysa, die der Kanonikus Clemens von Hagen im Auftrag des Erzbischofs zu uns führte.«

Die Priorin klang verunsichert. Ida trat ein Stück vor, um dem Gespräch besser folgen zu können.

»Zeigt mir das Schreiben!«, forderte Radulf sie auf.

Erneut war das Geräusch von scharrendem Holz zu hören. Die Priorin war aufgestanden. Eine Weile hörte Ida ein Rascheln, dann ein Knarzen. Agnes setzte sich wieder auf ihren Platz. Dann war es still.

Ein höhnisches Schnauben erklang, dann lautes Hüsteln. »Nun, das mag wohl aus der Kanzlei des Erzbischofs stammen, aber mitnichten vom Erzbischof persönlich, der sich bereits seit Wochen auf dem Weg gen Osten befindet.«

»Es gibt gewiss Prälaten, die die Briefe in seinem Namen zeichnen.«

»Zweifellos, doch diese Schrift hier stammt von keinem, der zur Zeichnung im Namen des Erzbischofs befugt ist«, erklärte Radulf.

»Wollt Ihr damit sagen …«

»Was ich damit sagen will, bleibt Eurer Phantasie überlassen, ehrenwerte Priorin. Aber ich mahne Euch: Das Schreiben, das Clemens von Hagen von der Kanzlei erhielt, war zu Eurer Erbauung und als Beweis unseres Mitgefühls. Er befand sich im Aufbruch zu einer Reise durchs Rheingau, und man stellte ihm anheim, es Euch zu übergeben.« Radulf von Braunshorn senkte die Stimme. »Jenes Schreiben jedoch, das die Aufnahme einer Handwerkstochter empfiehlt, hat die Kanzlei niemals im Auftrag des Erzbischofs verlassen.«

»Ich frage mich, was Euch so sicher macht? Trägt es doch dasselbe Siegel?«

»Nun«, setzte er verstimmt nach, »dann lassen wir einen Boten nach Mainz reisen und die Kanzlei des Erzbischofs um Klärung ersuchen.«

Agnes seufzte. »Doch wen sollen wir entsenden? Reisende Boten sind rar gesät, sie alle tauschen Briefe mit dem Rupertsberg. Mir bleibt nur wenig Zeit. In drei Tagen soll die Anwärterin aufgenommen werden. Was soll ich mit einer Person ohne Empfehlung, ohne jegliche Mitgift? Wie soll ich sie ernähren? Unsere Taschen sind leer.«

»Dann entsendet einen Eurer Laienbrüder«, antwortete Radulf von Braunshorn maliziös. »Es ist Winter, die Äcker sind bestellt, sie ergeben sich ohnehin dem Müßiggang.«

»Ich habe nur wenige Laienbrüder«, zögerte Agnes und fuhr sodann entschlossen fort. »Doch ich werde den Kräftigsten von ihnen beordern: Bruder Gregorius.«

6

Als Clemens von Hagen die Gaststube betrat, schlug ihm eine erfreuliche Wärme entgegen. Dazu der Geruch gebratenen Fleisches gleichsam vermengt mit dem Gestank ungewaschener Leiber. Der große Raum war voller Menschen, die Schutz vor dem Unwetter gesucht hatten und sich nun die Zeit mit Wein und Gesprächen vertrieben, und Händlern, die auf dem Oppenheimer Markt ihre Ware feilbieten wollten.

An einem Tisch saß ein Gaukler, der dem Wein offenbar zu sehr zugesprochen hatte. Lärmend und singend sprang er auf die Tafel und tanzte, bis er stürzte, am Boden liegen blieb und augenblicklich in tiefen Schlaf verfiel.

Die Mönche waren freilich nicht zugegen, es war kein Ort für Ordensbrüder, und doch hatte Clemens entgegen aller Vernunft gehofft, sie hier anzutreffen.

Er war in großer Sorge. Wen auch immer er auf dem Weg gefragt hatte, sei er aus Mainz gekommen oder aus Oppenheim – niemand hatte die Mönche gesehen, nicht einmal die Ortskundigen, die jeden Winkel dieser Stadt kannten und vorbeiziehende Reisende ansprachen, um Führungen anzubieten.

Einen Moment lang hatte Clemens mit sich gerungen, ob er sich eine Rast zugestehen konnte, doch er musste seinen Mantel trocknen, sich wärmen und etwas essen, um dann erfrischt die Suche fortzusetzen.

Der Kanonikus suchte sich einen Platz nahe dem offenen Herdfeuer, an dem ein Küchenjunge einen Kessel mit Wasser und einer Handvoll Pastinak füllte.

Ein Wunder, dachte Clemens, als er die köstlichen Dinge sah, die an den Nebentischen aufgetragen wurden. Gebratener Hecht und Speck, Wurst und Pasteten, Käse und gedörrte Birnen. Krüge mit dunklem Wein und klarem Wasser. Ja, ein Wunder, denn Gasthäuser waren rar, aber hier in Oppenheim, das seit über einem Jahrhundert über das Marktrecht verfügte, gab es allerhand Schildwirtshäuser, denn der Wein dieses fruchtbaren Landstriches war über die Grenzen des Bistums hinaus bekannt.

Clemens winkte dem Mundschenk, der herbeieilte und nur wenig später zurückkehrte, in den Händen einen sauberen Becher Wein, gepökeltes Fleisch, Rüben und Nüsse.

»Möget Ihr die Speisen freudig zu Euch nehmen«, brummte er gefällig, während er die Köstlichkeiten vor Clemens abstellte.

Der Kanonikus konnte kaum an sich halten, zwar war er das Fasten gewohnt, doch niemals hatte er Essen mit einer solchen Inbrunst herbeigesehnt. Fast hätte er das Fleisch verschlungen, doch er erinnerte sich der Sitten, und so genoss er jeden Happen, bis kein Krumen mehr auf dem Teller verblieb, und auch den Wein, der wohl schmeckte und nicht so sauer wie die meisten anderen, die er zuletzt getrunken hatte.

Er lehnte sich zurück und schloss die Augen. Wie gerne hätte er seinem Bedürfnis nach Schlaf nachgegeben! Aber er musste weiter.

Ein schmerzhaftes Pochen erinnerte ihn an seine Wunde, doch ihm blieb keine Zeit. Wo auch sollte er sie versorgen, hier, zwischen all den anderen Reisenden?

Clemens zahlte mit einer aus dem Saum seines Gewandes gelösten Münze und verließ das Gasthaus.

Eisige Kälte empfing ihn, und er schämte sich seines Verlangens, sich weiter der Völlerei hinzugeben und ein Nickerchen im Warmen zu machen, statt die Suche fortzusetzen.

Mutlos bestieg er das Pferd und verharrte in der Überlegung, was nun zu tun sei. Sollte er der Römerstraße weiter in Richtung Cannstatt folgen, obwohl dort keiner der Reisenden den Benediktinern begegnet war?

Die Priorin hatte von vier Mönchen erzählt, die einen schmalen, einspannigen Pferdewagen bei sich führten, um den in Rinderhaut gewickelten Leichnam zu transportieren. Wie konnte solch ein Tross übersehen werden?

Oder war es richtiger, das Unternehmen als gescheitert aufzugeben und zum Kloster Rupertsberg zu reiten, um dort die Äbtissin zum Aufenthalt des Mönches Adalbert zu befragen, der in den Tagen des Hildegardisfestes zu Gast bei ihnen war?

Unschlüssig ritt Clemens voran.

Sein Blick fiel auf den Rhein. Ein Gedanke bemächtigte sich seiner, überfiel ihn, als ereile ihn eine Botschaft des Himmels. Nein, dachte er, unmöglich konnten sie diesen Weg gewählt haben! Doch dann entsann er sich seines kurzen Traumes. »Halte den Weg, wohin deine Füße zeigen, denn abseits davon liegt dein Ziel«, hatte ihn der gesichtslose Mönch gemahnt. War es ein Hinweis, eine Vision?

Abseits, das war der Fluss. Doch eine Fahrt war kostspielig, mehr als ein Kloster in diesen Tagen aufbringen konnte, zudem gab es nur wenige Boote, die ein Pferd samt Karren zu tragen vermochten. Und dennoch …

Clemens trieb das Ross an, jagte zum Ufer, auf die Fährmänner zu, die einen Prahm mit Holzkisten beluden.

»Sind Euch Mönche begegnet, die einen Pferdekarren mit sich führten?«, fragte er atemlos.

Einer der Fährmänner, dickleibig und mit vollem Bart, zeigte flussabwärts. »Ich sah vier Mönche in einem Boot vorbeitreiben, doch war weder ein Pferd mit an Bord noch ein Karren.«

Hoffnung keimte in dem Kanonikus auf. Das konnten die Gesuchten sein. War ein Unglück passiert, hatte man sie überfallen und ihres Fuhrwerkes beraubt?

»Wann genau war das?«

»Nicht lange, bevor Ihr kamt. Das Boot war klein und schwankte. Ich befürchtete schon, die Last würde ob des Hagels zu schwer, doch die Mönche warfen ihn mit bloßen Händen wieder hinaus.«

Mit einem kurzen Gruß wendete Clemens das Pferd und ritt in Richtung Cannstadt, die ihm der Fährmann gezeigt hatte.

7

Mild schien das Licht des prasselnden Ofens auf Margaretes Antlitz. Noch immer lag die Nonne mit geschlossenen Augen da, das ehedem runde, warmherzige Gesicht war grau und eingefallen.

Auch wenn Jutta mit ihrer Arznei das Wunder vollbracht hatte, Margaretes schwindenden Geist am Leben zu erhalten, so war doch eine Gesundung ungewiss. Der Atem des Todes schien an jeder Ecke zu lauern, nicht nur in dieser Stube.

Elysa betrachtete die Nonne und dachte an ihre Mutter, die ebenso ihre weichen Züge verloren hatte – an jenem schrecklichen Tag im Herbst, als die Unbarmherzigen sich versammelt hatten, um sie zu züchtigen. Mit einer knappen Handbewegung vertrieb Elysa die Erinnerung.

Seufzend wandte sie sich ab und rieb fröstelnd die Arme. Die Kälte, die mit ihr in den Raum gelangt war, verzog sich nur langsam. Jutta war entgegen ihrer Versicherung nicht anwesend. Wie konnte sie Margarete nur alleine lassen?

Zu Elysas Erstaunen aber hatte man unterdessen neben dem Krankenlager ein Tischchen gestellt. Auf ihm stand eine Schale mit gebratener Ente, deren wahrhaft köstlicher Geruch ihr in die Nase stieg und sie schmerzhaft daran erinnerte, dass sie seit ihrer Ankunft in dem Kloster außer Getreidebrei, etwas Brot und einem erbärmlichen Stück Käse nichts zu essen erhalten hatte.

Die Ente, deren Genuss eigentlich nur den Kranken vorbehalten war, kam Elysa wie ein Festschmaus vor. Sie betrachtete das Fleisch genauer, es war ausreichend für zwei hungrige Mäuler. Glaubte man wahrhaftig, Margarete würde die Augen bald aufschlagen und sich sogleich an der Ente stärken?

Das Wasser lief Elysa im Munde zusammen. Und wenn sie nur ein Stück kostete, nur ein einziges kleines Stück?

Nein, es ging nicht. Mundraub an einer Kranken zu begehen war eine unverzeihliche Sünde.

Energisch drehte sich Elysa um und betrachtete stattdessen den Platz an der Stirnseite des Raumes, an dem die Medica ihre Kräuter zu mischen pflegte. Jutta hatte ihren Bereich gut bestellt, die Krankenstube war sauber, der Arzneischrank wohlgeordnet, in ihm befand sich ein großes Herbarium mit säuberlich beschrifteten Töpfen und Krügen. Elysa trat heran, um die Gefäße einer genaueren Betrachtung zu unterziehen.

»*Tanacetum vulgare*«, las sie leise, »*Taxus baccata, Mentha crispa, Symphytum officinalis.*«

Auf einem Tisch gleich neben dem Arzneischrank standen ein zweiarmiger Kerzenleuchter, davor ein Kruzifix und ein aufgeschlagenes Buch. Elysa nahm es auf und studierte den Titel: *Liber subtilitatum diversarum naturarum creaturarum* – es war die Schrift über die Feinheiten der verschiedenen Naturen der Geschöpfe, Hildegards großes Heilkundewerk, von dem Jutta berichtet hatte.

Aufmerksam blätterte Elysa die Seiten durch. Es gab allerlei Rezepturen und Heilanweisungen, ebenso die Lehre von den Säften und den Elementen, die sich auch in den Temperamenten der Menschen widerspiegelten. Hier war alles nachzulesen, was es über Mensch, Tier, Pflanze und Gestein zu sagen gab. Nichts wurde ausgelassen. Mit gerötetem Gesicht überflog Elysa die Beschreibung der Geschlechtsorgane und die eingehenden, wenngleich nüchternen Erläuterungen zur Fleischeslust von Weib und Mann.

Doch nirgends ein Hinweis auf die *Lingua Ignota*. Kein nachträglich eingefügter Text, keine eingeschobenen Blätter. Enttäuscht legte Elysa die Handschrift zurück und wandte sich wieder dem Raum zu. Sogleich lenkte der Braten ihren Blick wieder auf sich. Sie seufzte ergeben.

Es wäre ja nur ein kleines helles Stück Fleisch, unter dem Häutchen hervorgezogen, damit niemand es bemerkte. Sie sehnte sich danach, es in seiner Saftigkeit zu zerkauen, den Geschmack von frisch gebratenem Fleisch in ihrem Munde zu spüren.

Elysa sah nach draußen, und nachdem sie sich vergewissert hatte, dass sich niemand auf dem Weg zur Krankenstube befand, beugte sie sich über den Braten, trennte die Haut an der Unterseite auf, hob sie an und nahm einen breiten Streifen, den sie sich dann hastig in den Mund schob.

Ein köstlicher Geschmack durchzuckte ihren Gaumen – satt und fett und zugleich überraschend kräftig. Würzte man das Fleisch für die Kranken mit Kräutern, um ihre baldige Genesung voranzutreiben?

Sie widerstand der Versuchung, noch ein Stück herauszuklauben, und sog stattdessen gänzlich unfein an ihrem fetttriefenden Finger, als eine Stimme sie herumfahren ließ.

»Wo in Gottes Namen hast du gesteckt?« Jutta stand in der Tür und musterte sie voller Groll.

Elysa zuckte die Schultern, während sie um eine Erklärung rang.

»Ida hat nach dir gefragt«, fuhr die Medica schroff fort. »Sie war äußerst ungehalten. Sie hat deine Anwesenheit während der Prim vermisst. Warst du nicht dort, wie ich dir geheißen habe?«

»Nein, ich …«, stammelte Elysa.

Das zarte Band, das sich zwischen der Medica und ihr gesponnen hatte, war jäh zerrissen. »Du hättest beten können, Anwärterin, beten für unsere arme Schwester, die darniederliegt und den

Beistand Gottes vonnöten hat. Aber Schluss jetzt mit diesem Gerede! Schwester Ida erwartet dich.«

Noch im selben Moment, als Elysa den Kreuzgang betrat, wusste sie, dass sie eine Begegnung mit der Hüterin tunlichst vermeiden sollte. Ungehorsam war freilich ein übles Laster, doch was hatte ihr der bedingungslose Gehorsam geholfen, damals, als der Priester ihre Mutter gezüchtigt und sie den Mut nicht gefunden hatte, ihm Einhalt zu gebieten?

Nein, Elysa wollte Ida nicht erlauben, ihre Schreckensherrschaft auch an ihr auszuüben. Es war ohnehin alles verloren, man würde sie zur Rechenschaft ziehen, denn zweifellos hatte die blinde Nonne sie gestern Nacht erkannt. Warum also sollte sie sich der Geißel aussetzen, die nun unweigerlich kommen würde, nun, da sie nicht zur Prim erschienen war?

Sie würde sich dem Willen der Hüterin widersetzen, denn es war höchste Eile geboten, bevor noch mehr Schreckliches geschah. Alles hatte mit diesem Stück Pergament seinen Anfang gefunden. Sie musste rasch zurück in die Krypta und weiter danach suchen.

Der Kreuzgarten lag friedlich, trotzte dem Unwetter mit gottgefälliger Ruhe. Die Nonnen hatten sich in den Schutz der Gebäude zurückgezogen, niemand war zu sehen. Elysa schritt rasch entlang der Arkaden zum südlichen Portal und schlüpfte durch die Seitentür in das Kircheninnere.

Das Gotteshaus war leer, der Boden überzogen von Pfützen. Noch immer drang Hagel durch das offene Dach des Seitenschiffs, doch die Körner hatten an Größe abgenommen.

Vor dem Altar des heiligen Rupertus brannte eine Kerze. Hatte sie gestern dem Flackern des Windes nicht standhalten können, so regte sie nun kein Lüftchen.

Eilends lief Elysa zur kleinen Holztür im Querschiff, rückte die

Statue beiseite und schob den Riegel zurück. Während sie die Fackel aus dem Halter nahm und sie an der Kerze entzündete, verspürte sie ein Rumoren in ihrem Magen. War es die Anspannung, die sich nun in ihren Eingeweiden bemerkbar machte, oder lag es an dem ungewohnt fetten Stück Fleisch, das sie hastig verschlungen hatte?

Mit der brennenden Fackel ging sie die Treppe zur Krypta hinab, leuchtete in jeden Winkel. Auch wenn es unmöglich schien, dass Margarete das Leinentuch zurück in die Ritze geschoben hatte, befühlte Elysa nun die Spalten der Wand, in der die Nonne das Pergament versteckt gehalten hatte. Vergebens.

Indes nahm das Zerren im Magen zu, steigerte sich zu einem heftigen Unwohlsein. Elysa erschrak. Sie musste augenblicklich ins Freie, wenn sie sich nicht in den heiligen Gemäuern entleeren wollte. Doch noch während sie die Stufen hochhastete, schlug die Tür zur Krypta zu.

»Wartet«, rief sie und unterdrückte die aufsteigende Übelkeit. »Sperrt mich nicht ein!«

Der Riegel aber wurde vorgeschoben, und Elysa erkannte mit plötzlicher Klarheit, dass ihr Leben nun alleine in Gottes Händen lag.

8

Der kleine Punkt auf dem Wasser war durch den peitschenden Hagel nur zu erahnen, doch als Clemens ihn erblickte, wusste er, dass es sich um die Mönche handelte.

Trotz der glatten Straße trieb er sein Pferd an. Unweit des Weges lag ein dichter Wald, die Straße nahm dort eine Biegung und entfernte sich vom Ufer. Clemens musste das Boot erreichen, bevor die dichtbewachsene Böschung ihn daran hinderte.

Das Pferd war schnell. Mit großen Sätzen überwand es die Entfernung, bald schon war das Boot in Rufweite.

Ja, es waren Benediktinermönche, vier an der Zahl. Clemens erkannte ihre Ordenstracht, die tief über den Kopf gezogenen Kukullen.

Er sprang vom Pferd und rannte an das schlammige Ufer, die Ledersohlen seiner Schuhe fanden kaum Halt. Fast wäre er gestürzt.

»So wartet«, rief er mit lauter, dröhnender Stimme. Das Boot trieb voran, niemand hob den Kopf. Dann endlich merkte der Bootsmann auf. »Haltet an!«

Der Mann sah unsicher ans Ufer und schüttelte den Kopf. Der Rhein war breit geworden, das Boot trieb längs der gegenüberliegenden Seite. Auch wenn Clemens sich beinahe gleichauf befand, so war die Entfernung noch zu groß. Wie nur konnte er sich verständig machen? Rasch breitete er die Arme aus und verfiel in eifriges Winken.

Aus der Ferne sah er, wie der Bootsführer die Mönche ansprach und mit ausgestrecktem Arm zu ihm deutete. Alle vier drehten sich um, einer von ihnen gestikulierte, zeigte weiter flussaufwärts.

Clemens rannte zu seinem Pferd, saß auf und kehrte zur Straße zurück. Hatten die Mönche ihn verstanden?

Er ritt die Biegung entlang, durch den nicht enden wollenden Wald. Endlich wandte sich der Weg zurück in Richtung Ufer. Der Fluss war hier ungleich schmaler. Er hatte sich geteilt und umschlang eine kleine Insel. Erleichtert stellte Clemens fest, dass der Schiffer das Boot mit den Mönchen an der ihm zugewandten Seite entlangsteuerte und sich nun beständig näherte.

Der Kanonikus stieg ab, vertäute die Zügel an einem Baum und ging zum Wasser. Nun konnte er ihre Gesichter erkennen.

»Was ist Euer Begehren?«, rief einer der Mönche zu Clemens hinüber, offenbar der Älteste.

»Wenn Ihr vom Kloster Zwiefalten seid, auf dem Weg von Eibingen, so muss ich mit Euch sprechen.«

»Wir kommen in der Tat von Eibingen.«

Das Boot trieb näher. Clemens konnte nun bis auf den Bootsgrund sehen. Wo war der tote Mönch?

»Mein Name ist Clemens von Hagen, Kanonikus aus Mainz, und ich bitte Euch, mich anzuhören und meine Fragen zu beantworten.«

»Worum handelt es sich?«, fragte der Mönch.

»Um das Vermächtnis der seligen Hildegard von Bingen.«

Das Boot legte an. Der Mönch kletterte umständlich ans Ufer, er war klein, mit dickem Wanst und wachen Augen. Er stellte sich als Bruder Wenzel vom Kloster Zwiefalten vor, während die anderen abwartend und mit offenem Misstrauen im Boot verharrten.

In diesem Augenblick endete der Hagel. Obschon die Wolken noch immer tief und dunkel hingen, war die Luft plötzlich klar und ruhig. Später erinnerte Clemens sich daran, dass es ihm wie ein Zeichen des Himmels erschienen war.

»Gott hat mein Flehen erhört«, begann der Kanonikus. »Ich bin viele Meilen geritten, um Euch zu begegnen, und nun danke ich dem Herrn, dass ich mein Ziel erreicht habe.«

Bruder Wenzel nickte aufmerksam, und Clemens fuhr fort: »Die Vorfälle in Eibingen sind bis nach Mainz gedrungen, und so begab ich mich ins Kloster, um sie zu untersuchen. Doch der Tod Eures Bruders gibt allzu große Rätsel auf, die ich allein mit Eurer Hilfe zu klären hoffe. Hatte Adalbert Euch wissen lassen, was ihn nach Eibingen führte?«

»Nein. Wir waren in großer Sorge, denn wir erwarteten seine Rückkehr noch im September. Er war einer unserer fähigsten Schreiber, seine Kunst war für uns von größter Bedeutung. Niemand führte den Federkiel so wie er. Doch im Oktober erreichte uns dann die Nachricht von seinem Tode.«

Clemens warf einen suchenden Blick ins Boot. Am Bug lag ein Sack, der allerdings zu klein war, um einen Menschen darin zu verbergen. »Ich nahm an, Ihr würdet Adalbert nach Zwiefalten führen, um ihn dort in geweihter Erde zu bestatten?«

»Der Wunsch unseres Bruders war es, sollte der Tod ihn vorzeitig ereilen, in der Nähe der verehrten Meisterin begraben zu werden, und nachdem Priorin Agnes es ihm verweigert hatte, sind wir zum Rupertsberg gegangen, wo man sich seiner Seele gnädig erwies.«

»Man hat ihn dort bestattet? Doch war die Äbtissin nicht voller Sorge, ob …«

»Ihr meint, ob der Teufel von unserem Bruder Besitz ergriffen habe?« Der Mönch verzog das Gesicht zu einem schmerzvollen Lächeln. »Ja, auch ich bin erschaudert, als ich den Leichnam entgegennahm. Er war in einem erbärmlichen Zustand, und das lag bei Gott nicht nur an seinem Äußeren. Die Priorin hatte das wenige kostbare Salz der Klosterküche nicht hergeben mögen, um seinen Körper damit zu versehen und von der raschen Verwesung abzuhalten, und so begannen ihn die Maden bereits zu durchbohren, und es umgab ihn ein entsetzlicher Gestank. Glaubt mir, Ihr hättet uns auf drei Meilen hinweg finden können, hätten wir Bruder Adalbert noch mit uns geführt. Nein, ehrenwerter Clemens von Hagen, wir haben lediglich Herz und Eingeweide bestattet und das Fleisch von den Knochen gekocht, so dass seine Knochen in Zwiefalten ihre Ruhe finden können. Doch sein Herz, Sitz der Seele, der Liebe und des Geistes, ruht nun an jenem Ort, mit dem er zeitlebens verbunden war.«

Clemens nickte. Er musste zugeben, den Verwesungsprozess unterschätzt zu haben. »Ich hatte gehofft, anhand des Leichnams die Umstände seines Todes in Erfahrung zu bringen.«

»Lasst uns ein Stück gehen.« Bruder Wenzel führte ihn am Arm ein Stück die Uferböschung entlang, dann sah er sich kurz um, als wolle er sicher sein, dass ihn niemand hörte. »Ihr spracht vom Vermächtnis der seligen Hildegard?«, fragte er flüsternd. »Wie seid ihr der Meisterin verbunden?«

»Ich habe sie gekannt. Ich war Gast im Rupertsberg …«

»Und weiter?«

»Heinrich von St. Stephan, einst Seelsorger auf dem Rupertsberg, war mein Großonkel.«

Bruder Wenzel musterte Clemens prüfend, dann nickte er zufrieden. »Ich kannte Euren Großonkel. Er starb unvermutet, wenngleich in hohem Alter.« Er lächelte. »Ihr habt seine Nase.«

»So sprecht, was, glaubt Ihr, führte Adalbert nach Eibingen?«

»Ich weiß es nicht. Unser Bruder verließ Zwiefalten, um dem Rupertsberger Hildegardisfest beizuwohnen, das alljährlich gefeiert wird. Seit dem Tod der verehrten Hildegard von Bingen ist es Tradition, einen der auserwählten Mönche zu entsenden.«

»Auserwählt?«

»Sagt, kennt ihr die *Lingua Ignota*?«

Clemens nickte heftig. »Gewiss, Hildegards himmlische Sprache, die sie in ihren Visionen hörte und aufgezeichnet hat. Sie ist im Codex enthalten.«

»Der Codex enthält nur Substantive.«

»Ja, das ist mir bekannt. Unmöglich, damit eine lebendige Sprache zu sprechen, sich darin zu verständigen. Denn wie soll man Gefühle ausdrücken, wie die Schönheit der benannten Dinge? Gibt es nur ein Wort für Sonne, so kann sie nicht strahlen – gibt es ein Wort für Prophetin, so fehlt die Verehrung. Und was ist mit der Schönheit von Edelsteinen, ihr Funkeln und Glimmen?«

»In der Wortliste gibt es keine Entsprechung für Steine.«

Clemens sah den Mönch erstaunt an. »Nicht? Doch wie ist das möglich? Sind Steine nicht himmlischen Ursprunges? Zwölf Edelsteine auf dem Amtsschild des Hohepriesters, die zwölf Steine der geheimen Offenbarung, Grundsteine der Mauer des Neuen Jerusalems, entsprechend den zwölf Stämmen Israels und den zwölf Aposteln. Topas, Jaspis, Saphir, Karfunkel, Smaragd, nichts von dem wird erwähnt?«

»Nicht so im Codex.«

»Doch wo dann? Es muss mehr Worte geben. Sprecht, was wisst Ihr davon?«

Der Mönch schüttelte bedauernd den Kopf. »Wie ich bereits erwähnte: Es sind Auserwählte, die um das Geheimnis dieser Sprache wissen. Einer von ihnen war Adalbert.«

Clemens spürte eine wachsende Erregung. »Aber es muss doch einen Nachfolger geben, der im Falle eines Unglückes Adalberts Wissen übernimmt.«

Der Mönch nickte. »Nun, Bruder Thomas, ein kluger Schüler, erlag einem Fieber, als Adalbert als Gast im Rupertsberg weilte. Es ist zu spät, wir können nichts mehr tun. Der Herr stehe uns bei.«

»Soll das Wissen für alle Zeiten verloren sein? Das kann ich nicht glauben. So muss es noch Hinweise geben, Zeichen, die uns einen Weg aufzeigen.«

»Wahrlich, Ihr seid ein vortrefflicher Untersucher«, sagte der Mönch resigniert. »Doch ich kann nichts für Euch tun. Ich habe alles gesagt, was ich weiß.«

»Gibt es denn nichts, was Ihr bei Eurem Bruder fandet? Führte er etwas bei sich, eine Nachricht oder gar ein Manuskript?«

»Nein. Nichts von alledem. Als er unser Kloster verließ, trug er nur einen ledernen Beutel mit sich. Doch auch der war entschwunden.«

»Was war in dem Beutel?«

»Proviant.« Der Mönch lächelte höflich.

Clemens lächelte zurück, doch in seinem Inneren tobte ein Sturm. Beinahe zwei Tage war er geritten, hatte Wind und Hagel getrotzt, war unerträglichen Zeitgenossen entkommen. Die Mönche hatte er gefunden, doch was hatte es ihm eingebracht? Ein paar Knochen waren von Adalbert noch übrig, und alles, was er in Erfahrung bringen konnte, war etwas, das er ohnehin erahnt hatte.

Der Mönch hatte zu den Auserwählten gehört, die der *Lingua Ignota* gänzlich mächtig waren. Eine Sprache, die nun, mit seinem Tode, dem Vergessen anheimfiel. Die unglücklichen Vorfälle würden nun, da das Wissen vernichtet und das Andenken an Hildegard zerstört war, enden – dessen war Clemens sich sicher. Wer auch immer sich zum Ziel gesetzt hatte, den Namen der Meisterin zu schänden, hatte gesiegt.

Beschämt dachte er an Elysa, die er in der Annahme eines großen Auftrages in dem ärmlichen Kloster zurückgelassen hatte. Würde sie ihm verzeihen können?

Mit sorgenvoller Miene begleitete er Bruder Wenzel zurück zum schwankenden Boot und half ihm einzusteigen. Der Mönch nickte ihm aufmunternd zu. Plötzlich weiteten sich seine Augen.

»Eines noch vergaß ich zu berichten«, begann er, während der Schiffer das Boot vom Ufer abstieß. »Ich maß dem keine Bedeutung zu, bis Ihr mit Euren Zweifeln kamt. Bruder Adalbert hatte Male, über den ganzen Körper verteilt. Es waren keine Blutmale, wie sie der Tod auf den Körper zeichnet, sondern große Wunden, als hätte er sich gegeißelt, und auch verbrannte Haut in großen Flächen. Ich war verwundert, denn nie sah ich Adalbert einen Büßergürtel umlegen. Auch war es ihm nicht erforderlich zu sühnen, denn Schreiben ist ein tugendhaftes Werk, das Sünden abgleicht und himmlischen Lohn verschafft Und wenn Ihr mich fragt, was seinen Tod herbeigeführt hat ...« Das Boot entfernte sich langsam, der Mönch erhob die Stimme. »Ihr müsst mir verzeihen, ich war dem Anblick des grauenvollen Todes nicht gewachsen. Ich dachte an Gottes Vorsehung, an Erfüllung eines uns unbekannten Plans. Doch nun erst erkenne ich eine menschliche Hand, die ihm die Kehle zugedrückt haben muss, denn anders kann ich mir die tiefen Male nicht erklären, die seine Haut am Hals einkerbten.«

Erdrosselt! Ein ungutes Gefühl beschlich Clemens. Befand sich der Mörder womöglich noch immer im Kloster? Er konnte Elysa nicht länger alleine lassen.

9

Elysa hielt sich den krampfenden Magen. Von der Stirn rann ihr kalter Schweiß. Ihre Sinne taumelten, verfingen sich in einem Tafelbild, das an der Wand der Krypta lehnte, das Bild einer Frau, die ihr Antlitz ins himmlische Licht hielt. War es das Altarbild der seligen Hildegard, hatte es ihr nicht vordem den Rücken zugewandt? Die Farben tanzten im flackernden Licht der Fackel, grün und zinnober, türkis und braun. Intensive Farben, die sie in die Augen stachen.

Was geschah mit ihr? Was war es für ein Gift, das ihr Bewusstsein durchsetzte und die Gedärme marterte?

Ein Schrei kroch ihre Kehle empor, doch es entlud sich nur ein Wimmern, leise, fast unhörbar.

Die Heilige auf dem Bild begann sich zu dehnen, veränderte Form und Farben, wurde größer und breiter. Mit einem Male schien sie im Raum zu stehen, umgeben von Drachen, die Feuer spieen und mit schuppigen Schwänzen um sich schlugen. Drachen sich windend wie Schlangen – sie rissen Elysa hinab in die Schwärze, die sich in ihrem Geist auftat.

Elysa bäumte sich auf, wand sich vor Schmerz und Angst, ergab sich sodann aber dem Taumel: Auf, nur weg von dem schmerzlichen Krampfen der sterblichen Hülle! Die Drachen leckten und geiferten, doch zu Elysas Erstaunen konnten sie ihren Leib nicht berühren. Die Prophetin war allgegenwärtiger Schutz, welcher Teufel konnte ihr etwas anhaben?

Glockengeläut drang in ihr Ohr, laut und ohne Unterlass. Wie süß war der Klang der Verheißung! Elysas Angst wich himmlischer Zuversicht, sie ließ sich treiben in saftigem Grün. Helles Licht berührte ihre Augen, lockte mit sphärischen Klängen, doch etwas störte. Ein Gedanke drang in die Idylle, kämpfte sich nach oben.

Elisabeth …

Die Prophetin, die unterdessen den ganzen Raum einnahm, öffnete die Lippen, ihre Züge wandelten sich zu Margaretes. »Die Maßlosigkeit ist ein schlimmes Laster, das alles an sich reißt, um es zu verschlingen. Nun hat der Teufel, die alte Schlange, sich ihrer angenommen. Gott sei ihrer Seele gnädig.«

Die Worte zerbarsten in Elysas Kopf. Würde sie vom himmlischen Licht ins verzehrende Feuer gestoßen, als Strafe für die Sünde der Gier, das duftende Fleisch, die fetttriefenden Finger … Elisabeth … rund und maßlos …

Die Erkenntnis erreichte sie wie ein Donnerschlag. Nein, nicht der Teufel, eine allzu menschliche Gestalt …

Hatte Elisabeth von dem Fleisch gegessen, das für Adalbert vorgesehen war? Würde nun auch sie elendig sterben? Aber das Fleisch war für Margarete gedacht. Margarete … Nein, es durfte nicht geschehen!

Elysa richtete sich auf. Der Kopf schien zu bersten, doch es war ihr gleichgültig. Sie würde sich dem nicht ergeben, sie musste sich bemerkbar machen. Und wenn auch ihr eigenes, unwürdiges und ohnehin aussichtsloses Leben erlöschen sollte, sie musste es tun, um Margaretes zu retten.

Ungeachtet der zitternden Glieder kroch sie die Treppe hinauf, lehnte sich mit dem Kopf an die verriegelte Tür, und während sich im Nonnenchor der Hymnus zur Sext erhob, begann Elysa aus Leibeskräften zu schreien.

10

Margarete erwachte, Ein bohrender Schmerz grub sich durch den Hinterkopf und setzte sich in der Stirn fest, über dem linken Auge. Sie wollte sich aufsetzen, doch ihr Körper gehorchte ihr nicht.

»Ruhig, Schwester, ruhig.«

Jutta beugte sich über sie, und gleichwohl sie vortrefflich über medizinische Notwendigkeiten zu streiten vermochten, war Margarete erleichtert, sie zu sehen.

»Was ist passiert?«

»Wir fanden dich im Badehaus, auf nacktem Stein. Beinahe leblos und mit einer klaffenden Wunde am Hinterkopf.«

»Im Badehaus?«

Nach den Vigilien war sie im Kreuzgang gewandelt und hatte sich voller Sorge in Meditation versenkt, soviel wusste Margarete noch. Am Abend zuvor hatte sie Elysa das Pergament gezeigt, doch sie waren entdeckt worden und dem Zugriff der Hüterin gerade noch entkommen. Margarete erinnerte sich an die durchwachte Nacht auf der Strohmatte, an die Last, die sie zu erdrücken suchte.

Langsam kehrte die Erinnerung zurück.

Die ganze Nacht hatte sie versucht, die Gedanken an ihre unbegreifliche Tat zu verscheuchen. Nie hätte sie das Pergament eigenmächtig einstecken dürfen, doch eine Sünde ließ sich nur sühnen, wenn man beichtete. Ja, im Kreuzgang war sie zu der Erkenntnis gekommen, dass sie sich dem Seelsorger anvertrauen musste.

»Ich bat Humbert von Ulmen, mir das Sakrament der Beichte zu gewähren«, flüsterte sie.

Jutta sah sie an, wortlos fragend.

»Ich fand ihn in der Kirche, er war damit beschäftigt, die geweihten Geräte zu pflegen. Ich bat ihn, meine Sünden der Gnade des Herrn zu überantworten. Doch die Beichte alleine vermochte meine Seele nicht zu erlösen. So wurde mir auferlegt, meine Verfehlung vor unserer Priorin zu offenbaren, wenn ich zu vollkommener Reinheit zurückkehren wolle. Doch dazu ist es nicht gekommen ...«

Schweiß trat auf Margaretes Stirn. Gepeinigt von aufsteigendem Schwindel, schloss sie die Augen.

»Hier, Schwester, nimm die Arznei.«

Der dickflüssige Sud schmeckte bitter und scharf. Margarete musste sich zwingen, ihn zu schlucken. Sie öffnete die Augen. Ihr Blick fiel auf das Tischchen neben dem Lager, eine gebratene Ente, groß und duftend. Doch sie verspürte keinen Hunger.

»Liebe Margarete, es steht mir nicht zu, über die Sünde zu urteilen, die du begangen hast, aber es muss etwas Furchtbares gewesen sein, wenn es eine von uns dazu verleitet, dir den Schädel einzuschlagen.«

»Eine von uns?«

»Nun, wer kann es gewesen sein, der Teufel wohl nicht, denn er pflegt die Menschen nicht mit Schlägen zu packen.«

»An wen denkst du?«, fragte Margarete.

»Alle kommen in Frage. Was ist mit Gudrun? Sie drischt den Schlegel, als gälte es, mit dem Ton der Glocke auch die sündigen Seelen zu prügeln. Ihre Arme sind stark und könnten es selbst mit einem Bären aufnehmen. Oder Ermelindis, die Celleraria? Sieht der große Braten nicht aus wie Reue, hat sie ihn geschickt, um Abbitte zu leisten?«

»Schweig still, urteile nicht aufgrund von unchristlichen Überlegungen. Warum sollte sie mich niederschlagen?«

Jutta zuckte die Schultern. »Das, liebe Margarete, kannst nur du wissen, denn mir hast du die Sünde nicht anvertraut, die auf deinem Gewissen lastet.« Sie sah den Braten sehnsüchtig an. »Doch wenn du auf dieses Geschöpf des Himmels keinen Wert legst, so gib mir eine Keule davon zum Kosten.«

»Willst du dich wegen eines Tieres mit Sünde beflecken? Du bist nicht krank!«

»Der heilige Benedikt sprach von Fleisch, als er das Verbot erhob, nicht aber von Vögeln, die keine Vierbeiner sind und so mit den Fischen zur selben Kreatur gehören.«

»Doch die Priorin …«

In diesem Moment erhob sich Lärm. Die Tür wurde aufgestoßen, und Sibille, eine der Novizinnen, kam herein. »Rasch, Jutta! Wir brauchen deine Hilfe.«

Nun war es vollkommen still in der Krankenstube. Margarete ging mit schwachen Beinen zur Fensteröffnung und sah Jutta mit der Novizin Sibille über den weißen Kreuzhof zur Kirche eilen. Was war geschehen?

Sie schauderte und tastete nach dem schmerzenden Kopf. Wer nur hatte sie niedergeschlagen und warum?

Humbert von Ulmen hatte ihr nach der Beichte unmissverständlich klargemacht, dass es ihre Pflicht war, das Stück Pergament der Priorin zu übergeben. Als man sie niedergeschlagen hatte, war sie auf dem Weg zu dem Versteck gewesen, in dem sie es nach ihrer Flucht aus der Krypta verborgen hielt. Das Pergament …

Wieder stieg jene Unruhe heiß in ihr auf, die sie verspürt hatte, als sie damals im Oktober begann, nach dem verschwundenen Mönch zu suchen.

Das Pergament war von unermesslichem Wert, den vielleicht nur die Priorin erkennen konnte. Sie war Bibliothekarin am Rupertsberg gewesen, eine belesene Frau. Margarete musste es ihr geben, hätte es ihr schon längst geben müssen, bevor es in falsche Hände geriet. War das Pergament noch an seinem Platz?

Augenblicklich band Margarete sich ihre Haube wieder fester um den Kopf und richtete sich auf, die Knie noch schwach. Für einen Moment hielt sie inne, der Kopf schien ihr zu bersten, dann ging sie voran. Erst langsam, schließlich mit immer größer werdender Eile, den heftigen Schwindel ignorierend, der sich ihrer bemächtigte. Zur Tür hinaus auf den Kreuzgang und über den schmalen Gang zwischen den Konventsgebäuden zum Außengelände, wo Latrinen, Badehaus und Backstube lagen.

Es war stürmisch gewesen in jener Nacht, sie hatte sich gegen den Wind stemmen müssen, als sie getrieben von Furcht auf dem Weg zum Dormitorium ein Versteck für das kostbare Fragment gesucht und es doch erst außerhalb bei der Backstube gefunden hatte.

Margarete passierte die Latrinen. Dort hatte Elisabeth sich in Krämpfen gewunden, als sie denselben Weg lief, um den Mönch zu suchen. Nun war es still.

Heftiger Regen setzte ein, als sie am Badehaus vorbei zu dem Bereich ging, wo sich Küche und Backstube gegenüberlagen. Mit tief zwischen die Schultern gezogenem Kopf ging sie zur Wand der Backstube. Kurz zögerte sie. War dort drüben nicht eine Gestalt, die sich im Schatten der Konventsgebäude verbarg? Nein, ihr schmerzender Schädel verwirrte die Sinne. Alles war ruhig. Sie musste sich geirrt haben.

Hastig tastete sie die Fugen im Gemäuer ab. Es gab nicht viele Möglichkeiten für eine Nonne, unerlaubten Besitz zu verbergen, und bevor Margarete das Stück Pergament besaß, hatte sie niemals über derartige Verstecke nachgedacht. Nun aber durchmaß sie alle Spalten der rückwärtigen Wand. Ja, hier musste es sein, doch ihre Finger griffen ins Leere.

Enttäuscht trat sie einen Schritt zurück. Es war dunkel gewesen in jener Nacht. Sie war in Eile gewesen, bebend vor Angst. Hatte die Erinnerung sie getrogen? Margarete ging ein Stück weiter, versuchte es nun an der Längsseite. Ihre Fingerkuppen berührten Stoff, und in dem Moment, als sie das schützende Leinen spürte, kam die Erinnerung zurück. Sie lächelte erleichtert.

Plötzlich erhob sich ein Tumult. Margarete vernahm lautes Wehklagen, zog die Hand hastig ohne das Pergament zurück und ging durch den herabprasselnden Regen zum Kreuzgang, in Richtung der Stimmen.

Einige Schwestern kamen ihr entgegen, einen schlaffen Körper tragend. Jutta lief voran, erblickte Margarete, eilte aber weiter, ohne erkennbaren Missmut. Mit keinem Wort erwähnte sie Margaretes Alleingang, noch beachtete sie deren vor Nässe triefenden Wollhabit. Sie schien in allergrößter Sorge zu sein.

Margarete blieb schwer atmend stehen und ließ die Nonnen mit der wie leblosen Gestalt an ihr vorbeiziehen. In nächsten Moment erkannte sie, um wen es sich handelte. Es war Elysa. Ihr Antlitz war bleich, ihr Wangen waren eingefallen, die Arme hingen herab. Margarete erschrak heftig, und auf einmal schien es, als schwände alle Kraft aus ihrem Körper. Sie kämpfte mit schwindendem Bewusstsein und musste sich an einer Säule der Arkaden abstützen.

Deus meliora, dachte sie erschaudernd. Das Grauen musste doch irgendwann ein Ende haben,

Der Schwindel verging. Atemlos folgte Margarete den Nonnen zur Krankenstube und betrat den Raum, als Jutta und Sibille die bewußtlose Elysa auf eines der Strohlager betteten. »Was ist geschehen?«

»Es war zur Zeit der Sext, wir begannen mit den Psalmen, als uns eigentümliche Laute aufschreckten«, berichtete Sibille mit tränenüberströmtem Gesicht. »Es klang wie ein Wimmern, zunächst glaubte ich an den Ruf eines Tieres, doch dann ...«

»Wir sind dem Geräusch nachgegangen und fanden Elysa in der Krypta«, ergänzte eine andere. »Ihre Augen waren weit aufgerissen. Sie hielt den Leib fest umklammert, dann brach sie zusammen. Ihr Atem steht still, es wurde nach dem Priester geschickt, er soll ihr die Absolution erteilen.«

»Ja, er soll kommen«, entschied Jutta, während sie sich leise schnüffelnd Elysas Mund näherte. Dann betastete sie deren Hals, schob den Umhang beiseite und öffnete mit einem Ruck das Leinenhemd. »Doch noch ist nicht alles verloren«, murmelte sie und strich über Elysas weiße Arme. »Rasch, bringt mir frisches Wasser.«

Die Angst nahm Margarete den Atem. Würde die alte Schlange nun jede einzelne Seele des Klosters auslöschen wollen? Aufgewühlt und beschämt zugleich beobachtete sie, wie Jutta ihr Ohr auf Elysas entblößten Bauch legte. »Was tust du?«

»Die Ringelblume ist kalt und feucht, sie hat starke Grünkraft in sich und ist gut gegen Gift. So wusste es bereits die selige Hildegard.«

Über dem offenen Feuer erhitzte Jutta das eilig herangeschaffte Wasser mitsamt den Ringelblumen aus ihrem Herbarium, drückte das Kraut dann aus und legte es noch warm auf Elysas Bauch. Auch flößte sie ihr aus einem Keramikbecher erwärmten Ringelblumenwein ein.

Danach entnahm sie dem Schrank einen meergrünen Stein. Margarete erkannte einen Beryll, der warm war und mit der Kraft der Luft und des Wassers versehen. Jutta begann ihn in Wasser zu schaben und erklärte, dass der gelöste Stein der Kranken dazu verhelfen könnte, das Gift entweder durch Übelkeit auszuspeien oder es durch das Hinterteil hindurchgehen zu lassen.

Humbert von Ulmen betrat die Krankenstube, gefolgt von Anna und Otilie. Margarete bemerkte ein leichtes Stocken, als er den fast nackten Körper sah. Rasch bedeckte sie den Leib der Regungslosen mit dem wollenen Umhang.

»Legt sie auf den Boden«, befahl der Priester. »Auf die Erde, aus der sie entstammt und zu der sie wieder geht.«

Die Nonnen taten, wie ihnen geheißen wurde. Anna schluchzte laut auf, faltete Elysas Hände und legte ein Kreuz auf die Brust.

»*O vere pulcherrima anima quam*, o Seele, die du wahrhaft die Schönste bist; die himmlische Schönheit fand dich würdig, dich bei sich aufzunehmen.«

Margarete hatte Mühe, sich auf die Worte zu konzentrieren. Ihr Schädel hämmerte, als wolle das Innerste hinaustreten. Halt suchend lehnte sie sich an die kalte Steinmauer und beobachtete das Tun des Seelsorgers, der sich nun anschickte, Elysas Seele auf den möglichen Übergang ins Himmelreich vorzubereiten. Später erst fiel ihr auf, dass Ida nicht zugegen war. Was hatte die blinde Nonne abgehalten, wo sie doch sonst immer zur Stelle war?

Der Geruch von Weihrauch erfüllte den Raum. Der Priester hatte sein Werk vollbracht und den Raum verlassen. Die Nonnen umstanden mit gesenktem Kopf das Lager, ihre Stimmen verschmolzen nun zum leisen Gesang der Psalmen. Margaretes Stimme zitterte, Tränen liefen ihr über die Wangen. Sie konnte sich auf die Worte nicht konzentrieren, dachte an all die unseligen Vorfälle, die dieses Kloster innerhalb so kurzer Zeit ereilt hatten. Der tote Mönch, die entwendeten Reliquien, Elisabeth, der Kirchenbrand. Dann der Schlag auf den Kopf und nun auch Elysa.

»Ich ertrage es nicht länger«, rief sie aus. »Dieses ist ein gottverdammter Ort.«

Augenblicklich verstummte der Gesang. Otilie bekreuzigte sich, und Jutta starrte sie erschrocken an. »Hab Vertrauen, Schwester. Gott wacht über uns und unserem Kloster. Während du ohne Bewusstsein warst, hat sich die Priorin der Hilfe eines Priesters versichert, der den Exorzismus sprach. Zunächst gegen den Hagel, doch er wird auch die Dämonen vertreiben, die dieses Kloster heimsuchen.«

»Und Elysa? Wer kann ihrer Seele jetzt noch helfen?«

»Wir sollten beten und auf den Herrn vertrauen.«

Margarete senkte den Kopf zum Gebet und dachte an Adalbert von Zwiefalten und all die Fürbitten, die sie für ihn gesprochen hatten. Würde Jutta dieses Mal recht behalten?

11

In Mainz beugten sich zwei Männer über einen schweren Eichentisch. Der eine, ein geistlicher Würdenträger, war groß und wohlgenährt. Der andere, um einiges kleiner, hohlwangig und mit tiefliegenden Augen, war seit kurzem im Amt des Magister Scholarus.

Der Himmel hing schwarz und verdunkelte den Raum.

»Rasch, ich brauche mehr Licht«, sagte der Magister und starrte mit zusammengekniffenen Brauen auf das vor ihm liegende Pergament.

Der Geistliche rief knappe Anweisungen. Gleich darauf entzündete ein Bediensteter die Leuchter, stellte einen auf dem Tisch ab und verschwand so leise, wie er gekommen war.

»Was habt Ihr herausgefunden?«

»Zweifellos«, begann der Magister, »entstammt dieses Pergament einem wohlhabenden Kloster. Es ist überaus gewissenhaft bearbeitet, eine Kostbarkeit. Wahrlich, Ihr habt nicht zu viel versprochen.«

»Entstammt es dem Skriptorium des Klosters Rupertsberg?«

»Ja, soweit stimmen die Angaben überein.«

»Was haltet Ihr von dem Text?«

Der Magister blickte auf. »Ein wahrhaft prophetischer Text. Als ich ihn las, glaubte ich, ihn schon einmal vernommen zu haben.«

»Ihr kanntet ihn?«

»Ja, aber lasst mich zuerst auf den Inhalt kommen.« Er strich sanft über das Pergament. »Der Riss ist überaus ärgerlich, doch davon später.«

»So sagt schon, was entnehmt Ihr dieser Schrift?«

»Es handelt sich um eine besonders gelungene Beschreibung des Kosmos, der Sphärenkreise der großen Welt. Die Schrift beruft sich auf die Darstellung eines Welteis, was, so möchte ich behaupten, eine Nähe zu den orphischen Mythen verrät. Zumindest war die Verfasserin den neuen Geistesströmungen aus dem Orient aufgeschlossen, und es scheint mir unzweifelhaft, dass hier göttliche Visionen dem Denken der Zeit angepasst wurden.« Er deutete auf die kostbare Miniatur, deren leuchtende Farben den Raum zu durchdringen schienen. »Versenkt Euch in dieses herrliche Bild, von Künstlerhand geschaffen. Und Ihr seht unsere Welt, getragen von einer Sandkugel, umgeben und genährt durch das Feuer und die Winde, das Wasser gehalten zwischen den Häuten.«

»Das alles ist mir bekannt«, warf der Geistliche ein. »Wie Ihr wisst, bin ich des Lesens und Schauens mächtig. Eure Aufgabe war es, mir die Bedeutung zu entschlüsseln.«

»Ist sie nicht offenbar? Lest selbst: *In eadem quoque pelle quidam tenebrosus ignis tanti horroris erat quod eum intueri non poteram.*« Der Magister erhob die Hände. »›In der Haut aber befand sich ein düsteres Feuer, das so schrecklich war, dass ich es nicht anschauen konnte.‹ Sie spricht von dem Feuer der Hölle, das diejenigen quält, die außerhalb des wahren Glaubens leben.« Er wandte sich wieder dem Pergament zu. »*Qui totam pellem illam sua fortitudine concutiebat, plenus sonituum, tempestatum et acutissimorum lapidum maiorum et minorum.*« Seine Augen leuchteten. »Ich kenne es, ja, es entstammt aus der ersten Visionsschrift dieser Äbtissin. Es war eine Vision, doch nun erweist es sich als eine Prophezeiung! Dort steht es: *Ille lucidus ignis et uenti et aer commouebantur* ... Sie weiß von den Winden und der Luft in Aufruhr, vom Hagel in großen und kleinen, sehr spitzen Steinen.«

»Es ist eine Vision, die sie noch zu Lebzeiten verbreitet hat?« Die Enttäuschung stand dem Geistlichen ins Gesicht geschrieben.

»Ja, und nun seht es Euch an und fürchtet Euch vor ihrer mächtigen Gabe.« Der Magister deutete aus dem Fenster. »Die Zeit der göttlichen Gerichtsuntersuchung ist gekommen. So sagt, seid Ihr reinen Gewissens?«

»Ich entlohne Euch nicht, um mir vom göttlichen Gericht zu erzählen«, knurrte der Prälat und erhob sich schwerfällig.

»Ihr beschämt mich, ich tue es, wie Ihr wohl wisst, nicht für den irdischen Lohn, der allzu vergänglich ist, ich mache es aus Überzeugung und für den einen, wahren Herrscher.« Der Magister schüttelte verärgert den Kopf, doch dann kniff er die Augen blinzelnd zusammen und hob das Pergament. »Seht her! Wenn man das Pergament gegen das Licht hebt, erscheint eine Schrift.«

»Das ist mir bekannt, doch erzählt mir mehr darüber. Ihr sagt, es sei eine Schrift. Seid Ihr Euch sicher, dass es sich nicht um Zeichen handelt?«

»Es sind Buchstaben, soviel ist gewiss. Doch weder ist es Griechisch noch Hebräisch, Arabisch oder Assyrisch. Es handelt sich hier um eine Schrift, die Hildegard von Bingen erdacht und dem Riesencodex beigefügt hat.« Er lachte hochmütig. »Eine Botschaft auf der Vision einer Heiligen, gleich einer heiligen Sprache voller Verheißungen und verschwiegener Offenbarungen!«

»Konntet Ihr die Botschaft entziffern?«

»Ihr redet mit einem klugen Mann – und mit einem einflussreichen dazu, denn es gelang mir, Einblick in eine Abschrift des Codex der Äbtissin zu erhalten, die ein mir gut bekannter Probst aus Köln verwahrt.« Er strich sich lächelnd über das Kinn. »Doch zunächst erscheint es mir angemessen, Euch einen Exkurs über Buchstaben und Zahlen zu geben, denn selbst in der Bibel ist das

Buchstabensystem vom Zahlensystem nicht getrennt. Buchstaben dienen folglich zweierlei Dingen, sie können gleichzeitig Wörter bilden und Zahlen bedeuten, da jeder Buchstabe einem zahlenmäßigen Wert entspricht. Der hebräische wie auch der griechische Urtext der Bibel hat eine unermessliche Häufung der Siebenerzahlen, das beginnt bereits beim ersten Vers, der aus sieben Worten besteht, oder bei den Wörtern Gott, Himmel und Erde, die allesamt 777 ergeben. Ja, selbst die Geburt Christi im Matthäus-Evangelium hat 7 x 23 Wörter, der Zahlenwert der Wörter entspricht 7 x 13342, die Zahl der Vokabularworte ist 77, die Liste ließe sich beliebig verlängern.« Der Magister hob den Finger bedeutungsschwer an den Mund und flüsterte vernehmlich: »Die Bibel ist ein mathematisches Wunderwerk!«

»Ihr beginnt auszuschweifen.«

»Mitnichten. Es gibt nichts Interessanteres. Ihr solltet wissen, dass auch bei Hildegard von Bingen jedes Wesen und Ding Namen und Zahl hat. So hat bei ihr das stadtartige Gebäude des Himmlischen Jerusalem eine Länge von hundert Ellen, eine Breite von fünfzig Ellen und eine Höhe von fünf Ellen. Doch die Länge besagt, dass die Zehntzahl durch den sündigen Menschen vermindert worden war und wiedergewonnen ist in Gottes Sohn, durch die in der Hundertzahl vervielfachte Zehnzahl zur Vermehrung der Tugenden für die Erlösung der Seelen. Aus der hundertfachen Zehnzahl stieg dann die in allen Tugenden vollendete Tausendzahl auf, damit die tausend Künste des Teufels vollkommen vernichtet würden, mit denen er die ganze Herde der geliebten Schafe des allmächtigen Gottes verführt. Die Breite jedoch zeigt die Breite der Laster der Menschen, die am Werk Gottes bauen sollten, jedoch mehr ihren Begierden folgten, statt für das Werk Gottes Sorge zu tragen, durch die fünf fließenden Wunden seines Sohnes, die er am Kreuze erlitt …«

»Schluss jetzt! Ich will Tatsachen, keine neuen Rätsel!«

Der Magister verzog den Mund und seufzte. »Gut, ich will Euch nicht langweilen. Nachdem ich also Einsicht in die Schriften erhalten hatte, erschloss sich mir das System. Nun, ich gebe zu, es war nicht einfach. Mich verwirrte die Häufigkeit des Buchstabens Z. Ich hatte ihn zunächst fälschlicherweise den Vokalen zugeordnet. Doch dann bemerkte ich, dass auch die Worte der *Lingua Ignota* häufig mit diesem Buchstaben enden. Eine großartige Entdeckung. Denn die Äbtissin pflegte mit der von ihr entwickelten Schrift lediglich lateinische Worte zu verschlüsseln und schrieb die *Lingua Ignota* hingegen nur mit arabischen Buchstaben. Zusammen aber sind sie meines Wissens noch niemals verwendet worden. Keine der mir vorliegenden Handschriften zeigt die Worte der unbekannten Sprache in dieser Schrift!«

Der Geistliche konnte seine Erregung nicht verbergen. »Spannt mich nicht länger auf die Folter – was steht da geschrieben?«

»Nun, es gibt ein Problem. Der Codex enthält nur eine Liste mit Substantiven, harmlos und vornehmlich über Lebewesen, Pflanzen und Gegenstände des Klosteralltags, was nur einen Teil des Textes erklärt.«

»Dann erschließt Euch den Rest!«

»Soweit ich sagen kann, geht es um Gott und die Sterne. Seht, hier steht das Wort ›Aigonz‹ – Gott. Und das Wort da könnte ›Livionz‹ sein, der Heiland, gleichwohl es in der Schrift kein V gibt. Es ergibt jedoch einen Sinn, wenn ich es durch das U ersetze – Liuionz. Eben dieses gilt für das W, das meines Erachtens aus zwei aufeinanderfolgenden U entsteht.« Der Magister seufzte wieder bedauernd. »Der größte Teil des Textes befindet sich auf dem fehlenden Fragment. Doch ich frage mich, ob wir mehr wissen, wenn wir es endlich in unseren Händen halten. Diese geheime Schrift birgt keine Vision, wie Euch versprochen wurde, sondern enthüllt nur ein weiteres Geheimnis.« Er lächelte. Es war offensichtlich, dass er Gefallen an diesem Rätsel fand. »Die Verschleierung aber ist eine Art Schilderung, bei der der Sinn der Wahrheit in eine eindrucksvolle Erzählung gehüllt wird. Man zieht Nutzen aus diesem Werk, wenn man es versteht. Doch wir sind noch weit davon entfernt.«

»So hatte der Mönch recht!«

»Ja, doch nun ist er tot.« Der Magister beugte sich vor. »Euer Folterknecht war zu ungestüm«, sagte er kopfschüttelnd. »Warum habt Ihr nicht gewartet, bis er das Geheimnis alleine entschlüsselt?«

Der Geistliche hob abwehrend die Hände. »Die Marter war zu hart, das gebe ich zu, aber getötet hat ihn jemand anderes! Die Tat, so wurde mir berichtet, entsprang dem Quell des Zorns, einer heftig aufwallenden Stimmung. Ja, sie war unnütz, wir wären längst am Ziel. Aber noch ist nichts verloren.«

»Das wage ich zu bezweifeln. Mir wurde zugetragen, dass sich auch Clemens von Hagen auf dem Weg zum Kloster befindet – mit einer Botschaft Eurer Kanzlei. Ein ausgesprochener Bewunderer der seligen Meisterin, so wie ich, wenngleich aus anderen Gründen. Ich kann nicht umhin zu glauben, dass er diesen Botengang nutzen wird, um uns in die Quere zu kommen.«

»Eure Informanten sind langsam. Clemens von Hagen hat das Kloster bereits wieder verlassen.«

»Verlassen? Was hat er vor?«

»Seid unbesorgt. Clemens von Hagen mag ein kluger Mann sein, doch ist er zu vertrauensvoll. Er ist nicht imstande, den Freund vom Feind zu unterscheiden.«

Der Magister wandte den Blick nach draußen, wo der Regen mit Urgewalten herabstürzte. »Und doch wäre mir wohler, wenn er zu den Unsrigen gehörte.«

12

Nun stürzte das Wasser wie aus Kübeln herab. War das der Moment, an dem die Himmelshäute rissen und sich der himmlische Ozean entleerte? Drohte eine neue Sintflut? Schon trat der Rhein über die Ufer, leckte mit seiner gierigen Zunge über die Äcker und überschwemmte die Straße.

Die Endzeit stand unmittelbar bevor, doch es berührte ihn nicht. Wohlan, dachte Clemens, unser aller Schicksal ist besiegelt. Der Herr will unsere Sünden mit der Rute heimsuchen und unsere Missetaten mit Plagen.

Die Nässe durchdrang rasch seine klamme Kleidung bis auf die Haut. Gleichmütig lenkte er sein Pferd über die überflutete Römerstraße, zurück in Richtung Mainz. Von dort aus würde er den Weg nach Eibingen nehmen, wenn das herabstürzende Wasser oder die höllischen Heerscharen ihn nicht aufhielten.

Er hatte dem Sturm und den Häschern des Wanderpredigers getrotzt, war dem Schwert des Kreuzritters entkommen, hatte seinen verletzten und übermüdeten Körper Hagel und Schauer ausgesetzt und watete nun durch immer höher steigende Wasser – um mit der Nachricht zurückzukehren, dass die Eingeweide des Mönches Adalbert bereits auf dem Rupertsberger Friedhof ruhten.

Clemens ließ das Gespräch mit Bruder Wenzel noch einmal an sich vorüberziehen. Er hatte zunächst nur erfahren, was er ohnehin zu Beginn der Reise gewusst hatte: Adalbert von Zwiefalten gehörte zu einem Kreis auserwählter Menschen, welche die vollständige *Lingua Ignota* beherrschten. Es galt ein Geheimnis zu wahren, und das war zweifellos die letzte Vision der Hildegard von Bingen, von der sein Großonkel Heinrich ihm berichtet hatte.

Wibert von Gembloux war zu jener Zeit ebenfalls zu Gast im Kloster gewesen. Clemens konnte sich noch genau an das Gefühl der Befremdung erinnern, das er angesichts dessen übersteigerter und feuriger Verehrung für Hildegard empfunden hatte.

Die unwillkürliche Ablehnung schien ihm derzeit berechtigt, denn als Wibert nach Heinrichs und dem Tod des Probstes Hugo von Bermersheim Hildegards letzter Sekretär geworden war, hatte er doch sogleich begonnen, die Werke der Meisterin aufs Äußerste zu bearbeiten. Nun aber sah Clemens ein, dass Wibert von Gembloux es im Falle der *Lingua Ignota* auf Geheiß der Prophetin hin getan haben musste, die sich so der geheimen Verständigung versichern konnte.

»Etwas Furchtbares wird geschehen, aber es scheint abwendbar …«, hatte sein Onkel gesagt.

Hildegard jedenfalls war beunruhigt gewesen angesichts der Vision, die erst weit nach ihrem Tod Gehör finden durfte. So hatte sie Vorkehrungen getroffen. Adalbert war Teil dieser Vorkehrungen. Wer noch? Wibert von Gembloux?

Jedes Jahr im September war Adalbert von Zwiefalten zum Rupertsberg gereist, doch dieses Mal war etwas anders gewesen.

»Wenn die Zeichen der Endzeit nahen und der Papst zur Reise zum heiligen Grab aufruft, dann sei gewappnet und stelle dich in den Dienst Gottes und seiner Prophetin«, hatte Heinrich, sein Großonkel, Clemens beschworen, als sie an jenem Frühlingstag im Kreuzgarten saßen. »Denn der Teufel kommt, um die Christenheit zu verderben.«

Hatte Adalbert während des Hildegardisfestes die letzte Vision der Meisterin erhalten? Hatte er die Vision verbreiten wollen?

Undenkbar, eine Verkündung hätte von der Äbtissin des Rupertsberges erfolgen müssen, einer geweihten Nachfolgerin Hildegards, wenn die Vision Gehör finden sollte.

Also hatte Adalbert einen Auftrag erhalten, den es vorab zu erfüllen galt. Doch er war aufgehalten und gefoltert worden. Und das würde auch erklären, warum Adalbert erst Wochen nach dem Hildegardisfest in Eibingen vorstellig wurde, ausgemergelt und nur noch ein Schatten seiner selbst. Warum er jedoch nach Eibingen gekommen war, konnte zweierlei Gründe haben: Entweder verbarg sich die Lösung des Rätsels im Kloster, oder Adalbert war dorthin geflohen, weil er sich Schutz vor seinen Häschern erhoffte.

Was immer seine Peiniger ihm angetan hatten – es musste grauenvoll gewesen sein. Was waren das für Menschen, die es wagten, einem Sohn Gottes derart zuzusetzen?

Clemens fröstelte. Das Gespräch mit Bruder Wenzel hatte eine unerwartete Wendung genommen. Adalbert war weder an den Folgen einer Krankheit noch durch Gift gestorben. Die Folter hatte seinen Körper gebrochen, aber sie hat ihn nicht getötet. Adalbert von Zwiefalten war erdrosselt worden.

Clemens hielt in seinen Gedanken inne. Etwas verbarg sich hinter dieser Erkenntnis, das er langsam zu begreifen suchte. *Hoc visibile imaginatum figurat illud invisibile verum cuius splendor penetrat mundum*. Ja, aus diesem sichtbaren Bild enthüllte sich jene unsichtbare Wahrheit, die einzige, glänzende, gar himmlische Wahrheit. Noch war nicht alles verloren! Nach Adalberts Tod hatten die Vorfälle im Kloster Eibingen erst begonnen. Der Tod der Nonne, das Feuer in der Kirche, die Schändung der Reliquien. Was nichts anderes hieß, als dass Adalberts Mörder nicht erhalten hatte, was er zu erhalten gehofft hatte. Clemens hatte geglaubt, es wäre ein Akt der Verwüstung, der Wunsch, mit den Taten auch das Andenken der Hildegard zu zerstören, denn der Brand hätte beinahe auch den Hildegardis-Altar im südlichen Seitenschiff vernichtet. Doch er hatte sich geirrt.

Der Regen lief Clemens in die Augen und am Gesicht entlang in den Kragen.

Hildegard war eine kluge, umsichtige Frau. Sie wird die letzte aller Visionen sicher verwahrt haben.

Clemens erhob den Blick zum Himmel und blinzelte gegen die niederprasselnden Tropfen.

»Der Herr gebe mir einen Fingerzeig und lasse nicht zu, dass ich mich umsonst abmühe«, flüsterte er, und noch im selben Atemzug wusste er, dass er nicht nach Eibingen zurückkehren durfte, ehe er nicht mit der Äbtissin vom Rupertsberg gesprochen hatte, der gewählten Nachfolgerin der Prophetin.

Er musste herausfinden, was in den Tagen des Hildegardisfestes vor sich gegangen war. Und mit welchem Auftrag man Adalbert von dort aus gehen ließ.

Entschlossen sah Clemens nach vorne. Die Wasser des Rheins stiegen unaufhaltsam. Er würde durch den Wald ausweichen müssen, den zu meiden er sich am Morgen noch geschworen hatte.

Ein plötzlicher Schrei ließ ihn aufmerken. Clemens sah zum Rhein, dessen dunkle Wasser Erde, Geröll und Zweige mit sich rissen. In der Mitte des Flusses lag ein Prahm, das Heck gefüllt mit Kisten und Säcken, auf ihm zwei Männer, die wild gestikulierten. Durch den dichten Regenschleier konnte Clemens einen Mann erkennen, der in den Fluten zappelte und schrie, bis er mit angstgeweiteten Augen untertauchte. Die beiden Schiffer an Bord des Lastenkahns sahen sich ratlos an. Clemens erkannte sogleich, dass sie nicht beabsichtigten, dem Ertrinkenden nachzuspringen.

»So helft ihm doch!«, rief er aus. Er hielt sein Pferd an, stieg ab und stolperte durch die tiefen Pfützen zum Fluss. Nun endlich kam Bewegung in einen der beiden Schiffer. Er reichte seine Hände in die Fluten, doch der immer wieder emportauchende Mann sah sie nicht.

Voller Entsetzen sah Clemens sich am Ufer um. Er konnte nicht schwimmen. Wie sollte er dem Mann helfen? Zwischen Gestrüpp fand er einen langen Ast, er ergriff ihn und hielt ihn ins Wasser, doch er konnte den Ertrinkenden nicht erreichen.

Kurz entschlossen stakte Clemens in den eisigen Rhein. Die Strömung zerrte an seinen Beinen, doch er ging weiter. Bald reichte das Wasser bis an seine Hüften, er drohte, im schlammigen Untergrund den Halt zu verlieren. Mit weit ausgestreckten Armen schob er den Ast nach vorne. Der Mann umklammerte das Holz mit der Kraft der Hoffnung und riss Clemens fast mit sich. Doch der Kanonikus stemmte seine Beine fest in den aufgewühlten Grund, spürte weder Kälte noch Schmerz und zog den Mann mit ungeahnten Kräften, langsam rückwärts gehend, an Land.

Keuchend sank er zu Boden. Der Mann, dunkelhaarig und mit vollem Bart, kniete neben ihm und erbrach Wasser in großem Schwall.

Unterdessen hatten die Schiffer den Prahm vorsichtig zum Ufer gelenkt und ein Stück weiter flussabwärts vertäut. Sie kamen herbeigeeilt, der eine verbeugte sich unterwürfig, während der andere die Hände rang. »Mein Herr, ich danke Gott, dass Ihr am Leben seid.«

»Unverschämtes Gesindel«, rief der Mann aus, während er sich mit dem durchnässten Ärmel den Mund abwischte. »Ertrinken lassen wolltet ihr mich. Mit meinen Waren abhauen und sie für ein paar Silberlinge verscherbeln. Ihr könnt dem Herrn danken, dass ich euch dafür nicht in den Kerker werfen lasse!«

Der Jüngere der Schiffer zuckte zurück, doch der andere blieb ungerührt, stand mit verschränkten Armen. »Was redet Ihr? Ich reichte Euch die Hand, doch Ihr nahmt sie nicht.«

Der Bärtige atmete schwer und spuckte noch einmal Wasser. Dann stand er auf, heftig hustend und mit grimmigem Ausdruck. Auch Clemens erhob sich schwerfällig. Der Schmerz in seinem Bein pochte nur noch stärker. Blut und Eiter mischten sich mit dem Wasser des Flusses.

»Ihr seht übel aus«, sagte der Mann und hustete wieder. »Habt Ihr es noch weit?«

»Ich bin auf dem Weg nach Bingen. Der Stadt gegenüber liegt das Kloster Rupertsberg.«

»Ah, ein Diener Gottes also. Das ist ein weiter Weg hoch zu Ross. Zudem wird die Straße überschwemmt sein. Obschon auch das Boot sich in ungewissen Strömungen bewegt, so ist es sicherer, es auf diesem Weg zu versuchen. Darf ich Euch als Dank für meine Rettung eine freie Passage bis nach Mainz anbieten? Der Prahm ist groß genug. Es ist auch Platz für Euer Pferd, sollten wir es vom Wasser aus an Bord bekommen.« Der Bärtige zeigte schwer atmend auf die Wunde. »Nur sollten wir diese unfähigen Leute dort, die sich Schiffer nennen, antreiben und die Reise unverzüglich fortsetzen, wenn Euer Bein nicht dem Wundbrand anheimfallen soll.«

Die Strömung trieb das Boot mit Macht flussabwärts in Richtung Mainz.

Bereits nach kurzer Fahrt war die Römerstraße nicht mehr zu sehen. Der Strom hatte alles überflutet, Felder und Hütten, Weiden und Weinstöcke.

Der Bärtige stellte sich als Norbert von Koppenstein vor, reisender Händler aus Mainz. »Und was führt Euch bei diesem Unwetter des Weges?«

»Ich bin Kanonikus aus Mainz und reise im Namen des Herrn«, antwortete Clemens ausweichend.

Der Händler nickte scheinbar unbeteiligt, doch seine Züge verrieten, dass er gerne mehr erfahren hätte. »Ich komme von der Champagnemesse in Provins. Die Bilanz nach der Sankt Aigulfsmesse kann sich sehen lassen. Die Pelze, die ich dorthin mitbrachte, verkauften sich gut. Mir ist nur noch ein Rotfuchs geblieben und ein Lämmerfell, obgleich der Markt fast mehr Händler aufwies als Käufer. Denn auch in Frankreich nahmen viele angesehene Männer das Kreuz und verkauften all ihre Ware, um für das Unternehmen vom König Geld zu bekommen.«

Norbert von Koppenstein zeigte auf die vielen Säcke und Kisten.

»Die Italiener kamen zuhauf mit Gewürzen, Pfeffer und Ingwer aus dem Orient und Safran, die waren kaum halb so viel wert wie im letzten Jahr«, erklärte er eifrig. »Sie strömten herbei und brachten all die Kostbarkeiten, mit denen man vor nicht allzu langer Zeit ein Vermögen hätte machen können, doch Gewichtswaren gehen schlecht derzeit.« Er lächelte. »Ich habe sie pfundweise erworben, denn wenn ich sie nach England verkaufe, machen sie mich zu einem reichen Mann. Doch seht her!« Er zeigte auf die durchweichten Säcke, die keinen Platz mehr unter dem schützenden Verschlag am Heck des Bootes gefunden hatten. »Wenn ich sie nicht bald trockne, sind sie verdorben, und ich habe nichts mehr, was mich ernährt. Daher habe ich begonnen, Wasser zu schöpfen, um den Prahm zu leeren, denn«, er senkte die Stimme und wies auf die beiden Schiffer, »diese Halunken wollten zehn Pfennige zusätzlich, wenn sie mir helfen! Doch ich war wohl zu eifrig, denn ich beugte mich weit vor und fiel über Bord.«

»Warum macht Ihr keine Rast und wartet, bis der Regen nachlässt?«, fragte Clemens.

»Beim gütigen Herrn, das wäre mein Ruin! Ich war zu Allerheiligen in Worms und habe einem Kaufmann Ballen mit Seide abgeliefert, die ich ebenfalls auf der Messe erwarb. Der bot mir seine Tochter, ein hübsches Ding, das ich zu ehelichen gedenke. Mein Leib verfiel kurzzeitig der sündhaften Lust.« Er lächelte anzüglich, als wäre Clemens ein Kenner des süßen Lasters. »Indessen schob ich mein Bleiben auf das Unwetter, denn wie hätte ich das Risiko eingehen sollen, die kostbare Ware dem Sturm auszusetzen, der in dieser Zeit wütete? Doch dann vermochte ich meine Abreise nicht mehr zu verzögern. In Mainz wartet ein Händler auf dem Weg nach England, und wenn ich mich nicht spute, dann kauft er bei einem anderen, der den kürzeren Weg zurück über Trier genommen hat und ihm die Gewürze zu einem guten Preis feilbietet. Ihr werdet verstehen, dass ich dem Regen trotzen muss, wenngleich ich mich frage, ob der Herr uns die Wasser des Himmels herabschickt, um uns am Ende der Zeiten von all den Sünden reinzuwaschen.«

Sorgenvoll sah der Händler zum Himmel und begann, wieder Wasser zu schöpfen.

Clemens rieb sich die Arme im erfolglosen Versuch, die Kälte aus der durchnässten Kleidung zu treiben. Er dachte an den Weg, der noch vor ihm lag, und ihn überfiel eine tiefe Unruhe. Wenn sie Mainz noch am selben Abend erreichten, könnte er rasch die Kleidung wechseln, sich wärmen und für wenige Stunden zur Ruhe legen und dann im Morgengrauen zum Rupertsberg aufbrechen. Selbst wenn er erst in der Nacht zum Kloster gelangte, so könnte er nach einigen Nachforschungen mittags weiterreiten und am Abend des vierten Tages in Eibingen ankommen. Doch sollte er es nicht schaffen, gab es noch den Laienbruder Gregorius, den er gegen einen anständigen Lohn angewiesen hatte, Elysa zur Familienburg zu begleiten, wenn er selbst nicht rechtzeitig zurück war.

Doch was nützte es, wenn sie dann fort war – und mit ihr das Wissen, das sie in diesen Tagen gesammelt haben mochte?

Eine unerwartete Sehnsucht stieg in ihm auf. Nein, er würde alles daransetzen, es rechtzeitig zu schaffen. Die Fahrt mit dem Boot verlieh ihm wertvolle Zeit. Es durfte nur nichts dazwischenkommen.

13

Eine außergewöhnliche Versammlung im Kapitelsaal wurde einberufen, bei der Margarete Radulf von Braunshorn das erste Mal begegnete. Sie hatte der Versammlung trotz ihrer Schwäche beiwohnen wollen, denn sie war besorgt über die Vorgänge und erhoffte sich Klärung.

Das Herz noch erfüllt von Trauer und Verdruss, empfand sie Trost beim Anblick des eindrucksvollen Mannes, der sich, groß und hager, mit scharf gezeichneter Tonsur und prachtvollem Gewand auf den kunstvoll geschnitzten Stuhl der Priorin setzte. Er strahlte jene Würde aus, die ansonsten den machtvollsten Kirchenfürsten anhaftete. Radulf von Braunshorn würde sie durch die Dunkelheit zum Licht führen, so wie er es vermocht hatte, den Hagel in Regen zu mildern, wenngleich die Wasser unterdessen den Kreuzhof überfluteten und langsam über den Gang in den Kapitelsaal drangen.

Auch Agnes blickte Radulf hoffnungsvoll an, wenngleich sie kurz den Mund verzog, als sie mit einem Sitzplatz seitlich des Vorsteherinnenstuhls vorliebnehmen musste.

Ida war auch wieder zugegen. Margarete glaubte, einen anderen Ausdruck in ihrem Gesicht zu lesen, ohne ihn genau ergründen zu können.

»Ehrwürdige Agnes, liebe Schwestern«, begann Radulf von Braunshorn in seinem ihm eigenen Tonfall. »Wieder einmal haben die Dämonen trügerische Ränke geschmiedet und uns in Furcht erstarren lassen, denn einer unserer Schwestern ist Schreckliches zugestoßen. Doch glühend vom unauslöschlichen Feuer der Liebe, gestärkt durch die Blüten des Martyriums, gelangt sie nun zur ewigen Herrlichkeit.«

Margarete erschrak. Sprach er von Elysa?

»Wir wollen nun für ihre Seele beten und unsere Stimmen erheben, auf dass sie sanft ruhe im ewiglichen Himmelreich.«

Margarete erhob sich, zögernd. »Verzeiht«, sagte sie mit dünner Stimme. »Ihr sprecht von der Anwärterin …«

»Gewiss«, sagte er sichtlich ungehalten. »Willst du ihren Heimgang stören?«

Margarete dachte an den Augenblick, als sie die Krankenstube verlassen hatte, um dem Appell zur Versammlung zu folgen. Elysa hatte auf dem Boden gelegen, noch immer still und unbeweglich, doch plötzlich hatte sie tief geseufzt.

»Es ist noch zu früh, um zu trauern – die Anwärterin lebt.«

Leises Gemurmel erfüllte den Saal. Der Exorzist blinzelte sichtlich verwirrt. »Doch sie ist bereits auf dem Wege der Heimführung.«

»Mitnichten, ehrwürdiger Radulf. Die Medica nahm sich ihrer an und führt nun den Beweis, dass Gottes Wege wunderbar sind.« Hatte sie tatsächlich jemals an Juttas Künsten gezweifelt?

Das Gemurmel der Nonnen wurde lauter.

»Schweigt still! Wer hat euch erlaubt zu schwatzen«, rief Radulf gestrengen Blickes, und die Nonnen verstummten sogleich. Dann wandte er sich wieder an Margarete und fragte eisig: »Soeben erhielt ich Bericht vom Seelsorger. Sag, wie kannst du ihm widersprechen?«

Schon spürte Margarete eine heftige Abneigung gegen den Mann aufsteigen. »Geht hin und seht selbst«, sagte sie mit fester

Stimme. »Die Medica ist bei ihr und versorgt sie mit Kräutern der seligen Hildegard.«

»Nun«, die Augen des Exorzisten verengten sich, dann schien er sich zu besinnen und lächelte salbungsvoll, »dann sollten wir für ihre Genesung beten. Doch wenden wir uns zunächst anderen Dingen zu. Die Priorin wird euch nun aus der Regel des heiligen Benedikts über die Demut vorlesen.«

Agnes sah auf. Sie bemühte sich, die Überraschung zu verbergen, was ihr allerdings nicht gelang. Schließlich aber ergriff sie die Schrift, die man ihr gereicht hatte, und begann:

»Laut ruft uns, Schwestern, die Heilige Schrift zu: ›Wer sich selbst erhöht, wird erniedrigt, wer sich aber selbst erniedrigt, wird erhöht werden.‹ Mit diesen Worten zeigt sie uns also, dass jede Selbsterhöhung aus dem Stolz hervorgeht.«

Zögernd sah sie auf, doch Radulf von Braunshorn ermunterte sie fortzufahren.

»Aus Liebe zu Gott unterwirft sich die Braut Christi dem Oberen in vollem Gehorsam und übt diesen Gehorsam auch dann, wenn es hart und widrig zugeht. Sogar wenn ihr dabei noch so viel Unrecht geschieht, schweigt sie und umarmt gleichsam bewusst die Geduld.«

Der Exorzist hob Schweigen gebietend die Hand. »Hat eine von euch ein Vergehen gegen die Regel der Demut zu beichten?«

Keine der Nonnen wagte aufzusehen. Margarete empfand die Stille als bedrohlich, voller Angst, die sich langsam im Raum ausbreitete.

Radulf erhob eine Braue. »Nun, dann werde ich eure Augen öffnen. Zur Versammlung am Morgen wurdet ihr Zeuge eines groben Verstoßes gegen die Regel. Eine von euch maßte sich an, mich über das Wesen der himmlischen Freude zu belehren, und verteidigte hartnäckig ihre Ansicht. Der Mensch aber verharre in Demut, damit er nicht durch den vom Himmel herniedergestürzten

Hochmut überwunden wird, weil er besser sein will als andere gute Menschen und sich selbst als gut und heilig anrechnet.« Er lächelte scheinbar sanftmütig. »Ehrwürdige Schwestern, wer von euch eine Verletzung der Ordensregel beobachtet oder am eigenen Leib erfahren hat, der möge sich nun erheben und sprechen – zum Wohle unserer aller Seelen.«

Die Oblatin Anna stand auf. »Ich möchte berichten, dass eine von uns, Schwester Ida, ihren Zorn hat zur Tat werden lassen, als sie Margarete am Vortag im Handarbeitsraum mit dem Stab schlug.«

Dann sprang eine andere auf. »Ja, auch mich schlug sie, obgleich ich mich nur jener Fröhlichkeit hingab, die Ihr uns ans Herz legtet.«

»Sie verbreitet Angst und Schrecken, statt uns fürsorglich zu leiten«, rief eine dritte.

»Ja, sie züchtigt uns, obwohl die Zucht der Priorin unterliegt!«

Eine nach der anderen brachte ihren Unmut hervor. Margarete blieb still sitzen und beobachtete den Aufruhr der unterdrückten Seelen. Ja, Ida hatte es mit der Ordnung zu hart genommen und im strengen Regiment alle gegen sich aufgebracht. Doch hatte bisher niemand gewagt, sich dagegen aufzulehnen.

Margarete musterte Ida, die alle Anklagen aufrecht über sich ergehen ließ. Agnes hingegen saß gebückt und mit gerunzelter Stirn, den Mund fest aufeinandergepresst, und beobachtete das Geschehen in der gespannten Haltung einer Raubkatze, die sich noch nicht entschließen konnte, sich auf ihr Opfer zu stürzen und es mit Haut und Haaren zu verschlingen.

Radulf von Braunshorn hingegen lächelte. Sein Lächeln wurde zur Fratze, als sich nun auch Gudrun zu Wort meldete.

»Ida ist im Bund mit dem Teufel. In jener Nacht, als das Feuer unsere Klosterkirche ergriff, hat sie es kraft ihrer Hände verstummen lassen.«

Entsetzen zeichnete sich auf Idas Antlitz. Erregt sprang sie auf und sah mit leeren Augen in Richtung Radulf. »Das ist nicht wahr! Ich erhob meine Hände zum Gebet!«

»Du hast das Feuer beschworen!«, rief Gudrun.

»Es war der Herr, der mich erhörte.«

»Doch wie konnte das Feuer ausgehen ohne Wasser – das ist Teufelswerk!«

»Es war wohl der Wind, der die Flammen ausblies«, rief Ida sichtlich verstört und mit hoher brüchiger Stimme, wie Margarete sie noch nie bei ihr vernommen hatte.

»Ja«, rief eine der Nonnen, »das habe ich auch gespürt, doch es war nicht der Wind, es waren Luftgeister, die dir zur Hilfe kamen!«

Alle redeten durcheinander, manche der Schwestern zeigten geifernd auf die blinde Nonne. Es war, als entlud sich aller Unmut, der sich in den Jahren von Idas strengem Regiment aufgestaut hatte. Niemand aber sah die Schamesröte, die nun Agnes' Gesicht zierte, nur Margarete.

»Ruhe!« Die Worte des Exorzisten hallten laut durch den Kapitelsaal. Augenblicklich waren die Schwestern still. Auf seinem Gesicht breitete sich ein unheilvolles Lächeln aus.

»So sprich, Ida, ich werde deine Bußfertigkeit mit väterlichem Wohlwollen prüfen und die Geißel nicht zu hart auf deinen Leib fahren lassen, denn ich bin überzeugt, du hast im guten Glauben gehandelt. Was geschah in jener Nacht?«

Ida stolperte nach vorne und fiel vor dem Exorzisten auf die Knie. »Es ist, wie ich sagte. Ich spürte das Feuer, es war heiß und voller Kraft. Ich flehte zum Herrn und zur seligen Hildegard, die das Kloster aus der Asche der Verwüstung neu für uns errichtet hatte. Der Herr war es, der mir zur Hilfe kam, der Herr und seine Prophetin, ich schwöre es, bei Gott, dem Allmächtigen Vater, der Jungfrau Maria und allen Heiligen!«

Noch immer lächelte Radulf, er schien seinen Triumph über die aufsässige, nun vor ihm niedergeworfene Nonne weidlich auszukosten. Hinter dem Lächeln aber erkannte Margarete voller Entsetzen eine unverhohlene, grausame Gier nach Blut.

»Wir werden prüfen, ob Schwester Ida die Wahrheit spricht«, sagte er abschätzig. »Der Herr erhelle das Gerechte. Morgen früh werden wir ihn um ein Urteil ersuchen, um seinen Ratschluss zu hören.«

Der Exorzist hatte den Hagel zu vertreiben vermocht, doch noch immer regnete es.

Margarete stand mit schwachen Beinen vor der Fensteröffnung der Krankenstube und blickte hinaus. Riesige Pfützen sammelten sich auf dem gefrorenen Boden. Eine Schwester lief mit gerafftem Habit barfuß über den Hof.

Der Himmel war dunkel, fast wie die Nacht, und doch war es erst früher Abend. Jutta hatte zwei Laternen entzündet, im Ofen flackerte ein Feuer.

Elysa hatte zu fabulieren begonnen, was Jutta zu der Zuversicht verleitete, sie würde wieder zu Kräften kommen. Während der Non hatten die Benediktinerinnen in der Kirche für Elysas Seelenheil gebetet und auch für ihr eigenes, denn der Schrecken war groß und verbreitete eine düstere Stimmung. Die Kirche war beinahe überschwemmt. Wenn es weiter so regnete, würde eine Messe zur Vesper unmöglich sein. Nach der Non waren sie in die Krypta hinabgestiegen und hatten das dort abgestellte Altarbild geholt, das zum Entsetzen aller nass geworden war, sowie den hölzernen, vom Wasser gequollenen Reliquienschrein. Vorübergehend fanden diese Kostbarkeiten auf dem Boden des Glockenturmes Platz.

Margarete dachte an Ida und an die Bedrängnis, in die sie gekommen war. Manche Schwester hatte im Kapitelsaal beifällig gelacht, doch Margarete war nicht wohl gewesen.

Jutta trat an ihre Seite. »Du denkst an Ida.«

Margarete nickte. »Wir alle wissen, dass Schwester Ida nicht mit dem Teufel im Bunde steht. Gewiss, in der Ausübung ihrer Aufsicht ist sie übereifrig. Auch ich habe häufig vor ihrem gestrengen Auge gezittert. Doch dienen der Erhalt von Zucht und Ordnung der Regel – wie kann man Ida nur der Gottlosigkeit bezichtigen!«

»Und doch muss ich oft an die Nacht des Kirchenbrandes denken und an die Furcht, die emporstieg, als Ida die Hände zum Himmel erhob und das Feuer vor unseren Augen erlosch.«

Margarete schüttelte erregt den Kopf. »Ein Gottesurteil, Jutta. Sie zweifeln vor aller Augen an ihrer Ergebenheit zum Herrn! Wen kann es geben, der dem Herrn mit größerer Inbrunst dient?« Sie sah Jutta besorgt an. »Was werden sie mit Ida tun? Sie mit einem Strick gebunden ins Wasser stoßen, um zu erfahren, ob das Wasser sie aufnimmt? Oder ein mit Weihwasser besprengtes glühendes Eisen tragen lassen, um zu sehen, ob Gott ihre Hände schützt?« Margarete seufzte. »Es ist unwürdig, und ich bin im Zweifel, ob die Kirche es erlaubt, Gottesurteile an einer Braut Christi zu erproben, die sich doch im Gelübde zum Herrn bekannte.«

»Ich weiß. Doch erinnere dich der Regel: ›Aus Liebe zu Gott unterwirft sich die Braut Christi dem Oberen in vollem Gehorsam und übt diesen Gehorsam auch dann, wenn es hart und widrig zugeht. Sogar wenn ihr dabei noch so viel Unrecht geschieht, schweigt sie und umarmt gleichsam bewusst die Geduld.‹ Die Priorin hat diese Stelle nicht ohne Grund verlesen, sie ist Mahnung und Bitte zugleich. Der Herr wird uns zeigen, dass ihr Gelübde kein falsches ist. Doch sei versichert, Schwester, sie werden die Kreuzprobe an Ida versuchen oder das Psalterbuch kreisen lassen, doch niemand wird sie anrühren wollen.«

Die Tür ging auf, und Ermelindis trat ein, in den Händen eine Schale mit einem gebratenen Huhn.

»Ich bringe euch die kostbarsten Braten, ihr aber rührt sie nicht an?«, sagte sie mit abfälligem Blick auf die Ente, die noch immer auf dem Schemel neben Margaretes Krankenlager stand. »Was entsende ich die Küchenhilfen zum Schlachten, es ist vergebliche Mühe.«

»Die Braten werden gewiss nicht verderben«, erwiderte Jutta beschwichtigend. »Elysa wird bald erwachen und das Huhn zu schätzen wissen, und auch die Ente findet ihre Abnehmer.«

»Nun gut«, meinte Ermelindis unwirsch und verließ die Krankenstube.

Jutta öffnete die Tür zur benachbarten Misericordia, einem kleinen Speiseraum neben der Krankenstube, in dem die Erkrankten die Barmherzigkeit des Klosters bei einem kräftigenden Mahl erfahren konnten, und stellte die Ente und das noch dampfende Huhn auf den schmalen Tisch.

Margarete verspürte einen plötzlichen, heftigen Hunger. Sie setzte sich auf einen der Stühle und machte sich daran, die Ente zu zerteilen.

14

Seit Stunden schon hatten sie kein Wort mehr miteinander gewechselt. Norbert von Koppenstein hatte aus einer der Kisten einen kleinen Ballen flandrischen Wollstoff entnommen, den er auf der Sankt Aigulfsmesse in Provins erstanden hatte, um ihn, in der Mitte auseinandergeschlitzt, mit Clemens von Hagen zu teilen. Dankbar hatte der Kanonikus den trockenen Stoff umgelegt, nachdem er sich seiner triefenden Kleidung bis auf Hemd und Beinkleid entledigt hatte. Nun saßen sie zusammengekauert unter dem kleinen Verschlag am Bug des Prahms, neben den wenigen Säcken, die dort Platz fanden und die der Händler vor dem Regen hatte schützen können.

Der durchdringende Geruch der Gewürze hatte Bilder aus fernen Ländern in Clemens aufsteigen lassen, die er nur aus der Schilderung derjenigen kannte, die von den Stätten der Pilger zurückkehrten. Auch hatte er als Kind mit wachsender Faszination den Berichten der heimgekehrten Kreuzfahrer gelauscht, die das unrühmliche Ende des zweiten Heerzugs verdrängten und von Fabelwesen und Einhörnern zu berichten wussten, von unermesslich reichen Städten und Palästen aus purem Gold. Doch so manchem stand noch Jahre später der Schrecken ins Gesicht geschrieben, den er in einem Land erfuhr, wo Milch und Honig fließen sollten.

Einmal war der Clemens eingenickt, hatte von einem Lamm

geträumt, das geopfert werden sollte – mit sieben Hörnern und sieben Augen und dem zugewandt, der auf dem Thron saß, bereit, die Buchrolle mit den sieben Siegeln zu empfangen. Doch er war unsanft aus dem Traum gerissen worden, als das Boot gegen einen Stein schrammte und die Schiffer sich etwas zuriefen.

Der Regen hatte aufgehört und einem dichten Nebel Platz gemacht, der den Schiffern die Sicht nahm. Die Nacht nahte. Wie weit vor ihnen lag Mainz?

»Wir müssen anhalten«, rief einer der Schiffer, »es ist zu gefährlich. Bald wird es dunkel. Überall im Fluss gibt es Stromschnellen und herabgestürzte Bäume. Die Felsen, die man im überfluteten Flussbett nicht sieht, können das Boot der Länge nach aufzuschlitzen.«

Der Händler kroch aus dem Verschlag und erhob sich gähnend. »Wie weit ist es noch?«

»Zwei, drei Meilen.«

Clemens horchte auf. »Römische Meilen?«

»Selbstredend.«

Also waren sie kurz vor dem Ziel.

»Ihr fahrt voran, ich bezahle euch dafür«, rief Norbert von Koppenstein misslaunig den Schiffern zu.

»Doch könnt Ihr auch Münzen für ein ganzes Boot entrichten?«, fragte der Schiffer. »Es wird leckschlagen und versinken und Eure Fracht dazu!«

Der Händler sog die Luft ein. »Nun gut, legt an! Doch nehmt die Seite zur Linken, denn wie ich unseren neuen Freund einschätze«, er sah Clemens augenzwinkernd an, »wird er sich von unserem Schicksal nicht aufhalten lassen und die Reise fortsetzen wollen.«

Der Abschied war voller aufrichtiger Zuneigung. Norbert von Koppenstein klopfte Clemens auf die Schulter, dankte für die Rettung und wünschte ihm eine gute Reise. »Seht zu, dass Ihr

Eure Wunden rasch verbinden lasst.« Er seufzte. »Was werde ich nur ohne Euch tun, alleine im Nebel mit diesem Pack?«

Clemens lachte beifällig und beteuerte, dass der Allmächtige ihn für seine Barmherzigkeit gewiss entlohnen würde, und sei es mit dem Schutz vor Gesindel. Dann führte er sein Pferd über modrigen Boden bis zur Römerstraße, die nun breiter war und nicht vom Wasser überflutet.

Die ersten Schritte wurden zur Qual, sein Bein durchzuckten Schmerzen wie Blitze, doch dann saß er auf, die zerrissene, durchnässte Kleidung zusammengerollt vor sich, noch immer in flandrisches Tuch gehüllt, das zu behalten der Händler ihn gedrängt hatte. Ebenso wie das Lammfell, das er nicht hatte verkaufen können und das nun wärmend um Clemens Schultern lag.

Er winkte Norbert noch ein letztes Mal zu und ritt mit ungutem Gefühl voran, doch er musste weiter, seinem Ziel entgegen: seinem Stift St. Stephan zu Mainz, wo er die Reise begonnen hatte.

15

Elysa erwachte nur langsam. Sie wollte sich aufrichten, doch ihr Körper war zu schwach. Stattdessen spürte sie eine heftige Übelkeit, die unaufhaltsam hinaufstieg. Wie in weiter Ferne entrang sich ein Schrei ihrer Kehle. Dann endlich öffnete sie die Augen und sah in das lächelnde Antlitz von Jutta.

»Das Gift ist raus, dem Himmel sei Dank!«, sagte die Medica und betrachtete geradezu lobend den erbrochenen Schaum auf Elysas Gewand.

Auch Margarete saß da, aufrecht und mit frischem Verband, die Tränen liefen ihr über das Gesicht.

»Der Braten!« stammelte Elysa. »Die Ente ...« Mehr Worte brachte sie nicht hervor, doch im selben Moment starrten Jutta und Margarete sich in überschlagender Erkenntnis an. Jutta stürzte sofort hinaus und ließ die Tür weit offen.

»Gütiger Gott!« Margarete schlug die Hände vor ihren Mund. »Jutta hatte soeben einen Schenkel genommen und ihn hastig und ohne jegliche Reue verschlungen.«

Elysa seufzte und legte sich zurück. Die eisige Kälte drang durch die offene Tür in den Raum. Das Feuer im Ofen war fast erloschen. Ihr ganzer Körper schmerzte, doch sie war am Leben. Aber was war mit Jutta?

Margarete wirkte unschlüssig, ob sie bleiben oder der Medica hinausfolgen sollte. Ihr Gesicht war kalkweiß, sie ging zur Tür, dann drehte sie sich wieder zu Elysa, während sie unablässig betete.

Endlich kam Jutta zurück und schloss die Tür. Ihr Gesicht war genauso bleich wie das ihrer Glaubensschwester. Hastig wischte sie sich mit einem Tuch den Mund, nahm eine Tüllenkanne aus dem Arzneischrank, setzte sie an und trank sie in einem Zug leer.

»Ich werde vielleicht Krämpfe bekommen, doch töten kann mich das Gift nicht mehr«, sagte sie kämpferisch und setzte bitter lächelnd hinzu: »Was sind das für Zeiten, in denen einer hungernden Nonne sogar das Fleisch eines Vogels vergällt wird!«

»Auch das Unrecht ist gottgewollt«, flüsterte Margarete. Beflissen wischte sie Elysa den Schaum vom Mund und machte sich daran, das besudelte Gewand zu entfernen. »Du brauchst neue Kleidung. Ich will rasch zur Kämmerin gehen und dir ein sauberes Wollhabit besorgen. Du wirst ohnehin in zwei Tagen aufgenommen, die Priorin weiß sicher nichts dagegen einzuwenden.« Damit verließ sie den Raum.

Elysa saß auf und schlang die Arme um den Körper. Nun, im dünnen Hemd, begann sie wieder zu frieren.

Jutta bemerkte es und machte sich gleich daran, das Feuer im Ofen zu schüren, bis es wieder flackerte.

Elysa stand mit schwachen Beinen auf, sank aber sofort zu Boden und kroch auf Knien über den steinernen Boden zum Feuer. Endlich fühlte sie, wie mit der Wärme auch ihre Lebensgeister erwachten. Hatte sie ihr eigenes Leben noch in der Krypta als unwürdig erachtet, so beschlich sie hier, gerettet vor dem sicheren Tod, ein Gefühl, als müsse sie es festhalten. Was war schon ein misslauniger Bruder in einer Burg voller Pelze, Federkissen und schöner Kleidung, der von der Jagd das Wild heimbrachte, das vom Koch gebraten und von Dienern aufgetragen wurde? Was waren schon ein paar Monate des unterwürfigen Ertragens gegen diese aberwitzige Demut in dem kalten, modrigen Kloster, wo man sich seines Lebens nicht sicher sein konnte?

Was sollte sie hier schon ausrichten können, wenn sie nicht einmal ihr eigenes Leben zu schützen vermochte?

Nein, Clemens von Hagen hatte ihr Können überschätzt. Nun war er unterwegs, und nur Gott wusste, wann er wieder zurückkehrte. Doch was hatte sie ihm schon zu berichten?

In ihrem Inneren tobte ein Kampf. Sie hatte dieser Aufgabe zugestimmt, weil sie das Zusammentreffen mit Magnus hatte hinauszögern wollen, nicht aber aus einer hehren Absicht heraus. Die Heuchelei aber ist eine Schwester der Lüge, nichts ist verabscheuungswürdiger.

»*Pro salute vel commodo alicuius*«, hatte der Kanonikus gesagt, »es ist eine Lüge zum Nutzen des Wortes Gottes!« Konnte man zwischen der verbrecherischen Lüge und der nützlichen Lüge unterscheiden? Hatte nicht auch Jakob sich vor seinem Vater als Esau ausgegeben – sind nicht selbst Propheten Lügner?

Clemens von Hagen hatte es sich zu leichtgemacht, als er ihr weismachen wollte, dass die Lüge zum Nutzen der seligen Hildegard geheiligt sei, damit tat er es den Scholastikern mit ihrem neuartigen Gedankengut gleich. Doch jede Lüge ist schädlich, weil sie Sünde ist. Der Mensch lügt, weil er Gott nicht vertraut.

Elysa starrte in die prasselnden Flammen des Ofens und fasste einen Entschluss. »Ich werde fortgehen«, flüsterte sie, kaum, dass Margarete die Stube betreten hatte. »Doch ich tue es mit schwerem Herzen, denn ich lasse dich nur ungern zurück.«

Die Nonne nickte ohne Anzeichen von Überraschung, während sie Elysa half, das viel zu große Gewand der Benediktinerinnen überzustreifen. »Es ist besser so«, sagte sie. »Flieh vor dem Unheil, solange es dir möglich ist.«

»Fliehen?« Jutta trat neugierig heran.

»Elysa wird das Kloster verlassen.« Margaretes Stimme zitterte.

»Es ist das einzig Richtige«, erwiderte Jutta. »Auch ich würde gehen, wenn der Eid, den ich hier schwor, mich nicht bände.«

Elysa schwieg. Sollte sie sich den Schwestern offenbaren? Jemand musste dem Kanonikus berichten, wenn er zurückkam. Und wem sollte sie sich erklären, wenn nicht Margarete.

»Ich …« Sie zögerte. War es richtig, in Juttas Gegenwart ihr wahres Ansinnen zu verraten? Schweiß trat auf ihre Stirn. »Ich werde mich auch in keinem anderen Kloster melden«, sagte sie kraftlos.

Margarete sah erstaunt auf. »Warum? Es gibt eine große Zahl guter Klöster, die auch Frauen der unteren Stände aufnehmen. Die Benediktinerinnenabtei St. Marien in Andernach wird dir gewiss eine gute Heimat sein, wenngleich sie zuweilen überfüllt ist und keine Neuzugänge aufnimmt. Sie bietet eine gute Ausbildung, ihr Ruf reicht bis weit über die Landesgrenzen hinaus.«

»Ich werde mich auch dort nicht melden, weil ich …« Elysa wischte den Schweiß von der Stirn. »Ich hatte niemals vor, mich in einem Kloster zu melden.«

Margarete sah sie ungläubig an.

»Wie viele Lügen verzeiht Gott?« Elysa seufzte. »Ich bin keine Handwerkstochter. Ich bin Elysa von Bergheim, adeligen Geschlechts, auf der Durchreise zurück zur Familienburg, wo mein Bruder Magnus auf mich wartet.«

»Du bist …« Jutta starrte sie mit offenem Mund an.

»Aber warum?«

»Clemens von Hagen war dazu abgestellt, mich von Mainz aus nach Bergheim zu begleiten«, begann Elysa, zunächst zögernd. »Erst auf der Reise erfuhr ich, dass er einen Brief vom Erzbischof bei sich trug, den er nach Eibingen zu bringen versprochen hatte. Kurz vor der Ankunft weihte er mich in die Nöte der Priorin ein und bat mich, ihm bei der Aufklärung zu helfen – als Anwärterin und auch nur bis zum fünften Tag. Ich … ich habe zugestimmt, aus Stolz, aber auch aus Furcht vor dem, was vor mir liegt. Doch nun sehe ich ein, dass es sinnlos war. Was hätte ich hier schon ausrichten können?«

»Hochmut ist der Keim allen Übels«, erwiderte Jutta. »Denn er strebt mit seinem Höhenflug nicht zur Gerechtigkeit, sondern ist auf Betrug und Täuschung aus. Du suchtest nicht das Gelübde, die Verbindung zum Herrn, sondern maßtest dir an, uns in unserer Gutgläubigkeit zu hintergehen.« Juttas Antlitz zeigte Gleichmut, doch die geballten Hände verrieten, was sie dachte. »Hildegard sah einst ein gewaltiges Feuer, das mit starker Glut brannte. Darin wimmelte eine riesige Menge schrecklicher Würmer. In diesem Feuer wurden die Seelen derjenigen betraft, die sich mit Wort und Tat dem Hochmut ausgeliefert hatten, als sie noch mit dieser Welt verhaftet waren. Sie wurden wegen ihres Hochmuts mit dem Feuer und wegen ihrer üblen Angeberei von den Würmern geplagt.« Die Medica wandte sich ab, drehte sich aber noch einmal um, nun mit erhitztem Gesicht. »Warum sollten wir uns an den Vorgängen ereifern oder sie gar in Aufklärung zu ändern suchen? Warum sollte ich mich nicht freuen, wenn mir irgendeiner auch noch so ein schreckliches Unrecht zufügen würde. Der Schöpfer selbst ist ja vom Himmel herabgestiegen, um den Menschen in seine Arme zu schließen. Daher kann kein Sturm mich erschüttern, weil ich in voller Güte mit Gott verbunden bin.«

Da war sie wieder, jene Ergebenheit, mit der die Nonnen dem Bösen die andere Wange hinhielten und ihm Tür und Tor öffneten. Elysa spürte eine heftige Wut in sich aufsteigen. »Du redest von Demut, während sich jemand daranmacht, euch willentlich zu schaden, was ihr wohl erkennt, doch nicht wahrhaben wollt. Ihr rudert in der schiffbrüchigen Welt und schwindet dahin in den Schwächungen großer Gefahren, untätig und still. Verbergt euren Mut hinter Demut und Hörigkeit und glaubt, dem Herrn zu gefallen. Gott aber liebt auch den Streiter, der sich gegen das Unrecht erhebt und es wagt, der alten Schlange ins Gesicht zu sehen. Zu Lebzeiten wäre die von euch so verehrte Hildegard aufgestanden, hätte euch geschüttelt und zugerufen: ›Auf, Schwestern, die Zeit des Dämmerns ist vorbei!‹« Elysa hob resigniert die Schultern. Das Reden strengte sie an, und sie spürte, wie die soeben wiedergewonnenen Kräfte rasch wieder schwanden. Schwerfällig stand sie von ihrem Platz beim Ofen auf und legte sich zurück auf das Lager. »Aber genug davon! Im Morgengrauen, wenn ich wieder bei Kräften bin, werde ich mich auf den Weg nach Hause machen, und ich bitte euch inständig, eure Lippen zu verschließen, bis ich fort bin.«

Damit lehnte sie sich zurück, schloss die Augen und ließ die beiden Nonnen mit ihren Gedanken alleine.

16

Noch immer vermochte Ida nicht verstehen, was ihr geschah. Die Knie gebeugt vor dem Altar des heiligen Rupertus, dem Schutzpatron des Mutterklosters, rang sie die Hände und bat um Hilfe und Erlösung.

»Horch auf, Himmel, denn mein Antlitz ist besudelt. Die Füchse haben ihre Höhlen und die Vögel des Himmels ihre Nester, ich aber habe keinen Helfer und Tröster, nur einen Stab, auf den ich mich stützen kann und der mein einziger Halt ist!«

Das Wasser des Regens drang vom überschwemmten Steinboden in ihren Wollhabit, kalt umfasste es Füße, Beine, Knie. Doch Ida wollte es nicht spüren.

Es war ihnen nicht um die Kräfte gegangen, die das Feuer verstummen ließen. Nein, man hatte sie vor allen gedemütigt für eine Sünde, die in diesem Sündenpfuhl doch nur wenig wog. Was waren schon Eigenwille und Strenge gegen die Laster der Zwietracht, der Vergnügungssucht und der Gottlosigkeit. Was gegen die Streitsucht, die Maßlosigkeit und den Ungehorsam der immerzu schwatzenden und schamlosen Nonnen?

Und was war mit der Feigheit? Ida hatte sie deutlich im Raum gerochen, als Radulf von Braunshorn sich erdreistete, sie mit den Worten der seligen Hildegard zu maßregeln.

Sie atmete schwer. Nicht das bevorstehende Gottesurteil machte ihr Angst. Gott war mit ihr, das würde allen deutlich werden, ja, fast freute sie sich auf den nahen Triumph, der die Stimmen der Kläger verstummen lassen würde. Es war etwas anderes, das ihr auf der Seele lastete. Nun, da sie vor aller Augen für die Zucht getadelt wurde, würden die Sitten verfallen, und all das, was die selige Meisterin mit gestrengem Auge erschaffen hatte, würde einstürzen.

»Wollte daher jemand in die Schar meiner Töchter Zwietracht säen oder ein Verlassen der geistlichen Zucht herbeiführen, so möge die Gabe des Heiligen Geistes das aus seinem Herzen vertreiben. Sollte er, Gott verachtend, dennoch so handeln, so möge die Hand des Herrn ihn vor allem Volke schlagen, weil er verdient, zuschanden zu werden«, flüsterte Ida leise und gedachte der Worte, die Hildegard ihren Nonnen ehedem hatte zukommen lassen, als sie von der Zeit nach ihrem Tode schrieb.

Noch einmal erhob Ida den leeren Blick zum Bildnis des heiligen Rupertus. Wie gerne hätte sie nun vor dem Angesicht der seligen Hildegard gekniet, vor dem Bild, das nun, vom Wasser verschandelt, oben auf dem Glockenturm stand, fern jeder Tröstung.

Endlich stand Ida auf, zermürbt von schweren Gedanken. Sie würde nun ins Dormitorium zurückkehren und sich zur frühen Nachtruhe legen, das erste Mal seit Jahren.

Ein leiser Ton drang an ihre Ohren und ließ sie innehalten.

Sie lauschte.

Das klangvolle Plätschern unzähliger Tropfen, die vom zerstörten Dach zu Boden stürzten und sich mit abertausend gefallenen Tropfen mischten, hallte durch den Kirchensaal.

Nein, sie musste sich geirrt haben. Da war kein anderes Geräusch gewesen.

Doch, jetzt war der Ton wieder zu hören. Er kam aus Richtung der Krypta. Leise schritt sie mit ihrem Stab zum nördlichen Querschiff, mit zur Witterung erhobenem Kopf. Es war Gesang, eine Frauenstimme! Doch er kam nicht aus der Krypta, sondern aus dem Trakt nördlich der Kirche.

Dieser Bereich war den Männern vorbehalten. Wer würde es wagen, das Verbot zu übertreten? War es eine der Laienschwestern oder eine unzüchtige Nonne? Oder hatten die Männer sich gar eine Hure kommen lassen, um ihrer Wollust nachzugeben, der sie beim Eintritt hatten abschwören müssen?

Venus facht zur Stund
Flammen also heiße
dass ich liebeswund
ird'schem Trank und Speise
muss entsagen und
in der Engel Bund
nur mit Nektar leise
kühle meinen Mund.

Ida presste das Ohr an das nördliche Portal. Die Tür gab sachte nach und öffnete sich einen Spalt. Erschrocken fuhr sie zurück, näherte sich jedoch gleich wieder und lauschte dem gottlosen Gesang. Er war ganz nahe, nur wenige Schritte von ihr entfernt.

Eine grauenvolle Erkenntnis durchfuhr sie. Diese Stimme war ihr bekannt. Aus dem Mund dieser Jungfrau erklangen bei Tag die schönsten Lieder in vollem, harmonischem Klang! So hatte sie recht, die Lasterhaften begannen mit ihrem Werk, der Verfall der Sitten hatte bereits begonnen.

Nun wandte sich der Gesang in ein leises Stöhnen. Zarte Worte mischten sich mit dem Prasseln des nachlassenden Regens. Ein Mann begann zu flüstern.

Ida fuhr auf. Sie musste es verhindern! Die Fleischeslust drückte die zarteste Blume unter den Jungfrauen zu den Sünden irdischer Begierlichkeit nieder. Oh, verirrte Seele, übe dich in Zerknirschung, beklage dein Elend und lasse ab!

Doch Ida vermochte sich nicht zu rühren. Es war Anna gewesen, die Oblatin, die sich als Erste im Kapitelsaal erhob, um sie zu richten, und es war Anna, die sich in diesem Moment auf der anderen Seite der Mauer der Blüte der Unversehrtheit berauben ließ.

Groll stieg in Ida auf. Eine Jungfrau, in Christi Brautgemach herrlich geschmückt, süßer als aller Wohlgeruch duftender Blumen, nun in schändlicher Lust verdorben, log, als sie ihr Gelübde, keusch zu leben, nicht einlöste. Und damit nicht genug: Sie verriet auch die Beständigkeit der Tugend, als sie sich gegen Ida erhob und den ersten Stein warf!

Ein klares Lachen erscholl, lockend. Auch der Mann lachte, doch das Lachen wurde schwer, mischte sich mit leisem Schmatzen.

»Nicht doch«, rief Anna auf, aber das schmatzende Geräusch verklang nicht. »Nein, so warte.« Der Protest in der Stimme der Oblatin war wie ein Jubeln, wie ein Fordern nach mehr. Dann folgte ein Stöhnen.

Ida schrak auf, klopfte in ihrer Unbeholfenheit mit dem Stab gegen die Mauer. Nun stöhnte auch der Mann. Erst verhalten, dann grunzte er wie ein Tier, rhythmisch, ohne Unterlass, so dass Ida den Stab fallen ließ und sich die Hände an die Ohren presste. Das Grunzen erhob sich im Gleichklang juchzender Schreie. Der Geruch der Schändlichkeit, der Atem von etwas nie zuvor Gerochenem drang durch den Spalt in der Tür.

Die Wollust riecht nach giftigem Schleim, gleich Schwefel, dachte Ida, sie will den Menschen, das Spiegelbild Gottes, in den Schmutz ziehen, kennt nicht die Scham und kann, verführt von bösen Geistern, von der Gier des Fleisches nicht lassen.

Nun klomm das Stöhnen hinauf, wurde lauter und schneller, verhallte in Idas Ohr. Hastig ergriff sie ihren Stab, floh, durch die Pfützen stolpernd, zur Kirche hinaus, den Kreuzgang entlang, bis sie keuchend vor dem Dormitorium innehielt.

So kam es, dass sie nicht hörte, wie nur kurze Zeit, nachdem das Stöhnen verklungen war, sich ein neues erhob. Dieses Mal aber nicht vermischt mit freudigem Juchzen, sondern durchzogen von leisem, erbarmungswürdigem Winseln nach Gnade.

17

Der Nebel war dicht und in der Dunkelheit des Abends nahezu undurchdringlich. Nur schemenhaft konnte Clemens die Umrisse des Mainzer Doms sehen, dessen kreuzgratgewölbte, dreischiffige Pfeilerbasilika mit Westquerschiff und Chören im Osten und Westen dem Bau des St. Peter gleichkam und den Gläubigen in seiner Pracht und Größe ein Sinnbild der Herrlichkeit des Imperiums vor Augen führen sollte.

Clemens bog gen Westen, bis er die Ställe des St.-Stephan-Stifts erreichte, überließ sein Pferd der Obhut der Stallburschen und ging humpelnd den ansteigenden Hügel hinauf, an den Häusern der Muntat vorbei, in der sich neuerdings immer mehr Kanoniker des Tags zurückzogen und die langsame Auflösung der *vita communis* vorantrieben.

Es war bereits nach Mitternacht, als Clemens das Stift betrat. Er gelangte ungesehen in den Küchentrakt, schürte das Feuer im Ofen, und während er Wein im Kessel erwärmte, schlang er den Rest eines Bratens hinunter, den er in der Speisekammer vorgefunden hatte. Bald war der Wein erhitzt. Dürstend tauchte er einen tönernen Becher in den Trank, stürzte ihn hinunter und fühlte, wie er ihn erwärmte. Noch einmal setzte er den Becher an, doch er rutschte ihm aus der Hand, zerbrach mit lautem Krachen und hinterließ eine dunkelrote Lache auf dem steinernen Boden.

Clemens sog die Luft ein und lauschte, und als er sich sicher war, dass ihn niemand gehört hatte, nahm er eine Ecke des flandrischen Stoffes und wischte den Wein damit auf.

Das Leben im Stift war voller Annehmlichkeiten, es gab ausreichend zu essen und zu trinken. Käse, Braten, Pasteten, Dörrobst, Wein und Bier, alles war im Überfluss vorhanden. Wie gerne hätte er die Sorge der letzten Tage hinter sich gelassen und sich der Schlemmerei hingegeben. Wer aber bei Kräften bleiben wollte, der hüte sich vor der Unmäßigkeit in Essen und Trinken. Wie sollte er mit schmerzendem Magen und leidendem Kopf die Reise am frühen Morgen fortsetzen?

Was Clemens noch dringender ersehnte als den flüchtigen Genuss der Völlerei, war Schlaf. Die Anstrengungen der letzten Tage hatten an seinen Kräften gezehrt, er hätte sich augenblicklich auf den nackten Stein legen und den Verlockungen des Morpheus hingeben mögen. Zunächst aber galt es, sein Bein zu versorgen und die rasenden Schmerzen zu stillen.

Der Stoff klebte fest an der Wunde. Mit einem Ruck riss er das Beinkleid herunter. Augenblicklich öffnete sich die Schrunde und ergoss einen Schwall von Blut und Eiter auf den Steinboden. Sogleich riss er ein Stück seines Leinenhemdes ab und wusch die Wunde mit dem abgekochten Wein.

Mit einem Male schwang die Tür auf. Clemens sprang auf und hielt die Luft an. Dann atmete er erleichtert aus. In der Tür stand Gottfried von Werlau, einer der wenigen Kanoniker des Stifts, denen er vorbehaltlos vertraute. Gottfried zitterte vor Kälte in einem langen Leinenhemd, seine Füße steckten nackt in Filzschuhen.

»Clemens, du? Was geht hier vor?« Entsetzt betrachtete Gottfried ihn – das zerschlissene Hemd, das schmutzige und aufgerissene Beinkleid. Sein Blick wanderte zum Lammfell, das der Händler Clemens als Schutz gegen die Kälte aufgedrängt hatte und nun achtlos auf dem Boden lag, und blieb an der geschwürigen Wunde hängen. »Was ist geschehen?«

»Davon berichte ich später. Ich bin nur für eine kurze Nachtruhe im Stift. Morgen bei Tagesanbruch werde ich meine Reise fortsetzen.«

Clemens tränkte das Tuch wieder mit Wein, dann presste er es fest auf das eiternde Bein.

»Falls der Probst dich wieder gehen lässt«, bemerkte Gottfried.

»Warum sollte er nicht?«

»Du hättest besser daran getan, ihm den Grund deiner Reise mitzuteilen.«

»Das habe ich gemacht.« Der Wein brannte durchs Fleisch bis auf die Knochen.

»Du hast ihm von einem Botengang für den Erzbischof berichtet.«

»Und ich erwähnte, dass auch die Bitte an mich herangetragen worden war, eine alleinreisende Adelige zur Familienburg zu begleiten.«

Gottfried nickte. »Soweit kann ich dir folgen. Warum du aber die Adelige als Handwerkstochter ausgegeben und im Kloster Eibingen als Anwärterin vorgestellt hast, will ich nicht verstehen. Der Probst war rasend vor Zorn!«

Clemens fuhr zusammen. »Was weißt du davon?«

»Ich war zufällig zugegen, als Wilhelm von Bliesen aus der erzbischöflichen Kanzlei unseren Probst aufsuchte und aufs Heftigste tadelte. Er hat behauptet, du hättest einen Brief gefälscht und mit dem Siegel des Erzbischofs versehen. Ich nehme an, er sprach die Unwahrheit?«

»Nein.« Clemens seufzte ahnungsvoll. »So hat die Priorin einen weiteren Boten nach Mainz geschickt?«

»Nicht die Priorin – Radulf von Braunshorn.«

»Radulf von Braunshorn?« Eine plötzliche Erkenntnis durchzuckte Clemens. »Radulf von Braunshorn ist in Eibingen?«

Gottfried nickte. »Soweit ich es mit meinem offenbar einfältigen Gemüt zu begreifen vermag, empfand es die Kanzlei als erforderlich, ihn nach Eibingen zu entsenden, kurz nachdem du abgereist warst.«

Clemens atmete heftig. »Ich hatte es vermutet. Wie viel weißt du von den Vorgängen im Kloster?«

»Es hatte wohl einen Kirchenbrand gegeben.«

»Ja. Einen Brand, der leicht das gesamte Kloster hätte zerstören können. Außerdem ist ein Mönch, der zu Gast war, ermordet worden. Eine Nonne starb unter furchtbaren Krämpfen, und auch die Reliquien der seligen Äbtissin vom Rupertsberg wurden entwendet.«

Gottfried verstand nicht. »Clemens, die gesamte erzbischöfliche Kanzlei ist alarmiert, die Prälaten dort ereifern sich, als gälte es, den Papst persönlich zu retten. In diesen Zeiten entfachen sich immer wieder Feuer und zerstören auch Kirchen. Selbst der Mainzer Dom hat bereits mehrfach gebrannt. Mönche und Nonnen werden überall im Reich in den Klöstern ermordet, sei es aus Habgier, Rachsucht oder sonstigen Erdreistungen menschlicher Natur.«

Er schüttelte den Kopf. »Ich will das Schicksal des Klosters gewiss nicht mindern, aber was ist der Grund für diesen Aufruhr? Radulf von Braunshorn, einst päpstlicher Legat in Rom, ist unserem Kaiser stets zu Diensten, vom Erzbischof Konrad ganz zu schweigen. Einer der ehrgeizigsten und aufstrebendsten Kirchenmänner des Reiches wird in ein armseliges Kloster geschickt, um dort die verirrten Seelen einiger Jungfrauen zu retten! Was in Gottes Namen steckt dahinter?«

»Das ist dein Eindruck?«

»In der Tat.«

»So hatte ich recht. Wir stechen in ein Wespennest, lieber Gottfried.« Clemens lächelte verhalten. Bedächtig nahm er das Tuch von seinem Bein, den stechenden Schmerz ignorierend, wusch es im warmen Wein und legte es erneut auf die Wunde. »Wer weiß noch davon?«

»Von unserem Stift nur der Probst und ich. Wie viele Prälaten des Erzstiftes weiß nur der Herr, doch ich bin mir sicher, dass sie dich allesamt verfluchen und vom Probst deine Abberufung fordern. Auch für unser Stift könnte es Konsequenzen haben, vielleicht ist sogar unsere hohe Bewegungsfreiheit bedroht. Man fürchtet um uns als tragenden Pfeiler der erzbischöflichen Stadtherrschaft. Die lange Tradition der Einbindung unseres Probstes in Verwaltung und Regierung wurde von Wilhelm von Bliesen offen in Frage gestellt, denn es schien ihm, als wollten wir eigenmächtig und vermessen Obliegenheiten entscheiden, die der Aufsicht des Erzstifts unterliegen.«

»Sie machen den Probst für meine Eigenmächtigkeit verantwortlich?«

»Ja. Unser Vorsteher hielt dagegen, dass er wegen der Ausführung seiner Amtspflichten nur selten zugegen ist. Doch Wilhelm von Bliesen legte ihm nahe, dem Dekan die Ausübung der Disziplinargewalt vollends zu überlassen und das Wirken des Kapitels auf die Verwaltung der Dekanate zu beschränken, was er sogleich eifrig zusicherte. Dem Boten jedenfalls wurde ein Schreiben mitgegeben, in dem deine Befugnis mit aller Ausdrücklichkeit als nichtig erkannt wird. Zudem werden sie die Adelige ersuchen, das Kloster auf der Stelle zu verlassen.«

»Wann war das?«

»Vor wenigen Stunden. Was wirst du also tun?«

Clemens nahm rasch das Tuch vom Bein und verband es mit einem frischen. Dann erhob er sich.

»Ich werde sofort nach Eibingen aufbrechen.«

Gottfried sah ihn fassungslos an. »Du willst wieder fort? Willst du dich nicht dem Probst erklären?«

Clemens schüttelte heftig den Kopf. »Ich muss dem Boten zuvorkommen.«

»Dem Boten?« Auf Gottfrieds Antlitz erschien ein Lächeln. »Ich werde dir verraten, wo sich der Bote jetzt befindet. Doch zunächst erkläre mir, was hier vorgeht.«

3. Teil

Während der Menschenmord in Blutgier knirscht, werden himmlische Gerichtsurteile zur Bestrafung in Bewegung gesetzt, so dass die Blitze dem Donner zuvorkommen, denn das Feuer verspürt die erste Regung des Donners in sich.

Die Erhabenheit des Schauspiels der göttlichen Gerichtsuntersuchung offenbart den Frevel, wie auch die göttliche Majestät mit allsehendem Auge das Wüten dieses Wahnsinnes sieht, bevor er offen zutage tritt.

I

Es war die Zeit der Laudes. Während sich das Tor zum Westportal der Kirche langsam schloss, betraten Elysa und Margarete den dunklen Klosterhof, wo sie sich noch einmal fest bei den Händen hielten, voller Kummer wegen des nahen Abschieds. Längst hatte Elysa begriffen, dass das Gift Margarete gegolten hatte, und sie hatte der Nonne das Versprechen abgerungen, gut auf sich achtzugeben.

Elysa hatte in der Frühe noch Magenschmerzen verspürt, sie hatte den Getreidebrei, der unter Juttas gestrengem Auge bereitet und mit einem Sud aus Muskatellersalbei vermischt worden war, dankbar verzehrt und sich sogleich besser gefühlt. Ein abgekochter Wein aus Fenchelsamen, Galgant und Habichtskraut tat das Übrige. Die Medica hatte sich zu ihr gesellt, blass und schweigsam, und ebenfalls von der Medizin getrunken.

Für einen Moment hatte Elysa in Erwägung gezogen, sich der Priorin zu erklären, den Gedanken jedoch sogleich wieder verworfen. Seit der Exorzist zugegen war, ging man besser nicht zu großzügig mit der Beichte um, ohnehin hätte sie nicht ohne Bestrafung gehen können, denn würde man sie nicht befragen, was sie in der Krypta zu suchen gehabt hatte?

So trat sie den Weg in aller Heimlichkeit an. Ein letztes Mal blickte sie zu der ihr lieb gewonnenen Nonne zurück.

Der Nebel der Nacht hatte sich langsam zurückgezogen. Eine

feine Feuchtigkeit berührte Elysas Gesicht, doch sie drang nicht an ihren Leib. Das Wollhabit der Benediktinerinnen war ungleich wärmer als die Kleidung, die der Kanonikus für sie erwählt hatte, sie hätte es schon früher anlegen sollen.

Mit schnellen Schritten durchmaß sie den Klosterhof und erreichte das Torhaus. Niemand kam, um sie aufzuhalten. Ungehindert passierte Elysa die Pforte zum nördlichen Laientrakt.

Clemens von Hagen würde enttäuscht sein, wenn er sie nicht mehr vorfand. Überrascht erkannte Elysa, dass sie sich danach sehnte, ihn wiederzusehen und seiner warmen Stimme zu lauschen, wenn er von den Dingen berichtete, die er in Erfahrung bringen konnte. Nun würde Margarete ihm alles erzählen, was er zu wissen verlangte. Zu ihrer großen Erleichterung hatte die Nonne von dem sicheren Verbleib des Pergaments berichtet. Elysa hatte sie gebeten, es Clemens zur genaueren Untersuchung zu übergeben. Alles würde seinen Lauf nehmen – auch ohne sie.

Mit jedem Schritt, den Elysa den Wohngebäuden entgegenging, klopfte ihr Herz heftiger. »Wendet Euch an den Laienbruder Gregorius«, hatte der Kanonikus ihr beim Abschied vor zwei Tagen gesagt. »Er wird Euch weiterhelfen.«

Würde Gregorius sie unverzüglich zu den Truhen führen können, in denen sie ihre gesamte Habe verwahrte? Konnte er sie ohne Zustimmung der Priorin zur Burg begleiten?

Der Tag kroch zögernd empor, als sie auf das größere der beiden Gebäude zuging. Die Tür war angelehnt. Vorsichtig schob Elysa sie auf.

Die beiden Handwerker saßen an einem Tisch, vor ihnen eine flackernde Lampe und ein zerteilter Laib Brot. Eberold, in der Hand ein Messer, stand der Mund weit offen, als er sie erblickte. Ditwin hingegen, der jüngere, verfiel in jenes anzügliche Grinsen, mit dem er Elysa tags zuvor bedacht hatte, als sie zum Kirchendach hochschaute, um den Arbeitern beim Ausbessern zuzusehen.

»Ich suche den Laienbruder Gregorius«, sagte sie ein wenig zu hastig.

»Gregorius ist nicht zugegen.«

»Ist er auf dem Feld?«

»Was willst du von ihm?« Ditwin leckte sich über die Lippen, während er sie unverhohlen anstarrte. »Ich kann dir gewiss an seiner statt zu Diensten sein.«

»Die Dienste, die du im Sinn hast, sind es nicht, die ich verlange«, entgegnete Elysa erzürnt. »Rasch, antwortet! Wo ist Gregorius?«

»Fort«, antwortete nun Eberold, der Vater, und stach das Messer in einen Brotkanten.

»Die Priorin wird es zu ahnden wissen, wenn sie erfährt, mit welcher Unverfrorenheit ihre Arbeiter den Benediktinerinnen begegnen.«

»So?« Ditwin musterte sie eindringlich. »Die Priorin wird sicher wissen wollen, was eine Frau wie du in diesem Trakt verloren hat!«

Elysa dachte an das Vagantenlied und an die Nonne, die sie zwei Abende zuvor aus dem Haus hatte laufen sehen, als sie selbst beim Geläut zu den Vigilien durch das nördliche Querschiff ins Freie geflohen war. »Ich scheine nicht die Einzige zu sein, die diesen Trakt aufsucht«, bemerkte sie düster. »Doch die Verführung der Nonne, die euch des Nachts mit ihrer Anwesenheit bedachte, wird eine Strafe nach sich ziehen, die ungleich größer sein wird als meine.«

Ditwin sah sie erschrocken an und hob beschwichtigend die Hände. »Wir haben Gregorius seit gestern Morgen nicht mehr gesehen«, sagte er. »Er lag diese Nacht auch nicht auf seiner Schlafstatt.«

»Wo ist er hin?«, fragte Elysa mit zitternder Stimme.

Eberold zuckte die Schultern und riss mit den Zähnen die Brotkante vom Messer. »Das musst du die Priorin fragen«, meinte er gleichmütig kauend.

Von diesen Männern war nicht mehr zu erfahren. Aufgebracht verließ Elysa das Wohnhaus und schlich zum zweiten, vorsichtig, um dem Seelsorger nicht zu begegnen, doch das Gebäude war vollkommen verlassen. Auch in der kleinen Kapelle war niemand zu sehen.

Ein leichtes Schwindelgefühl erfasste Elysa, während sie die Möglichkeiten überdachte, die ihr noch blieben. Ratlos blickte sie gen Himmel. Es dämmerte gerade, das Licht war noch fahl. Doch kein Lufthauch rührte sich, kein Regentropfen fiel. Bald war die Laudes zu Ende, also schluckte sie ihre Enttäuschung hinunter und ging den Weg an der Kirchenmauer entlang zurück zur Pforte, die zum Klosterhof führte.

Das Torhaus war noch immer leer. Sollte sie auf die Pförtnerin warten und sie zum Verbleib von Gregorius befragen?

Nun erreichte sie auch wieder dieser klamme Frost, dem sie entflohen zu sein glaubte. Elysa trat von einem Fuß auf den anderen, vergebens. Die Kälte kroch durch die Lederhaut ihrer Schuhe die Beine hinauf.

Sie hatte kaum beschlossen, in die Krankenstube an den warmen Ofen zurückzukehren, da kam Otilie. Als Pförtnerin war sie von der Anwesenheitspflicht bei den Chorgebeten entbunden. Mit gesenktem Kopf eilte sie über den Hof und bemerkte Elysa erst, als sie fast vor ihr stand. Erschrocken fuhr sie auf. »Solltest du nicht besser dem Morgenlob folgen, statt im Müßiggang zu verharren?«

»Gewiss, Schwester, doch ich habe ein Anliegen, das keinen Aufschub erlaubt. Ich suche Gregorius, einen Laienbruder.«

»Gregorius?«, wiederholte Otilie gedehnt, und ihr Gesicht verriet, was sie über dieses befremdliche Ansinnen dachte. »Die Laienbrüder sind im Nordtrakt zu finden, der den Nonnen vorenthalten ist, oder auf dem Feld. Doch in diesem Fall weiß ich, dass er nicht zugegen ist. Bruder Gregorius überbringt eine Botschaft und wird erst in einigen Tagen zurückerwartet.«

2

Clemens war Gottfried zu einer der Gästezellen gefolgt. Und noch bevor dieser die Tür langsam öffnete und auf einen zusammengerollten, tief atmenden Mann zeigte, hatte den Kanonikus die furchtbare Ahnung überfallen, dass es der Laienbruder Gregorius war, der hier die Nachtruhe verbrachte.

Gottfried hatte Clemens das Versprechen geben müssen, den Laienbruder ohne jeden Verzug gleich in der Früh zurückzuschicken, zuvor aber mussten sie sich noch des Briefes annehmen, den Gregorius am Leib trug.

Es war nicht so einfach gewesen, das Siegel der erzbischöflichen Kanzlei zu lösen, doch Clemens war unterdessen erfahren in diesen Dingen. Über Stunden hatten er und Gottfried in der Schreibstube verbracht und im schummrigen Licht der Laterne einen neuen Brief aufgesetzt.

»Dafür wirst du im ewigen Feuer schmoren«, hatte Gottfried geschmunzelt, während der Federkiel über das Pergament glitt.

»Nicht, wenn ich damit verhindern kann, dass Gottes Sprachrohr ungehört verhallt.«

Während sie das neue Schreiben aufsetzten, hatte Gottfried über die Vorfreude berichtet, die Mainz von Tag zu Tag stärker in Erwartung des Kreuzzuges erfüllte, und es hatte sich eine hitzige Debatte entspannt, in der Gottfried versucht hatte, Clemens von der Notwendigkeit dieses Unterfangens zu überzeugen.

»Gott gab jenes Land in den Besitz der Söhne Israels«, hatte er Clemens beschworen. »Der Erlöser hat es durch seine Ankunft verherrlicht, durch seinen Lebenswandel geschmückt, durch sein Leiden geweiht, durch sein Sterben erlöst und durch sein Grab ausgezeichnet. Soll diese Königsstadt also von Menschen gehalten werden, die Gott nicht kennen?«

»Dem stimme ich zu«, hatte Clemens entgegengehalten, »doch wird das Unternehmen dem Papst nicht entgleiten? Die Welt befindet sich in einem Taumel. Wird der Papst dem Blutrausch Einhalt gebieten können, der sich in den Eroberern entfesselt, so wie es bereits in den Kreuzzügen zuvor geschehen war?«

»Dieses Mal irrst du. Der Kreuzfahrer reist als Büßer, als einfacher Pilger, nicht zur Vernichtung, wohl aber um jenes Land zu schützen, in dem der Sohn Gottes die Marter des Kreuzes ertrug. Er nimmt die Mühen dieser Reise mit reumütigem Herzen und demütigem Sinn auf sich, im aufrichtigen Glauben. Auch steht diesem Kreuzzug Kaiser Friedrich Barbarossa vor. Er ist als Feldherr erfahren und vermag, seine Mannen im Zaum zu halten.«

»Doch auch die Flut einfacher Menschen, die sich dem Zug anschließen und sich mit Keule und Beil bewaffnet auf den Weg machen?« Clemens hatte heftig den Kopf geschüttelt. »Und bedenke, dass sich mit dem Kaiser ein Mann an die Spitze einer geheiligten Sache stellt, der nur wenige Jahre zuvor den Papst als Erfüllungsgehilfen tituliert hat und die christliche Welt mit drei aufeinander folgenden Gegenpäpsten spaltete.«

»Das ist lange her. Friedrich ist müde geworden und ergibt sich eher den Pflichten der Repräsentation.«

»Du redest von einem Mann, der seit jeher im Verlangen brennt, sich Rom und das gesamte Römische Reich zu unterwerfen. Der die volle Macht über Rom einforderte, unter Ausschluss und Missachtung der päpstlichen Hoheitsrechte. Hast du vergessen, dass er einst auf dem Konzil von Pavia das Recht der Mitentscheidung der Papstfrage für sich beanspruchte?«

»Du warst noch ein Kind zu dieser Zeit.«

»Doch wachen Geistes, denn mein Großonkel lehrte mich bereits früh, die Zusammenhänge zu sehen. Und nun überdenke, was du Repräsentationspflichten nennst, obgleich sich der Kaiser herausnimmt, die Bischöfe mit der Regalieninvestitur noch vor der Weihe des Papstes zu erheben.«

Sie hatten alsbald das Thema gewechselt, bevor der Disput allzu hitzig werden konnte, und die Schreibstube verlassen, um dem schlafenden Boten den vertauschten Brief zuzustecken. Nun würde der Exorzist von Clemens' außerordentlicher Befähigung erfahren und der Echtheit des Briefes, den er der Priorin überreicht hatte.

Radulf von Braunshorn, Gesandter des Teufels. Als Clemens erfahren hatte, dass man ihn nach Eibingen geschickt hatte, war ihm augenblicklich deutlich geworden, wer die Schlangen waren, die sich der Vision bemächtigen wollten. Von Beginn an hatte er die Vermutung gehabt, dass es hohe Kirchenfürsten waren, die das Wort der Prophetin fürchteten. Doch warum? Was enthielt die letzte Botschaft, und woher wussten sie von dessen Inhalt, dass sie einen Mönch folterten, um ihre Verbreitung zu verhindern? Um das zu erfahren, musste er zum Rupertsberg. Je länger er nachdachte, desto sicherer erschien es ihm, dass dort die Verschwörung ihren Lauf nahm.

Doch auch in Eibingen lagen einige Dinge im Dunkeln.

Hastig verdrängte der Kanonikus das schmerzhafte Gefühl der Sorge um Elysa von Bergheim, deren Wesen sein Herz auf eigentümliche Weise berührt hatte. Er hoffte, dass sie bei ihren Ermittlungen vorsichtig vorging. Die Prälaten waren in die Vorfälle verstrickt, soviel war gewiss, doch sie waren in jenen Tagen nicht zugegen gewesen, als der Mönch gestorben war und die Kirche gebrannt hatte. Es musste jemanden im Kloster geben, der ihnen in die Hände spielte.

Clemens waren nur noch wenige Stunden Schlaf vergönnt gewesen, die er in Gottfrieds Tageswohnung in einem der Häuser am Stephansberg verbrachte, um den anderen Stiftsherren nicht zu begegnen.

Noch bevor der Tag die Nacht vollends verdrängte, hatte er sich erhoben und war hinkend zu den Ställen gegangen, um sich, kaum erfrischt, doch in sauberer Kleidung und mit sorgfältig verbundenem Bein, auf den Weg zum Rupertsberg zu machen.

3

Wie lange schon hatte die Schicksalsmacht der Fortuna sie verlassen? Wie sollte sie nun ohne Gregorius' Hilfe ihre Truhen finden und den Weg zur Burg antreten?

Niedergedrückt überquerte Elysa den Klosterhof, als im nächsten Augenblick die Laudes vorüber war und die Nonnen aus dem Westportal der Kirche strömten. Unter ihnen war Margarete, die sich verspätet in den Nonnenchor geschlichen haben musste.

Margaretes Antlitz leuchtete auf, erleichtert und zugleich fragend, als sie ihrer ansichtig wurde. Elysa eilte zu ihr, die Stufen der Kirche empor, auf denen sich die Nonnen nun aufstellten, als erwarteten sie eine Prozession.

»Warum bist du noch hier?«, flüsterte Margarete.

»Der Laienbruder ist fort, und ohne seine Hilfe kann ich nicht gehen«, erklärte Elysa resigniert. »Aber so Gott will, erinnert er sich seines Versprechens und kehrt zeitig zurück.« Dann deutete sie auf die umstehenden Nonnen. »Worauf warten sie?«

»Auf das gerechte Urteil des Herrn. Sie wollen Ida prüfen.«

»Die blinde Ida?«

Margarete blickte sich hastig um. »Während du noch gegen das Gift gekämpft hast, kam es im Kapitelsaal zu einem Aufruhr. Ida wurde beschuldigt, den Kirchenbrand mit dämonischen Kräften gestoppt zu haben.«

»Und was ist die Wahrheit?«

»Das weiß nur der Herr. Wir waren in den Kreuzgarten gerannt, zu jener Zeit, als die Kirche brannte. Dort stand Ida, den Flammen ganz nah, mit zum Himmel erhobenen Armen, und rief unverständliche Worte. Kurz darauf erlosch das Feuer, als hätte es das auf ihre Beschwörungen hin getan. «

»Hatte es geregnet?«

»Nein, es ging ein leichter Wind. Ida behauptet, es wäre Gottes Hilfe, um die sie gefleht hatte.«

Elysa nickte. Vielleicht hatte Ida magische Formeln gesprochen, vielleicht hatte sie darin vor Gott gefehlt. Doch war es nicht eine christliche Tat gewesen, ein Haus Gottes vor dem Untergang zu bewahren? Selbst der heilige Bernhard von Clairvaux hatte magische Sprüche um den Hals getragen und kleine Briefe verschickt, die mit Zauber das Böse abhalten sollten. Wollte man der blinden Nonne die Anrufung dieser Kräfte wirklich vorwerfen? »Wäre es nicht dringlicher gewesen, sich zu fragen, wer den Brand verursachte?«

»Die Dämonen«, fuhr Margarete erregt flüsternd fort, »die mit dem Mönch ins Kloster gekommen sind – wer will sie dafür schon anklagen? O Elysa, ich vermag dem nicht standzuhalten. Ida mag eine schreckliche Person sein, aber sie ist gewiss nicht des Teufels! Das alles hatte mit dem Mönch seinen Anfang genommen und nahm seinen Fortgang, als ich ihm das Pergament stahl.« Sie sah Elysa aufgebracht an. »Ich habe gebeichtet, doch die Sünde verbrennt noch immer mein Herz. Dieses Pergament ist es, das uns Unheil bringt.«

»Das Pergament? Es wird unmöglich teuflische Kräfte haben.«

»Ja, siehst du es denn nicht? Wir hatten es in den Händen, und wir beide waren des Todes. Gerettet wurden wir allein durch Gottes Barmherzigkeit.«

Elysa wollte etwas erwidern, doch in diesem Moment erhob sich aufgeregtes Gemurmel. Sie folgte den Blicken der Nonnen und bemerkte eine kleine Prozession, an der Spitze der Exorzist, dicht gefolgt vom Seelsorger und der Priorin. Dahinter Ida, ohne Stock, geführt von einer Nonne.

Ida ging gemessenen Schrittes, das Haupt aufrecht, auf den Lippen ein Lächeln.

Als der Zug vor den Stufen der Kirche zum Stehen kam, sah Elysa die Bosheit in den Augen mancher Nonnen, die dieses Treiben offenbar für eine gerechte Strafe hielten, allen voran die Oblatin Anna. Sie tuschelten verhalten, eine von ihnen zischte: »Sie ist eine Närrin, aufgeblasen vor Stolz. Seht, wie sie ihr Martyrium genießt!«

Der scharfe Ton der Glocke ließ das Keifen der Frauen verstummen. Elysa unterdrückte das Verlangen, sich die Hände auf die Ohren zu pressen, und blickte hinauf zum Glockenturm, dessen heller Stein sich vom dunklen, wolkenverhangenen Himmel abhob und dessen baufälliges Dach auf dieser Seite große Lücken aufwies.

Der absonderliche Figurenfries des Turmes lenkte ihre Aufmerksamkeit von dem erbarmungswürdigen Schauspiel vor der Kirchentreppe ab. Wie auf der südlichen Turmseite war ein bärtiger Mann in die Mitte gemeißelt, hier jedoch kniend, die rechte Hand nach oben vor das emporblickende Gesicht haltend. Zu seiner Rechten war ein gehörntes Opfertier zu sehen, zu der Linken aber – Elysa entfuhr ein überraschter Ausruf – ein großes Rad mit kreuzförmigen Speichen, daneben eine menschliche Halbfigur mit über der Brust gefalteten Händen. Laut antiken Schreibern war das Rad die Entsprechung der Sonne, die Halbfigur die des Mondes, das war Elysa bekannt, doch welch ungewöhnlicher Schmuck in einem Kloster. Die Astronomie, Teil der *artes liberales,* dargestellt neben ins Lachhafte verzerrten Heidenpriestern! Wollten die Erbauer dieses Turmes über die vielerorts geächtete Lehre der Astrologie spotten, oder eiferten sie ihr nach?

Das Läuten verklang. Mit dem Verhallen des letzten Glockenschlages setzte sich die Prozession in Bewegung, schritt die Stufen hinauf und betrat die Kirche.

Die Pfützen des vorangegangenen Tages waren nahezu getrocknet. Die Nonnen stellten sich im Chorraum auf, flankierten den Gang seitlich des Gestühls.

Vor dem Altar lag das rotglühende Eisen, mit den Enden auf zwei Steinblöcken. Humbert von Ulmen sprach den Segen und sprengte Weihwasser, so dass es zischte.

Dann trat Radulf von Braunshorn vor Ida und beschwor sie, die Wahrheit über jene Nacht zu sagen, in der das Feuer erloschen war.

»Der Heilige Geist ist wie ein Feuer, das bald in Flammen erscheint, bald erlischt«, erklärte Ida. »Er ist das Feuer und das Leben. Ich Armselige habe meinen Blick nur auf das wahre Licht gerichtet und wurde erhört.«

»So willst du nicht gestehen«, entgegnete Radulf mit mildem Bedauern. »Es wird dir heute sehr leid tun, dass du hier gegen Gott stehst und die Wahrheit verleugnet hast.« Er breitete die Arme aus und rief mit fester Stimme: »Ich will eine Rute und Geißel gegen die Lügnerin sein, die eine Tochter des Teufels ist. Denn der Teufel verfolgt die Gerechtigkeit Gottes. Sie wird das glühende Eisen fassen und drei Schritte tragen müssen. Wenn das Eisen vorher fällt oder ihre Haut aufs Übelste verbrennt, so ist ihre Schuld erwiesen, doch heilen die Hände innerhalb von drei Tagen, so ist sie von der Schuld befreit. Durch diese Tatsachen soll die Wahrheit bewiesen werden.«

Die Worte hallten durch das Kirchenschiff. Die Nonnen schwiegen ernst, auch diejenigen, die sich noch vor der Kirche ereifert hatten. Anna hielt den Kopf gesenkt.

Elysas Herz schien zu zerspringen. Das Eisen glühte rot. Wie sollte Ida es tragen, ohne einen Schaden zu nehmen? Sie würde scheitern, noch nie hatte sie von jemandem gehört, der diesem Urteil standgehalten hatte.

Unweit von Ida stand Priorin Agnes, die Augen gesenkt. »Gott gebe dir als Gehilfin die mildeste Mutter, die Barmherzigkeit«, sagte sie leise. Auch der Exorzist hatte es gehört, doch sein tadelnder Blick vermochte die Priorin nicht zu erreichen.

»So lasst uns nun Gottes Ratschluss erfahren.«

Humbert von Ulmen segnete erneut das Eisen, führte Ida zu der Stelle, von der aus sie es nehmen und voranschreiten sollte, und stimmte zum Gesang der Psalmen an.

Ida, die im Gebet verharrt hatte, bückte sich, während sich ihre Hände dem glühenden Eisen näherten, um es schließlich entschlossen zu ergreifen. Hatte sie sich die ganze Nacht in tiefer Meditation auf diesen Moment vorbereitet, so war ihr nun anzusehen, dass der Schmerz sie augenblicklich aus der Innenschau riss. Ihr Blick verzerrte sich, sie begann zu schwanken und schien mit dem Eisen in Richtung der Nonnen zu fallen, die kreischend auseinanderstoben. Dann aber fasste sie sich und tat den ersten Schritt, sodann den zweiten. Geraden Weges, als könne sie sehen, das Antlitz auf seltsame Weise erleuchtet, bis sie schließlich den dritten Schritt vollendete und das glühende Eisen auf den Steinboden fallen ließ, wo es in einer Pfütze zischend verglomm.

Stöhnend erhob Ida die Hände zum Himmel, dabei entfuhr ihr der Schrei, den sie anfangs unterdrückt hatte – er war laut und durchdringend, spülte all den Schmerz an die Oberfläche und erschütterte Elysa bis ins Mark. Doch um wie viel schlimmer bestürzten sie die Wundmale! Die Handflächen der Blinden waren versengt, die Haut schwarz verbrannt. Ein unerträglicher, süßlicher Geruch breitete sich in der Kirche aus. Margarete schreckte tränenüberströmt auf und flüsterte: »Ich kenne diesen Geruch!«

In diesem Augenblick riss der dichte Wolkenvorhang auf. Die Sonne fiel strahlend durch das offene Kirchendach, glitt über Idas erhobene Hände und erhellte den Saal.

Später, als die Nonnen sich aufgeregt wispernd über den Vorfall unterhielten, vermochten sie nicht mehr zu sagen, ob Idas Antlitz tatsächlich selbst zu leuchten begonnen hatte oder ob es nur das Licht der Sonne gewesen war, denn stand die Sonne um diese Zeit nicht weiter im Osten?

Doch in diesem Moment, als Ida erstrahlte, fuhren Worte aus ihrem Mund, welche die anderen nicht zu verstehen wussten.

»*Aigonz est Ophalin*«, rief die Blinde verzückt aus, und es klang beinahe, als würde sie singen. Dann veränderte sich ihre Stimme, wurde glockenklar wie die eines Kindes. »O himmlische Töchter! Getränkt aus dem unausschöpfbaren, ins ewige Licht übersprudelnden Quell, entzündet an der nie verlöschenden Leuchte des Wortes Gottes, sucht ihr unermüdlich in reinem Glauben, was Gottes ist, und verlangt danach, es zu finden. So höret folgende Worte: Die Liebe ist ein nie verlöschendes Feuer. Aus ihm haben die Funken des wahren Glaubens ihr Feuer, die in den Herzen der Gläubigen brennen. Daher muss der Mensch unter schmerzlichem Seufzen in reuevoller Zerknirschung oder mit geziemender Strafe seine Sünden sühnen und sich Gottes Gnade verdienen. Die jedoch ein so verhärtetes Herz haben, dass sie ihre Sünden nicht in der Furcht und im Schmerz der Reue anerkennen möchten und wollen, sondern in so großer Bosheit verharren, als ob Gott sie zu fürchten hätten, erlangen die Läuterung von ihren Sünden weder in diesem noch im künftigen Leben. Sie erhalten vielmehr die Strafen ohne den Trost auf Läuterung zum Leben.«

Dann drehte Ida sich plötzlich um und sah mit milchigen Augen zu dem Platz, an dem Radulf von Braunshorn stand.

»Du sollst Gott nicht versuchen, denn die Ihn versuchen,

gehen zugrunde«, donnerte sie, nun mit tiefer Stimme. Einen Moment später brach sie zusammen.

Nur einen kurzen Augenblick noch reflektierte die Sonne den Schein des nassglänzenden Bodens unter ihrem Leib, dann zogen sich die Wolken wieder zu.

4

Während die anderen noch immer in Bestürzung verharrten, raffte Margarete das Wollhabit und eilte aus dem südlichen Portal hinaus auf den Kreuzgang.

Es waren Hildegards Worte, die Ida soeben gesprochen hatte, die selige Prophetin hatte sich die blinde Nonne als ihr Sprachrohr erwählt, und die Botschaft war klar und deutlich.

Sie, Margarete, würde nun dafür sorgen, dass der Kampf mit dem Teufel und dessen Versuchungen ein für alle Mal vorbei sein würde. Das Böse kam mit dem Pergament, das hatte sich heute noch bestätigt. Als dieser furchtbare süßlich-ranzige Geruch den Kirchensaal erfüllte, wusste sie, dass es anwesend war, denn es war eben dieser Geruch, den damals auch Adalbert verströmt hatte.

Der Himmel war schwarz, in der Ferne erklang Donner. Im Donner lag das Feuer des Gerichts, Kälte und übler Geruch. Die Elemente brauten sich zusammen. Margarete musste sie beruhigen, ihnen ein Opfer bringen. Sie würde das Pergament nicht zur Priorin bringen, die dem Exorzisten zugetan war und ihm selbst ihre treueste Dienerin preisgab. Lieber wollte sie die Strafe für den Ungehorsam auf sich nehmen, als das gesamte Kloster ins Verderben zu stürzen.

Margarete würde das Pergament unverzüglich vernichten und darauf hoffen, dass es über den Rauch des Feuers in den Himmel entfloh, um hoch oben bessere Dienste zu leisten.

Der Weg über das Außengelände war morastig. Beinahe wäre Margarete gefallen, doch sie fand Halt und ging ruhiger weiter.

Bei der Backstube griff sie mit gichtigen Fingern in die Mauerritze und stockte. Die Fuge war leer. Eine entsetzliche Welle der Angst rollte in ihr hoch. War jemand vor ihr da gewesen und hatte das Fragment entwendet? Rastlos wanderten ihre Augen über das Gemäuer. Ein Stück weiter zur rechten Seite, blitzte da nicht etwas Helles hervor?

Tatsächlich! Margarete schüttelte den Kopf angesichts ihrer Verwirrtheit und stieß einen Seufzer der Erleichterung aus, als sie das gefaltete Leinentuch in den Händen hielt. Für einen Augenblick zögerte sie und dachte an Elysa, die dem Pergament große Bedeutung zugemessen hatte. Doch wäre es dann nicht umso schrecklicher, wenn es in falsche Hände geriete?

Entschlossen wandte Margarete sich um und ging den Weg zurück in Richtung Kirche, langsam, um sicher zu sein, dass dort niemand mehr zugegen war.

Keine der anderen Nonnen bemerkte, wie Margarete über den Kreuzgang durch das südliche Portal in die Kirche schlüpfte, zu groß war die Aufregung über die Geschehnisse, die sie flüsternd zu besprechen suchten.

Der Kirchensaal war leer, als Margarete sich vor den am Kreuz hängenden Christus verneigte, um gleich darauf das Leinentuch in der Kerzenflamme des großen Leuchters beim Altar zu entzünden und es mit spitzen Fingern zu halten, bis sich das Feuer durch das Tuch gefressen hatte und es fast vollständig verschlungen war. Dann erst ließ sie es fallen und beobachtete, wie auch das letzte Stück sanft zu Asche verglomm.

Margarete lächelte. Sie war zufrieden.

5

Jutta hatte Ida die Hände auf Geheiß des Exorzisten mit geweihtem Wachs versiegelt und mit Tuch verbunden. Radulf hatte ihr verboten, die Versiegelung zu öffnen, um die Wunden mit Tinkturen zu bestreichen oder zu salben. Denn noch sei nichts entschieden. Erst die Schnelligkeit der Heilung war Gradmesser für das Urteil, nicht die Kraft, die sie in der Erfüllung der Aufgabe gezeigt hatte oder gar die Bedeutung des Lichtes, das nach der Prozedur über Idas Wunden und Gesicht gestrichen hatte.

Ida lag regungslos auf einem der Krankenlager. Ab und an entfuhr ihr ein Wimmern.

Elysa stand stumm in gebührlichem Abstand zur Medica.

Die Tür wurde aufgestoßen, und mit Margarete drang eisige Luft in die Krankenstube. Ihr Gesicht strahlte in großer Zufriedenheit, doch als sie Ida erblickte, verwandelte sich das Leuchten in respektvolle Ehrfurcht.

Sie kniete sich an das Krankenbett, strich über Idas verbundene Hände und flüsterte: »Es ist vorbei. Ich habe meine Sünden in der Furcht und im Schmerz der Reue anerkannt.«

Elysa merkte auf. »Was hast du getan?«

Margarete war anzusehen, dass sie sich der Antwort lieber entzogen hätte. Sie verharrte schweigend und blickte ausweichend zum Boden. Dann begann sie stockend: »Ich habe schwer mit mir gerungen, so manche Nacht voller Zweifel durchwacht. Nun aber, da Ida vor aller Augen auf geweihtem Boden von einer Vision heimgesucht wurde und mit den Worten der Meisterin sprach, wurde mir offenbar, was zu tun war. Also ging ich, das Pergament zu holen, um es vor dem Altar in Angesicht des Gottessohnes am Kreuz zu verbrennen, um dem Herrn zu gefallen und das Unglück von uns zu wenden.«

Elysa starrte sie an. »Du hast das Pergament verbrannt? Wie konntest du das tun?«

Margarete biss sich auf die Lippen. »Es war das einzig Richtige.«

»Du Närrin! So hast du uns der einzigen Möglichkeit beraubt, die Vorfälle zu beenden!« Elysa spürte eine heiße Furcht in sich aufwallen.

»Ich *habe* sie beendet«, entgegnete Margarete trotzig.

»Nein, Margarete«, erwiderte Elysa voller Zorn, »denn der Mönch, der das Pergament in der Stunde seines Todes umklammerte, war ein Vertrauter der Heiligen, und die Worte, die er wirr von sich gab, waren vermutlich Worte der *Lingua Ignota*, jener Sprache, in der Hildegard sich mit dem damaligen Abt von Zwiefalten verständigte. Wenn nun die seltsamen Buchstaben auf dem Pergament eine Botschaft waren? Gar eine Botschaft der seligen Hildegard? Der Teufel war in Menschengestalt erschienen, um sich des Pergaments zu bemächtigen, denn er fürchtete die Wahrheit, die in ihm stand!«

Margarete schaute sie argwöhnisch an. »Du urteilst aufgrund voreiliger Vermutungen.«

»Vermutungen, die Clemens von Hagen bei seiner Rückkehr als Tatsache bezeugen wird. Denn sein Ansinnen, der Priorin mit einer Untersuchung zur Hilfe zu eilen, war getrieben von der Furcht, Hildegards Vermächtnis würde zerstört und in den Schmutz gezogen. Nun, in einem Punkt hat sich seine schlimme Vorahnung erfüllt: Nicht alles, was Hildegard der Christenheit vermachen wollte, wird jemals in die Welt getragen. Denn sollte das verbrannte Pergament aus dem Rupertsberger Kloster stammen, so war seine Botschaft gewiss von Hildegard. Nun frage ich dich, Margarete, auch wenn du im reinen Bestreben gehandelt hast: Wie soll nun die Posaune vom Firmament der Gerechtigkeit Gottes schallen, damit die Menschheit die verlorene Botschaft erhört?«

Margarete erbleichte. »Der Herr stehe uns bei«, flüsterte sie.

»Schweigt!«, rief Jutta, legte den Finger auf den Mund und zeigte zu Ida, die noch immer mit verschlossenen Lidern lag. »Lasst uns im Kreuzgang wandeln und über das Gesagte meditieren.«

Der Tag war schwarz bewölkt, in der Ferne grollte unablässig der Donner. Hoch oben auf dem Dach hämmerten die Handwerker unwirklichen Schatten gleich.

Die drei Frauen gingen langsam, umrundeten den Kreuzhof, zunächst schweigend, dann ergriff Jutta das Wort.

»Es sind schwere Vorwürfe, die du erhebst, Elysa, und du ereiferst dich in Spekulationen.«

»Es sind keine Spekulationen, ehrwürdige Schwester«, erwiderte Elysa. »Lange suchte ich im Dunkeln, doch nun ergibt alles einen Sinn.« Sie blieb stehen und sah die Medica eindringlich an. »Der Mönch war auf der Suche nach einer Antwort hier im Kloster, dessen bin ich mir gewiss. Und er war ein Vertrauter der Prophetin, denn er kam jedes Jahr zum Hildegardisfest. Als Bote des Klosters Zwiefalten verstand er die seltsame Sprache, die unvollständig im Codex einging, der Hildegards Werke zusammenfasst. Adalbert hielt das Pergament in der Todesstunde fest umklammert, als gälte es, etwas zu verteidigen.« Sie dachte an das Fragment, das sie in der Krypta in Händen gehalten hatte, und wandte sich an Margarete. »Du selbst hast das Pergament gesehen, es enthielt eine lateinische Schrift und eine überaus kostbare Miniatur, doch es war noch etwas darauf verborgen – in einer geheimen Schrift und erst später sichtbar gemacht. Nun, es liegt nahe, dass Adalbert in diesem Kloster nach etwas suchte, was dieses Fragment erklärte. Jemand hat ihn getötet, auf welche Art ist uns verschlossen. Doch wer ihn getötet hat, war auf der Suche nach der Botschaft des Pergaments. Er hat sich eines Teils davon bemächtigt und kam, um auch den Rest an sich zu reißen.«

Margaretes Gesicht verzog sich vor Angst und Kummer. »Herr im Himmel, der Teufel hat mir einen üblen Streich gespielt, als er mich lenkte, um das Einzige zu vernichten, was dem Mönch noch blieb.«

»In der Tat. Du siehst, Jutta, du tadeltest mich zu Unrecht. Auch wenn ich aus Hochmut handelte, als ich mich als Anwärterin ausgab, so wäre es nicht minder hochmütig, über die Vorfälle den Schleier des Schweigens zu decken.« Elysa betrachtete Margaretes eingesunkenes Antlitz. »Wir können den Verlust des Fragments nicht ungeschehen machen. Dennoch müssen wir uns endlich aufraffen, die Vorfälle zu untersuchen, die schwarzen Schafe von der Herde zu trennen, damit nicht die ganze Herde zugrunde geht. Wer also könnte den Mönch gemeuchelt haben, wer legte das Feuer und warum?«

Etwas hatte sich verändert seit diesem Morgen. Elysa konnte nicht sagen, was es war. Doch sie spürte, dass sie Gregorius einer glücklichen Fügung zufolge nicht angetroffen hatte. Sie würde bleiben. Nicht, um einer ungewissen Zukunft auf Burg Bergheim zu entgehen, sondern weil das Schicksal dieses Klosters ihr am Herzen lag.

»Ich sehe ein, im Urteil zu dir gefehlt zu haben«, begann Jutta zögernd. »So lasst uns nachdenken, wer diese missliche Lage herbeigeführt hat. Radulf von Braunshorn kann es nicht gewesen sein, auch wenn ich ihm und seiner Macht misstraue. Er verbreitet den Geruch der Angst, ist grausam und verabscheuungswürdig. Doch die Vorfälle hatten begonnen, bevor er das Kloster betrat.«

Margarete befühlte ängstlich das Kreuz um ihren Hals. »Adalbert hing ein eigenartiger Geruch an, der auch heute die Kirche durchströmte, als Ida das glühende Eisen trug. War es der Atem des Teufels?«

»Nein«, erwiderte Jutta. »Ich habe den Geruch ebenfalls wahrgenommen, beim Mönch und in der Kirche. Doch erst nach reiflicher Überlegung weiß ich, woran er mich erinnert: Es war der süßliche Atem verbrannten Fleisches. Er haftete Adalbert an, als er das Kloster durch die Pforte betrat.«

»Verbranntes Fleisch?« Es war entsetzlich. Denn was anderes konnte es bedeuten, als dass die Haut des Mönches am lebendigen Leib verbrannt worden war. »Der Verfall innerhalb kurzer Zeit«, flüsterte Elysa, »das ausgezehrte Gesicht ohne Wimpern und Augenbrauen, die weißen Haare …«

Unlängst hatte sie in Mainz einer öffentlichen Verhandlung beigewohnt, die sie zutiefst erschüttert hatte. Ein Ketzer war angeklagt worden, aufs Schlimmste zugerichtet, ausgemergelt und dürr. Er war geständig gewesen, doch bebend vor Angst.

»Ist es möglich, dass Adalbert gefoltert wurde?«

Sie verharrten in Schweigen. Eine Laienschwester kam vom schmalen Gang des äußeren Bezirks hergeeilt und verschwand im Refektorium.

Kaum war sie außer Sicht, bestätigte Jutta diese Überlegung. »Wenn man dem Körper über lange Zeit die Nahrung entzieht, wird er dürr und trocken. Adalberts Haut roch verbrannt, er war in großer Furcht, und auch die durch Furcht hervorgehenden Tränen steigen auf in einem bitteren Rauch, trocknen das Blut aus und schädigen den Menschen. Ein unermesslicher Schock nimmt dem Haar seine Farbe, indem die noch dunklen, alten sich vorzeitig lösen und nur die neueren hellen noch Halt finden.

Überschreitet dann das Trockene des Körpers das Lauwarme und das Lauwarme das Feuchte, so wird dieser Mensch auch krank im Geist. Der Mönch sprach wirr, seine Augen blickten unstet. Ja, in der Tat, Adalbert von Zwiefalten ist gefoltert worden.«

Elysa nickte. »So ist es von äußerster Wichtigkeit, herauszufinden, warum und welche Rolle das Pergament darin spielt.«

6

Der Weg führte entlang einer Römerstraße in Richtung Bingen, durch dichte Wälder aus Eichen, Buchen und hohem Gestrüpp. An manchen Stellen schimmerten die dunklen Wasser des Rheins durch die Bäume.

Anfangs war der Kanonikus etlichen Menschen und Tieren begegnet, einem Trupp Holzfäller, zwei Frauen mit einem Korb voller Reisig sowie verwahrlosten Kindern mit einer wilden Ziege.

Doch je weiter er ritt, desto weniger Menschen traf er an, was verwunderlich war, denn diese Straße war für Kaufleute und andere Reisende die einzige Verbindung zwischen Mainz und Bingen und von dort aus weiter nach Trier. Alle, auch Erzbischöfe und der Kaiser, mussten dieser Straße folgen, wenn sie nicht durch die undurchdringlichen Wälder ziehen oder mit einem Boot den Rhein hinab reisen wollten. Die Regenfälle aber hatten die Straße an manchen Stellen für Fuhrwerke unpassierbar gemacht, die Menschen blieben in den Siedlungen oder verharrten im Wald.

Nun lichteten sich die Baumreihen. Schon von weitem war die Kaiserpfalz Ingelheim zu sehen, an der die Straße nach Bingen vorbeiführte. Vor Jahren prachtvoll erneuert, thronte die Pfalz über der weiten Rheinebene und den umliegenden Höfen. Ihr gegenüber, am anderen Ufer des Rheins, lag ein Weinberg, der

Johannes dem Täufer geweiht war. Auf dessen Kuppe war ein Kloster errichtet worden, dessen Mönche sich zur Erbauung dem Weinbau widmeten.

Schon oft war Clemens von Hagen an der Ingelheimer Pfalz vorbeigeritten, jedes Mal aufs Neue beeindruckt von der Größe und Stattlichkeit der Gebäude und von der städtischen Anmutung der *Aula regis*, des einschiffigen Apsidensaals nach Vorbild antiker Basiliken, mit Hauptzugang im Norden und Thronapsis am südlichen Saalende.

Der Kaiser hatte die Pfalz in den letzten Jahren zu einer burgartigen Befestigung ausbauen und mit Wehrmauern und tief gezogenen Gräben versehen lassen, obgleich man ihn nur selten hier erwartete.

Vor wenigen Jahren war auch Clemens zu Gast in der Pfalz gewesen, und während er der Straße folgte, erinnerte er sich jener Tage, als der Kaiser sein Kommen angekündigt hatte und Kaufleute, Fürsten und Bischöfe neben Vaganten, Würfelspielern, Narren und Huren herbeigeströmt waren, um Friedrich Barbarossa zu unterhalten, sich mit ihm auszutauschen oder über Privilegien zu verhandeln.

Die umliegenden Höfe hatten sich auf die Ankunft des Hofstaates vorbereitet, sie hatten Hunderte Schweine und Schafe geschlachtet und etliche Fuder Wein und Bier, tausend Malter Korn, Fische, Eier, Gemüse und vieles mehr gebracht. Clemens hatte auch vom Wein des gegenüberliegenden Berges gekostet, der betörend war und fruchtig.

Die unliebsamen Anhänger und Schmarotzer jedoch hatten sich mit schlechtem, unausgebackenem Brot und stinkenden alten Fischen begnügen müssen, denn die feinen Leckereien waren ausschließlich den weltlichen und geistigen Fürsten vorbehalten gewesen.

Auch Radulf von Braunshorn war bei diesem Aufenthalt zugegen gewesen. Er hatte sich als enger Vertrauter des Papstes als auch des Kaisers ausgegeben und erntete den offenen Neid eines Kapellans, der bereits als kaiserlicher Legat in Burgund war und dort der Kaiserin Beatrix als Notar diente. Ein anderer hatte sich der Dienste des Kaisers gerühmt, als er in jungen Jahren im Auftrag Barbarossas die Gesandten des byzantinischen Herrschers zurück nach Konstantinopel begleitet hatte, um die Absichten des Kaisers Manuel Komnenos auszukundschaften. Sie alle hatten sich als Belohnung ein Bistum oder eine einflussreiche Stelle erhofft. Auch der Vorgänger des Probstes von St. Stephan in Mainz war einst ein Günstling gewesen, der sich mit außerordentlichen Dienstleistungen das Amt als Lohn verdient hatte. Manch einer aber hoffte seit Jahren vergeblich und erging sich nun in Schwärmerei über die vergangenen glorreichen Zeiten.

Doch auch wenn vereinzelt Diener von der Ankunft des Kaisers gemunkelt hatten, so hatte ihn in diesen Tagen niemand zu Gesicht bekommen. Die hohen Gäste hatten sich enttäuscht der Völlerei und Trunksucht ergeben und in die Lieder der Vaganten mit eingestimmt. Am Abend war eine derbe Schlägerei entstanden, was Clemens, der damals dem Kaiser eine erzbischöfliche Urkunde vorzulegen hatte, Anlass zur vorzeitigen Abreise gegeben hatte.

Während Clemens nun an der kaiserlichen Pfalz vorbeiritt, erinnerte er sich der prächtigen Ausarbeitungen der neugestalteten Gebäude, der Ausschmückungen des Kirchenbaus mit mächtigen, imperialen Rundbögen. Des Reliefs am nördlichen Chortürmchen, das einen Löwen zeigte, der mit den Vorderpfoten ein Lamm umschließt. Reißt er es, oder wirft er sich schützend darüber?

Die Straße führte Clemens durch ein Dorf, an langgestreckten Häusern vorbei, die giebelseitig zur Straße standen, ein Vicus, in dem sich Handwerker, Händler und Dienstleister zusammenschlossen. Vor einem der Häuser saß ein alter Mann mit dümmlichem Ausdruck, um ihn herum spielende Kinder mit rotgefrorenen Gesichtern.

Einen kurzen Augenblick dachte Clemens daran, anzuhalten und das Pferd in einer kurzen Rast zu schonen.

Dann aber trieb er es an. Solange es ohne Zaudern lief, würde er weiterreiten. Er kam gut voran und könnte den Rupertsberg noch vor Anbruch der Dunkelheit erreichen.

7

Elysa erklomm die Wendeltreppe zum Skriptorium, um das, was ihr noch im Gedächtnis war, niederzuschreiben. Freilich nur die lateinischen Worte, die ohnehin bedeutungslos sein würden, die eigentümliche Schrift hingegen war für immer verloren.

Margarete folgte ihr dichtauf, mit sichtlichem Unbehagen, an den Ort des Schreckens zurückzukehren. Sie hatte eine Laterne mitgenommen, die flackernd leuchtete.

Elysa blies den Staub von den beiden Schreibpulten, die unter dem Fenster zur Westseite standen, und setzte sich an jenes, das einen freien Blick auf die Wendeltreppe gewährte. Während sie sich insgeheim tadelte, Margarete nicht schon früher über ihre Vermutungen zum Pergament aufgeklärt zu haben, erinnerte sie sich plötzlich an die eisenbeschlagene Truhe unter dem Fenster auf der gegenüberliegenden Seite, die sie gestern vergeblich zu öffnen versucht hatte.

»Was ist in der großen Truhe dort?«, fragte sie Margarete, die sich soeben nach Pergament, Federkiel und Tinte umsah.

»Das ist die Archivtruhe. Sie enthält die Klosterannalen, in die noch vor Jahren alles einfloss, was im Kloster vorging. Den Schlüssel dazu hütet die Priorin. Ich kann sie danach fragen, wenn es uns dienlich ist.«

»Unter welchem Vorwand willst du fragen?«

»Dass ich danach strebe, die Annalen um all die Vorkommnisse der letzten Wochen zu ergänzen.« Margarete seufzte. »Doch ich fürchte, sie wird es nicht gelten lassen. Es ist lange her, dass sie eine Nonne dazu ermunterte, im Skriptorium zu arbeiten. Allein die Korrespondenz, die sie selbst vornimmt, wird nicht im Skriptorium geschrieben, sondern in ihrer Zelle. Ich sah, dass sie dort eigens zu diesem Zwecke eines der Schreibpulte aus dem Skriptorium entfernen und bei sich aufstellen ließ.«

»Ich komme nicht umhin, mich zu fragen, warum Agnes Skriptorium und Bibliothek so sträflich vernachlässigt. Von Jutta weiß ich, dass sie einst Bibliothekarin im Rupertsberger Kloster war. Ein ehrenvolles Amt, das man indes nur erlangt, wenn man strebsam ist und sorgfältig mit dem Schrifttum umzugehen weiß.«

»Das ist lange her«, erwiderte Margarete.

»Jutta erwähnte auch den Ehrgeiz, den Agnes besaß, und ihren Wunsch, Äbtissin vom Rupertsberg zu werden.«

»Ja, das ist wahr«, erklärte Margarete nachdenklich. »Sie verzehrte sich in brennender Sehnsucht nach dem Höchsten, doch konnte nie gesättigt werden.«

Elysa senkte die Augen und blieb eine Weile stumm. Sie dachte an all das verlorene Streben und an die Enttäuschung, welche die Priorin Agnes offenbar auch gespürt hatte. Ohne Ida wäre das Kloster ohne Zucht und Ordnung. Ahnte Agnes, dass sie mit der blinden Nonne auch ihre einzige Stütze preisgegeben hatte?

Sie wandte den Blick wieder zum Pult vor sich und auf das unbeschriebene Pergament, das Margarete ihr unterdessen hingelegt hatte. Ein grobes Blatt, nicht annähernd so fein wie das des Mönches, unsauber geschliffen mit deutlich erkennbaren Poren. Nun reichte die Nonne ihr einen Federkiel und, mit einem bedauernden Schulterzucken, ein Horn, in das man Tinte zu füllen pflegte. Diese jedoch war getrocknet und nicht mehr zu gebrauchen.

Elysa schob das Pergament zur Seite und stützte den Kopf in die Hände. »Wir sollten uns auf das verlorene Pergament besinnen«, sagte sie ernst. »Ich kann mich noch gut an die Miniatur erinnern. Wolken in Schattierungen von Grau und Azurit, nach unten hin mit brauner Farbgebung. Eine dunklere Fläche aus Indigo – war es der Himmel samt seiner Sterne? Ja, darauf waren weiße Punkte, die Blumen glichen. Dann am gerissenen Rand loderndes Feuer …«

»Gütiger Himmel!« Margarete, die sich an den gegenüberliegenden Tisch gesetzt hatte, sprang auf. »Während all der Tage dachte ich, die Miniatur zu kennen, doch ich konnte sie nicht zuordnen. Ja, etwas hatte mich irritiert, als ich sie zum ersten Mal hier in diesen Räumen erblickte. Doch nun wird mir die Gewissheit offenbar.« Sie schritt zum Bücherschrank an der Stirnseite des Raumes und strich über die Buchrücken. »Es fehlt!«

»Was fehlt?« Nun war auch Elysa aufgesprungen.

»Sieh hier!« Margarete griff in das Regal. »Neben den Werken zur theologischen Erbauung und musikalische Arbeiten sind auch die großen Visionsschriften der Hildegard von Bingen zu finden: der *Liber divinorum operum* und *Liber vitae meritorum*. Doch wo ist der *Scivias*? Das erste große Visionswerk der Prophetin, jenes Werk, das Papst Eugen dazu veranlasste, sie auf der Synode von Trier vor den versammelten Kirchenfürsten als Sprachrohr Gottes anzuerkennen! Es muss einen Grund haben, dass es nun verschwunden ist, und ich glaube, ihn zu wissen.«

»So sprich«, sagte Elysa ungeduldig.

»Erinnerst du dich noch der Worte, die auf dem Pergament geschrieben standen?«

»Nur in Bruchstücken. Soweit ich erinnere, ging es um eine Kugel, die emporstieg, und um Feuer.«

»Die Kugel, das ist die Sonne, die sich mal dem flammenden Feuer nähert, mal gen Kälte hinabsinkt. Die Miniatur, deren Teil du sahst, gibt es noch einmal. In wunderbarer Machart, weit größer, sie füllt ein ganzes Blatt. Ich sah sie vor Jahren, kurz nach

Hildegards Tod, als wir zum Rupertsberg zogen, um den Heimgang der Prophetin zu betrauern. Zu dieser Zeit war es mir vergönnt, auch das Rupertsberger Skriptorium zu besichtigen, in dem viele Schwestern arbeiteten. Dieses Bild aber lag auf einem der Tische, um mit anderen Seiten zu einem Buch verbunden zu werden: dem *Scivias*.«

»So entstammte auch der Text auf dem Pergament dieser Visionsschrift?«, fragte Elysa.

»Ja. Und nun frage ich dich: Warum war Adalbert von Zwiefalten im Besitz eines Pergaments, das eine Kopie der Vision der Meisterin enthält? Einer Kopie, die von ihrer Beschaffenheit her dergestalt ist, dass sie fraglos im Rupertsberger Skriptorium gefertigt wurde.«

»Noch dazu mit sichtbar gemachten Zeichen, die uns mit unbekannten Worten belehren wollen. Was besagt, dass man im Rupertsberg um ein Geheimnis weiß, das Adalbert zu entschlüsseln suchte.« Elysa starrte auf das flackernde Licht. »Oder es bedeutet, dass das Geheimnis nicht mehr zugänglich ist und man Adalbert bat, es aufzuklären.« Sie sah Margarete an. »Wie viel weißt du von der *Lingua Ignota*?«

»Nicht viel. Ohne Zweifel war diese Schöpfung für Hildegard von großer Wichtigkeit. Sie erwähnte einmal, dass sie in ihren Visionen den Klang dieser Sprache vernahm. Gleich dem Gesang der Engel, denn es sei eine Sprache, deren Worte eine tönende Qualität besitzen und sowohl gesprochen als auch gesungen werden können. Hildegard war getrieben davon, die Worte niederzuschreiben und eine Registratur anzulegen, ein Wörterbuch der himmlischen Sprache, der Ursprache des Paradieses. Doch nie hat sie uns diese Sprache gelehrt. Nur im Rupertsberg kannte man einige der Worte.«

»Und in Zwiefalten ...«

»Ida war zu dieser Zeit Nonne im Rupertsberg.«

»Ida?« Das war eine unerwartete Neuigkeit. »Was hat sie nach Eibingen geführt?«

»Es wurde nie darüber gesprochen. Doch man sagte, es sei die Strafe für ihre Hoffart. Ida war eine der fleißigsten Nonnen, der Prophetin gänzlich zugetan. Doch sie wollte es ihr gleichtun und verdarb.« Margarete wandte sich ab, starrte ins Leere. »Dereinst besaß Ida das Augenlicht, war eine begabte Schreiberin. Im Alter von zwanzig Jahren jedoch sah sie ins gleißende Licht der Sonne, im Versuch, es der Meisterin nachzutun. Sie verharrte offenen Auges über Stunden, bis sich der Blick verschleierte und ihr die Sicht für immer nahm.«

Der Hochmut und dessen Bestrafung schienen sich durch diesen Konvent zu ziehen. Agnes, die Äbtissin werden wollte und zur Priorin im unliebsamen Tochterkloster bestellt wurde. Und auch Ida, die ihren Hochmut mit dem verlorenen Augenlicht büßte und vom hochangesehenen Mutterkloster nach Eibingen ging. War dieses Kloster ein Pfuhl der sündigen Seelen, die hier ihre Bußfertigkeit erprobten, um am Ende der Tage vor Gottes gestrengem Auge zu bestehen? Doch galt nicht auch Hildegard von Bingen als hochmütig, als sie dereinst die Heilige Schrift eigenwillig und gegen so manche Regel der Kirchenväter im Sinne Evas auslegte und Kaiser und Kirchenfürsten zur Räson rief?

Nach einer kurzen Zeit des Schweigens ereiferte sich Margarete über die Schärfe des Gottesurteils.

Elysa nickte geistesabwesend und überdachte die neuen Erkenntnisse zur Miniatur. Hatte jemand den *Scivias* willentlich beiseitegeschafft oder gar vernichtet? Sollte es zu bedeuten haben, dass sich hinter dem Pergament des Mönches ein Sinn ergab, der sich im *Scivias* wiederfand? Wozu dann aber die geheimen Zeichen?

»Kennt Ida die *Lingua Ignota*?« Es war ein ungeheuerlicher Gedanke, doch als er in Elysa aufstieg, erinnerte sie sich des

Momentes, in dem die blinde Nonne die verbrannten Hände in die Höhe geworfen und voller Entzückung die ersten jubelnden Worte in einer ihr gänzlich unbekannten Sprache gerufen hatte. Einer Sprache, die klang, als würde sie singen: *Aigonz est Ophalin*!

»Es wäre denkbar …«, antwortete Margarete zögernd.

»Also rasch, gehen wir in die Krankenstation. Sobald Ida ihr Bewusstsein wiedererlangt hat, befragen wir sie.«

»Langsam, langsam!« Margarete versuchte Elysas Eifer zu dämpfen. »Bevor wir Ida in diese Untersuchung mit einbeziehen, solltest du eines bedenken: Ida als Hüterin der Moral wird auf unsere Fragen nicht antworten, nie wird sie gegen die uns auferlegte Regel verstoßen, die es verbietet: ›Ich sprach, ich will auf meine Wege achten, damit ich mich mit meiner Zunge nicht verfehle. Ich stellte eine Wache vor meinen Mund, ich verstummte, demütigte mich und schwieg sogar vom Guten.‹«

»Eure Gebote sind zuweilen hinderlich, und das wird auch Ida erkennen, wenn sie auf der Seite der Gottesfürchtigen steht«, erklärte Elysa.

»Dann aber wird sie das, was wir bereden, sogleich gehorsam der Priorin melden, so wie es die Consuetudines verlangen. Und über diese wird alles an Radulf von Braunshorn gelangen, was der Herr verhüten möge.«

»Nicht, nachdem ihr von Agnes kein Beistand zuteilgeworden ist.«

»Was hätte die Priorin auch tun können? Sich dem Exorzisten widersetzen? Nein, das konnte Ida nicht von ihr erwarten. Es war Aufstand genug, die Stimme zu erheben und den Herrn um Barmherzigkeit anzuflehen.«

»Das sehe ich ein.« Elysa seufzte.

Plötzlich begannen Margaretes Augen zu blitzen. »Wir könnten uns ihre Vision zunutze machen.« Ein Lächeln warf kleine Falten um ihre Augen.

»Auf welche Weise?«

»Nun, da sie gleich der Prophetin eine Vision ereilte, werden wir sie als Sprachrohr Gottes um Hilfe bitten können, so wie man es einst bei Hildegard tat. Zu ihr kamen dereinst unzählige Menschen, um ihren Rat zu hören. Die selige Meisterin erhielt die Antwort in wahrhaftiger Schau – wie sie immer wieder beteuerte, in wachem Zustand. So war es ihr möglich, die Antworten des lebendigen Lichts ohne tiefe Versenkung weiterzugeben. Die ungeheuerlichsten Dinge entfuhren ihrem Mund, doch wer sollte sie dafür richten? Mit Gott streitet man nicht.« Margaretes Wangen begannen in einem zarten Feuer zu glühen. »Bedenke, Ida ist blind und doch das Auge des Konvents. Sie wandelt Tag und Nacht durch die Gänge. Ihre Sinne sehen mehr als wir, sie wird Dinge erfahren, die uns verborgen blieben. Als Ordensschwester ist ihr das Reden verboten, doch als Sprachrohr des Himmels wird man es ihr nicht verwehren können. In dieser Sicherheit jedoch kann sie uns offenbaren, was sie weiß, Hinweise geben, ohne gegen die Regeln zu verstoßen.«

Elysa nickte erstaunt. Es ist eine verkehrte Welt, dachte sie, in der die Nonnen, zur schweigsamen Innenschau verdammt, zu den erstaunlichsten Erkenntnissen gelangen, während diejenigen, die sich für gelehrt halten, im Dunkeln tappten. »Auf denn«, sagte sie lächelnd, »so wollen wir Idas Worten lauschen.«

8

Als die beiden das Gebäude auf dem Weg zur Krankenstube verließen, lief ihnen Jutta entgegen. Ihre Augen blickten unruhig, lamentierend hob sie die Hände.

»Ida ist verschwunden. Ich habe sie überall gesucht. Sie ist weder in den Konventräumen noch im Badehaus oder bei den Latrinen.«

»Wie kann eine blinde, von Brandwunden geschwächte Nonne ohne weiteres verschwinden?«, sagte Elysa. »Sie wird in die Kirche gegangen sein, um dem Herrn für seine Barmherzigkeit zu danken.«

»Dort habe ich nachgesehen, doch nur den Seelsorger vorgefunden.« Die Medica seufzte schwer. »Ich werde Meldung machen und Rechenschaft ablegen müssen. Radulf von Braunshorn hatte sie unter meine Aufsicht gestellt.« Damit drehte sie sich um und eilte zum Südportal der Klosterkirche, in deren Sakristei sich nun der Bereich des Exorzisten befand.

Die Nachricht von Idas Verschwinden löste eine allgemeine Verunsicherung aus. Die Nonnen waren insgeheim zu dem Schluss gekommen, dass sie nun, da sie eine göttliche Vision ereilt hatte, den Respekt verdiente, den sie zuletzt vergeblich eingefordert hatte. Ihre Abwesenheit verhieß nun Böses.

Aufgeregt liefen sie durch die Gebäude und riefen ihren Namen, erst leise, dann mit zunehmender Stärke, doch die Rufe verhallten ungehört, niemand gab Antwort. Ida blieb wie vom Erdboden verschluckt.

Auch die Priorin beteiligte sich an der Suche, Otilie wurde herbeizitiert und befragt. Sie beharrte darauf, Ida nicht zum Tor hinausgelassen zu haben, obgleich ihre Augen klein waren und verschlafen. Doch auch nach Agnes' Ermahnung, umgehend vor ihr zu beichten, wenn sie vom Schlaf übermannt worden war, beharrte Otilie darauf, wachsam gewesen zu sein. Es sei nur Ausdruck ihrer Übermüdung durch die Nachtwachen, die man immerfort von ihr verlange, doch niemals werde sie es zulassen, dass sie am Tag ein Auge schließe.

Nun kam auch Radulf von Braunshorn zum Westportal hinausgelaufen, dicht gefolgt von Jutta. Der Exorzist nickte, nachdem die Priorin Bericht erstattet hatte. Sein steinernes Antlitz ließ keine Regung erkennen. Ohne ein Wort zu verlieren, schritt er dann erhobenen Kopfes auf den Klosterhof, stellte sich vor die Treppen zum Westportal und nahm einen tiefen Atemzug.

»Die Erde ist entweiht von ihren Bewohnern; denn sie übertreten das Gesetz, ändern die Gebote und brechen den ewigen Bund. Über euch aber kommen Schrecken und Grube und Netz. Die Erde wird mit Krachen zerbrechen, zerbersten und zerfallen. Die Erde wird taumeln wie ein Trunkener und hin und her geworfen wie eine schwankende Hütte, denn ihre Missetat drückt sie, dass sie fallen muss und nicht wieder aufstehen kann. Und wer entflieht vor dem Geschrei des Schreckens, der fällt in die Grube; und wer entkommt aus der Grube, der wird im Netz gefangen.«

Von allen Seiten strömten Nonnen herbei, niemand wollte sich die neueste Wendung im Spektakel um Ida entgehen lassen. Auch Elysa konnte sich der unerträglich gewordenen Spannung nicht entziehen. Ida hatte am Morgen gegen die Ränke des Exorzisten bestehen können. Wie war es möglich, dass sie ihren Stand nun derart gefährdete? Elysa glaubte nicht an eine Flucht, eher an eine

Geste der Überlegenheit. Wollte sich Ida als Sprachrohr Gottes über Radulfs Anweisungen erheben? Wollte sie ihn mit ihrer Abwesenheit in seine Schranken weisen? Elysa betrachtete das Gesicht des Exorzisten, das sich nun vor Wut verzerrt hatte. Nicht einen Moment zweifelte sie daran, dass es ihm eine willkommene Gelegenheit war, Ida nun endgültig aus dem Kloster zu verstoßen.

Gerade hob er die Arme zum Himmel, um den gewaltigen Sturm der göttlichen Zucht auf Ida herniederprasseln zu lassen, da erhob sich ein lauter Schrei.

Die junge Sibille, eine der Novizinnen, zeigte mit kalkweißem Gesicht zum Glockenturm hinauf.

Hoch oben, auf dem Gesims des eigentümlichen Figurenfrieses, zwischen dem steinernen Bärtigen und dem Sonnenrad stand eine Nonne. Ihr Gewand flatterte im Wind, über ihr brauten sich die Wolken zu unheilbringenden Türmen zusammen.

Nun schrien auch die anderen.

Zunächst dachte Elysa, es sei Ida gewesen, die sich über die Brüstung des Glockenturms gewagt und auf dem Gesims Halt gefunden hatte, aber es war nicht Ida, sondern die Oblatin Anna!

Plötzlich breitete sie die Arme aus, wie zum Flug. Die Schwestern schrien noch lauter, auch der Exorzist schien kurzzeitig die Fassung zu verlieren.

»Jesu Domine noster«, rief er entsetzt auf, fand aber sogleich zur Räson zurück. Seine Stimme hallte über den Platz, als er Anna zurief: »Verschmäh nicht das Heilmittel der Buße, denn in der aufrichtigen Buße werden auch noch so große Sünden abgewaschen. Der Herr wird sie im Namen seines Sohnes zur Rettung deiner Seele annehmen.«

Die Nonnen verharrten angespannt und wagten nicht, den Blick vor der zarten Oblatin zu wenden, die nun laut aufschluchzte. Anna schwankte, krallte sich dann aber wieder an der

Brüstung der Öffnung zur Schallarkade fest, hinter der sich die Glocke befand.

Sie öffnete den Mund, um etwas zu erwidern, doch kein Laut kam über ihre Lippen.

»Unterlasse es, dich in Verhärtung in den Tod zu stürzen«, fuhr Radulf von Braunshorn beschwörend fort. »Denn wer sich selbst dem Tod übergibt, ahmt den verworfenen Engel nach, der sich dem Verderben übergab, als er sich selbst tötete. Und wie dieser stolze Teufel nicht auf Gott blicken wollte, so lässt sich auch der Mensch, der sich gewaltsam auseinanderreißt, nicht herbei, Gott zu kennen. Denn er versucht, sich auf den Flügeln des Sturmes emporzuheben und im Himmelsraum zu fliegen, wie ein Vogel in der Luft. Der Mensch, der Leib und Seele hat, darf nicht sich selber töten, solange er Gutes tun und büßen kann, damit er nicht an den Ort kommt, wo er weder Werk noch Buße vorweisen kann und dorthin verstoßen wird, wo auch der Teufel darbt.«

Anna lachte auf, wirr, wie es schien, denn sie wollte damit nicht innehalten. Lachen mischte sich mit Schluchzen, als sie erneut die Arme ausbreitete und die Augen schloss. Wie eine Weide schwankte sie im Winde, die Füße fest auf dem Gesims, der Oberkörper mal nach vorne, mal zur Seite pendelnd.

Unvermittelt aber tauchte hinter Anna unerwartet Gudruns Antlitz auf. Die Glöcknerin streckte ihre stämmigen Arme zur Turmöffnung hinaus und schob sie nach vorne, um nach dem Wollhabit der Oblatin zu greifen. Anna riss die Augen auf, als die Hand sie packte. Elysa konnte nicht erkennen, ob erleichtert oder empört.

Jäh durchfuhr Anna ein entsetzlicher Ruck, sie warf sich nach vorne ins Nichts. Ein Aufschrei ging durch die Menge. Gudruns Hand packte zu, hielt mit unvorstellbarer Kraft das Gewand am Rücken. Für einen Moment sah es so aus, als gelänge es ihr, die Oblatin nach oben zu ziehen, doch das Gewand konnte dem Gewicht der heftig strampelnden Anna nicht standhalten. Sie fiel mit geschlossenen Augen und einem seligen Lächeln auf den Lippen.

Ihr Körper prallte mit einem unmenschlichen Krachen auf dem Vordach auf und stürzte mitten auf die Stufen der Kirche, wo die Nonnen entsetzt kreischend auseinanderstoben.

Nie würde Elysa das Geräusch des platzenden Schädels vergessen, nie das verstörte Gesicht des Exorzisten, dessen Gewand über und über mit Blut bespritzt war, nie das Entsetzen des Seelsorgers, der zum Kirchenportal hinausstürzte und sich beim Anblick der versprengten Gedärme augenblicklich erbrach.

Wie in Trance betrachtete Elysa den aufgerissenen Körper, der, seltsam verrenkt, langsam die Stufen hinabglitt. Das Gewand hochgerutscht, die Scham entblößt. Dann wandte sie sich ab.

Traure, Erde, mein Gewand ist zerrissen. Zittre, Abgrund, meine Schuhe sind schwarz geworden.

Der Ablauf der Terz fand wie vorgesehen statt. Niemandem war es erlaubt, für das Seelenheil der toten Schwester zu beten. Mit keinem Wort fand der grauenhafte Vorfall Erwähnung. Der Seelsorger sprach mit betulicher Stimme, die Nonnen sangen im Chorbereich. Ihre Stimmen aber klangen verhalten, gebrochen in Trauer:

»*Omni consummationi vidi finem latum mandatum tuum nimis;*
Mem quam dilexi legem tuam tota die haec meditatio mea.«
Ich will Deine Befehle nimmermehr vergessen;
Denn Du erquickst mich damit.
Ich bin Dein, hilf mir;
Denn ich suche Deine Befehle.
Die Gottlosen lauern mir auf, dass sie mich umbringen;
Ich aber merke auf Deine Mahnungen.
Ich habe gesehen, dass alles ein Ende hat,
aber Dein Gebot bleibt bestehen.

Anna hatte gesündigt, als sie sich von dem Gesims stürzte, sie hatte wider Gottes Gebote gehandelt. Nun war es an den Konversen, die Spuren des Unglücks zu beseitigen, die Laienschwester und Laienbrüder, die sich nun aufmachten, Annas sterbliche Überreste fortzuschaffen und irgendwo im Feld zu begraben, nicht in der geheiligten Erde des Friedhofs, der außerhalb des Klostergeländes lag.

Immer wieder wanderten die Blicke zu dem leeren Platz im Chorgestühl, als wollten sie das Geschehene nicht begreifen. Auch Idas Platz war leer, und Elysa fragte sich, ob es einen Zusammenhang gab. Doch so sehr sie sich auch den Kopf zerbrach, sie wollte ihn nicht sehen.

Ihre Gedanken schweiften zu den Ereignissen der letzten Tage. Wie viel war seit ihrer Ankunft im Kloster geschehen! Sie dachte an den Moment, als sie in der Krypta über den verzogenen Reliquienschrein der seligen Hildegard strich, an den Anblick des kostbaren Pergaments, an die Begegnung mit Radulf von Braunshorn, der von Licht umleuchtet den Kapitelsaal betreten hatte und so mancher Nonne als Erlösung von der Zucht erschienen war. Doch welche Angst, welchen Schrecken hatte er seitdem verbreitet! Dann Margaretes Sturz im Badehaus nach dem Schlag auf den Kopf. Noch immer lag die Tat im Dunkeln.

Später war Elysa in die Bibliothek gegangen, während Radulf von Braunshorn draußen vor dem Fenster den Bann gegen den Hagel sprach. Die vergiftete Ente, die ihr beinahe das Leben kostete, als sie ein Stück des Fleisches aß, das Margarete zugedacht war. Die Krypta, in die sie sich erneut begeben hatte und die beinahe ihr Grab geworden war. Wer hatte das Gift gemischt, wer die Krypta verschlossen? Dann endlich ihre Offenbarung vor Margarete und Jutta und der vergebliche Versuch, aus dem Kloster zu fliehen, um in jenem Moment zurückzukehren, als das Gottesurteil über Ida erging. Und nun Anna.

Elysa erinnerte sich an den sehnsüchtigen Blick, den Anna aus dem Fenster des Handarbeitsraums geworfen hatte, am Tag, als die Handwerker Einzug hielten. Und an ihre Freude, Ditwin wiederzusehen, der einst am Haus ihrer Eltern mit geholfen hatte, ehemals ein Knabe, nun aber ein stattlicher Mann. Sie erinnerte sich an den lüsternen Blick, den Ditwin auch ihr zugeworfen hatte, ungeachtet ihres Standes als Anwärterin. Mit einem Male wurde ihr klar, wer die Nonne gewesen war, die im Laientrakt das Vagantenlied gesungen und beim Geläut der Glocke davongeeilt war – Anna.

Elysa fuhr sich mit dem Handrücken über die Augen, um ihre Tränen abzuwischen. Was rühmte sie sich ihrer Belesenheit. Nichts hatte es ihr bislang genutzt. Es schien, als liefe sie hinter den Ereignissen her, statt sie zu erahnen und zu verhindern. Sie hatte weder verhindern können, dass Margarete das Pergament verbrannte, noch hatte sie die Gefahr erkannt, in der Anna schwebte. Elysa seufzte. Sie hätte Anna wohl ohnehin nicht helfen können.

Elysa betrachtete die Nonnen, die nun das *Kyrie eleison* anstimmten. Dieses Kloster beherbergte eine Herde mit vielen verschiedenen Schafen: fromme und bösartige, kluge und geistesarme. Dort hinten saß Gudrun, die Glöcknerin, sie hielt die rechte Hand, die zuletzt nur ein nutzloses Stück des Gewands halten konnte, mit der anderen fest umklammert, so dass die Knöchel weiß hervortraten. Neben ihr hockten Ermelindis, scheinbar unberührt, doch mit unstetem Blick, und Otilie, die trotz Tordienst der Messe hatte beiwohnen wollen und finster die Augenbrauen zusammenzog. Auf der anderen Seite saßen die junge Sibille mit verquollenen, rotgeweinten Augen und Margarete, die sich in Tränen aufzulösen schien. Auch Priorin Agnes war der Schrecken anzusehen, ihre Augen lagen dunkel und tief in den Höhlen, doch sie verbarg sich hinter der Maske der Erhabenheit. Wer würde das nächste Opfer sein? Und wo war Ida?

Ein starker Luftzug löschte die Altarkerze. In der Ferne war ein Donnern zu hören, als wolle die Erde erzittern.

Elysa sah zum offenen Seitendach. Die ersten Tropfen fielen, am Himmel zuckte ein Blitz.

Indessen wurde die Altarkerze rasch wieder entzündet, als der Seelsorger Humbert von Ulmen zum Erstaunen aller begann, eine nicht vorgesehene Sequenz zu intonieren:

»*Iudex ergo cum censebit,*
quicquid latet apparebit;
nil inultum remanebit.«

Der Richter also wird dann entscheiden, was auch verborgen war, das wird geöffnet werden; nichts wird ungesühnt bleiben.

Was werde ich Elender dann sagen, welchen Verteidiger werde ich fragen, wenn kaum der Gerechte sicher sein mag?

9

Der Blick erstreckte sich über sanft ansteigende Hügel bis weit über den Rhein. Die Mäanderstreifen des breit sich dahinwindenden Stromes waren zu einem einzigen weiten Band verschmolzen, noch immer ließ das Wasser nicht vom Ufer ab.

Clemens von Hagen dachte an die Überflutung im vergangenen März, als der Strom sich weit über die Felder ergossen hatte. In Mainz war das Wasser bis hin zum Domplatz gestiegen und hatte Schäden an Fundament und Südostportal angerichtet. Was aber drohte, wenn nicht nur Regen und Hagel wieder zunahmen, sondern auch der Wind seine Kraft zurückgewann?

Der Rhein wird vom Ansturm des Meeres in Gang gebracht, hatte Hildegard von Bingen einst geschrieben, ist daher klar und fließt durch sandiges Erdreich. Der Strom, nun aber aufgewühlt in steigender Strömung, hatte den Sand vorangetragen, bis hinauf auf die Wege. Er verwandelte sie in schlammigen Morast und machte ein Weiterkommen zu Pferd fast unmöglich.

Clemens stieg von seinem Ross, dessen dampfende Hitze die kalte Luft erfüllte. Hier, bei den tückischen Stromschnellen, unweit von Rüdesheim, hatte das Boot an jenem eisigen Novembertag zu schlingern begonnen. Clemens war noch unschlüssig gewesen, wie er Elysa sein Vorhaben vermitteln solle, als sie sich zu ihm setzte, zitternd vor Kälte, in Aufruhr und Sorge. Es war jener Moment, an dem er ein unbändiges Verlangen in sich gespürt hatte, ihren zarten Leib vor jeglicher Unbill zu schützen und seinen Mantel um ihre Schultern zu legen.

Elysa, gottgewollte Schönheit. Die Wangen so von Anmut erfüllt, dass ihr Äußeres die Seele eines jeden, der sie anschaute, belebte. Beim Gedanken an ihr baldiges Wiedersehen tat sein Herz einen unerwarteten Seufzer.

Irritiert schreckte Clemens auf. Welch bejammernswerte Seele, die, geschaffen, um jenes ewige Licht zu betrachten und durch seinen Glanz erleuchtet zu werden, derart verblendet wird, dass sie sich dem Niederen zuneigt und sich an der Schönheit der Glieder ergötzt. Das ist die größte Torheit.

Er wischte sich mit einer Hand über die Stirn, als könne er diese unerwünschten und wenig erbaulichen Gedanken mit einer Bewegung vertreiben, und wandte den Blick dem Verlauf des Flusses folgend gen Westen. Dort hinten, nicht mehr weit entfernt, lag die Mündung der Nahe und damit sein Ziel: das Kloster Rupertsberg. Er würde es noch heute erreichen, selbst wenn sich das Glück gegen ihn wandte und der Schlamm ihm den Weg versperrte. Doch zunächst musste er sich stärken und seinem Pferd eine Rast zugestehen.

Während Clemens den Beutel öffnete, in dem er seinen Proviant verwahrte, gedachte er Gottfrieds, seines Stiftsbruders, der ihn zum schlafenden Laienbruder Gregorius geführt und des Nachts geholfen hatte, einen neuen Brief aufzusetzen. Nie hätte Clemens gedacht, dass er einst Botschaften der erzbischöflichen Kanzlei fälschen würde, und bei Gott, er würde es auch niemals wieder tun, wenn die Sache ausgestanden war. Doch was nützte das Beharren auf Tugenden, wenn man sich hier nur mit List helfen konnte? Selbst vom heiligen Bernhard von Clairvaux munkelte man, dass er vor seinem Tod am Text der Briefdokumente geschliffen hatte, um der Nachwelt das Bild eines Heiligen zu hinterlassen. Von seinem Großonkel Heinrich wusste Clemens, dass Hildegard von Bingen es ihm gleichgetan hatte. Sie ließ nachträglich Schriftwechsel hinzufügen und missverständliche Briefe gefälliger machen, um ein zitierfähiges Gesamtwerk zu schaffen, welches das Bild der von Gott berufenen Prophetin und Mahnerin abrundete.

In den Klöstern schrieb man Heiligenviten dem Zeitgeist entsprechend um, Kompilatoren schrieben Bücher ab und versahen sie mit neuen Zusätzen. Und auch Kaiser Barbarossa verlegte sich einst beim Konzil von Pavia auf eine besonders abscheuliche Fälschung, als er eigenmächtig Victor IV. zum Papst ernannte und den Beschluss mit der Unterschrift von abwesenden Kirchenfürsten versah.

Was war er, Kanonikus von St. Stephan zu Mainz, Staubkorn der Geschichte, dass er sich vorwerfen musste, einen Brief zu fälschen, der ein weiteres Unglück verhinderte? Nein, denn Gott hatte ihn zur rechten Zeit ins Stift geleitet und seine Feder geführt, als er verhinderte, dass der Laie mit einer Botschaft nach Eibingen zurückkehrte, die Elysa in Bedrängnis und die Mission zum Scheitern gebracht hätte. Und wer wollte es ihm verübeln, dass er Radulf von Braunshorn nicht in die Finger spielte? Jenem machthungrigen Exorzisten, der imstande war, den Mainzer Prälaten zu ihrer verspäteten Rache zu verhelfen, indem er Hildegards Vermächtnis mit Füßen trat.

Clemens setzte sich auf einen Baumstamm und entnahm dem Proviantbeutel ein Stück Brot. Es war weich und saftig, und er aß es mit großem Appetit, dann gab er seinem Pferd einen Kanten. Erneut griff er in den Beutel, verzehrte Wurst und Dörrobst und blickte über fruchtbare Ackerlandschaften, Weinberge, Wiesen und Wälder. Im Sommer blühten hier Johanniskraut, Kuhschelle und Diptam, Mehlbeere und Hartriegel, eine Landschaft voller warmer Üppigkeit.

Hildegard von Bingen hatte sich als wahrhaftige Naturforscherin erwiesen, als sie in ihrer Schrift über die Feinheiten der Natur von Pflanzen und Bäumen, von Fischen und Vögeln schrieb, viele davon aus dem Rheingau.

Der Diptam ist warm und trocken, und er hat die Kräfte des Feuers und die des Steins in sich. Der Mensch, in dessen Körper Steine zu wachsen beginnen, der lege das Diptampulver in Essig, der mit Honig vermischt ist, er trinke dies oft nüchtern, und der Stein in ihm wird zerbrochen. Aber auch, wer im Herzen Schmerzen hat, esse das aus Diptam gemachte Pulver, und der Herzschmerz wird weichen.

Ob es auch jenen Herzschmerz zu heilen vermochte, der ihn indes unerwartet ereilt hatte? Clemens seufzte.

Im Westen leuchtete ein Blitz. Die Wolken ballten sich zusammen, schon grollte der Donner. Bald würde Regen die Wege zu kleinen Bächen machen, unpassierbar, selbst zu Fuß. Clemens stand auf und nahm sein Pferd am Zügel. Er musste weiter.

10

Der entsetzliche Zwischenfall hatte den Tagesablauf des Konvents zutiefst erschüttert. Die Priorin bemühte sich, die gewohnte Ordnung wiederherzustellen, doch es wollte ihr nicht gelingen.

Noch während der Terz waren die Nonnen von lauten Männerstimmen und dem Klappern von Hufen aufgeschreckt worden. Später, als sie auf den Klosterhof strömten, erfuhren sie, dass die Handwerker aufgebrochen waren – hastig und ohne sich bei der Priorin abzumelden.

Nur wenigen Schwestern gelang es, ihre Haltung zu bewahren, als sie sich zum Mittagsmahl ins Refektorium begaben.

Manche verharrten vor ihren Plätzen, ohne sich vorher die Hände gewaschen zu haben, sie mussten wieder fortgeschickt werden, um das nachzuholen. Andere wiederum setzten sich, ohne auf das Zeichen der Priorin zu warten.

Endlich standen alle mit sauberen Händen und mit zum Haupttisch der Oberin geneigtem Kopf. Nun verneigte sich auch Agnes, läutete die Tischglocke und sprach ein kurzes Gebet. Schließlich durften sich alle setzen.

Elysa dachte, wie einsam die Priorin wirkte, bleich und mit eingefallenen Wangen. Allein saß sie an einem erhöhten Tisch, der auch für ehrenwerte Gäste und auserwählte Schwestern vorgesehen war. Nun aber, da Ida verschwunden war, hatte sie niemanden, der sich an ihre Seite stellte, nicht einmal Radulf von Braunshorn, der es offenbar vorzog, auf das gemeinsame Mahl zu verzichten. Warum bat sie nicht eine andere Nonne zu sich an den Tisch? Die Celleraria Ermelindis etwa oder Jutta?

Elysa fing einen strafenden Blick der Oberin auf und senkte den Kopf. Einen Moment verharrten alle schweigend, dann gab die Priorin das Zeichen zur Lesung: Das Mahl konnte beginnen.

Es war dunkel im Raum, obwohl es noch Tag war. Niemand hatte sich darum bemüht, die Fackeln zu entzünden. Nur eine kleine Kerze stand auf dem Pult, um der Vorleserin zu leuchten.

Irmentraut, eine der älteren Nonnen, die Elysa nur beiläufig wahrgenommen hatte, war zur Tischlesung erwählt worden, doch sie verhaspelte sich häufig, stockte inmitten der Sätze und machte es den Anwesenden schwer, ihr mit der gebotenen Andacht zu lauschen.

Das aufgetragene Essen, Kraut und ein wenig gesalzener Fisch, wurde kaum angerührt. Nur Otilie aß hungrig, aber gedankenverloren, die Augenbrauen noch immer finster zusammengezogen.

Elysa beobachtete, wie Margarete sich zur Schale mit dem Fisch herunterbeugte, sie argwöhnisch betrachtete, beschnupperte und von sich schob. Dann griff sie nach dem Kraut, kaute vorsichtig und schob auch dieses nach wenigen Bissen beiseite.

Seit ihrem Zusammenbruch hatte Margarete sich stets in der Nähe der anderen aufgehalten, doch die Gefahr war noch nicht vorbei. Wer immer sie hat töten wollen, lauerte im Dunkeln und wartete auf einen Moment der Unachtsamkeit.

Ich muss Ermelindis befragen, dachte Elysa. Die Celleraria hatte das vergiftete Fleisch in die Krankenstube gebracht.

Draußen tobte das Gewitter. Der neuerliche Regen hatte die Stufen zur Klosterkirche vom Blut gereinigt, und doch würde es in der Erinnerung ewig dort haften.

Sobald die Priorin die Glocke zum Ende des Mittagsmahls

geläutet hatte, strömten die Nonnen aus dem Refektorium, um sich zur Mittagsruhe auf die Strohlager im Dormitorium zu legen oder sich in der Kirche einzufinden, um sich ins stille Gebet zu versenken.

Elysa hingegen folgte Ermelindis zur Küche, die neben dem Refektorium im südlichen Konventsgebäude lag.

Als Elysa den überraschend kleinen Küchenraum betrat, zuckte sie unwillkürlich zurück. Dort war ein Tisch, an dem drängten sich lumpenverhüllte Menschen, Frauen wie Männer. Elysa zählte sechs Personen.

Eine Küchenmagd schöpfte Brühe aus dem großen Kessel, der an einer Kette über dem Feuer hing, und stellte eine große Schale auf den Tisch, um die sich nun alle rissen, bis einer der Kräftigeren die Schale erbeutete, an den Mund hielt und die Brühe unter dem Gezeter der anderen schlürfend austrank.

Gerade wollte Elysa umdrehen und den Raum eilfertig verlassen, da wurde Ermelindis ihrer gewahr. »Was hast du hier zu suchen?«, fragte sie in gestrengem Tonfall. »Hast du nicht ausreichend zu essen bekommen?«

»Doch, doch«, stammelte Elysa. Sie konnte den Blick nicht von den zerlumpten Menschen wenden, die nun eine neue Kelle Brühe erhielten.

»So sprich – oder hat es dir die Sprache verschlagen?«

Eine der Frauen hatte die Schale an sich gerissen, schrie kurz auf, als sie die heiße Brühe schluckte, trank aber hastig, bevor ein anderer ihr die kostbare Flüssigkeit entreißen konnte. Die Schale fiel zu Boden und zerbrach, ein Rest Brühe spritzte hoch und versickerte im Boden.

Elysa wich zurück.

»Ist dir der Anblick der Armut zuwider? Wähnst du dich besser, nur weil man dich mit einem sauberen Habit bekleidet? Verachte den Hungrigen nicht, und betrübe den Menschen nicht in seiner

Armut. Wende deine Augen nicht weg von dem Bittenden, und gib ihm keinen Anlass, dir zu fluchen«, rief Ermelindis aus.

Eine Nonne kam herein, die dem Tischdienst zugeteilt worden war, und brachte Schalen mit den Resten der Mahlzeiten. Ermelindis warf einen kurzen Blick darauf und wies die Küchenmagd an, sie in eine größere zusammenzuschütten und zum Nordtrakt zu bringen, um die Konversen und das Gesinde damit zu sättigen. Dann gab sie jedem der verlumpten Gestalten einen Kanten Brot und schickte sie zur Hintertür hinaus. Die Küchenmagd eilte hinterher, die Schale mit den Resten für die Konversen in der Hand. Ermelindis rief ihr zu, sie solle dafür sorgen, dass die Armen das Kloster auch verließen, dann schloss sie die Tür und sperrte die Kälte aus.

»Du kannst es ruhig der Priorin melden, sie ahnt es ohnehin«, seufzte Ermelindis und setzte sich an den Tisch.

»Was sollte ich ihr melden?«

»Dass ich in der Küche die Armen speise. Mit den kärglichen Resten, die uns bleiben. Heute gab es nur die Brühe, in der ich tags zuvor die Rüben gekocht hatte. Das Brot reicht kaum noch für den ganzen Konvent, doch von dem Sud alleine werden die Menschen nicht satt!«

»Ist es nicht auch Pflicht des Klosters, sich um die Armen zu kümmern?«

»Ja, vor allem die Pflicht einer Celleraria. Um Kranke, Gäste und Arme soll sie sich mit großer Sorgfalt kümmern, denn für sie alle muss sie am Tag des Gerichtes Rechenschaft ablegen.« Ermelindis schüttelte verärgert den Kopf. »Die meisten sind alt und voller Gebrechen. Soll ich sie abweisen? Die Priorin verbat mir die Armenspeisung, bis der Konvent wieder ausreichend versorgt ist. Außerdem würde die Anwesenheit derartigen Packes den Ablauf des Klosters stören. Nun sage mir, Anwärterin, wie soll ich nicht gegen die Regeln verstoßen, die die Fürsorge verlangen, doch ebenso die Folgsamkeit gegenüber den Anweisungen der Priorin?«

Elysa nickte mitfühlend. »Doch warum diese Bedrängnis? Es gab keine Hungersnot, die Ernte war nicht üppig, jedoch ausreichend. Euer Mutterkloster verfügt über weite Ländereien, zu denen Felder, Weinberge, Wälder und Mühlen gehören, außerdem besitzt es das Fischereirecht.«

»Es wird seine Berechtigung haben. Die Äbtissin vom Rupertsberg ist eine fürsorgliche und warmherzige Frau. Nie würde sie uns willentlich hungern lassen. Doch sie ist alt, und sie plagt der Rücken. Längst hätte sie uns besucht, wenn dieses Gebrechen sie nicht daran hinderte.« Zornig kniff Ermelindis die Lippen zusammen. »Für den hohen Herrn allerdings ist immer reichlich vorhanden. Er nimmt sich als Erster, verlangt Huhn und Wein und lässt es sich in die Sakristei bringen, einem heiligen Ort, der nun durch das Essen entweiht wird!«

Dass Radulf von Braunshorn auf eigenen Privilegien bestand, erstaunte Elysa nicht. »Wer bereitet hier das Essen zu?«

»Warum fragst du? Ist dein Gaumen zu anspruchsvoll für unsere Speisen?«

»Ich frage nicht für mich, sondern aus Sorge um Margarete. Zweifellos gibt es hier jemanden, der ihr schaden möchte. Am Tag der Ankunft des Exorzisten wurde sie niedergeschlagen, und die Ente, die du ihr zur Stärkung brachtest, war durchtränkt mit Gift.«

»Das ist unmöglich!«, rief Ermelindis voller Entrüstung.

»Es ist die Wahrheit. Als ich am Tag zuvor in der Krypta zusammenbrach und mit meinem Geschrei das Chorgebet störte, geschah es nicht aus Schwäche, sondern weil mein Magen in Aufruhr war. Denn ich hatte dem Hunger nicht standhalten können und von der Ente gekostet.«

»So war es die Strafe Gottes für dein Vergehen, nicht das Gift«, antwortete Ermelindis scheinbar gleichmütig. Doch als Elysa überlegte, ob sie sich damit vom Verdacht des versuchten Menschenmordes befreien wollte, erkannte sie eine unbestimmte Furcht in den Augen der Celleraria.

In diesem Moment wurde die Tür von der Seite des Kreuzganges aufgestoßen. Irmentraut, die Vorleserin, kam herein, mit ihr die Nonne, die an diesem Tage Tischdienst hatte. Ermelindis stand auf und stellte Schalen mit kaltem Kraut und salzigem Fisch auf den Tisch, dazu einen Krug Wasser. Dann winkte sie Elysa, ihr zu folgen.

Sie verließen die Küche durch die Tür zum äußeren Konventgelände. Gegenüber lag das Backhaus, das direkt an der Klostermauer anschloss.

Im Himmel tobten Blitz und Donner und entluden sich heftig. Lieber wäre Elysa in den Räumen geblieben, doch Ermelindis bog nach links. Sie ging an einem kleinen Beet vorbei, das, wie halbhohe Salbeistauden, Rosmarin und Liebstöckel erkennen ließen, der Küche als Kräutergarten diente, und blieb vor einer Bank stehen. Die Bank wurde umschlossen von zwei großen Kastanien, nur zögernd folgte Elysa der Aufforderung, sich zu setzen.

»Sollten wir uns lieber nicht vor dem Gewitter verbergen?«, fragte sie Ermelindis.

»Fürchtest du die himmlische Gerichtsuntersuchung? Ich hingegen habe nichts zu befürchten, meine Seele ist rein.« Ermelindis verschränkte die Hände. »Bei Gott, es geschehen so viele schreckliche Dinge. Ich kann den Anblick von Anna nicht vergessen. Sie war ein liebes Mädchen, gewiss nicht ohne Laster, doch was trieb sie an, diesen Tod zu wählen? Hatte der Teufel ihr Böses eingeflüstert?«

Der Teufel nicht, dachte Elysa. Hatte Anna geglaubt, der Herr würde ihr Vergehen nicht verzeihen, als sie sich Ditwin in geschlechtlicher Lust hingab? Es ergab keinen Sinn. Gott vermochte auch weit schlimmere Sünden zu vergeben. Warum hatte sie die Feuer der Hölle gewählt?

»Was die Ente betrifft ...«, fuhr Ermelindis leise fort. »Ich habe von deinem Leiden gehört, denn das Gerücht ging um, jemand wollte dich vergiften. Doch ich tat es ab, denn ich konnte nicht ahnen, dass es der Braten war, der das Gift enthielt. Die Zubereitung der Speisen obliegt meiner Verantwortung. In diesem Konvent gibt es keine Köche. Der Kochdienst wird gewöhnlich in wöchentlich wechselndem Dienst von den Mitschwestern selbst vorgenommen. Die meisten erwiesen sich jedoch als ungeschickt, sie verdarben das Essen oder steckten es heimlich ein. So musste ich die Schwestern vom Kochdienst entbinden.«

Ermelindis schwieg. Dann schüttelte sie den Kopf, wie um einen lästigen Gedanken zu verscheuchen. »Gewiss, ich bin nicht immer zugegen. So wäre es für jemanden, der Böses im Sinn hat, ein Leichtes, dem Essen etwas beizumischen.«

»Was ist mit den Armen, die heute bei Tisch saßen?«, fragte Elysa.

»Sie sind nur während der Mittagszeit in der Küche und werden angehalten, das Kloster gleich nach dem Mahl wieder zu verlassen. Den Braten aber hatte ich vorher zubereitet, gleich nach der Terz.«

Elysa dachte an den Tag, als sie aus dem Kapitelsaal gelaufen waren und Margarete blutend auf dem Steinboden vorgefunden hatten. Konnte sie Ermelindis trauen? »Alle dachten, Margarete wäre tot«, sagte sie zögernd. »Und dennoch brachtest du die gebratene Ente.«

»Jutta hatte mir von ihrer Genesung berichtet.«

»Es musste noch jemand von ihrem Zustand erfahren haben. Jene Person, die Margarete den Schädel zertrümmern wollte und sich nun anschickte, das Werk zu vollenden.«

»Die Priorin wusste es, ich muss jede Abweichung des Speiseplans melden. Und Ida, die, vom Duft des Bratens angezogen, nach dem Rechten sah. Dann der Laienbruder Gregorius, den ich anwies, eine Ente zu bringen.«

Agnes, Ida, Gregorius …

Die Priorin? Welchen Grund sollte sie haben, Margarete zu töten oder gar den Mönch? Die Vorfälle brachten ihre Leitung in Verruf.

Und Ida? Lange hatte sie geglaubt, die blinde Nonne würde alles tun, um Sünder eigenmächtig zu bestrafen. Nun war sie fort, doch floh sie vor der Strafe Gottes?

Und was war mit Gregorius, dem Laienbruder, den Clemens von Hagen als ihren Anker erwählt hatte und der nun als Bote im Auftrag der Priorin reiste? Hätte er Margarete den Schädel einschlagen wollen, wäre sie gewiss gestorben. So aber konnte es nur eine Frau gewesen sein oder ein Mann, der harte Arbeit nicht gewohnt war.

Es wollte nicht passen. Sie musste etwas übersehen haben.

Elysa seufzte. Ihr Herz war erfüllt von zahllosen Sorgen, am größten aber war die Angst um Margarete. Sie musste wieder zu ihr, ihr beistehen, mit ihr sprechen. Vielleicht konnte ein weiteres Gespräch Licht ins Dunkel bringen, ihr erkenntlich machen, warum ausgerechnet Margarete Opfer eines Mordplanes werden sollte.

Niemand hatte etwas von dem Pergament gewusst, das sie eingesteckt hatte. Es musste etwas anderes sein, das der Mörder verhindern wollte, als er sie im Badehaus überwältigte und später vergiften wollte. Was immer es war – die Zeit drängte.

Als Elysa von der Bank aufstand, schlug ganz in der Nähe ein Blitz ein. Für einen kurzen Moment erzitterte die Luft, bebte unter dem Schlag des Donners.

Elysa ballte die Hände zu Fäusten. Die Zeit des Dämmerns war vorbei. Fürchte dich, Verderbnis, denn deine Zeit ist gekommen.

11

Am Anbeginn der Zeit, als Gottes Wort erscholl, war der Ort der Schöpfung ohne Feuer und kalt. Dann schuf er die Welt und verstärkte sie mit den vier Elementen. Die Schöpfung, geschaffen zum Dienst des Menschen, hatte keinerlei Widerstand verspürt, doch als der Mensch sich Ungehorsam anmaßte und Gott nicht gehorchte, verlor auch sie ihre Ruhe und geriet in Aufruhr. Weil der Mensch selbst sich dem Schlechteren zugeneigt hatte, sollte er durch sie gestraft werden.

Seit der Sintflut hatten sich die Seelen der Menschen zum Besseren gewandt, wie auch der Erdboden unter der Nachwirkung der Wasserfluten und der Sonne prächtigeres Grün sprießen ließ als je zuvor. Das war aber lange her, nun nahm der Verfall erneut seinen Lauf.

Doch sie wähnten sich in Sicherheit. Sie dachten, die Elemente ließen sich besänftigen, wenn man Kreuzzeichen gen Himmel zeichnete, das *Credo in Deum* sprach und die vier Evangelisten anrief. Sie freuten sich, als der Hagel schwand. Glaubten, Gott stehe ihnen bei, wenn sie eine von ihnen gleich Jona ins Meer warfen.

Sahen sie denn nicht, dass es noch immer nicht vorbei war, nur weil der Wind die Luft anhielt und die Fluten des Regens versiegten? Erkannten sie nicht, dass das Meer nicht still würde, weil das Unglück nicht von der Einen kam?

Aber sie hatten nicht gelernt, in Kontemplation zu lauschen, innezuhalten, um zu erkennen. So wie sie, Ida von Lorch.

Ida stand still, seit Stunden schon, harrte aus, wartete. Ihre Handflächen brannten, das Wachs zog die rohe Haut zusammen, doch sie atmete tief und langsam und weigerte sich, den Schmerz zu spüren.

Erinnerungen stiegen auf, an eine Zeit, in der auch sie nicht innezuhalten vermochte, abgelenkt durch die überquellenden Farben der Schöpfung. Nie würde sie den Anblick der Bäume vergessen, wenn die hellstrahlende Sonne das Grün entfachte und die Blumen aus der Erde trieb. Nie den Anblick der aufblühenden Farbenpracht, die Bienen anzog und Schmetterlinge, lustig flatternd und dem Auge wohlgefallend. Nie die bunten Farben der Erde, die der Herbst auf die vergehenden Blätter malte, nie das Glitzern der Sonne auf dem Schnee.

Was ihr blieb, war das Summen der Bienen, das Rascheln des Laubes und das Knirschen des Schnees. Der liebliche Geruch der Natur, der Tau unter den Füßen, das sanfte Streichen des Windes.

Gleichwohl war Ida dankbar. Gott hatte ihren Hochmut gestraft, als sie sich in Sehnsucht nach seinem hellleuchtenden Licht verzehrte, nach dem Feuer, das unbegreiflich und lauter Leben ist. Und nicht erkannte, dass nicht die Frömmigkeit sie trieb, sondern der Neid auf die Meisterin, der es vergönnt war, vom Herrn erwählt worden zu sein.

Der Neid ist zerstörerisch, lässt die Liebe ersterben und das Mitgefühl. Und doch war es eben jene Meisterin gewesen, die ihr die Hand reichte, als der Schöpfer ihr nicht seine Worte gegeben, sondern das Augenlicht genommen hatte.

Ida hatte gehadert, damals, als sie dem Hohn und Spott der anderen ausgesetzt war, die sie, nun missgebildet und unbeholfen, stolpern ließen und sie drehten, bis sie fiel.

Hildegard hatte die Unbarmherzigen gemaßregelt und sich vor die Erblindete gestellt. Ihr einen von der Sonne erwärmten Bergkristall auf die Augen gelegt, um die üblen Säfte aus den Augen zu ziehen. Bergkristall, Stein der Demut, er wollte ihre Sicht nicht erhellen, denn die Demut war nicht in ihrem Herzen.

Hildegard war an ihrer Seite gewesen, hatte sie gelehrt, mit den Sinnen zu sehen, sich der Hilfe eines Stabes und der Führung des Herrn anzuvertrauen.

Den Stab hatten sie ihr nun genommen, um sie zu brechen, doch Ida war wie die Weide im Wind, die man wohl beugen konnte, nicht aber zerbrechen.

Heute Morgen, als Radulf von Braunshorn den Herrn um ein Zeichen anrief, hatte sie es erhalten, unerwartet, schöner als erhofft.

Das Licht hatte über ihre Augen gestrichen und ihr eine Bilderflut geschenkt, ausgehend von dem Einen, der auf dem Berge thronte, in hellem Glanz.

Er hatte nicht die Stimme erhoben, kein Wort war ertönt, und doch hatte Ida mit einem Mal gewusst, was zu tun war. Es war an der Zeit, die Menschheit an ihre Christenpflicht zu erinnern, dem Teufel abzuschwören, wenn sie nicht untergehen sollte.

Ein Geräusch ließ Ida zusammenfahren. War es ein Schluchzen? Rasch entfernte es sich wieder. Es war ungewöhnlich still für diese Zeit. Gewiss, es war die Zeit der Mittagsruhe, doch nicht immer waren die Nonnen so schweigsam. Heute jedoch schien etwas anders zu sein, und Ida ahnte, dass es nicht an dem Gottesurteil lag.

Sie tastete mit den unversehrten Fingerspitzen nach dem Schemel, der vor dem Schreibpult stehen musste. Ihre Beine vermochten sie nicht länger zu tragen, die ganze Nacht war sie wach gewesen, durch die Gänge gewandelt, im Gebet versunken, um ein mildes Urteil flehend. Sie musste sich ausruhen.

Ihre Finger strichen über das grobe Holz des Pultes, erinnerten sie an die Zeit, als sie noch im Rupertsberger Skriptorium gearbeitet hatte, dann fanden sie den Schemel.

Ida setzte sich und legte die verbundenen Hände auf das Pult. Mit Erleichterung stellte sie fest, dass die Verbrennung zwar stark genug war, die Handflächen ihres Tastsinnes zu berauben, nicht aber die Fingerkuppen, die sich nun mit dem Holz zu verbinden schienen.

Rasch glitten sie über das Pult, spürten die Vertiefungen im Holz, in dem feine Federn lagen und ein Bimsstein zum Glätten von Pergament. Am Rande das Horn mit der Tinte, eingelassen in ein vorgefertigtes Loch im Tisch.

Von hier aus schrieb Agnes ihre Briefe. Ida wusste, dass der Priorin der Kontakt mit der Welt draußen mehr bedeutete als der mit den Nonnen ihres Konvents.

Auf dem Pult lag ein Pergament. Jetzt, da Ida es mit den Fingern befühlte, erkannte sie, dass es nicht mehr war als eine abgerissene Ecke, nicht größer als die Fläche einer Hand.

Hatte Agnes es zerrissen, aus Wut über eine missglückte Formulierung? Doch besaß Eibingen derart feines Pergament?

Schritte erklangen, wurden immer lauter. Ida erkannte den Gang von Agnes. Harsch und selbstgewiss. Hastig schob sie das Fragment von sich, erhob sich vom Schemel und stellte sich an die Fensteröffnung, mit dem Rücken zur Tür.

»Ida? Ida! Wo hast du gesteckt?« Es brach aus Agnes heraus. Ida vernahm Erleichterung in der Stimme, aber auch Furcht.

»Ich muss mit dir reden«, antwortete die blinde Nonne.

»Wir müssen zunächst zum Exorzisten, er glaubt, du wärest gegangen, um dich dem Urteil zu entziehen.«

»Er weiß, dass dem nicht so ist.«

»Woher soll er es wissen? Ida, du warst ungehorsam. Radulf von Braunshorn hatte angewiesen, dich in der Krankenstube zu belassen, bis drei Tage verstrichen sind und die Wunden erneut beurteilt werden können.«

»Die Wunden bedürfen keiner weiteren Beurteilung. Das Gottesurteil ist gesprochen.«

»Ida, mäßige dich. Du verfällst dem Starrsinn. Vergiss nicht, dass es der Hochmut war, der deine Augen schlug.«

»Radulf von Braunshorn ist derjenige, dem der Hochmut anhängt. Und die Ruhmsucht. In Ruhmsucht erhebt er sich selbst über Gott, führt seine eigenen Begierden mit grausamer Diktion ans Ziel.« Ida spie die Worte aus und drehte sich zur Priorin.

»Radulf von Braunshorn ist ein gottesfürchtiger Mann. Streng zwar, aber ausgestattet mit den Insignien der Macht. Einst war er päpstlicher Legat, verbrachte viele Jahre in Rom. Die Kardinäle sehen ihn als einen von ihnen, und auch unser Erzbischof Konrad schenkte ihm sein Vertrauen.«

»Er ist der Teufel, ich sah es in wahrer Schau!«

»Der Teufel? Du musst dich irren!« Agnes klang gefasst, doch Ida hörte das fast unmerkliche Zittern.

»Eine Bilderflut stürzte hinab, als ich heute in der Kirche mein Gesicht gen Himmel erhob. Ich erkannte den Allmächtigen auf dem Thron, und mir wurde gewahr, dass der Teufel in Gestalt des Exorzisten ins Kloster kam, und solange wir ihm nicht Einhalt gebieten, wird das Böse nicht gehen.«

»Nein, nein, du redest im Wahn. Er kam erst, nachdem der Mönch ermordet worden war. Wie sollte er das Feuer entzünden, das unsere Kirche heimsuchte?«

Ida senkte den Kopf. Sollte sie der Priorin alles erzählen? »Ich gestehe, der Blick war begrenzt. Doch in Erinnerung dessen, was ich sah, sage ich dir, Agnes: Weiche von deinem Wege ab, denn du dienst dem falschen Herrn.«

Agnes entfuhr ein Schrei. »Wage es nicht«, ereiferte sie sich mit schriller Stimme. »Wage es nicht, den Bogen gegen mich zu spannen oder gegen Radulf von Braunshorn, dem Abgesandten Gottes. Ja, dein Blick war begrenzt, und deine Botschaft ist trügerisch. Wie willst du erkennen, wer der wahre Herr ist? Wir sollten dem Allmächtigen danken, dass er uns diesen ehrwürdigen Priester zur Seite stellt. Uns und unserem armseligen Kloster, das es nicht länger verdient, Wohnstatt der Bräute Christi zu sein.«

Ida merkte auf. »Du sprichst von einem Ort, der von der seligen Hildegard neu erbaut wurde.«

»Er ist entweiht.« Agnes schrie es fast, ihre Stimme zitterte. »Während du dich im Dunkel meiner Zelle verbargst, heimlich und ohne Zustimmung, warf die Oblatin Anna sich vom Turm und besudelte die Stufen zur Kirche mit ihrem Blut.«

»Anna?« Es war, als risse der Boden vor ihr auf. Ida schwankte, warf suchend die gequälten Hände nach vorne und fand Halt am Pult. »Nie würde sie sich in Ungnade stürzen! Man stirbt an Krankheiten, Seuchen, Unfällen, Mord. Nie hörte ich je von einer solchen Tat. Jemand muss sie gestoßen haben.«

»Nein. Sie stürzte sich hinab, wir alle waren Zeugen. Gudrun kam in den Turm geeilt und versuchte, sie zu halten, doch das Gewand riss, und Anna fiel mit seligem Lächeln.«

»Warum tat sie nicht Buße, der Herr hätte ihr verziehen!«

»Buße? Wovon sprichst du? Welche Sünde könnte groß genug sein, dass eine Braut Christi sich zerschmettert und ihrer Seele die Heimkehr ins Himmelsreich verwehrt? Es geschah auf Einflüsterung des Teufels, der sich umtreibt und das Kloster in Angst und Schrecken versetzt. Doch der Teufel war nicht Radulf von Braunshorn, der unten stand und sie zur Umkehr beschwor.« Ihre Stimme überschlug sich. »Und du maßt dir an, ihn zu verurteilen und zu behaupten, deine Erkenntnis käme vom Licht. Was sind das nur für Irrtümer, die diesen Wahnsinn treiben? Die alte Schlange ist voller Schlauheit und betrügerischer List, ihr tödliches Gift hat auch dich ergriffen, als es dir eingab, Gottes

Botschaft zu hören, während sie unseren Konvent zerstört. Das Böse raubt die geistige Freude und lässt uns zweifeln, ob wir gerettet werden können. Die Schwestern sind beunruhigt, ich hörte sie flüstern. Sie werden gehen und sich anderen Klöstern anschließen. Ich kann es ihnen nicht verdenken. Selbst die Handwerker sind geflohen. Wer wollte schon länger an einem Ort wie diesen verweilen?«

Ida atmete tief ein. Wie konnte Agnes derart an ihren Worten zweifeln? Ja, die Priorin war dem falschen Herrn zugetan, doch ihre Seele wollte sich nicht erretten lassen. Wie sollte sie nun ihren Auftrag erfüllen, ohne den Rückhalt der Oberin? Jenen Auftrag, den Hildegard von Bingen ihr gab, damals, als sie sie beiseitenahm und bat, nach Eibingen zu gehen, als Hüterin der Ordnung.

»Gut, gib mir meinen Stab zurück, und ich werde in die Krankenstube zurückkehren. Doch nicht als Entflohene, denn ich stellte mich Gottes Urteil und verblieb in den Mauern des Klosters. Aber ich werde der schwachen Natur nicht nachgeben, sondern tapfer Krieg führen, mit weiser Geduld und der Kraft des Löwen. Denn ich darf mich den Pfeilen des Teufels nicht aussetzen, der da heißt: Radulf von Braunshorn.«

12

Als Gottfried von Werlau die erzbischöfliche Kanzlei verließ, war er voller Zweifel. Man hatte ihm glaubhaft versichert, er werde für seine Mithilfe reichlich belohnt werden. Auch würden dem Stift keine Konsequenzen drohen, keine Einschränkung der Bewegungsfreiheit, wenn er, Gottfried, all das offenbarte, was er wusste.

Clemens von Hagen hatte ihm vertraut, als er erzählte, warum er durch das Erzbistum reiste, ohne Weisung, getrieben von dem Gedanken an eine Vision der seligen Hildegard, die es zu verkünden galt. Aber war dessen eigenmächtiger Wunsch wichtiger als die Zukunft des Stiftes?

Als Gottfried dann Wilhelm von Bliesen und dem Magister Scholarus des Mainzer Doms in der Kanzlei gegenüberstand, war alles aus ihm herausgesprudelt – alles, was er am Morgen vor der Laudes auch dem Probst erzählt hatte, nachdem der sein Geschick, sich zu verstellen, überschwänglich gelobt hatte. Er hielt erst inne, als Wilhelm von Bliesen das feiste Gesicht zu einem Grinsen verzog und sich die Hände rieb.

»Gut gemacht, ehrwürdiger Gottfried. Ihr habt uns eine Menge Ärger erspart.«

»Was wird nun geschehen?«

»Wir überlassen es dem Lauf der Dinge, denn nun, da ihr dem Boten seine ursprüngliche Botschaft zurückgegeben habt, wird

Radulf von Braunshorn gewarnt sein. Er wird die rechte Entscheidung treffen, wie mit der Adeligen derer von Bergheim zu verfahren ist.«

»Und was geschieht mit Clemens von Hagen?«

»Ihr hättet Euren Stiftbruder nicht an uns verkaufen sollen, wenn er Euch derart am Herzen liegt«, versetzte Wilhelm süffisant.

»Doch Ihr hattet versprochen, ihm nicht zu schaden«, entgegnete Gottfried beunruhigt.

»Sicher, doch wer könnte es uns verwehren, ihm seine Resignation nahezulegen.«

»Und die Vision?«

»Was soll damit sein?«

»Was ist es, das Euch so aufscheucht, was habt Ihr von der Vision zu befürchten? Hildegard von Bingen ist längst tot, sie kann Euch nichts mehr anhaben?«

Wilhelm von Bliesen sprang auf, rot im Gesicht. »Euer Gedächtnis ist nicht das allerbeste«, höhnte er. »Soll ich Euch erinnern? Hildegard von Bingen warf uns vor, dem Lügengeschwätz und der Bosheit des Teufels verfallen zu sein, als wir ihrem Kloster verboten, den Lobpreis Gottes zu singen. Da war kein Einsehen, dass sie gegen das Gesetz der Kirche verstoßen hatte, als sie einen exkommunizierten Edelmann in geweihter Erde begrub, nein, sie führte unser Urteil auf böse Einflüsterungen zurück, auf unreine Gedanken und ungerechte Unterdrückung aus dem Munde der Kirche.« Er trat einen hastigen Schritt auf Gottfried zu, als wolle er sich auf ihn stürzen. »Sie hat uns angeklagt, ebenso wie den Klerus in Köln. Eine Frau, die es wagte, in aller Öffentlichkeit das Wort zu ergreifen und es gegen Kirchenfürsten zu schleudern. Und damit nicht genug! Auch den Kaiser maßregelte sie. Was also glaubt Ihr, werden die letzten Worte einer greisen Frau sein, deren Geist umnebelt war und deren Worte längst aus dem eigenen Herzen kamen, nicht aber vom hellstrahlenden Licht?«

Der Magister war zu ihnen getreten und hatte Wilhelm beschwichtigend eine Hand auf die Schulter gelegt. »Nun, lieber Gottfried, Ihr werdet einsehen, dass gerade jetzt, wo der Kaiser darum bemüht ist, den Frieden im Reich zu konsolidieren, um für die Dauer seiner Abwesenheit keine Konflikte entstehen zu lassen, eine weitere, zudem haltlose Anklage nur unnötige Unruhe brächte.«

Der Magister hatte Gottfried zur Tür begleitet, ihm einen Beutel Silberlinge in die Hand gedrückt und ihn aus der Kanzlei entlassen, nicht ohne sich noch einmal für Wilhelms Ausbruch zu entschuldigen.

Gottfried drängte zum Domplatz hinaus, mitten in das Getümmels des Marktes, wo Bauern und Händler begannen, ihre Stände abzubauen.

Gottfried dachte an das Gespräch in der Kanzlei, er kam nicht umhin, dass Wilhelm ihm nicht den wahren Grund für den Aufruhr genannt hatte. Doch es war nun einerlei.

Der Beutel wog schwer in der Hand. Gottfried nahm ihn an der Schlaufe und befestigte ihn mit spitzen Fingern an seinem Gürtel, Lohn des Verrats. Verflucht sei er, dachte er, während er sich durch die engen Gassen trieb, in denen sich die Menschen im Gedränge aneinanderpressten, stinkend und voller Schmutz, um einem Schauspieler bei seinen Künsten zuzusehen. Gottfried merkte nicht, wie ein kleiner verlumpter Junge sich auf seine Fersen heftete, ihm im Gedränge der Menschen näher kam und ihm den Beutel mit einer schnellen Bewegung entriss.

13

Der Weg führte bergan, weg vom Morast des Rheinufers. Nun war auch die Straße passierbar, wenngleich sie an vielen Stellen aufgerissen war, ihrer kostbaren Steine beraubt, die man anderswo zum Bau eines Hauses verwendete.

Noch immer tobte das Gewitter, die Wolken hingen tief, der Regen schlug Clemens ins Gesicht.

Das Pferd schnaubte schwer, Clemens trieb es an. Hinter der Kuppe dieses Berges lag die Nahe und an ihrer gegenüberliegenden Seite das Kloster Rupertsberg.

Clemens lächelte, eine unbändige Freude erfüllte sein Herz. Sein Blick wurde unaufmerksam, und so bemerkte er nicht das Loch auf dem Weg. Ungehindert trat das Pferd hinein, knickte ein und stürzte nach vorne. Ein heißer Schmerz durchzuckte das verletzte Bein, als Clemens hart zu Boden fiel.

Hastig stand er auf, ignorierte das Blut, das den Verband tränkte und das Beinkleid färbte, und nahm sein Pferd am Zügel. Doch es vermochte nicht aufzustehen. So sehr sich das Tier auch bemühte, es strauchelte immer wieder.

Clemens kniete sich nieder und befühlte den rechten Vorderhuf, die Fessel, das Bein. Es war gebrochen. Das zweite Pferd, das er auf seiner Reise verlor! Wie sollte er seine Reise ohne dieses kostbare Tier fortsetzen?

Hadernd blickte er zum Himmel. Das Pferd litt, daher war es

seine Pflicht, das Leid mit dem harten Schlag eines Steines zu beenden. Mit zitternden Händen hob Clemens einen Stein hoch in die Luft, doch er ließ ihn fallen und sah ihm nach, wie er polternd den Hang hinunterfiel.

Was sollte er tun? Ließ er das Pferd liegen, würden Bären und Wölfe über es herfallen. Wenn aber der Herr sich gnädig erwies, konnte es eine hungrige Familie, die dem Wald kaum noch Nahrhaftes zu entlocken vermochte, über den Winter retten.

Clemens sah sich um. Die Straße, sonst von Händlern, Pilgern und Reisenden bevölkert, war verlassen. Das furchtbare Gewitter hatte die Menschen erschreckt.

Clemens klopfte dem Pferd auf den Hals, spürte den warmen Atem seiner Nüstern. Er musste es verlassen, weiterziehen, nach vorne blicken, nicht zurück. Den Weg fortsetzen, stolpernd und mit verletztem Bein. Auch wenn er das Kloster erst bei Anbruch der Dunkelheit erreichte – er würde es schaffen, das war gewiss, er musste es schaffen.

Am Wegesrand fand er einen starken Ast, den der Sturm vom Baume gerissen hatte. Er schulterte seinen Proviantbeutel und ging langsam weiter, den bewaldeten Berg hinauf.

Der stechende Schmerz überwältigte ihn, daher verfiel er in lautes Beten, schritt die Psalmen rezitierend voran.

Endlich, als er beim 28. Psalm angelangt war und die Bitte um Verschonung sang, erklomm er die Kuppe.

Ein weiter Blick tat sich ihm auf, und es war ihm, als erstarre sein Herz in Ehrfurcht. Vor ihm, inmitten bewaldeter Berge, breitete sich das Tal aus, das von der Nahe durchzogen wurde, bis sie weiter nördlich in den Rhein mündete. Unterhalb, am diesseitigen Ufer lag Bingen, das Zentrum des erblühenden Handels und Knotenpunkt der Verkehrswege.

Der Stadt gegenüber jedoch, am anderen Ufer der Nahe, erblickte Clemens das Kloster Rupertsberg. Hoch und mächtig türmte sich der vorspringende Chor der dreischiffigen Abteikirche empor, flankiert von zwei viergeschossigen Türmen. Darüber der Ostgiebel, versehen mit steigendem Bogenfries. Prachtvoller Gottesbau und doch frei von üppiger Verzierung, schlicht und eindrucksvoll zugleich.

In seine Freude mischte sich Besorgnis, als er sah, wie hoch die Wasser an das Plateau gestiegen waren, auf dem die Abteikirche stand und wie sie die Stämme der ufernahen Bäume mannshoch bedeckten. Die weiter nördlich gelegene Nikolauskapelle war bereits von Wassern umspült.

Den Schmerz ignorierend eilte er voran, rutschte fast, den Hügel hinab bis in den Ort. Er sah nicht die Menschen, die sich angesichts seines schmutzigen Gewandes von ihm abkehrten. Nicht die Kinder, die ihn neugierig musterten und Steine hoben, um sie nach ihm zu werfen, doch sogleich sinken ließen, als er wieder begann zu rezitieren. Er roch nicht das Feuer der rußigen Öfen, den Gestank des vergangenen Markttages, den alten Fisch, der achtlos auf dem Boden lag, den beißenden Geruch von Harn.

So schnell ihn die Füße trugen, humpelte er die Gassen entlang, auf den Stock gestützt, an der St. Martinskirche vorbei und zum Stadttor hinaus, weiter zur Brücke, die ihn über die Nahe bringen würde, zum Rupertsberg, seinem Ziel.

14

Elysa fand Margarete in der Kirche. Sie war nicht alleine. Gemeinsam mit der Novizin Sibille kniete sie vor dem Altar des heiligen Rupertus, der ihr offenbar nun, da das Bildnis der seligen Hildegard noch immer im Glockenturm stand, als Trost und Ersatz diente.

Elysa kniete sich daneben, faltete die Hände und wandte den Blick zum Tafelbild des heiligen Rupertus, Schutzpatron des Mutterklosters, dessen Antlitz sich mit ernstem Ausdruck zum Hauptaltar hinwandte und voller Schmerz und Nächstenliebe erfüllt zu sein schien.

»Ich muss dich sprechen«, wisperte sie in Margaretes Richtung.

Margarete sah erstaunt auf, nickte dann aber und erhob sich. Als sie zum Südportal hinaus in den Kreuzgang traten, stob ihnen eisiger Wind entgegen.

»Ich war vorhin bei Ermelindis und befragte sie zur Zubereitung des Geflügels, das sie Kranken zur Stärkung zu geben pflegt«, begann Elysa, während sie den Kreuzhof langsam umrundeten. »Ich glaube nicht, dass sie das Gift beimischte, denn sie sprach offen und ohne Scham. Doch ich gebe zu, wir müssen alles in Betracht ziehen. Außer ihr stehen noch Agnes, Ida und Gregorius in Verdacht, denn sie alle wussten zu dem Zeitpunkt, dass du den Schlag auf den Kopf überlebtest.«

»Die Priorin?« Margarete fuhr sich mit der Hand an den Hinterkopf, der gewiss noch immer schmerzte.

»Auch die Priorin. Doch müssen wir uns fragen, welches Motiv den Täter treibt.«

Margarete hob seufzend die Schultern. Ihre Stimme schwankte, als sie antwortete. »Glaube mir, Elysa, ich habe oft darüber nachgedacht. Außer dir wusste niemand von dem Pergament, und unserem Seelsorger beichtete ich es erst, nachdem man mich niedergeschlagen hatte.«

Elysa blieb stehen und legte sich beide Hände an die Stirn, als könne sie damit ihre Gedanken ordnen.

Über ihnen zuckte ein Blitz, gefolgt von einem gewaltigen Donner, was Margarete dazu veranlasste, sofort den Kopf einzuziehen und ängstlich gen Himmel zu starren.

»Es begann mit dem Tod des Mönches«, fuhr Elysa abwesend murmelnd fort. »Er führte ein Pergament mit sich, das, dem Aussehen nach zu urteilen, dem Rupertsberg entstammte, mit Miniatur und Text, die dem *Scivias* entnommen waren. Jener Visionsschrift, die dieser Sammlung nun fehlt. Jemand, der sich zu dieser Zeit ebenfalls in Eibingen aufhielt und die Bedeutung des Pergaments kannte, tötete den Mönch und entriss ihm das Blatt. Dass ein Stück davon fehlte, wird der Mörder erst später bemerkt haben, denn als du den Mönch fandest, hielt er es noch in seinen Händen.« Sie blickte auf. »Margarete, wer immer den Verlust des Fragments bemerkte, musste annehmen, dass du es hast, denn du hast den Mönch gefunden. So stellt sich nun die Frage, wer noch einmal zurückkam, um das verlorene Fragment zu suchen. Welche Nonnen waren es, die sogleich ins Skriptorium eilten, nachdem du seinen Tod entdeckt hattest?«

»Jutta und die Priorin.«

»Damit sind es nun fünf. Zunächst Ermelindis, beauftragt, einen Braten zu bereiten. Dann Agnes, die sie über die Abweichung der Speise informieren musste, Ida, die dem Duft des Bratens folgend in der Küche erschien, und Gregorius, der die Ente fing. Sie alle wussten nun, dass dein Schädel nicht zertrümmert war, als wir dich im Badehaus fanden. Alle anderen nahmen an, du seiest tot. Der Mörder musste handeln, denn es stand zu befürchten, dass du, belesene Nonne und der Schrift kundig, jemandem das Fragment gibst, der die Pläne des Mörders zunichte machen konnte. Doch auch Jutta wusste, dass du leben wirst, sie bemerkte, wie deine Kräfte zurückkehrten, und bat Ermelindis um den Braten. Jutta war nach dem Mord im Skriptorium, ebenso Agnes. Wir müssen annehmen, dass eine der beiden der Übeltäter war.«

Margarete schüttelte heftig den Kopf. »Nein, nein, du irrst dich. Jutta ist keine Mörderin. Warum hätte sie mich retten sollen? Es wäre für sie ein Leichtes gewesen, mir falsche Kräuter zu geben und mich sterben zu lassen.«

»Aber ich war zugegen, und ich erinnere mich, dass Jutta aufgebracht war angesichts meiner Neugierde. Es schien sie zu stören, dass ich blieb, sie machte mir Vorhaltungen, ich sei für das Leben einer Nonne nicht gemacht, da mir die rechte Demut fehle.« Elysa setzte den Weg um den Kreuzhof fort. Die kalte Luft durchdrang das Wollhabit, klärte ihre Gedanken. »Ermelindis brachte den Braten, nachdem ich die Krankenstube verlassen hatte, um mich im Skriptorium umzusehen. Als ich zurückkehrte, war ich alleine und probierte von dem Fleisch. Jutta hätte das Gift unterdessen zugeben können. Ja, es liegt nahe, denn als Medica steht ihr eine ansehnliche Sammlung von Giften offen. Der Braten war nur Mittel zum Zweck, lenkte von ihr als Verursacherin ab.«

»Vergiss nicht, auch sie probierte von dem Braten.«

»Das ist wahr. Doch als sie probierte, habt ihr beide am Tisch gesessen. Sie wusste, welche Stellen des Vogels vergiftet waren.

So konnte sie sich sicher sein, dass du das verdorbene Fleisch zu dir nahmst, während sie sich mit einem harmlosen Stück begnügte.«

»So wollte sie uns narren, als sie hinauslief, um das Fleisch herauszuwürgen?« Margaretes Atem ging stoßweise, schickte hastige Wölkchen in den Himmel »Oh, Elysa, wem soll ich noch trauen?«

Elysa seufzte und blickte zum östlichen Konventsgebäude, in dem die Krankenstube untergebracht war. »Es ist nur eine Möglichkeit, Margarete, denn es bleibt noch eine Frage offen: Was für eine Bedeutung hat das Pergament für Jutta? Oder für Agnes? Sie beide waren die Einzigen, die sowohl im Skriptorium zum toten Mönch eilten als auch von deiner Genesung wussten. Doch wem war es kostbar genug, dem Bösen zu verfallen?«

Es waren beunruhigende Gedanken. Unfertig zwar, doch sie brachten zutage, dass es eine von ihnen gewesen sein konnte, Wölfin unter Schafen. Die Überlegung, dass es Jutta war, behagte Elysa nicht. Viel lieber hätte sie gesehen, wenn alle Zeichen auf Radulf von Braunshorn deuteten, doch seine Bösartigkeit war zu offenbar, seine Gestalt zu auffällig, als dass es ihm hätte gelingen können, sich unbemerkt im Nonnentrakt herumzutreiben und eine Schwester niederzustrecken oder einem Braten Gift beizumischen. Die Rolle, die ihm zustand, war keine gute, das war gewiss, doch es war nicht die des Mörders.

Eine Weile noch wandelten sie im Kreuzgang, sprachen über die Lücke ihrer Überlegungen und suchten nach Dingen, die Jutta entlasteten. Denn konnten sie sich ihrer Sache sicher sein? Was, wenn schon vorher jemand ins Skriptorium gelaufen war, um nach dem fehlenden Fragment zu suchen, während Margarete zur Priorin eilte, um den Tod des Mönches zu melden?

All diese Dinge gingen Elysa durch den Kopf, als die Glocke zur Vesper läutete. Der Kreuzhof füllte sich rasch. Von allen Seiten strömten Schwestern auf dem Weg zum Südportal, keine von ihnen schien sich noch der Anweisung zu erinnern, die Kirche nur vom Hauptportal im Westen zu betreten und auch zu verlassen.

Während die Nonnen im Chorgestühl Platz nahmen und andächtig ihre Köpfe senkten, ertönte hinter ihrem Rücken das bekannte, fast schon schmerzlich vermisste Geräusch eines Stabes.

15

Es hatte noch nicht zu dämmern begonnen, als Clemens von Hagen die Stadt Bingen hinter sich ließ und die Nahe auf der alten steinernen Römerbrücke überquerte, die vom Fluss beinahe vollständig überschwemmt worden war. Mit ihm kamen Pilger und Arme, die offenbar dasselbe Ziel hatten.

Aus der Nähe erschien der Schaden am Rupertsberg noch größer zu sein, das Flusswasser hatte die Fenster der ufernahen Nikolauskapelle auf halber Höhe erreicht. Ein Stück oberhalb der Kapelle lag auch das Torhaus, das er von seinem Standpunkt auf der Brücke nicht einsehen konnte. War der Eingang zum Kloster vom Wasser versperrt?

Nun näherte Clemens sich, kaum dass er die Brücke passiert hatte, der Anlage vom Süden, erkannte die Dächer des dem Kreuzgang anliegenden Konventsgebäudes. Um zum Eingang zu gelangen, musste er das Kloster umrunden, an Mauern aus gleichmäßig gehauenen Steinquadern entlang, die den Weg säumten, die Nordseite hinunter zurück zum Ufer der Nahe.

Seine Füße vermochten ihn kaum noch zu tragen. Er ging schleppend, das verletzte Bein hinter sich herziehend. Erleichtert fand er das Torhaus vom Wasser verschont, doch es war nur noch wenig entfernt.

Das Tor stand offen, um die Pilger einzulassen, die ihn auf dem Weg überholt hatten. Die Pförtnerin, deren Augen müde in den

Höhlen lagen, begrüßte ihn mit einem »Dank sei Gott« und wies ihn an, vor der inneren Pforte oben am Ende des schmalen Ganges zu warten, bis man ihn zu seiner Zelle im Gästehaus geleitete.

Eine Nonne kam und ließ ihn ein. Sie entschuldigte die Äbtissin, die in Gesprächen mit armen Sündern beschäftigt sei und sich alsbald Zeit nehmen werde, um ihn in aller Form zu begrüßen. Mit kleinen, raschen Schritten ging sie voran, am Schulgebäude, Konversenhaus und Kelterhaus vorbei bis hin zum Wohngebäude, in dem man die Gäste unterbrachte.

Clemens von Hagen war nicht der einzige Gast. Außer den Pilgern beherbergte das Kloster noch einen Probst aus Köln, einen Ritter aus Utrecht und eine Markgräfin mit Gefolge, die, aus Mangel an freien Unterkünften, im westlichen Klosterflügel untergebracht worden war und, wie es hieß, bereits seit dem Sommer hier weilte.

In der Anlage herrschte emsiges Treiben. Clemens staunte über die Zahl der Bediensteten, die über den Hof eilten und in der Küche verschwanden oder aus dem Garten kamen. Es gab welche, die die Räume putzten, und andere, die Wäsche wuschen. Clemens gewann den Eindruck, dass die Äbtissin das Kloster so führte, wie Hildegard es einst getan hatte, die den Nonnen alle niederen Arbeiten abnehmen ließ, um ihnen mehr Zeit für die meditative Innenschau zu geben, für das Gebet, das Lesen von Büchern, für Handarbeiten und die Tätigkeit im Skriptorium.

Die Nonne, die sich als Schwester Mechthild vorstellte, führte Clemens gleich nach der Zuweisung seiner Zelle ins Infirmarium, einen großzügig bemessenen Krankensaal, in dem es außer einer Medica noch zwei weitere Schwestern gab, von denen eine soeben einen Pilger zur Ader ließ.

Die andere widmete sich sogleich Clemens' Beinwunde, wusch

und verband sie sorgfältig, wobei sie abgekochtes Schafgarbenkraut verwendete. Gleich darauf wurde ihm ein neues Leinengewand gebracht und frische Beinkleider, was ungewöhnlich war in einem Frauenkloster.

Die Zeit der Vesper war gerade vorbei, als er aus dem Infirmarium auf den Klosterhof trat. Dort traf er Schwester Mechthild, die ihn bereits suchte, um ihm mitzuteilen, dass die Schwestern nun die abendliche Mahlzeit einzunehmen pflegten und die Äbtissin ihn an ihren Tisch bat.

Clemens lächelte. Äbtissin Ida von Rüdesheim, Nachfolgerin der rasch nach ihrer Berufung durch die sterbende Hildegard ebenfalls verschiedenen Adelheid, handelte im Geist der seligen Prophetin. Sie scherte sich nicht um die Beschlüsse im fernen Rom, indem sie es auch Männern erlaubte, im Refektorium der Nonnen zu speisen.

Das Refektorium war ein stattlicher Raum mit hohen Decken, dessen große Arkadenfenster zum Kreuzgang hinausgingen. Die Tische der Nonnen waren in einem großen U geordnet, an dessen offener Seite sich der erhobene Platz der Äbtissin und ihrer Gäste befand. Unzählige Fackeln erhellten den Raum wie zu einem Fest, obgleich das trübe Tageslicht noch durch die Fenster drang und die Regel den Gebrauch von Lampen zu diesem Anlass verbot.

Eine Speisenmeisterin ging umher, wies einige Konversinnen an, das Essen zu verteilen, und beaufsichtigte die Ausgabe der Getränke.

Auf den Plätzen vor den stehend wartenden Nonnen befanden sich mannigfaltige Speisen. Suppe mit großen Gemüsestücken, frischer gedünsteter Barsch, Brot, Eier und Käse, daneben Nüsse und mit Wasser verdünnter Wein. Wahrlich, hier musste niemand Hunger leiden.

Für die Gäste der Äbtissin hatte man außerdem Fleisch aufgetischt. Dampfend und herrlich duftend standen Schalen mit gebratenem Schwein auf dem Tisch, Hühnerschenkel fein drapiert neben getrockneten Trauben. Es gab unverdünnten Wein in Bechern aus getriebenem Silber. Clemens fragte sich unwillkürlich, ob man ihre Schwestern auf der anderen Seite des Rheins vergessen hatte, die den Tag mit Getreidebrei begangen und froh über jedwede Abwechslung im Speiseplan waren.

Dann betrat die Äbtissin den Raum. Ida von Rüdesheim war eine Greisin, mit runzeligem Gesicht und trüben Augen. Ihre Haltung von Schmerzen gebeugt, der Gang schleppend. Das Gewicht ihres Körpers auf den Äbtissinnenstab gestützt, der auffallend fein gearbeitet war, mit elfenbeinerner Krümme in Form einer knorrigen, nach innen verzweigter Rebe.

Das letzte Mal, als Clemens sie gesehen hatte, war sie noch neu im Amt gewesen, einstimmig gewählt. Sie lächelte, und durch die Trübsichtigkeit des Alters strahlte eine herzliche Wärme.

»Ich freue mich, Euch zu sehen, ehrenwerter Kanonikus«, flüsterte sie und nickte ihm zu. Dann sprach sie das Gebet, gab der Lektorin am Pult ein Zeichen und bedeutete den Anwesenden, sich zu setzen.

Schweigend folgten sie der Lesung der Lektorin.

»Ich schaute in der Mitte der beschriebenen südlichen Region drei Gestalten«, begann die Nonne mit wohlklingender Stimme, dann las sie von himmlischen Gestalten, umgeben von purpurnem Schimmer und blendend weißem Glanz, das Antlitz strahlend von Herrlichkeit.

Die sanfte Stimmung der erbaulichen Worte schien sich auf die Schwestern zu übertragen. Die meisten von ihnen lauschten voller Andacht, während sie schweigsam ihr Mahl zu sich nahmen.

Der Probst von Köln hingegen, ein Mann mit feistem Gesicht und ebenfalls Gast am Tisch der Äbtissin, beugte sich lächelnd zu Clemens und sprach leise, den Mund voller fettem Fleisch. »Zumindest weiß ich, dass das Fleisch hier gut ist und äußerst zart, ein besseres bekommt man in dieser Gegend nicht.« Er grinste und sah Clemens um Beifall heischend an.

Der Kanonikus wandte sich wortlos ab. Weder sehnte er sich danach, sich über das Essen auszutauschen, noch konnte er den Worten der Lektorin folgen. Die andächtige Stimmung wollte sich nicht auf ihn übertragen. Mit wachsender Unruhe beobachtete er, wie die Augen der Äbtissin sich schlossen, während sie mit dem Essen innehielt.

Das üppige Mahl zog sich dahin, bis die Äbtissin endlich hochschreckte, das Essen beendete und die Nonnen aufstanden, um sich zur Komplet in den Chor zu begeben.

16

Während der Messe hatte Elysa ihre Gedanken nicht ordnen können. Sollten sie die zurückgekehrte Ida als Prophetin befragen, so, wie sie es sich am Mittag erdacht hatten?

Elysa war erschöpft, erschlagen von den Gedanken, die ewig kreisten und keinen Halt fanden, sie vermochte den Worten des Seelsorgers nicht folgen, nicht den Hymnus singen und nicht den Lobgesang.

Margaretes Gesicht aber leuchtete, sie sang mit voller Stimme, immer wieder hatte sie zu Ida geblickt, die ebenso inbrünstig der Messe folgte, als hätte man sie nicht den ganzen Vormittag suchen müssen. Wusste sie von Anna? Hatte sie sich an einem Platz verborgen, an dem man den Aufprall hören konnte und das Geschrei der Nonnen?

Gleich nach der Messe waren sie der blinden Nonne in die Krankenstube gefolgt. Als Margarete sah, dass sie mit ihr alleine waren, eilte sie erfreut zu Idas Lager, um sie voller Verehrung zu begrüßen.

Ida ignorierte die ungewohnte Zuneigung und verharrte unbewegt, was Margarete dazu veranlasste, sich unsicher zu Elysa zu drehen.

Elysa nickte ihr aufmunternd zu. Das Feuer im Ofen war verglommen, ein paar Tonkrüge standen ungeordnet auf dem Tisch vor dem Schrank, in dem Jutta ihre Kräuter und Mixturen aufbewahrte. Noch war die Medica nicht zugegen, sie mussten die Zeit nutzen.

»Ehrwürdige Schwester«, begann Margarete und kniete sich neben das Lager. »Ich, Margarete, Magd Gottes, bitte dich, Ida, der durch Gottes besondere Gnade Erleuchteten, um Antwort für eine Frage, die mein Herz betrübt.«

Eine Weile geschah nichts. Plötzlich aber erhob sich Ida und tastete nach ihrem Stab. »Du willst mit mir sprechen? Dann folgt mir, du und die Anwärterin«, sagte sie entschlossen und ging mit sicheren Schritten voran.

Sie durchquerten den Kreuzgarten und betraten das westliche Konventshaus. Zu Elysas Erstaunen hielten sie vor ihrer Zelle – jener Zelle, die man ihr bei der Ankunft zugewiesen und die sie seit dem gestrigen Tage nicht mehr betreten hatte.

Ida klopfte mit ihrem Stab gegen das Holz der Tür. »Wir wollen das Schweigen lieber an einem Ort brechen, an dem uns das Sprechen erlaubt ist.«

Später, als Elysa wieder alleine in der engen, klammen Zelle lag und über das Gespräch nachdachte, begriff sie, dass sie sich in der Einschätzung der blinden Nonne geirrt hatte.

Ida war ein äußerst strenggläubiger Mensch, den Regeln treu ergeben. Doch wenn deren Dehnung vonnöten war, fand sie Auswege, ohne sie zu verletzten.

Die unumwundene Verehrung jedoch, die Margarete angesichts Idas Erleuchtung am Morgen offenbarte, konnte Elysa nicht teilen. Noch immer gehörte die blinde Nonne zu dem Kreis derer, die Margarete hätten schaden können. Wenngleich die Vorstellung, Ida könne unbemerkt einen Stein erheben und ihn gezielt auf Margaretes Kopf werfen, ihr geradezu absurd erschien.

Schon bald hatten sie erkennen müssen, dass Ida nicht gewillt war, eine Vision vorzutäuschen, um eine Antwort zu geben. Still und mit streng zusammengezogenen Augenbrauen hatte sie auf dem Schemel gesessen und den Fragen gelauscht, die sie ihr stellten, um sie sogleich mit einer Gegenfrage zu beantworten. »Eurer Rede entnehme ich, dass es euch nach der Erforschung himmlischer Geheimnisse dürstet. Doch bevor ich euch dazu antworten werde, lasst mich wissen, was ihr an jenem Tag in der Krypta verloren hattet, zur Zeit der Nachtruhe.« Ihre Stimme klang barsch. Man hatte Ida deutlich anmerken können, mit welchem Missmut sie den Übertretungen der beiden begegnete.

Margarete hatte verschämt zu Boden gesehen, so dass Elysa sich befleißigte, die Frage zu beantworten. »Wir stiegen hinab, um ein Schriftstück einzusehen, das dort verborgen lag.«

»Ein Schriftstück? Wie kam es dahin?«

Nun antwortete Margarete, leise und voller Demut. »Ich fand es bei dem toten Mönch und versteckte es. Doch ich habe bereut und meine Sünde der Gnade des Herrn anvertraut.«

»Es war sehr kostbar und am Rande mit einer eigentümlichen Schrift beschrieben«, ergänzte Elysa, die nun eine Gelegenheit witterte, der blinden Nonne ihr Wissen um die *Lingua Ignota* zu entlocken. »Einer Schrift, die erst sichtbar wurde, wenn man das Papier gegen das Licht der Fackel hielt.«

»Eine sichtbar gemachte Schrift?« Idas Augen glänzten. Ihr Blick wurde mit einem Male weich, und all die Härte, die sich fest in ihr Antlitz gegraben hatte, schien im selben Moment von ihr abzufallen. »Erzählt – was saht ihr noch?«

»Auf diesem Pergament war eine Miniatur, die einer des Rupertsberger *Scivias* entspricht. Ebenso ein Text dieses Werkes.«

»Zu welcher Vision gehörten Miniatur und Text?«

»*Tertia Visio Primae Partis*, die dritte Vision des ersten Teils«, antwortete Margarete rasch.

»So ist es wahr«, murmelte Ida. Dann, als hätte jene Enthüllung ein inneres Leuchten entfacht, begann sie zu reden. »Die Schrift, die ihr meint, enthält gewiss die Buchstaben der *Litterae Ignotae*, einer Handschrift, die Hildegard zu Lebzeiten immer streng von der *Lingua Ignota* zu trennen wusste. Als Hildegard mich diese beiden zu verbinden lehrte, wusste ich, dass ich an einem ganz besonderen Geheimnis teilhaben durfte.«

»Du verstehst dich auf deren Entschlüsselung?«

»Ja, doch ich bekam keine Weisung, mein Wissen zur geheimen Verständigung zu nutzen. Wenngleich Hildegard von einem Zeitpunkt sprach, an dem dieses Wissen von großer Bedeutung sein würde.« Ida stand auf und ging zur Fensteröffnung, tastete nach dem bespannten Rahmen, nahm ihn beiseite und reckte ihr Gesicht in das trübe Licht des bewölkten Himmels. »Hildegard vertraute mir die Aufgabe der Hüterin an. Sie sagte, ich solle dafür Sorge tragen, dass dieses Kloster in hellem Glanz erstrahlt, wenn dereinst der Tag der Abrechnung kommt. Dann aber erschien der Mönch und mit ihm das Böse.«

»Das Böse kam nicht vom Mönch, sondern von jenen Menschen, die ihn folterten und hier im Kloster töteten«, wandte Elysa ein.

»Er brachte die schlechten Winde. Die Elemente sind aufsässig seit jener Zeit.«

»Doch nicht durch ihn.«

»Ich sah den Mönch auf dem Hildegardisfest im Kloster Rupertsberg«, warf Margarete eifrig und mit geröteten Wangen ein. »Adalbert von Zwiefalten war ein enger Vertrauter der Meisterin.«

Ida nickte ergeben. »Meine Zeit im Kloster Rupertsberg ist lange her. Den Mönch habe ich nie kennengelernt.« Sie drehte sich zu den beiden Frauen um. »Doch zurück zu dem Schriftstück – wo befindet es sich?«

»Es ist verbrannt.« Margarete flüsterte es.

»Verbrannt?«

»Zumindest nur ein kleines Stück«, berichtigte Elysa. »Es muss noch ein weiteres, größeres geben, das der Mörder Adalbert entrissen hat.«

»Entrissen?« Idas Stimme bebte. »Wie groß war das Stück, das ihr in den Händen hieltet?«

»Eine Ecke nur, nicht größer als eine Hand.«

Ida schloss die verbundenen Hände wie zum Gebet. »Das Pergament war fein, ja, viel zu fein für unser Kloster«, flüsterte sie, als spräche sie nur zu sich selbst. »Es hätte mir früher auffallen müssen, als ich es erfühlte. Doch meine Hände haben ihren Tastsinn verloren, ich bin mit den Fingerkuppen noch nicht so geübt.« Sie blickte auf und starrte mit trüben Augen zur Fensteröffnung, vor der der Tag langsam versank. Dann wandte sie sich in Margaretes Richtung. »Bist du dir sicher, dass es verbrannt ist?«

»Gewiss. Ich dachte, es sei ein Werk des Teufels, das es zu vernichten gelte. Also ging ich zum Altar und entzündete es mit dem Feuer der großen Kerze.«

»So muss ich mich irren, doch ich fühlte ein solches Fragment auf dem Schreibpult der Priorin.«

Eine Zeitlang hatten sie geschwiegen, in ernsten Gedanken versunken. Plötzlich war Leben in Margarete gekommen. »Nein, Ida, vielleicht irrst du dich nicht. Als ich das Leinen, mit dem ich das Fragment umschloss, aus dem Versteck zwischen dem Gemäuer des Backhauses entnahm, war ich verwundert, denn ich glaubte es ein Stück weiter zur linken Seite. Doch es war nicht das erste Mal, dass ich mich darin irrte, also maß ich dem keinerlei Bedeutung zu. Ich nahm das Leinen, ohne nach dem Inhalt zu sehen. Was, wenn die Priorin selbst das Pergament aus seinem Versteck holte und ich nur die Hülle verbrannte?«

In diesem Moment, als Elysa in der engen, klammen Zelle auf ihrer Strohmatte saß und sich des Gespräches erinnerte, überkam sie ein heftiges Klopfen in der Brust. Draußen war es dunkel.

Elysa starrte in das Licht der Laterne und begann, langsam und beharrlich zu atmen. Bald würden alle schlafen. Bis auf Ida und Margarete, die darauf warteten, dass Elysa in die Zelle der Priorin eindrang und das Fragment oder gar den anderen Teil des Pergaments zu ihnen ins Skriptorium brachte.

17

Hatte Clemens gehofft, er könne die Äbtissin noch am Abend der Ankunft sprechen, musste er nun feststellen, dass sie eine sehr beschäftigte Frau war. Gleich nach dem Essen hatte die Markgräfin sich an ihre Fersen geheftet, unablässig schwatzend, bis sie die Kirche zur Komplet betraten und die Äbtissin zur Ruhe mahnte.

Auch die Komplet nahm eine Länge ein, die Clemens für ungewöhnlich erachtete. Nun begann der Hymnus mit einer kühn gefassten Melodie, die den Stimmen der Nonnen einen großen Tonumfang abverlangte:

Ave, generosa,
Gloriosa et intacta puella.
Tu pupilla castitatis,
Tu materia sanctitatis,
Que Deo placuit.

Ein tönender Kosmos, der in der Musik der Sphären gipfelte, erfüllte die Kirche. Gesänge, die reich und überquellend alles von der Gregorianik Ausgehende mit eindrucksvoller melodischer Gestaltung überboten.

Clemens betrachtete die Gesichter der Anwesenden. Dieses Kloster schien in eine eigene Welt entrückt zu sein – andächtig und gut, hell und strahlend, voller Wärme und Barmherzigkeit.

War denn von dem, was außerhalb der geschützten Mauern vor sich ging, nichts an sie herangetreten? Pflegte denn die Äbtissin keinen Kontakt zur Außenwelt, wie die selige Hildegard es getan hatte, als sie sich, begierig auf Informationen, mit den mächtigsten und belesensten Menschen ausgetauscht hatte?

Endlich war auch die Komplet vorüber. Als die Äbtissin die Kirche auf ihren Stock gestützt verließ, trat Clemens neben sie und bat um ein dringliches Gespräch, doch die Vorsteherin verwies ihn auf den nächsten Tag.

»Es ist überaus wichtig, ehrwürdige Äbtissin«, beharrte Clemens, »es geht um den Mönch aus Zwiefalten, der hier begraben liegt.«

Sie musterte ihn prüfend, ohne den Schritt zu verlangsamen. »Ich muss gestehen, ich hatte Euch ebenfalls zum Fest zu Ehren der seligen Hildegard erwartet, doch wie ich hörte, seid Ihr sehr beschäftigt.«

»Ich will ehrlich zu Euch sein, ehrenwerte Mutter, ich komme nicht nur als Gast. Ich bin besorgt über einige Vorfälle, die Euer Tochterkloster betreffen.«

»Das bin ich auch, denn wie Ihr wisst, bin ich erwählt, diese Gemeinschaft mit dem Stab zu regieren. Doch ich bin von Schmerzen gepeinigt und vermag nicht, unser Tochterkloster aufzusuchen. Meine Fürbitten gelten Priorin Agnes, die jünger ist als ich und sich mit gutem Willen als Vorsteherin um die Belange des Klosters kümmert.« Damit verschwand sie im Nonnentrakt und ließ Clemens, blass vor Enttäuschung, stehen.

An Schlaf war nun nicht zu denken. Selbst wenn sein Körper, ausgezehrt von den Strapazen, das Lager herbeisehnte, wusste er, dass sein Geist dem nicht nachgeben konnte.

Entmutigt ging er über den Klosterhof, durch die Friedhofskapelle hinaus auf den Friedhof.

Die blattlosen Bäume wiegten sich im Wind, als er die Reihen durchschritt und nach frisch aufgeworfener Erde Ausschau hielt, in der man Adalberts Asche begraben hatte. Doch die Nacht versperrte ihm die Sicht.

Unschlüssig, was er nun tun sollte, ging Clemens zu einer verwitterten Steinbank seitlich der Kapelle. Als er sich setzte, verspürte er die Müdigkeit, die er lange verdrängt hatte und nun drohte, ihn zu übermannen. Langsam atmete er die kalte Luft ein und blickte über die Reihen der Kreuze, dann sank ihm sein Kopf auf die Brust.

Ein sanftes Rütteln ließ ihn aufschrecken. Wie lange hatte er geschlafen? Vor ihm stand eine Benediktinerin, groß und asketisch, mit hoch erhobener Lampe, und leuchtete in sein Gesicht. Sie mochte nur wenige Jahre jünger sein als er.

»Mein Name ist Johanna. Die Äbtissin bat mich, Euch in Kenntnis zu setzen.«

»Wovon?« Verwirrt rieb Clemens die Augen.

»Ihr dürft nicht glauben, die Oberin sei zu alt, um Dinge außerhalb des Alltäglichen wahrzunehmen.« Johanna stellte die Lampe zu Boden und setzte sich zu ihm auf die Bank. »Sie ist erfreut und erleichtert über Euren Besuch, und sie wies mich an, all Eure Fragen hinlänglich zu beantworten.«

»Auch Fragen zu Adalbert von Zwiefalten?«

»Gerade diese.«

Das war endlich eine erfreuliche Wendung. »Was wisst Ihr von dessen Zustand, bevor man ihn in geheiligter Erde begrub?«

»Er ist gefoltert und dann mit bloßen Händen erwürgt worden.«

Erstaunlich, dachte Clemens und fuhr sich mit der Hand über die Stirn. »Dann wisst Ihr auch, dass er die *Lingua Ignota* beherrschte?«

Die Nonne nickte, und Clemens vermeinte, ein leises Lächeln über ihr Antlitz huschen zu sehen.

»Adalbert von Zwiefalten nahm jedes Jahr eine weite Reise auf sich, um am jährlichen Hildegardisfest teilzunehmen«, fuhr er fort. »Ich nehme an, ich erzürne die selige Prophetin nicht, wenn ich mutmaße, er tat es nicht nur aus Verehrung?«

»Ihr habt recht, selbst wenn wir in diesen Tagen so manchen Gast beherbergen, der eine weit größere Entfernung zurücklegte. Adalbert kam, weil er auf eine Weisung wartete.«

»Und die war in diesem Jahr erfolgt?«

»In der Tat.« Die Nonne musterte ihn ohne Misstrauen. »Adalbert gehörte zu einem Kreis weniger Menschen, die Hildegard vor ihrem Tode um sich geschart hatte, um eine Vision zu schützen, die bis zur Verkündung unantastbar sein musste. Sie wählte die Menschen mit Bedacht und teilte jedem eine Aufgabe zu. So konnte sie sicher sein, dass, was immer auch geschah, ein jeder seinen Teil zum Ganzen beitrug, jedoch niemandem alleine die gesamte Last oblag.«

»Was war Adalberts Aufgabe?«

»Als die Zeichen die Zeit der Vision ankündigten, erhielt Adalbert ein versiegeltes Pergament, das eine Botschaft verbarg, die nur diejenigen zu entschlüsseln vermögen, die der geheimen Verständigung mächtig sind.«

»Die *Lingua Ignota*.«

»Die vollständige *Lingua Ignota* als auch die Zeichen der *Litterae Ignotae*, der unbekannten Schrift.«

»Was aber, wenn er zwischenzeitlich verstorben wäre?«

»Es gab einen weiteren Eingeweihten in Zwiefalten, der an seiner statt gekommen wäre.«

Clemens nickte. Bruder Wenzel hatte ihm von dem Mönch Michael erzählt, der indessen einer Krankheit erlegen war. »Seid Ihr dieser Verständigung mächtig?«

Johanna schüttelte den Kopf. »Nein, denn mir als Bibliothekarin war die Aufgabe zuteil geworden, auf die Zeichen zu achten und das Schriftstück weiterzugeben. Jedem nur einen Teil, aber alle zusammen ergeben ein Ganzes.«

»Adalbert erhielt also ein Pergament. Ein Pergament, auf dem die Vision geschrieben stand.«

»Nicht die Vision. Doch wer das Werkzeug der geheimen Verständigung beherrscht, ist mit Hilfe des Pergaments in der Lage, die Stelle zu finden, an der die letzte Visionsschrift verborgen ist.«

»So hatte der Mönch der Folter getrotzt und war geflohen, um seine Mission zu erfüllen – im Kloster Eibingen.« Clemens seufzte. Die Reise hatte ihn quer durch das Erzbistum geführt, nun aber musste er erkennen, dass das Ziel an jenem Ort lag, an dem seine Suche begonnen hatte. »Doch das Pergament ist verschwunden und Adalbert tot. Wenn es stimmt, was Ihr sagt, und Hildegard sich klug absicherte – wer kann uns dann noch helfen?«

»Wir hatten gehofft, Ihr könntet uns das sagen.«

»Ich? Warum ich?«

»Weil auch Ihr ein Teil dieses Planes seid.«

»Ihr müsst Euch irren. Das letzte Mal, als ich Hildegard lebend sah, sprach sie nur wenige Worte mit mir. Doch nichts, was auf eine derartige Aufgabe hinwies.«

»Es ist nicht immer der Oberste, der die Anweisungen gibt, manchmal muss man sich mit Mittlern helfen. So wie auch ich heute mit Euch spreche im Auftrag der Äbtissin.«

Clemens verstand nicht. Er dachte an den Besuch, die Zeit im Frühling, als er seinen Großonkel auf dessen Einladung im Kloster getroffen und ihn zum letzten Mal lebend gesehen hatte. Er fuhr auf, von blitzartiger Erkenntnis durchzuckt. »Heinrich!«

Die Nonne lächelte wissend.

Clemens schloss die Augen. Er suchte in seiner Erinnerung, spürte wieder den warmen Lufthauch, der ihn an jenem Tag umwehte, als sein Großonkel ihn beiseitegenommen hatte.

»Hildegard hatte eine Vision«, hatte Heinrich gesagt, Worte, die Clemens nie vergessen würde. »Anders als diejenigen, die sie sonst in ihre Wachstafeln ritzt. Es geht um eine Zeit, die erst kommen wird. Wenn die Zeichen der Endzeit nahen und der Papst zur Reise zum heiligen Grab aufruft, dann sei gewappnet und stelle dich in den Dienst Gottes und seiner Prophetin. Es gibt Menschen, die ihr die Gabe der inneren Schau neiden und ihre innige Verbundenheit mit dem Herrn, denn auch unter uns gibt es Schlangen. Der Teufel kommt, um die Christenheit zu verderben. Du, Clemens, solltest dich bereitmachen. Wenn etwas passiert, das dir Gewissheit gibt, dann schreite ein.«

Clemens öffnete die Augen. »Der Teufel kommt, um die Christenheit zu verderben. Was hatte er damit gemeint?«

»Das könnt nur Ihr beantworten«, erwiderte die Nonne.

Resigniert schüttelte er den Kopf. Hildegard von Bingen war eine kluge Frau. Doch wie konnte sie ihre Fäden derart spinnen, dass sie noch neun Jahre nach ihrem Tode zu halten vermochten? Welche Rolle hatte sie ihm in diesem Zusammenspiel zugedacht? Clemens erinnerte sich an die Zeit, nachdem Hildegard gestorben war. Auch er war gekommen, um den Nonnen sein Beileid auszusprechen und für die Seele der Prophetin zu beten. Als kurz darauf auch Adelheid starb, welche die Meisterin zu ihrer Nachfolgerin erkoren hatte, war er tief erschüttert gewesen, doch war bald eine würdige Äbtissin gefunden geworden, klug und vorausschauend.

Ein Gedanke drängte sich in sein Bewusstsein. »Was geschah mit Hildegards Weisung, als Adelheid verstarb? Wurde sie gleichsam mit dem Äbtissinnenstab weitergereicht?«

»Gewiss.«

Er sah Johanna an, betrachtete ihr Antlitz im Lichtschein der am Boden stehenden Laterne. Eine gereifte Frau, doch zu jener Zeit zu jung für diese bedeutsame Stellung. »Und wie steht es mit

Euch? Seid Ihr in der Position der Bibliothekarin seit Hildegards Tod?«

»Nein. Zu jener Zeit war Agnes Bibliothekarin. Jene Agnes, die wenige Jahre später zur Priorin des Tochterklosters berufen worden war.«

Agnes! Eine schreckliche Erkenntnis machte sich in Clemens breit. Er sprang auf. »Sagt, was genau ist es, das den Bibliothekarinnen des Klosters an Wissen zuteilwurde?«

Johanna sah ihn erschreckt an. »Nahezu alles. Bis auf die geheime Verständigung.«

»So wusstet Ihr von der Vision?«

»Gewiss. Von der Vision und von der Gefahr, die der Christenheit drohte.«

»Was noch?«

»Die Zeichen der Verkündung.«

Clemens begann, auf und ab zu gehen. Mit großen, bedachtsamen Schritten maß er den Weg vor der Kapelle, um sogleich umzudrehen und zur Bank zurückzukehren. Seine Gedanken rasten. Abrupt blieb er stehen. »Wäre es möglich, dass der Schaden, den die Christenheit erleiden soll, sich bereits zutragen hat?«

»Was meint Ihr genau?«

»Nun, nehmen wir an, Ihr hättet Euch mit der Deutung der Zeichen geirrt, und der Teufel, der die Christenheit ins Verderben stürzt, ist bereits im Gewand des Saladin, Herr über Syrien und Ägypten, erschienen, um das himmlische Jerusalem zu zerstören. Nehmen wir weiter an, die letzte Vision der Prophetin wäre eine Warnung vor der Vergeltung, in der nun die höchsten Kirchenfürsten aufbrechen, ebenso wie die weltlichen und das gläubige Volk. Denn, was geschieht, wenn sie alle in einer weiteren List des barbarischen Herrschers straucheln und er sich anschickt, die Stütze der Christenheit zu brechen?«

»Ich weiß es nicht. Das müsst Ihr erkennen.« Nun war auch

Johanna aufgesprungen. »Nur eines weiß ich genau: dass ich die Zeichen nicht missdeutete.«

»Von wem habt ihr die Anweisung zur Deutung bekommen? Von Agnes?«

Johanna nickte mit unglückseligem Ausdruck. »Aber sagtet nicht selbst Ihr, die Zeit sei erst gekommen, wenn der Papst zur Reise ins Heilige Land aufrufe? Wie können wir uns geirrt haben?«

Vielleicht waren sie zu spät, vielleicht aber war das alles nur hohle Theorie. »Ich muss nach Eibingen. Rasch, bringt mir ein Pferd und ein Boot, das mich hinübersetzt!«

»Jetzt?«

»Ja, jetzt. Die Zeit eilt. Wie lange werde ich nach Eibingen brauchen?«

»Gemäß der Zeit zwischen den Stundengebeten. Wenn Ihr sogleich einen Fährmann findet, weniger. Doch es ist dunkel und windig, kein Schiffer wird Euch jetzt über den Rhein setzen können. Die Wasser stehen hoch, und die Strömung ist reißend. Bei Nacht sind die Stromschnellen unbezwingbar. Wollt Ihr Euch dieser Gefahr aussetzen und in den Wassern ertrinken?«

Clemens atmete tief ein. Er dachte an Agnes und an Elysa. »Die Feigheit ist wie ein schmutziger Wurm, der sich in der Erde verkriecht. Soll ich mich der Schwäche ergeben und der Angst um mein Leben, wenn es doch gelten soll, das Leben der anderen zu schützen? Hildegard ehrte die Tapferkeit, gleich der Stärke des Löwen, der furchtlos vorangeht unter der Güte und dem Schutze Gottes. Daher will auch ich mich nicht vor den Mühen drücken, weil Gott mir zu Hilfe kommen wird.«

»Der Übermut ist eine Schwester des Hochmutes. Wie wollt Ihr alleine den Rhein bezwingen? Wen wollt Ihr retten, wenn Ihr untergeht? Viele Menschen starben bereits in den Fluten, gute, gottesfürchtige Leute, auch erfahrene Schiffer. Ein Kluger sieht das Unglück kommen und verbirgt sich; aber die Unverständigen laufen weiter und leiden Schaden.«

Clemens seufzte. Er blickte zum Himmel, dessen dunkle Wolken sich wieder zusammenballten. Widerstrebend fügte er sich. Johanna hatte recht. Was würde es nützen, wenn er in den Fluten umkam? In der Nacht konnte ohnehin nicht viel geschehen. Er würde den Morgen abwarten müssen und sich dann, noch bevor sich das Licht des Tages erhob, auf den Weg machen.

18

Die Welt stand still, atemlos, harrte dem, was geschehen würde.

Elysa hatte die Dunkelheit der Nacht kaum erwarten können. Sehnsüchtig und voller angespannter Hoffnung ob der Suche nach dem Pergament hatte sie auf ihrem Strohlager gelegen und den Moment herbeigesehnt, an dem die Lampen allerorts erloschen und die Nonnen sich zur Ruhe betteten. Als Elysa nun aber den dunklen Kreuzgang betrat, schien die Nacht voller Schatten und Geräusche zu sein, und die Aussicht, bald die Zelle der schlafenden Priorin zu betreten, ließ ihr Herz in Furchtsamkeit sinken.

Ein Geraschel ließ sie herumfahren. Elysa starrte in die Schwärze des Innenhofes, hinüber zu den Arkaden des gegenüberliegenden Ganges. Doch er lag ruhig und verlassen da.

Elysa atmete tief durch, es war gewiss nur ein Tier gewesen, das sie erschreckt hatte.

Gerade wollte sie ihren Weg fortsetzen, als Stimmen und ein rhythmisches Klappern von außerhalb der Konventsgebäude herüberwehten. Sie erkannte das Hufklappern eines Pferdes, das in den Klosterhof geführt wurde. War es der Laienbruder Gregorius, der zum Kloster zurückgekehrt war?

Sie verharrte eine Weile und lauschte in die Nacht, als Otilie, die Pförtnerin, durch den schmalen Gang zwischen Refektorium und Dormentbau den Innenhof betrat und im Ostgebäude verschwand.

Hastig wich Elysa zurück, drängte sich gegen die Mauer des Kreuzganges. Regungslos hielt sie inne, wagte nicht zu atmen. Durch die Arkaden sah sie die Priorin, die mit der Nonne das Gebäude wieder verließ und ihr über den Gang in den äußeren Bereich folgte.

Das erleichterte ihr Vorhaben. Wie ein Schatten huschte Elysa den Kreuzgang entlang bis hin zum östlichen Konventsbau, einem zweigeschossigen Gebäude, in dessen oberen Bereich auch die Zelle der Priorin lag. Als sie am Fenster der Krankenstube vorbei kam, bemerkte sie, dass noch Licht brannte. Durch einen Spalt am vorgestellten Rahmen sah sie Jutta, die in einer Schrift las. Neben ihr lag Ida, die sich fortan in der Krankenstube aufhalten sollte, bis man die Brandwunden einer weiteren Untersuchung unterzogen hatte.

Während Elysa weiter zur Treppe lief, die ins obere Geschoss führte, dachte sie, dass es vielleicht ein übertriebener Verdacht war, den sie gegen Jutta hegte. Aber sollte sie ihn fallenlassen, bevor sich erhärtete, dass es Agnes gewesen war, die den Mönch getötet und Margarete niedergeschlagen hatte? Waren all die Hinweise, die sich gegen die Priorin sammelten, Beweis genug? Noch immer vermochte Elysa auch Ida nicht aus dem Kreis der Verdächtigen zu entlassen. War deren Wissen um die geheime Verständigung wahrhaftig von Hildegard gewollt, hätte sie ihr dann nicht Weisung gegeben, es einzusetzen?

In Idas Fall jedoch musste Elysa das unklare Gefühl des Misstrauens beiseiteschieben. Ohne die Hilfe der Blinden kämen sie bei der Entschlüsselung der Schrift nicht voran. Doch sie wollte wachsam bleiben.

Leise schlich Elysa die Treppe hinauf, setzte jeden ihrer Schritte mit Bedacht. Rechter Hand lag das Dormitorium. Davor saß

Gudrun, die Nachtwache hatte, auf einem Schemel, dessen harte, unbequeme Fläche sie nicht davon abhielt, nach vorne gebeugt zu schlafen.

Aus dem Raum drang dumpfes Licht, man hatte eine Kerze aufgestellt, um über den keuschen Schlaf der Nonnen zu wachen. Doch wäre es der Glöcknerin ohnehin entgangen, ihren Schlaf hätte kein noch so unkeusches Vergehen geweckt, keine Hand unter der Decke, keine Leiber, die sich wärmend aneinander rieben. Was, so hatte man Elysa erzählt, gar nicht so selten vorkam, nicht nur bei den Mönchen.

Gudruns Atem ging tief und rasselnd, und Elysa setzte ihren Weg leise fort. An der anderen Seite des Ganges, an die Mauer der Kirche grenzend, lag die Zelle der Priorin.

Unschlüssig blieb sie vor der Tür stehen. Ein lautes Knacken fuhr plötzlich durchs Gebälk und trieb sie fluchtartig in die Zelle hinein.

Nur mit Mühe unterdrückte Elysa ein Keuchen, sie fasste sich mit der Hand an die Brust und wartete, bis ihr Atem sich beruhigt hatte. Dann reckte sie vorsichtig das Gesicht aus dem Raum und sah nach draußen auf den Gang.

Gudrun saß unverändert an ihrem Platz und hatte nun begonnen, leise zu schnarchen. Elysa schloss die Tür.

Es dauerte eine Weile, ehe sich ihre Augen wieder an die Dunkelheit gewöhnt hatten, die in diesem Raum übermächtig zu sein schien. Die Zelle war groß, zweifellos hatte man der Priorin ein Privileg zugestanden, als man ihr einen eigenen Bereich überließ.

An der Stirnseite stand ein Schreibpult. Es war jener Tisch, an dem die Priorin gesessen hatte, als sie Clemens und Elysa am Tag der Ankunft begrüßte.

Elysa besah sich die Oberfläche des Pultes, strich mit den Händen darüber. Dort lagen Federkiele und ein Bimsstein, genau, wie Ida berichtet hatte. Auch ein Pergament, doch es war ein Brief, noch nicht beendet. Elysa beugte sich darüber, um den Inhalt zu lesen. Vergebens, es war zu dunkel.

Das Stück des gesuchten Pergaments war indes nicht zu entdecken, natürlich, sie hätte es sich denken müssen. Auch nicht unter dem Tisch oder verborgen an der Unterseite des Stuhles. Hatte Agnes es Radulf von Braunshorn anvertraut?

Elysa ging zur Fensteröffnung und nahm den pergamentbespannten Rahmen ab, um ein wenig Licht hereinzulassen. Sofort drang nasskalte Luft in den ohnehin klammen Raum. Elysa rieb sich fröstelnd die Hände, dann fuhr sie mit der Untersuchung fort.

An der rechten Seite der Wand war ein Stück Stoff vor eine Nische gehängt, in der sie das Bett der Priorin vermutete. In der Tat, dort befand sich ihr Nachtlager. Kein auf den Boden gebreitetes Strohlager, sondern ein gezimmerter Holzkasten mit einer festen strohgefüllten Matte. Darauf wärmende Felle und – Elysa musste bitter lächeln – ein mit Federn gefülltes Kissen. Hastig schüttelte sie Felle und Decken. Die Zeit drängte, die Priorin konnte jeden Moment zurück sein.

Elysa hob die Matte vom Holzgestell, sie fand einen kleinen Lederbeutel, von einer Kordel gehalten, und überprüfte den Inhalt, doch bis auf einen vom Wasser geschliffenen Stein war er leer. Das Fragment war weder dort noch unter der erloschenen Laterne, die auf dem Boden stand. So sehr Elysa auch suchte – es blieb verschwunden.

Enttäuscht hielt sie inne. Sollte sie mit leeren Händen zur Schreibstube gehen, wo Margarete und vielleicht auch schon Ida auf sie warteten? Noch einmal kroch sie über den Boden, tastete in Ecken und Winkeln, dann wurde das Gefühl wachsender Gefahr übermächtig.

Als Elysa den pergamentbespannten Rahmen wieder vor die Fensteröffnung stellen wollte, schien er nicht zu passen. So sehr sie auch drückte, er glitt nicht hinein. Verwundert stellte sie den Rahmen beiseite und besah sich die Öffnung. Hatte sich ein Teil der Bruchsteinmauer gelöst?

Sie tastete mit den Fingern, ja, etwas Hartes ragte aus einer Vertiefung der Mauer. Doch es war kein Stein, sondern ein kleiner Schlüssel, der sich beim Abnehmen des Rahmens gelöst haben musste. Ohne zu zögern, steckte Elysa ihn ein, schob den Rahmen in die Öffnung und verließ den Raum.

Vorsichtig schlich sie den Gang entlang, an der schlafenden Gudrun vorbei, die Treppe hinab in den Kreuzgang. Die Krankenstube lag nun im Dunkeln. Hatte Ida die Gelegenheit gefunden, hinaus zum Skriptorium zu schleichen?

Als Elysa die Schreibstube betrat, war nur Margarete zugegen. Sie saß an einem der Pulte und starrte zur Treppe. Die Fensteröffnungen hatte sie mit dunklen Wollstoffen verhängt, die im Handarbeitsraum gelegen hatten, um ausgebessert zu werden, und die nun das flackernde Licht der Laterne daran hinderten, nach außen zu dringen.

Sobald sie Elysa sah, sprang sie auf. »Wo ist das Fragment? Hast du es gefunden?«, flüsterte sie.

»Nein. Die Priorin war gerufen worden, und so fand ich ausreichend Zeit, die Zelle genauer zu untersuchen, doch ich habe es nicht entdecken können. Entweder es war zu dunkel, um das Versteck zu entdecken, oder Agnes hat das Fragment bereits weitergegeben«, entgegnete Elysa, ebenfalls im Flüsterton.

»Denkst du an den Exorzisten?«

Elysa nickte. »Es gibt auch noch eine dritte Möglichkeit: Ida hat nicht die Wahrheit gesagt.«

»Unmöglich. Niemals spräche Ida mit höllischer Zunge. Sie ist eine wahre Braut Gottes, edler und reiner erlebte ich noch keine. Sie ist die Hüterin der Tugenden!«

Widerstrebend stimmte Elysa zu. »Dennoch komme ich nicht mit leeren Händen. Ich habe einen Schlüssel gefunden, der in der Fensteröffnung verborgen war.«

Margarete bat, ihn sich ansehen zu können. »Ich kenne ihn«, sagte sie erregt, als sie ihn in Händen hielt, und vergaß dabei, ihre Stimme zu zügeln. »Es muss Jahre her sein, als ich ihn das letzte Mal sah. Dieser Schlüssel öffnet das Schloss der Archivtruhe!«

Sie kniete sich vor die eisenbeschlagene Holztruhe und drehte den Schlüssel im Schloss.

»Er passt«, rief sie aus, als sich das Schloss mit einem Knacken öffnete.

In der Truhe befanden sich mehrere Schriftstücke, allem Anschein nach die Klosterannalen, unordentlich zusammengebunden mit einer einfachen Hanfkordel. Gleich darunter aber – Elysa musste sich zusammennehmen, um ihrer Freude nicht allzu laut Ausdruck zu verleihen – lag der verschwundene *Scivias,* Hildegards erste Visionsschrift, dessen Text sie auf dem Pergament erkannt hatten.

Elysa legte das gebundene Werk auf eines der Schreibpulte, stellte die Laterne auf die Tischplatte und beugte sich darüber. Die Visionsschrift war eine eilends angefertigte Kopie, der Datierung nach aus genau jener Zeit, als das Rupertsberger Skriptorium dem Kopieren der Werke und Lieder und all der Anfragen an die Meisterin nicht mehr Herr geworden war.

Während Margarete die Schrift betrachtete, schlich sich ein trauriger Zug auf ihr Antlitz. Sie war ebenfalls sehr beschäftigt gewesen zu jener Zeit, so berichtete sie, jedoch in Eibingen, auf dessen Mithilfe man nicht gezählt hatte. Auch Agnes hatte später, als sie viele Monate nach Hildegards Ableben als Priorin nach Eibingen berufen worden war, im Skriptorium gesessen und mit großem Fleiß an den Kopien gearbeitet, doch das hatte alsbald aufgehört. Und als sich auch noch die Gicht Margaretes Finger bemächtigte, gab es niemanden mehr, der sich der Schreibarbeit anzunehmen vermochte. Selbst die Novizinnenmeisterin Elisabeth nicht – sie hatte es nicht einmal zustande gebracht, einem ihrer Schützlinge das Schreiben beizubringen.

»Du hingegen wärst eine gute Nonne«, ereiferte sich Margarete. »Zumindest, was deine Klugheit betrifft. Mit dir wäre das Skriptorium nicht länger verwaist. Auch könntest du die Leitung der Novizinnen übernehmen und sie all das lehren, was in den Büchern unserer Kirchenväter steht.«

»Ida hätte gewiss ihre wahre Freude an deinen Überlegungen«, entgegnete Elysa spöttisch.

»Ich meine es ernst«, sagte Margarete ruhig und setzte zu einer längeren Erwiderung an. Dann aber besann sie sich eines Besseren und begann, durch die Seiten der Visionsschrift zu blättern.

Elysa hingegen widmete sich erneut der Truhe. Es gab keinerlei Urkunden, die über Privilegien oder Besitzverhältnisse Auskunft gaben, wie man es ansonsten in einem Archiv vorfand. Elysa vermutete, dass jedweder Besitz, den die Frauen bei ihrer Weihe dem Kloster darbrachten, dem Mutterkloster Rupertsberg unterstand. Dafür gab es eine Schrift zu den Consuetudines, ein Verzeichnis der Laienbrüder und Laienschwestern, die in Eibingen beschäftigt waren, einige Schul- und Studienmaterialien und eine Auflistung der sich im Besitz des Klosters befindlichen Schriften.

Noch einmal nahm Elysa die Klosterannalen in die Hände, löste die Hanfkordel und blätterte durch die Seiten. Sie las vom Wiederaufbau des Konvents auf den Ruinen des zerstörten Augustinerchorherrenstifts. Von dem Glück einer nahezu unbeschädigten Klosterkirche und von der Weihe der Kirche, den Altären und der Glocke, die zum Ende des Schismas Anno Domini 1177 durch eine größere, klangvollere in der neuartigen Form eines Zuckerhutes ausgetauscht worden war.

Sie las von dem Einzug der ersten Nonnen, unter denen auch Jutta aufgeführt war, ebenso Otilie, Margarete und Irmentraut, dann Ida. Von dem Tod der ersten Priorin durch ein schweres Fieber und von der Berufung der Rupertsberger Bibliothekarin Agnes. Auf dem nächsten Blatt, in eng gezeichneter Schrift fand sich eine Liste der Gäste, die der Priorin einen Besuch abstatteten, unter deren Namen Elysa auch den Mainzer Erzbischof Konrad entdeckte. Plötzlich brachen die Eintragungen jedoch ab. War das der Zeitpunkt, an dem man die Priorin für die Überschreitung ihrer Aufgaben gemaßregelt hatte?

Elysa blätterte noch einmal durch die Seiten und löste sie, wo sie miteinander verklebt waren. Das Fragment aber, dessen Anblick sie so innig herbeisehnten, befand sich nicht darunter.

»Eigenartig«, sagte Margarete in diesem Augenblick. Die Nonne saß noch immer am Pult und betrachtete den Einband der Visionsschrift. »Ich kann mich nicht daran erinnern, dass die Holzplatten, die das Buch umspannen, mit Leder bezogen waren.«

Elysa merkte auf. »Bist du dir dessen sicher?«

»Ja, das bin ich«, antwortete Margarete fest. »Dieser Einband war schlicht gehalten, wie all die anderen auch.«

Mit wenigen Schritten war Elysa bei dem Pult. Sie nahm das gebundene Werk in die Hände und betrachtete den Buchrücken, prüfte, ob die Kordel neu verknotet und der Rücken ausgetauscht worden war. Doch die Stränge der Kordel saßen fest, fest verbunden von der Feuchtigkeit der Jahre. Auch das Leder machte den Eindruck, als würde es schon immer am Holz haften, nichts wies auf ein späteres Anbringen hin. Sollte es an diesem Folianten eine nachträgliche Veränderung gegeben haben, so war sie äußerst gelungen.

Als Elysas Finger jedoch über das Leder strichen, spürte sie, dass es in der Mitte nicht glatt ans Holz gebracht war. Zuerst war es nur eine Ahnung, doch je öfter sie über den Buchrücken fuhr, desto größer wurde die Gewissheit.

Vergebens versuchte sie, den verleimten Rand mit Kraft anzuheben, als sie sich des Messers in der Vertiefung des Pultes erinnerte, mit dem man den Federkiel zu schärfen pflegte. Vorsichtig trieb sie die Klinge zwischen Holz und Leder.

»Margarete«, flüsterte sie. »Sieh her.« Ihr Herz schlug hart gegen die Brust, als sich das Leder vom Buchrücken löste und ein handtellergroßes Stück Pergament mit wundervoller Miniatur zum Vorschein kam. »Wir haben es!«

»Es ist nicht verloren«, stammelte Margarete, die sanft über die Haut strich. »Der Herr hatte ein Einsehen, nie wieder werde ich derart töricht sein!«

Ein Geräusch vom Eingang der Schreibstube ließ sie herumfahren. Am Ende der Wendeltreppe stand Ida, klein und buckelig. Wie lange stand sie schon da?

In den letzten Tagen war so viel Beunruhigendes geschehen, dass Elysa zunächst erschrocken innehielt. Doch es war nicht mehr dieselbe Ida, die sie einst so harsch gemaßregelt hatte. Etwas war mit ihr vor sich gegangen, seitdem sie das glühende Eisen trug – es war eine weit liebenswürdigere Ida, die ihnen nun entgegen kam und ein äußerst besorgtes Gesicht machte.

Ida hatte, als sie die Krankenstube auf dem Weg zum Skriptorium verlassen wollte, ein kurzes Gespräch zwischen der Priorin und Radulf von Braunshorn mit angehört, die sich im Kreuzgang leise über eine Botschaft aus Mainz unterhielten. Was sie hörte, war nicht viel, doch es reichte aus, um zu erfahren, dass jemand Priorin und Exorzisten davon in Kenntnis gesetzt hatte, dass Clemens von Hagen eigenmächtig ermittelte und Elysa von Bergheim sich unter falschem Ansinnen im Kloster aufhielt.

Ida war empört über derartige Anschuldigungen, doch noch

mehr empörte es sie, als sie nun erfuhr, dass diese scheinbar abwegige Nachricht der Wahrheit entsprach.

»Das erklärt so manches«, sagte sie barsch. Die Wut über die Täuschung war ihr ins Gesicht geschrieben. »Wie konntest du das tun?«, spie sie Elysa entgegen. »Nur ein gottloser Mensch erdreistet sich der Lüge! Wer lügt oder täuscht, ist vom Teufel verführt, denn der Teufel war von Beginn an ein Lügner.«

»Ich habe die Menschen um der Gerechtigkeit willen belogen, doch nie äußerte ich eine Lüge vor Gott!«, versuchte Elysa sich zu verteidigen.

»Wie kann das sein, stehst du doch hier, in seinem Kloster, in einem Ordensgewand der Benediktinerinnen?«

Elysa spürte heiße Wut in sich aufsteigen und konnte nicht umhin, sie Ida entgegenzuschleudern. »Ich will nichts mehr über die Lüge hören! Ich, die ansonsten immerzu gottgefällig handele, bin dazu angetreten, das Vermächtnis der seligen Hildegard zu retten, und dafür war leider eine Lüge vonnöten. Glaube mir, auch ich habe gehadert und im Stillen um Abbitte gefleht, doch ich habe eingesehen, dass meine Seele nur wenig wiegt gegen das Verbrechen, das man hier zu vertuschen sucht.« Sie senkte die Stimme. »Du, Ida, sollst nun entscheiden, ob du mich dafür verurteilen willst und damit das Vermächtnis dem Teufel anheimfallen lässt oder ob du gewillt bist, mir diese Täuschung zu verzeihen und an der Rettung der letzten Vision mitzuarbeiten!«

Noch nie hatte sie Ida derart sprachlos gesehen. Aufgebracht standen sie sich gegenüber, Elysa mit geballten Fäusten. Dann aber, als hätten sie nicht soeben einen lautstarken Streit ausgetragen, begann sich die Verbitterung im Antlitz der blinden Nonne aufzulösen. Sie trat in den Raum, tastete nach einem Pult, setzte sich und bat, die soeben erwähnte Schrift zu bringen und ihr zu helfen, die Zeichen mit dem Finger nachzufahren.

Margarete, die den Disput mit sorgenvoll gerunzelter Stirn beobachtet hatte, bot sich eifrig an. Sie hob das Fragment gegen das Licht der Laterne, nahm Idas verbundene Hand und zeichnete mit dem freiliegenden Zeigefinger die Linien der unbekannten Schrift nach, die auf dem Pergament zu sehen war.

Augenblicklich erhellten sich Idas Gesichtszüge. Sie lächelte versonnen. »Dieses Wort bedeutet *Clainzo*, das Kloster. Und dieses hier Tochter. Dort bricht das Wort ab, es könnte aber *Crizia* heißen, Kirche.«

Margaretes Wangen röteten sich, wie so oft, wenn innerer Aufruhr ihr Blut erhitzte. »Als der Mönch das Kloster betrat, ist er sogleich auf das Westportal der Kirche zugestürzt. In der Erinnerung ist es mir, als erwartete Adalbert, dort etwas zu finden. Ich kann mich noch genau daran erinnern, wie der Wind ihm die Kapuze vom Kopf riss und die Nonnen schreiend auseinanderstoben.«

Sie fuhr fort, Idas Finger zu führen.

»Dieses Wort kann ich nicht lesen. Bitte noch einmal zurück, ja, nun wird es klarer, weiter.« Idas Finger glitt über die Zeichen, während sie zugleich versuchte, deren Sinn zu erfassen. »Eine Vision oder eine Schrift, die Zeichen sind an dieser Stelle recht undeutlich. Diese Vision oder Schrift muss in der Kirche verborgen sein. Dort, wo man *Limix*, dem Licht, nahe ist.« Ida lächelte wieder. »Ein Rätsel. Hildegard liebte es, sich Dinge auszudenken, die man mit dem wachen Verstand nicht erschließen kann, so auch die geheime Verständigung.«

»Ich glaubte, die Meisterin erhielt die Worte der *Lingua Ignota* in einer Vision?«, fragte Elysa verwundert.

»Es mag sein, dass das, was sie in ihrer Schau hörte, ähnlich klang, zumindest schöpfte sie aus dieser Quelle der Inspiration.« Ida wandte den leeren Blick nach vorne, gleichsam entrückt, als erinnere sie sich jener Zeit, als Hildegard sie in die Geheimnisse der *Lingua Ignota* eingeweiht und sie noch ihr Augenlicht besessen hatte. »Die ersten Worte waren von Gott, als er sprach ›Es werde Licht‹, und es ward Licht, ganz, wie er geheißen. Dann brachte er ein jedes Lebewesen zum ersten Menschen, um zu sehen, wie er es benannte.«

Sie schwieg einen Moment, in Gedanken versunken und mit den Fingerspitzen über das Blatt streichend. »Wer wollte nicht in der Lage sein, dem Wortschöpfer Adam gleich eine himmlische Sprache zu erschaffen und jedes Ding und jedes Wesen neu zu benennen? Wer wollte nicht die Menschen aller Länder mit einer einzigen Sprache zu einem Volk einen? Doch wenn du die Augen schließt und die Worte laut und tönend sprichst, so wirst du bemerken, dass diese Wortschöpfung einer eigenen Art folgt, sowohl lateinische als auch dem Volksmund entsprungene Wortstämme miteinander vereint und mit Neuem, visionär Gehörtem ergänzt. Gleich der Verbindung der gebildeten mit der volksnahen Welt in paradiesischem Gleichklang. Hildegard hatte immer großen Wert auf das benediktinische Mittelmaß gelegt, das zwischen den Extremen die Balance zu halten wusste. Und wenn sie nicht die Völker der Erde einen konnte, so zumindest das Volk in ihrem Lande.«

»Warum ist es nie dazu gekommen, warum blieb die Sprache im Geheimen verborgen?«, fragte Elysa.

»Das kann ich dir nicht beantworten.« Ida legte die Stirn in Falten.

»Du sagst, die Sprache verbindet zwei Sprachformen«, fuhr Elysa wissbegierig fort. »Nenn mir ein Beispiel.«

»Arrezenpholianz.«

Elysa sprach das Wort nach, es klang fremd.

»Versuche es Adam gleichzutun, dessen Stimme vor dem Sündenfall in vollem, harmonischem Klang ertönte. Auch das ist bei dieser Sprache wichtig, zum Heil der Seelen, denn der Teufel meidet den Gesang. Du musst es singen und die Betonung verlagern.«

Ida ließ das Wort tönen, seltsam herb und doch voller Anmut, gleichwohl sich Elysa auch bei größtem Wohlwollen die Bedeutung noch immer verbarg.

»Es bedeutet Erzbischof«, erklärte Ida. »Lateinisch Archiepiscopus und im Volksmund Erzebischof. Ein scheinbar willkürliches Wortspiel, zweifellos, doch die Meisterin hatte ihre Freude an derartigen Übungen. Dazu kamen ungewöhnliche Endungen, die den ungeübten Betrachter verwirren sollten, da sie die Substantive unterschiedlich strukturierte. Wer sich der Entschlüsselung annahm, mochte es für ein harmloses Glossar halten, da der Großteil sich mit Wörtern der Naturkunde befasste. Nicht-Eingeweihte sollten denken, dass gleiche Endungen einen Zusammenhang erkennen ließen, so haben Bäume und Sträucher die Endung BUZ und die Bücher BIZ. Doch dem war nicht so. Im Kern waren Naturkunde, Gegenstände und Personengruppen voneinander getrennt. So bezeichnet die Endung INZ eine Person in ausführender Position, wie der Kanzler oder der Exorzist. In der Naturkunde hingegen konnte sie auch mal eine Kinnlade bezeichnen oder eine Gurke, das war so gewollt. Die Endung ANZ bezeichnet einen Entscheider, einen Regenten eines begrenzten Bereiches. Wie der Bischof oder Erzbischof oder der Priester einer Gemeinde. Die Endung ONZ jedoch zeigt Hildegards besonderen Sinn für Humor. Denn sie kommt nur bei den höchsten Mächten vor, dem Papst, Heiland oder Gott. Nicht immer war ich mit dem eins, was sie mit einem Augenzwinkern bedachte. Denn was anderes als Übermut hatte es zu bedeuten, dass sie auch das Wort für die Nonne mit dieser Endung versah?«

Elysa hatte den Erläuterungen gebannt gelauscht, ergriffen von der ungewohnt erscheinenden Lebendigkeit, mit der die sonst so gestrenge Nonne sprach. Immer wieder strich Idas Finger über die Schriftzeichen, doch am Ende konnten sie in Ermangelung des fehlenden Teils nur eines in Erfahrung bringen:

Eine Vision sei in der Eibinger Klosterkirche verborgen, dort, wo man den Worten des Lichts nahe sei. Und man solle sich des Hochmuts erinnern, der den Menschen einst zum Verhängnis geworden sei.

4. Teil

Der Ort der Entscheidung aber ist die Erde:
Die Erde ist der lebendige Aufenthalt und das Haus der Seelen;
die Seele müsste ja vergehen, wenn dieses ihr Haus zerstört würde.

1

Aus der Kälte und Feuchtigkeit der Wasser erhob sich ein Nebel, der einen gefährlichen Geruch verströmte. Es war jene Art von Nebel, der sich weit über die Lande verbreitet, dem Vieh die Seuchen bringt und den Menschen den Tod.

Als Clemens noch vor der Laudes das Pferd zäumte, ahnte er bereits, dass dieser Tag eine Entscheidung herbeiführen würde, doch die Frage, welche Richtung sie nehmen könnte, versetzte ihn in höchste Aufruhr.

In der Nacht war heftiger Regen niedergegangen. Clemens hatte kaum geschlafen, dem lauten Prasseln gelauscht und sich immer wieder in tiefen Gedanken gewälzt.

Wenn Johanna mit der Deutung der Zeichen richtig lag – und die Worte, die sein Großonkel ihm zugeraunt hatte, sprachen dafür –, dann war es von größter Wichtigkeit, die letzte Vision der Prophetin alsbald zu verkünden. Er musste die Botschaft finden, bevor sie der Vernichtung anheimfallen konnte, und es war offenbar, dass sie in Eibingen verborgen lag.

Wer immer sich des Pergaments bemächtigt hatte, war gewiss mit der Entschlüsselung beschäftigt.

Welche Rolle spielte Priorin Agnes in diesem unseligen Spiel? War sie die Verräterin, für die Clemens sie hielt? Hatte sie einst als Bibliothekarin Zugang zum Codex, hatte sie mit dessen Hilfe Teile der Botschaft entschlüsseln können? Und welche Absichten hegte Radulf von Braunshorn? Denn dass der Exorzist nicht gekommen war, um den Teufel aus dem Kloster zu treiben – daran gab es keinen Zweifel.

Eine heftige Sorge um Elysa hatte Clemens aufstehen lassen, als der Tagesanbruch noch weit entfernt lag. Er war in die Abteikirche gegangen, hatte sich vor dem Hochalter, wo die Gebeine der seligen Meisterin bestattet lagen, verneigt und um Kraft und Hilfe gebeten. Dann war er zu den Ställen gegangen, viel zu früh, doch wenn er sich nun aufmachte, könnte er gleich beim ersten Licht über den Rhein setzen.

Schwester Johanna hob eine der Fackeln, die den Rupertsberger Klosterhof erhellten. Ihr Gesicht war fahl, die Augen waren rot gerändert. Auch sie hatte offenbar nur schwer in den Schlaf finden können. »Wenn ihr zum Bingener Ufer kommt, fragt nach Jakob. Er ist der zuverlässigste Schiffer und wird Euch sicher über den Rhein geleiten«, sagte sie.

Nun kam auch die Äbtissin über den dunstigen Klosterhof, gemessenen Schrittes, schwer auf ihren reich verzierten Stab gestützt. So wie sie im Nebel dastand, erinnerte sie Clemens an die buckelige Ida vom Kloster Eibingen, Namensvetterin der Äbtissin.

»Unsere Fürbitten während der Vigilien galten Euch«, erklärte die Äbtissin düster. »Wenn es wahr ist, was Johanna mir in der Nacht noch berichtete, dann sitzt die Schlange an höchster Stelle.«

»Wenn es sich nur um *eine* Schlange handelt, ehrwürdige Äbtissin«, erwiderte Clemens voller düsterer Ahnung, »was ich aber auszuschließen vermag.« Er verneigte sich vor ihr. »Im Namen des Allmächtigen versichere ich Euch, dass ich alles tun werde, um die Aufgabe, mit der die selige Hildegard den Mönch betraut hatte, zu Ende zu bringen. Und wenn ich dafür mein Leben lassen muss.«

Die Äbtissin ergriff seine Hand. »Unsere Gebete sind mit Euch.«

Dann stieg Clemens auf, nahm die Fackel, die Johanna ihm reichte, und ritt zur Pforte hinaus. Das Wasser stand schon im Torhaus, und als er das Kloster umrundete und die Brücke erreichte, war sie beinahe überspült. Er stieg vom Pferd, das beim Anblick des Wassers zu scheuen begann, und führte es am Zügel über die Brücke, um an deren Ende wieder aufzusteigen und den Weg in die Stadt Bingen fortzusetzen.

Er war nur wenige Schritte von der Brücke entfernt, als sich ein ohrenbetäubender Lärm erhob. Entsetzt sah er durch den dichten Nebel zum Plateau, auf dem das Kloster stand, gerade in dem Moment, als sich ein Teil des Berges löste und mit großer Wucht in die Nahe stürzte.

Die Wasser des schmalen Flusses türmten sich in hohen Wellen. Clemens ließ die Fackel fallen und trieb sein Pferd in den Wald hinauf. Voller banger Hoffnung wartete er ab, bis sich die Wasser beruhigten und den Blick auf das gegenüberliegende Kloster freigaben. Stürzte die Abteikirche vom Wasser gezogen in die Nahe, so wäre mit einem Schlag alles verloren. Der Rupertsberg, von Hildegard auf fruchtlosem Boden erbaut. Zentrum ihrer Macht und Verkündung.

Endlich klärte sich die Sicht. Im Dunst des Flusses trieben Bäume und Sträucher. Das Kloster aber war unversehrt. Die Stützmauern hatten den Wassern standgehalten.

2

Als Elysa am Morgen erwachte, wusste sie zunächst nicht, wo sie sich befand. Erst als sie die Wollstoffe fühlte, die sie bedeckten, erinnerte sie sich an den vorangegangenen Abend, als sie beschlossen hatte, hier im Skriptorium zu nächtigen.

Ida hatte eine wahrlich beunruhigende Nachricht überbracht: Priorin Agnes und Radulf von Braunshorn waren über Elysas wahre Beweggründe informiert, wohl durch den Laienbruder Gregorius, der in der Nacht mit einer Botschaft der Mainzer Prälaten eingetroffen war. Elysa würde sich besser verbergen und auf Clemens von Hagens Rückkehr warten, wenngleich sie es vorgezogen hätte, den beiden Nonnen nach draußen zu folgen und sogleich mit der Suche nach der verborgenen Vision zu beginnen.

Es war der letzte Tag, der Tag, an dem der Kanonikus zurückkehren wollte. Der Gedanken an das Wiedersehen versetzte sie in erwartungsvollen Aufruhr. Doch würde man ihm nun, da man sein Spiel durchschaut hatte, den Zutritt verwehren?

Draußen war es noch dunkel. Den Klang der ersten Glocke zur Zeit der Vigilien hatte Elysa nur undeutlich wahrgenommen, es war ihr unmöglich gewesen, sich zu erheben.

Während sich Elysa nun ihre Augen rieb, wunderte sie sich, wie sie überhaupt hatte einschlafen können, nachdem so viel geschehen war. Die Entdeckung des *Scivias*, das wiedergefundene Fragment, die Entschlüsselung der Schrift.

Eine Vision lag in der Eibinger Klosterkirche nahe den Worten des Lichts. Und auch der Hochmut spielte eine Rolle, die den Menschen einst zum Verhängnis geworden war.

Diese Worte gingen Elysa durch den Kopf, als sie nun aufstand und aus dem milchigen Glas des bleigefassten Fensters zum dunklen Klosterhof sah, der ganz in Nebel getaucht war.

Hochmut. Ja, der Hochmut hatte einen stillen Platz in diesem Kloster und auch der Kampf, ihn in Demut zu wandeln. Ida war dereinst aus Hochmut geblendet worden. Agnes, so hatte Jutta in der Krankenstube erzählt, wurde der Hochmut ausgetrieben, als sie sich wie eine Äbtissin gebärdete und regen Kontakt zur Außenwelt pflegte, statt sich um die Belange des Klosters zu kümmern, um Zucht und Ordnung.

Elysa erinnerte sich an das Gespräch, das sie mit der Medica geführt hatte. Nach einer Reihe von Ermahnungen war Jutta auf Agnes zu sprechen gekommen, ehemals Rupertsberger Bibliothekarin, auf deren Wahl zur Priorin von Eibingen und auf deren Missmut, da sie ehrgeizig war und insgeheim die Äbtissinnenwürde vom Rupertsberg angestrebt hatte.

Der Hochmut hatte wahrlich einen stillen Platz, doch was wollte Hildegard mitteilen, als sie in der Schrift dazu aufforderte, sich dieses Lasters zu erinnern?

Die Glocke läutete, scharf und klar. War Gudrun, die Glöcknerin, noch rechtzeitig erwacht, bevor die Priorin in den Dormentbau zurückkehrte und sie für ihre Unaufmerksamkeit strafen konnte?

Elysa wandte sich vom Fenster ab und ging zur gegenüberliegenden, rußgeschwärzten Fensteröffnung, die zum Kreuzgarten hinausführte und durch die der nasskalte Nebel in die Schreibstube drang.

Sie schlug die Arme um den Körper. Die Nonnen, die im Dunst zum Südportal der Kirche strömten, waren nur schwer zu erkennen. Das Licht der kleinen, in regelmäßigen Abständen aufgestellten Laternen vermochte den Weg kaum zu erhellen. Unten ging Ida, den Stab trotz der Brandwunden sicher in der Hand.

Nun kam auch Agnes, hoch erhobenen Kopfes und mit suchendem Blick. Elysa wich zurück und zog sich ins Innere der Schreibstube zurück.

Noch einmal betrachtete Elysa das wundervolle Stück Pergament, das sie in der Nacht im Habit verborgen gehalten hatte. Welch seltsames Gefühl, es nun, nachdem sie es für immer verloren geglaubt hatte, in den Händen zu halten!

Es war die Zeit der Laudes, als Elysa zum Bücherschrank an der Stirnseite des Raumes ging und es in einem der Bücher verbarg, dessen Inhalt ihr für ein Kloster zu abwegig erschien, als dass man es zu liturgischen Zwecken würde hervorholen wollen: Honorius' Streitschrift *Summa gloria*.

3

Der Kirchensaal lag im Dunkeln, nur der Chorraum wurde von Kerzen erhellt, ebenso wie die beiden Nebenaltäre des nördlichen Seitenschiffs.

Von ihrem Platz aus konnte Margarete die blinde Ida beobachten, die im Chorgestühl dem Altar ganz nahe saß, der Lesung des Seelsorgers lauschte und immer wieder den Kopf bewegte, als wolle sie die Töne einfangen, die den Saal erfüllten.

Margarete hingegen hatte sich entgegen der Chorordnung ganz an den Rand gesetzt, um nun unbemerkt aufzustehen und zu ergründen, an welcher Stelle des Saals der Schall des gesprochenen Wortes am lautesten erklang. Doch je weiter sie sich entfernte, desto undeutlicher wurde er. Selbst wenn das Dach des Seitenschiffes intakt gewesen wäre, die Worte, die Humbert von Ulmen vorne sprach, verliefen sich in Richtung des Westportals.

Was hatte Hildegard damit gemeint, als sie schrieb, die Vision sei dort, wo man den Worten des Lichts nahe war? Hildegard hatte die Worte des Allmächtigen überall empfangen. Diese heiligen Worte waren auf sie in der Schreibstube gekommen, genauso wie auf dem Felde, beim Wandeln im Kreuzgang oder beim Nähen im Handwerksraum. Die Botschaft aber sprach von der Kirche.

Ida hatte am Tag zuvor Bilder des Lichts empfangen, gleich einer Sehenden. Das Licht war durch das offene Dach gefallen, als sie ihre Hände zum Himmel erhob. Diese Stelle war vor dem Brand gleichwohl verschlossen. Hatte die Prophetin an die Fenster oberhalb der Arkaden des Saalbaus gedacht, die das Licht auf eine ganz besondere Art zu brechen vermochten? Doch das Licht war es nicht alleine, es waren die Worte des Lichts, von denen die Prophetin schrieb. Worte des Lichts, Posaunenschall. Wie der Chor der Nonnen, die nun ihre Stimmen zum Hymnus des Ambrosius erhoben.

Margarete seufzte. Sie hatten zunächst an die Orte gedacht, an denen sie dem Herrn am nächsten waren, an den Altar und das große Kreuz. Noch vor den Vigilien, der in der Nacht begangenen Morgenfeier, hatten sie sich dort umgesehen, doch nichts entdecken können. Kein neues Pergament, keine weitere Botschaft.

Nach den Vigilien waren Ida und Margarete im Kreuzgang gewandelt und hatten leise über den Hochmut gesprochen, derer sie sich erinnern sollten. Der Hochmut als Beginn aller Laster, der den Engel aus dem Himmel stürzte und den Menschen aus dem Paradies vertrieb. Doch welchen Hinweis konnten sie dem entnehmen?

Margarete schüttelte zweifelnd den Kopf. Es wollte sich in all diesen Überlegungen kein Zusammenhang erschließen. Hatte Ida die Worte richtig erkannt? Die Schrift war klein. Zu klein, um die fremden Buchstaben frei von Abweichungen nachzuzeichnen? Noch dazu hatten sie das Pergament beim Entschlüsseln in die Höhe halten müssen, um die Schrift mit dem Licht im Rücken erkennen zu können. Auch fehlte ein wichtiger Teil der Botschaft, das entrissene Stück würde vermutlich die Wörter enthalten, die all ihre Fragen zu klären vermochten.

Posaunenschall … Margarete stockte.

»Danach schaute ich – und siehe: Eine Tür wurde am Himmelspalast geöffnet. Und die Stimme, die ich früher wie Posaunenschall vernommen hatte, sprach zu mir.« Hildegard hatte sich oft als Posaune bezeichnet, die den Ton zwar erklingen ließ, ihn aber nicht hervorbrachte. Denn der Allmächtige blies hinein, damit sie ertöne.

»Der Hildegardisaltar!« Margarete wandte sich dem Teil der Kirche zu, an dem sie der seligen Hildegard gedacht hatten, bevor das Feuer ihn beinahe zerstörte. Hier, in der Altarnische des südlichen Seitenschiffs, stand noch der Steinblock, auf dem der Tag der Altarweihe eingemeißelt worden war. Vor dem Brand war er versehen mit dem Reliquienschrein, der vor der Plünderung Fingerknochen, Zungenpartikel und einen Strang des Haupthaares der Prophetin enthalten hatte. Außerdem hatte hier einst das Tafelbild der Meisterin gestanden, das aus Schutz vor dem Regen zunächst in die Krypta gestellt und dann, als das Wasser die Krypta überschwemmte, in den engen Glockenturm gebracht worden war.

Margarete besah sich die Inschrift mit dem Datum der Altarweihe. Dann kniete sie sich davor, betrachtete die grob verputzte Nischenwand, den Steinboden. Nichts. Nicht eine Stelle gab einen Hinweis auf das Rätsel, gleichwohl es nicht hell genug sein mochte, um alles erkennen zu können, was erkannt werden wollte.

Während die Lobgesänge im Ostteil der Kirche verklangen, stand Margarete auf und reckte den Kopf zum offenen Dach, sah in den Nebel, der das Morgenlicht verhüllte.

Sie dachte an das Altarbild der Meisterin, auf dem das hell strahlende Licht ihr Antlitz umströmte, und erschrak über einen unverständlichen Gedanken. Warum hatte man das Bild in den Glockenturm gebracht und nicht in die Sakristei? Niemand hatte es in Frage gestellt.

Elysa hatte recht gehabt. Sie folgten, ohne zu hinterfragen, gemäß den Regeln des heiligen Benedikts. Was aber, wenn man erkannte, dass derjenige, dem man zu folgen hatte, nicht im Sinne Gottes handelte?

Margarete suchte nach Ida, die sich gerade anschickte, die Kirche auf dem Weg zur Versammlung im Kapitelsaal zu verlassen, und teilte ihr flüsternd diesen Gedanken mit.

»Der erste Schritt zur Demut ist Gehorsam ohne Zögern. Doch stellt sich heraus, dass eine Priorin voller Fehler ist, sich stolz erhebt oder die Regeln missachtet, so ist es erlaubt, seinen Missmut zu verkünden«, murmelte Ida sorgenvoll. »Ja, man hätte das Bildnis der verehrten Meisterin an einen Ort bringen müssen, der ihrer würdig ist: in die Sakristei. Gleichwohl Radulf von Braunshorn diesen Raum als Schlafkammer entweiht. Gewiss würde ihm der Anblick der Meisterin Schmerzen bereiten, in der Mahnung an das verzehrende Feuer der Hölle.«

»Wie kommst du darauf?«, fragte Margarete.

»Der Exorzist ist des Teufels, ich sah es in der wahren Schau«, wisperte Ida düster.

Margarete nickte nachdenklich. »Wo kann man den Worten des hell strahlenden Lichts näher sein als bei Hildegard selbst, Sprachrohr des Allmächtigen? Ich muss mir das Bildnis der Meisterin ansehen.«

Über die Empore vor dem Westportal gelangte Margarete zu dem schmalen Eingang, von dem aus eine hölzerne Wendeltreppe in den Glockenturm hineinführte. Sie entzündete die Fackel vor dessen Eingang, entnahm sie dem Halter und sah bedrückt hinauf. Diese Treppe hatte Anna tags zuvor erklommen, um sich oben durch die offenen Schallarkaden zu stürzen.

Die Bilder von Anna hatten sich tief in ihr Gedächtnis gegraben. Der Anblick der fallenden Oblatin, die geschlossenen Augen, der selige Blick. Welche Qualen musste sie ausgestanden haben, wenn sie lieber in die Hölle fuhr, statt zu büßen? Der Aufschrei der fassungslosen Schwestern, das dumpfe Krachen des Körpers. Margarete kniff die Augen fest zusammen, als könne sie so die Bilder verscheuchen. Doch erst, als sie sich niederkniete und über das am Fuße der Treppe liegende Tafelbild der seligen Hildegard strich, das angelehnt an die Mauer stand, kehrte die Ruhe in ihre aufgewühlte Seele zurück.

Andächtig betrachtete sie das Bildnis der Prophetin, deren klugen, warmherzigen Blick der Maler gut zu erfassen vermocht hatte, und verspürte einen Schmerz, der nun, neun Jahre nach Hildegards Tod, noch nicht vergessen war. Sollte sie sich als gute Braut Christi über den friedlichen Heimgang der Meisterin ins himmlische Reich freuen, so vermisste sie doch deren Ruhe, die Beharrlichkeit einer Erleuchteten, die auch in stürmischen Zeiten ein Felsen war.

»Die Erde schreit nach der Rache Gottes, und der Himmel ist umwölkt von Ungerechtigkeit«, flüsterte sie, während sie fortwährend über das Tafelbild strich. »Hildegard, hilf.«

4

Vor ihr lag aufgeschlagen der *Scivias, Tertia Visio Primae Partis*.

Elysa hatte die Lampe auf dem Pult neu entzündet und las von den Stürmen und ihrer Bedeutung, von den Worten Davids über des Menschen Erhabenheit und über den tiefen Fall desselben, wenn er der Schöpfung nicht gerecht wird und der satanischen Täuschung verfällt.

Ihre übermüdeten Augen verfingen sich in den Buchstaben, die, teils unsauber geschrieben, all ihre Konzentration erforderten.

»Denn zwischen der satanischen Bosheit und der göttlichen Güte wird der tiefe Fall des Menschen sichtbar. Durch boshafte Täuschung bewirkt er für die Verworfenen das Unglück der Verdammnis und durch das ersehnte Heil für die Erwählten das beseligende Glück der Erlösung.«

Wieder schweiften Elysas Gedanken ab, verstreuten sich durch die Zeiten bis hin zu dem Moment, als sie vor dem frischen Grabhügel gesessen hatte, unter dem die Mutter lag. Geliebte Mutter, gedemütigt und geschlagen. Der Vater war bei der Beisetzung nicht zugegen gewesen und auch Magnus nicht, ihr erbarmungsloser Bruder. Nach der Austreibung durch den Exorzisten hatte die Mutter Essen und Trinken verweigert, war dahingegangen in schwindender Gestalt. Hätte Elysa nicht einen Priester geholt – man hätte ihr die Absolution verwehrt.

Warum nur hatten sie der Mutter das Glück der Erlösung verweigert, warum waren sie ihr mit dieser Grausamkeit begegnet?

Es war ein verstörender Gedanke. Hatte ihre Mutter gesündigt, etwas getan, was sie, Elysa, nicht erfahren sollte?

Elysa erinnerte sich an eine Begebenheit, bei der ihre Mutter eine Truhe packen ließ und sich gemeinsam mit ihr aufmachte, die Familie in Mainz zu besuchen. Ein heftiger Streit war dem zuvorgegangen, und der Vater hatte seine Ehefrau vom Pferdewagen gerissen und vor den Augen der Kinder geschlagen. Elysa hatte die Mutter voller Scham gesehen, das ehedem so strahlende Antlitz vom Weinen verquollen.

»Hüte dich vor den Männern!«, hatte ihre Mutter voller Bitterkeit geflüstert. »Sie sind selbstherrlich und stur. Ereifern sich in Grausamkeiten, wenn die Macht über die Frau ihnen entrinnt. Hüte dich vor der Gewalt der Selbstverliebten, entfliehe ihr, so gut du kannst.«

Die Jahreszeiten vergingen, und als der Frühling kam, war die Mutter wie ausgewechselt. Die Wangen rosig, der Blick klar und strahlend. Etwas hatte sich verändert. Sie schien glücklich, zum ersten Mal – es hatte indes nicht lange anhalten sollen.

Der Teufel habe ihr ein Bein gestellt, hatte man gemunkelt, als der Wagen sie in den Burggraben riss, doch es war nicht der Hochmut, den er damit strafen wollte, sondern das wenige Glück, das man ihr geneidet hatte.

Elysa merkte auf und schärfte den Blick. Der Hochmut. Er schien sie zu verfolgen. Sie sollten über den Hochmut nachdenken, hatte Hildegard auf das Pergament geschrieben. Galt es auch ihr?

Noli esse sapiens apud te ipsum. Hatte sie etwas übersehen, im Glauben an ihre vermeintliche Klugheit?

Wieder richtete Elysa den Blick auf die Seiten der Visionsschrift, die vor ihr lag.

Hildegard hatte die Botschaft der *Lingua Ignota* auf eine kunstvoll gefertigte Zusammenschau der dritten Vision des *Scivias* geschrieben. Die ganze Zeit über hatten sie sich auf die Entschlüsselung der Botschaft konzentriert. Warum aber hatte sie als Hintergrund diese dritte Vision des ersten Teils erwählt? Warum nicht eine andere?

Noch einmal überflog Elysa die Schrift. Es ging um den Wind, um Regen und Hagel. Von der Kraft der Elemente, gleichsam als Mahnung und Belehrung.

Qui dum sonitum suum eleuat, ille lucidus ignis et uenti et aer commouentur.

»Als sich das Getöse erhebt, geraten das leuchtende Feuer, die Winde und die Luft in Aufruhr«, las sie flüsternd. »Während der Menschenmord in Blutgier knirscht, werden himmlische Gerichtsurteile, wie Wind dahineilende Gerüchte und Erlass von Verfügungen zur Bestrafung nach gerechtem Urteil in Bewegung gesetzt, so dass Blitze dem Donner zuvorkommen, denn das Feuer verspürt die erste Regung des Donners in sich. Die Erhabenheit des Schauspiels der göttlichen Gerichtsuntersuchung bereitet nämlich dem Frevel überlegen ein Ende, weil auch die göttliche Majestät mit allsehendem Auge, vor dem alles nackt daliegt, das Wüten dieses Wahnsinns sieht, bevor es öffentlich zutage tritt.«

Eine Vision als Mahnung und zugleich eine Prophezeiung. So waren es eben diese Tage, in denen der Mord geschah, als die Elemente zu wüten begannen.

Elysa las weiter, Seite um Seite, begriff die göttliche Anordnung des Kosmos und die Missachtung derer, die glaubten, sich in der Deutung der Gestirne über die Schöpfung erheben zu können.

»Doch diese Menschen, die mich durch ein übles Handwerk so hartnäckig versuchen, dass sie die zu ihrem Dienst geschaffene Schöpfung durchforsten und zu erfahren suchen, ob sie ihnen das, was sie wissen wollen, nach ihrem Willen kundtut; können sie vielleicht mit ihren Untersuchungen die von ihrem Schöpfer für sie festgesetzte Lebenszeit verlängern oder abkürzen? Sicherlich nicht; um keinen Tag und keine Stunde. Oder können sie etwa die Vorherbestimmung Gottes hintansetzen? Keineswegs. O ihr Unglücklichen.«

Elysa merkte auf. Diese Stelle berührte etwas in ihr, obgleich sie mit der Lehre der Sternendeuter nicht vertraut war. Etwas daran war wichtig, das spürte sie, doch sie konnte es nicht greifen.

»O Mensch, wo warst du, als die Gestirne und die übrigen Geschöpfe entstanden? Hast du etwa Gott beraten, als sie gebildet wurden?«

Der Hochmut – hier war er wieder. Menschen, die sich der Deutung an Gottes Plan versuchten. Erinnere dich des Hochmuts, der den Menschen einst zum Verhängnis wurde …

Während Elysa in die verglimmende Flamme der Lampe starrte, begriff sie plötzlich, warum diese Sätze sie erregt hatten. Denn auf einmal stand ihr der Glockenturm vor Augen und dessen absonderliches Figurenfries. Mit den in Stein gehauenen bärtigen Männern, heidnischen Priestern. Dem großen Rad mit kreuzförmigen Speichen, daneben eine menschliche Halbfigur mit über der Brust gefalteten Händen, gleich Sonne und Mond. Elysa war entsetzt gewesen, als sie es erblickt hatte. Bildnisse der Häresie oder Spott über die Lehre der Astrologie? Jener Lehre, die sich über die Beobachtungen der Astronomie erhebt und den Sternen einen Einfluss auf das menschliche Schicksal zubilligt, frei von jedweder göttlichen Allmacht.

Der Glockenturm! Es konnte kein Zufall sein. Turm des Hochmutes, wie einst der Turm von Babel. Von Menschen erbaut, die sich anmaßten, mit Gott wetteifern zu wollen und einen Turm zu bauen, der bis zum Himmel reichen sollte.

Sie sollten sich des Hochmutes erinnern, der einst der Menschheit zum Verhängnis wurde. Zweifellos. Hildegard hatte den Turmbau zu Babel gemeint.

Gott schuf den Menschen und gab ihnen eine Sprache. Doch durch den frevelhaften Turmbau wurde das Menschengeschlecht zerrissen, durch Gottes Zorn verstreut in 72 Sprachen und 72 Völker.

Hildegard von Bingen wollte das Volk mit einer neuen Ursprache einen, hatte Ida vermutet. Nur das Volk dieses Landes oder die gesamte Menschheit? *Lingua Ignota*. Ursprache, Himmelssprache voller berückender Kraft. Eingesetzt als Teil der geheimen Verständigung.

Als Elysa diesen Gedanken zu Ende dachte, begriff sie, dass es Hildegard nicht um die Einsetzung einer neuen Weltsprache gegangen war. Denn dann hätte sie zu Lebzeiten für deren Verbreitung sorgen müssen. Nein, sie hatte diese Sprache geschaffen, um die Welt in ihrer Zerrissenheit zum festgesetzten Zeitpunkt mit einer Botschaft zu einen, mit der letzten Vision, die von allergrößter Wichtigkeit war.

Und dafür musste sie an einem metaphorischen Ort verborgen sein, einem Ort, auf den das Pergament auf vielfältige Weise hinwies. Elysa erkannte, dass es nur eine Posaune gab, die es gleich der Prophetin vermochte, die Wahrheit in alle Welt zu verkünden und das Böse zu vertreiben. Jene Posaune, die der Menschheit von der göttlichen Verheißung kündet. Die in der Spitze des Turmes dazu läutet, an den Teufel zu mahnen und die Gläubigen zu sammeln: die Kirchenglocke. Die Glocke aber, die die Worte der Prophetin verkünden sollte, war jene im Turm der Klosterkirche von Eibingen.

Nun gab es für Elysa kein Halten mehr. Es war die Zeit nach der Laudes, in der die Nonnen sich im Kapitelsaal versammelten, als Elysa den *Scivias* in die Archivtruhe zurücklegte, sie sorgfältig verschloss und sich mit dem Schlüssel im Wollhabit aufmachte, das Skriptorium zu verlassen. Über das Südportal erreichte sie die Abteikirche, nahm die steinernen Stufen zur Empore an der Westseite und öffnete den schmalen Zutritt zum Glockenturm, gedankenverloren und unaufmerksam. So sah sie die große Gestalt am Fuße der Wendeltreppe erst, als sie den Turm bereits betreten hatte.

5

Als Clemens von Hagen den Fährmann Jakob in einer schäbigen Holzhütte in der Nähe des Bingener Ufers fand, lag die Stadt noch in dichtem Dunst.

»Ich kann Euch nicht hinübersetzen«, beharrte der Schiffer, obgleich Clemens ihm einen stattlichen Lohn versprochen hatte, weit über das Übliche hinaus. »Die Strömung ist zu stark und die Sicht zu schlecht.«

Die Unruhe des Kanonikus wuchs und mit ihr die Furcht, die er des Nachts in den hintersten Winkel seiner Seele verbannt hatte. Würde er zu spät kommen? »Ich bitte dich inständig, obgleich ich dein Zögern verstehe, bring mich hinüber, bevor ein Unglück geschieht.«

Jakobs junge Frau trat hinzu. Sie war dünn und hohlwangig, hielt einen schreienden Säugling im Arm und hatte am Rockzipfel ein kleines Mädchen. »Nimm das Geld, Jakob, wir können es gut gebrauchen. Das Brot ist schimmelig, meine Milch versiegt. Wie sollen wir den Winter überstehen, wenn wir die Menschen nicht über den Fluss setzen? Anselm hat gestern noch einen Reisenden hinübergebracht. Ich sah, wie er das andere Ufer unbeschadet erreichte.«

»Und ist er im Boot zurückgekehrt?«, entgegnete der Schiffer schroff an seine Frau gewandt und verschränkte die Arme. »Nein. Er ist gekentert. Mitsamt den Handwerkern, die er zurück nach

Bingen nahm. Den Älteren konnte er ans Ufer retten, aber den Sohn haben die Fluten verschlungen. Möchtest du, dass uns dasselbe Schicksal widerfährt? Das Wasser ist weit über die Ufer getreten, das Boot wird leckschlagen, bevor es noch zu Wasser gelassen ist.«

»Schwester Johanna vom Kloster Rupertsberg empfahl dich als den erfahrensten Fährmann«, versuchte Clemens es nun mit Schmeichelei.

»Wäre ich weit weniger erfahren, so würde ich dem Glanz des Silbers nicht widerstehen. Doch was nützen meiner Frau und den Kindern die Münzen, wenn der Mann in den Fluten untergeht und das Boot noch dazu?«

»So gib mir das Boot und lass mich alleine übersetzen.«

»Unmöglich! Ihr kennt die Stromschnellen und Felsen nicht, die sich inmitten des Wassers verbergen. Ihr würdet das andere Ufer nicht lebend erreichen.«

Der Säugling schrie noch lauter, schüttelte sich in Wut und Hunger. Clemens trat einen Schritt vor und legte dem Mann die Hände auf die Schultern. »Deine Kinder brauchen Essen. Ich gebe dir alle Münzen, die ich bei mir führe, damit kannst du Frau und Kinder ernähren, bis der Frühling Einzug hält. Doch bring mich hinüber! Ich bitte dich im Namen von Hildegard von Bingen, der seligen Äbtissin des genannten Klosters.«

»Hildegard von Bingen?« Jakobs Augen weiteten sich. »Was hat es mit der Heiligen auf sich?«

Clemens ließ seine Arme sinken. »Eine Heilige, fürwahr. Und doch kann der Antrag zur Heiligsprechung nicht gestellt werden, noch wird die Christenheit den Jüngsten Tag erleben, wenn nicht ein furchtbares Unglück verhindert wird, das das Eibinger Kloster heimsucht. In diesen Tagen offenbart sich die allwaltende Macht, welche den Erdball mit all seinen Geschöpfen zu einem lebendigen Ganzen gestaltet hat. Die Kräfte der Schöpfung treten in gewaltsamen Widerstreit: Die vernichtenden Unwetter, die Nebel der übertretenden Wasser verkünden Zerstörung, und über Menschen und Tier schwingt der Würgeengel sein flammendes Schwert. Die Elemente zeigen auf sündhafte Werke der Menschen und weisen auf bevorstehendes Unglück. Sie treten an, die Welt zu vernichten, wenn die Menschheit sich nicht gegen den Einen stellt, der das Verderben bringt.«

Die junge Frau schrie auf, riss ihre Kinder an sich und verbarg sie in einer dunklen Ecke der zugigen Hütte. Der Schiffer aber, ein Mann von Edelmut, betrachtete ihn prüfend. »Sagt, sprecht Ihr die Wahrheit?«

»Bei Gott, dem Allmächtigen, das tue ich.«

»Dann will ich Euch helfen. Hildegard von Bingen rettete einst mein Augenlicht, als ich es nach einer schlimmen Krankheit verlor. Meine Mutter brachte mich zu ihr, als sie gerade über den Rhein nach Rüdesheim fuhr, um das Kloster Eibingen zu besuchen, und flehte sie unter Tränen an, mir ihre heiligen Hände aufzulegen. In gütigem Mitleid hielt sie inne, schöpfte mit der linken Hand Wasser aus dem Fluss und sprach aus dem Johannes-Evangelium, während sie es mit der rechten segnete. Kaum benetzte das Wasser meine Augen, ward ich geheilt.« Seine Augen leuchteten, er tastete nach einem kleinen Beutel an seiner Brust, der ihm Zuversicht zu geben schien. »An diesem Ort hatte man derlei Geschichten oft zu hören bekommen. Hildegard heilte eine Magd des Klosters von einem üblen Halsgeschwür und einen jungen Mann von der Fallsucht. In Rüdesheim wurde ein Säugling vom Gliederzucken befreit – in der Tat, Hildegard ist eine Heilige.« Er warf einen letzten Blick zu seiner zitternden Frau, griff nach dem Umhang und winkte Clemens, ihm zu folgen. »Wohlan, der Herr wird uns leiten. Ich bringe Euch ans andere Ufer.«

6

Noch bevor sich die Priorin auf den Platz neben dem Vorsteherstuhl setzte, schlüpfte Margarete in den Kapitelsaal. Ihre Arme fest um das im Habit verborgene Tafelbild geschlossen, das sie ohne großes Zögern eingesteckt hatte, um nun in der Versammlung dessen würdige Verwahrung einzufordern.

Neben Agnes saß Humbert von Ulmen, der Seelsorger, mit verschlossenem Gesicht.

Der Saal lag in gedämpfter Helligkeit. Eine angstvolle Anspannung war zu spüren, selbst die ansonsten so emsig tuschelnden Novizinnen verharrten schweigend und starrten auf den leeren Vorsteherstuhl. Doch Radulf von Braunshorn erschien nicht.

Margarete überkam das schlechte Gewissen. Erneut hatte sie sich einer Sache bemächtigt. Hatte sie zunächst das Pergament eingesteckt, so war es nun das Altarbild gewesen. Doch der Anblick des achtlos abgestellten Bildes hatte sie in tiefe Trauer gestürzt. Wenngleich sie in ihm keine verborgene Vision entdeckt hatte, so bewahrte es doch das Andenken der Prophetin.

Nach einer Weile unschlüssigen Wartens eröffnete Agnes die Versammlung und begann aus der Ordensregel zu rezitieren, die Schrift auf den Knien. »Überall ist Gott gegenwärtig, so glauben wir, und die Augen des Herrn schauen an jedem Ort auf Gute und Böse.«

Es folgte eine Anweisung zur Haltung beim Gottesdienst und,

als der Exorzist noch immer nicht erschien, noch die Aufforderung zur Ehrfurcht beim Gebet. Dann erhob die Priorin sich zögernd und sprach den Segen, den Blick mehr auf den Eingang des Kapitelsaals gerichtet denn auf die Frauen vor ihr.

Margarete befand, dass sie Agnes noch nie so aufgewühlt gesehen hatte.

Unvermittelt stand Ida auf und sprach in die nun folgende Stille: »Ich habe etwas vorzubringen, ehrenwerte Mutter, und wenn Ihr erlaubt, so möchte ich das Wort an den Konvent richten.«

Agnes nickte abwesend, und als sie die blinde Nonne noch immer wartend sah, fügte sie ein hastiges »So sprich« hinzu.

»Vor zwei Tagen wurde eine außerordentliche Versammlung einberufen, um zu beurteilen, ob das Feuer mit Gottes Hilfe erlosch oder durch die Beschwörung des Teufels. Am gestrigen Tag aber, als das Gottesurteil vor aller Augen bewies, dass ich nicht gelogen habe, wurde mir eine neue Prüfung auferlegt: Die mit Wachs verbundenen Hände sollten nach drei Tagen zeigen, ob sie mit Gottes Hilfe heilen oder in Teufels Namen faulen.« Ida machte eine bedeutungsvolle Pause. »Am selben Tag aber habe ich erfahren, was es heißt, ins hellstrahlende Licht zu schauen, und auch, was es bedeutet, Freud und Leid so nah beieinander zu spüren. Ich habe eine Mitteilung zu machen, doch damit man mir Glauben schenkt, dass sie von göttlicher Kraft beseelt ist, bitte ich Euch, ehrenwerte Agnes, mir den Verband zu lösen, um schon heute zu beurteilen, ob Gottes Kraft in mir wirkte oder nicht.«

Ein lautes Gemurmel erhob sich. Margarete erschrak. Von was für einer Mitteilung sprach Ida? Margarete sah den Glanz auf Idas Antlitz und die Furcht auf dem der Priorin, die immer wieder zum Eingang des Kapitelsaals blickte.

»Wir sollten auf Radulf von Braunshorn warten«, entschied

Agnes nach langem Zögern. »Ohne ihn können wir es nicht beschließen.«

»Aber warum nicht?«, fragte nun Jutta fest, sichtlich erbost über Agnes' zögerliche Haltung. »Ihr seid die Oberin. Über die Belange des Klosters habt Ihr zu entscheiden, nicht der Exorzist.« Sie erntete große Zustimmung.

»Ihr Ahnungslosen«, fauchte Agnes aufgebracht. »Glaubt ihr wahrhaftig, wir könnten uns seinem Urteil widersetzen? Er wurde von der erzbischöflichen Kanzlei geschickt und deren Anweisungen haben wir uns unterzuordnen.«

»Dann lasst Ida sprechen, und wir entscheiden in zwei Tagen, ob ihre Rede göttlichen oder teuflischen Ursprungs ist«, erwiderte die junge Novizin Sibille beherzt.

Der Vorschlag wurde unter großem Getuschel besprochen, bis die Priorin nach der kleinen Glocke griff und zur Ruhe mahnte.

»Schluss jetzt! Wir gehen nach den Regeln der Versammlung vor und werden uns nicht anmaßen, den Anordnungen eines Gesandten des Erzbischofs zu widersprechen, der allerorts verehrt wird und dessen Verbindungen zu den Höchsten des Reiches euer Vorstellungsvermögen bei weitem übertreffen!«

»Wir widersprechen ihm nicht, wenn ich rede und Ihr erst in zwei Tagen über den Ursprung meiner Worte entscheidet, es ist gemäß den Anweisungen«, sagte Ida ruhig. »Wovor habt Ihr Angst, ehrwürdige Agnes?«

Die Priorin antwortete nicht, sondern bedachte Ida lediglich mit einem bitterbösen Blick. Die anderen Nonnen jedoch brachten der ehedem so verhassten Hüterin eine Woge der Zustimmung entgegen. Auch Margarete fühlte sich gedrängt, Ida zur Seite zu springen, und erhob sich. »Lasst sie sprechen, ehrwürdige Mutter. Sie ist doch Eure getreueste Dienerin. Nie hat sie Euch enttäuscht. Gott hat sein Licht auf sie geworfen, so lasst uns hören, was sie zu sagen hat.«

Ihre Wangen glühten, das Blut im Kopf rauschte ob des ungewohnten Mutes. Sie vernahm kaum noch die zustimmenden Worte von Ermelindis, Sibille und Jutta.

Schließlich nickte Agnes, erst zaghaft, dann mit einem tiefen Seufzen. »Gut, so sei es«, sagte die Priorin und sank in den kunstvoll verzierten Vorsteherinnenstuhl. »Wir hören, was Ida zu verkünden hat, und entscheiden in zwei Tagen, ob die geschändeten Hände ihrer Verkündung widersprechen.«

Ida lächelte – nicht aus Hochmut, sondern aus Verbundenheit. Sie atmete tief ein und begann mit fester, wohlklingender Stimme.

»Ehrwürdige Agnes, liebe Schwestern. Gestern in der Kirche überkam mich das Licht in einer wahren Schau. Ich sah einen Berg und auf einem hohen Thron den Allmächtigen, umstrahlt von Licht. Doch dann zeigte er auf eine Schlange zu seinen Füßen, die sich furchtbar wand. Sie hatte drei Köpfe, von denen der erste der Fratze des Teufels glich, einem gefallenen Engel, der sich anmaßte, höher zu stehen als Gott. Der zweite besaß das Antlitz eines Mannes, den ich noch nie zuvor erblickte, mit einem Bart aus Feuer, königlichen Geblüts, versehen mit den Insignien der Macht. Der dritte aber, Schwestern, war Radulf von Braunshorn, Gehilfe des Teufels, am Rumpf jener Schlange, die zu beseitigen er vorgibt. Denn Radulf von Braunshorn ist Nacht, die Finsternis aushaucht, und er ist gekommen, um Mutter Kirche der Verderbnis anheimfallen zu lassen.«

Sogleich erhob sich Geschrei. Einige der Schwestern bekreuzigten sich und sahen angestrengt zum Eingang. Andere schüttelten in stummer Demut den Kopf.

»Schweig still!«, rief die Priorin kreischend und schlug die kleine Glocke, bis Ruhe eintrat. »Schweig, denn es ist böse Verleumdung, die du im Mantel einer Vision ausspuckst. Du loderst im Feuer der Rache, die dich zu dieser Aussage treibt.« Ihre Stimme sollte feste Überzeugung bekunden, doch ihr Gesicht verriet eine tiefe Verunsicherung. »Radulf von Braunshorn ist ein großer Kirchenfürst, berufen, der Christenheit zu dienen. Die himmlische Vorsehung hat ihn gesandt, damit er unserem Kloster beisteht. Längst wäre er in Rom, um dort im Patriarchum das Fest der Weihnacht zu verbringen, doch er zog es vor, zu unserer Rettung nach Eibingen zu kommen.«

Abrupt stand nun Gudrun auf und ergriff zum ersten Mal in dieser Versammlung das Wort. »Er verschob eine Reise nach Rom, zum nach Christus benannten Hirten, aufgrund der Rufe armseliger Gebilde, die aus Liebe zur Keuschheit den Spuren Christi folgen? Gehörte er nicht zu jenen Prälaten, die über das Kloster der seligen Hildegard dereinst das Interdikt verhängten?«

Schweigen stellte sich ein. Bis sich der Seelsorger erhob, der bis dahin in demütiger Versenkung verharrt hatte. »Lasset uns nicht innehalten im Ritus der geheiligten Versammlung«, bat er zaghaft. »Ehrwürdige Agnes, warum fahrt Ihr nicht fort mit der Frage, ob wir eine Verfehlung begangen oder Augenzeuge einer solchen geworden sind? Denn es drängt mich danach, etwas anzuzeigen.«

7

Als Elysa die Gestalt auf den Stufen der Wendeltreppe zum Glockenturm im flackernden Licht der Fackel entdeckte, wich sie voller Entsetzen zurück.

Es war Radulf von Braunshorn, der sich anschickte, einen Stapel Reisig über dem Reliquienschrein der Meisterin auf dem Boden des Turms aufzuschichten.

Statt des blutbefleckten Gewandes trug er eine weite saphirblaue *cappa* mit sternförmigen, goldbestickten Ornamenten.

Bebend vor Wut richtete er sich auf, und Elysa begriff, dass sich neues Unheil zusammenbraute. Sofort verbreitete sich jene Aura der Macht, die ihm anfangs Bewunderung und Ehrerbietung eingebracht hatte.

»Was hast du hier zu suchen, Weib?«, donnerte er.

Elysa bemühte sich nach Kräften, den hohen Reisighaufen zu übersehen, und blickte Radulf direkt ins Gesicht. »Ich fand Gefallen an der ungewöhnlichen Form des Turmes, der jenen Türmen gleicht, die alleine stehen. Der hier hingegen scheint das Dach des Gotteshauses zu durchstoßen.« Sie atmete tief ein. Glaubte sie wirklich, ihn mit gelehrt klingenden Gedanken von dem Faktum ablenken zu können, dass sie ihn soeben bei der Vorbereitung eines Höllenfeuers ertappt hatte?

»Und weiter?« Seine Augen durchbohrten ihr Innerstes.

»Ich …« Sie verstummte.

»Ich sehe, du willst nicht reden. So werde ich dich zum Sprechen bringen.«

»So, wie Ihr den Mönch zum Sprechen gebracht habt?«

Es war eine unbedachte Äußerung. Im selben Augenblick, als sich die Augen des Exorzisten finster zusammenkniffen, erkannte Elysa, dass sie lieber hätte schweigen sollen.

»Was sagst du da?« Radulf packte Elysa hart am Arm und zerrte sie zur Turmtür auf die Empore hinaus. Dabei starrte er sie unverwandt an, als könne er mit den Klauen seines Blickes ihre Seele zerreißen. Unvermittelt strichen seine Finger über ihr Antlitz und über das Haar, das sich aus seiner Verflechtung gelöst hatte. Ein eigentümlicher Ausdruck trat in seine Augen, der Elysa das Blut in den Adern gefrieren ließ.

Radulf schob sie an die gemauerte Brüstung, drehte dann mit einer ruckartigen Bewegung ihren Körper zur Öffnung zwischen den Arkaden. Unter Elysa lag der Kirchensaal mit steinernem Boden. Ein Stoß, und sie würde zerschmettert.

»Du glaubst wohl, in deiner Bildung und Erhabenheit klug zu handeln, doch es ist offenbar, dass die geistige Unterweisung den Frauen nicht zur Ehre gereicht.« Sein schwerer Körper presste sich hart an ihren Rücken. Die schnarrende Stimme wurde leise, während er mit der freien Hand wieder über ihr Haar strich. »Und jetzt verrate mir, was du im Glockenturm gesucht hast.«

»Die ungewöhnliche Bauweise erregte meine Neugier«, beharrte Elysa flüsternd.

»Welch Laune des Zufalls! Zuerst Margarete und dann du?« Sein bitterer Atem drang an ihre Wange. »Ich weiß, wer du bist, Elysa von Bergheim, angetreten als Handwerkstochter, Anwärterin zur Jungfrauenweihe. Doch du bist nicht gekommen, um diesem Konvent beizutreten, du bist hier, weil der eigensinnige Kanonikus Clemens von Hagen sich für schlauer hielt als alle Prälaten des Mainzer Domkapitels zusammen. Was wird dein Bruder sagen, wenn er von diesem Schauspiel erfährt? Magnus von Bergheim, tapferer Ritter unter des Kaisers Fahne, treuer Diener des Herrn? Er wird dich zerquetschen wie eine Traube in der Kelter.« Radulf riss ihren Kopf herum, so dass sie nun zur Turmtreppe sehen konnte. »Wenn du dich wie Anna den Turm hinabstürzt, nachdem nun dieser Frevel aufgedeckt wurde – wer würde es dir übelnehmen? Was bliebe dir auch anderes übrig? Keine Aufnahme im Kloster, keine Heimat in Mainz. In Bergheim ein Bruder, der sich vor Scham über deine Schande ereifert. Willst du hungrig und bettelnd durch die Wälder ziehen, auf der Flucht vor vagabundierenden Gestalten, die sich an jeder Frau vergehen, derer sie habhaft werden können?« Radulf lachte höhnisch. Sein warmer Atem strich über Elysas Gesicht. Sie hielt die Luft an, als er fortfuhr. »Die Qualen der die Seele marternden Sünde sind nicht minder stark wie die des Höllenfeuers.«

Unvermittelt erklang eine Stimme hinter ihnen. »Habt Ihr das Anna auch eingeflüstert, nachdem Ihr sie geschändet habt?«

Agnes – wie war sie unbemerkt zur Empore gekommen? Elysa atmete aus. Agnes, rettender Engel, gleichwohl des Mordes verdächtigt. In diesem Augenblick war es Elysa einerlei. Denn als die Priorin erschien, ließ Radulf von ihr ab.

»Wer wagt es, derart Abscheuliches zu behaupten?«, fragte Radulf voller Zorn.

»Humbert von Ulmen.«

»Humbert von Ulmen ist ein Lügner. Hat ihn der Neid zu dieser Aussage getrieben?«

»Der Neid ist ein Laster, das unser Seelsorger durch die Tugend der unermüdlichen Nächstenliebe vertreibt.« Agnes schüttelte den Kopf. »Wahrlich, eine schlechtere Verteidigung hättet Ihr nicht wählen können. Humbert von Ulmen ist kein Priester, der das Wort außerhalb des Dienstes zum Wohle des Herrn erhebt. Nun jedoch sah er es als seine Christenpflicht an, jenes Unrecht zu offenbaren, das ihn in der Erinnerung peinigte. Als er Anna dabei erwischte, die Blüte der Jungfräulichkeit an den jungen Handwerker Ditwin zu vergeben, war es ihm nicht möglich einzugreifen. Denn er sah, im Schatten des Hauses stehend, wie auch Ihr das Treiben beobachtetet. Kaum hatte Ditwin von Anna gelassen, seid Ihr herbeigeeilt, um Euch auf die Entehrte zu werfen, ohne ihr Flehen zu erhören. Ist es wahr, dass Ihr auch nicht von der Oblatin abließet, als sie das Bewusstsein verlor und auf der Erde lag?«

Eine schreckliche Wahrheit trat hier zutage. Wahrheit über ein Ungetüm, das sie alle verschlingen würde, wenn es Elysa nicht gelänge, die anderen zu warnen. Wie lange konnte Agnes ihn hinhalten?

Elysa sah zum Eingang des Turmes. Die Glocke – sie musste die Glocke läuten, die Schwestern warnen und gleichsam mit dem Ton der Posaune den Dämon erschrecken und ihn daran erinnern, dass es allein der Schöpfergott war, der diesem geweihten Metall Klang und Kraft verliehen hatte.

Zitternd wich Elysa zurück und entfernte sich in Richtung des Glockenturmes.

Währenddessen näherte sich Radulf der Priorin, aufrecht und mit dem bedrohlichen Fletschen eines angegriffenen Tieres. »Der Seelsorger spricht mit falscher Zunge! Er wird sich vor Gott für seine Lügen verantworten müssen.«

Die Priorin blieb fest. »Wie groß ist solche Bosheit und feindselige Haltung, dass Ihr ewigen Lohn ohne Entsagung begehrt und verlangt, nach Heiligkeit zu klingen! Doch es ist leerer Schall, wenn der Teufel sagt: ›Ich bin gut und heilig.‹«

»Und was ist mit Euch?« Radulf lachte heiser. »Ihr maßt Euch an, gut und heilig zu sein. Ihr wart es, die aus Hochmut und Machtbesessenheit ein Geheimnis verraten habt. Ihr wart es, die den Mönch erdrosselte, um an das Pergament zu kommen. Und nun wollt Ihr mir den Missbrauch an einer Einzelnen vorwerfen? Anna hätte sich geißeln können, um ihre Seele zu trösten. Niemand hat sie dazu getrieben, sich vom Turm zu stürzen.«

Elysa hielt inne. Sie war bereits im Inneren des Glockenturms und konnte die beiden nicht mehr sehen. Umso aufmerksamer hörte sie zu.

Jetzt sprach wieder die Priorin. »O ja, ich war verblendet im Ansinnen, meinen Aufstieg zu fördern. Doch Ihr erwiest Euch als schlechter Hirte, trotz der Treue, die ich Euch erwies. Es war ein Fehler, dem Erzbischof Glauben zu schenken, als er in diesen armseligen Gemäuern zu Gast war und mir nur Gutes von Euch erzählte. Radulf von Braunshorn, heilige Gestalt. Er vergaß zu erzählen, dass Ihr Teil der Ränke seid, die der Kaiser schmiedet.«

»Ihr hättet dem Werben des Erzbischofs widerstehen können, der Euer Wissen nur erahnte. Doch Ihr wolltet auf den Äbtissinnenstuhl und saht Euch als neue Rupertsberger Vorsteherin. Mit Kontakten zu allen kirchlichen und weltlichen Fürsten, ja, selbst zum Papst. Hochgeachtet und verehrt gleich der seligen Hildegard von Bingen.« Ein furchtbares Lachen erklang und hallte durch die Gemäuer der Kirche. »Es wird Euch nie gelingen. Nie werdet ihr zu der Größe dieser Heiligen aufsteigen, die selbst die größten Kirchenfürsten hatte erzittern lassen. Eure Zeit ist abgelaufen.«

»Und Eure zugleich. Soeben habe ich vor dem Priester eine Beichte abgelegt. Doch was ist mit Euch? Ich werde mich der Verkündung der Wahrheit nicht länger versperren. Ich habe erkannt und gesühnt. Mein Amt als Priorin werde ich niederlegen und mich den erbärmlichsten Arbeiten beugen, wie ich es verdiene. Doch ich habe den Teufel erkannt, der mich mit glänzenden Versprechungen blendete, und werde ihn ins Verderben stürzen.«

Radulf brüllte auf. »Dazu wird es nicht kommen!«

»Ich könnt mir nicht drohen. Ich bin in Besitz jenes Stückes, das Ihr so schmerzhaft ersehnt habt: das verschwundene Fragment, das mir der Mönch in seinen letzten Atemzügen entriss. Es liegt gut verborgen, also zügelt Eure Wut und lasst von Eurem Plan ab.«

Ein furchtbares Lachen erklang. »Ihr glaubt, das Fragment könne Euch schützen? Was ist schon ein wertloses Stück Pergament! Ich weiß ohnehin um die Zeichen. Als ich sah, wie die Nonne, die das Fragment vordem in den Händen hielt, im Innenraum dieser Kirche nach Spuren suchte und letztlich im Glockenturm nachsah, da begriff ich, dass es eben dieser Teil der Kirche ist, der zuerst brennen muss.«

»Das werde ich zu verhindern wissen.«

Elysas Herz klopfte bis zum Hals. Eng an die Turmmauer gepresst, verfolgte sie den nun folgenden Tumult und wagte es nicht, zur Empore hinauszuspähen.

»Ihr habt mir in die Hände gespielt mit Eurer Ränke, Agnes. Welch nützlicher Einfall, das Fragment gut zu verbergen. Wer soll es dann noch finden, wenn Ihr nicht mehr seid? So wird nun niemand mehr hinter das Geheimnis des Pergaments kommen.«

Ein Poltern erklang, ein Keuchen, dann ein langgezogener Schrei. Unmittelbar darauf erklang ein Krachen. Dann war es wieder still. Bis auf ein heftiges Atmen.

Elysa verharrte in Angst.

Plötzlich ein keuchendes Flüstern, das langsam näher kam: »Wahrhaftig, Agnes, Ihr seid die größte Schlange. Unnütz und schwach. Wäre es Euch damals gelungen, die Kirche vollends zu verbrennen – ich wäre bereits auf dem Wege nach Rom.«

Rasch hastete Elysa die Stufen des Glockenturmes hinauf, während Radulfs Worte sie verfolgten.

»Nun werde ich das Werk vollenden und das Geheimnis zerstören, das sich gewiss im Bauch dieses Turmes verbirgt.«

Entsetzt eilte Elysa weiter, als Radulf mit der Fackel im

Eingang erschien, um mit einem hämischen Lachen den Reisighaufen zu entzünden, der den Reliquienschrein aus Tannenholz umgab. Es dauerte eine Weile, bis das trockene Holz zu knistern begann. Dann aber züngelten die Flammen steil hinauf, leckten am morschen Holz der Treppe. Elysa ergriff das Seil und läutete die Glocken, ignorierte das Blut, das an ihren Händen hinablief, als das Seil ihr scharf entglitt. Immer wieder hob sie die Hände und zog am Strang, während der Rauch begann, emporzusteigen und ihr den Atem zu nehmen.

8

Die Stromschnellen waren heimtückisch. Immer wieder schlingerte das Boot und drohte zu kippen.

Clemens von Hagen wünschte, er hätte das Pferd am Ufer gelassen. Er hätte es gewiss nach der Überquerung auch alleine bis nach Eibingen geschafft, gleichwohl das Blut in seinem frisch verbundenen Bein noch immer heiß pochte. Aber er hatte das Pferd nicht der Ungewissheit überlassen wollen, zumal es im Besitz des Rupertsberger Klosters war und er versprochen hatte, es wohlbehalten zurückzubringen.

Nun aber bäumte das Tier sich auf und brachte das Fährboot zum Schwanken, während Jakob, der Schiffer, sich nach Kräften bemühte, es im Gleichgewicht zu halten.

»Haltet Eueren Gaul kurz!«, schrie er gegen das Rauschen des Flusses an. »Wenn der Kahn kippt, werden die Fluten uns augenblicklich verschlingen.«

Noch einmal scheute das Pferd, stieß gegen den Schiffer, dem das Ruder aus der Hand glitt.

Clemens straffte den Gurt und legte einen Arm um den Hals des unruhigen Tieres. »Ruhig«, flüsterte er beschwörend, gleichwohl sein ganzer Körper bebte. »Ganz ruhig.«

Mit Hilfe der Stakstange hielt Jakob die Richtung, trieb den Kahn voran. Sie waren schon beinahe am anderen Ufer angekommen, als das Boot seitwärts abtrieb und auf etwas Hartes schrammte.

»Ein Felsen!« Der Schiffer fluchte lautstark und versuchte, das Boot mit der Stakstange zu lösen. Doch es saß zu fest, die Stange zerbarst mit einem Krachen. Schon drang Wasser durch den Boden des Schiffes.

Mit hochrotem Gesicht zerrte Jakob an einer der Planken der Reling. Clemens ließ den Zügel fallen und sprang hinzu. Unerwartet, als spürte es die Gefahr der Bewegung, hielt das Pferd mit zitternden Flanken still.

Mit vereinten Kräften rissen die Männer das Holz aus der Verankerung, es war nicht sehr lang, doch lang genug, um bis zu dem Hindernis in den Fluten zu gelangen, auf dem das Boot aufgelaufen war. Der Schiffer lehnte sich weit über Bord, presste die breite Planke gegen den Felsen und stemmte sich dagegen, bis das Boot sich löste und weitertrieb.

Während Jakob die Kontrolle über das Boot zurückgewann und es mit der Planke gen Ufer lenkte, zog Clemens seinen Mantel aus und versuchte, mit dem Stoff das Wasser am weiteren Eindringen zu hindern.

Endlich erreichten sie das Ufer. Der Nebel hatte sich gelichtet. Vor ihnen lag Rüdesheim und weiter hinten das Kloster Eibingen.

Clemens von Hagen stieß ein Stoßgebet zum Himmel, als im selben Augenblick in der Ferne eine Glocke ertönte, die aus Richtung des Klosters kam. War es bereits die Zeit der Prim? Doch etwas war anders an diesem Klang, er erschall nicht methodisch und geordnet, wie eine Glöcknerin ihn zu entlocken pflegte.

Der Schall trägt das Wort in die Weite, wie der Wind den Adler trägt, damit er fliegen kann. Dieser Klang aber zeugte nicht von der Verkündung der Wahrheit, vom Beginn der Prim, sondern von unermesslicher Furcht.

»Rasch, leg an, etwas Furchtbares ist geschehen«, schrie Clemens. Er dachte an Elysa und betete, dass ihr nichts zugestoßen war. Schon sah er den Rauch, der oberhalb der Klosterkirche aufstieg.

Noch ehe das Fährboot am schlammigen Ufer zum Halten kam, sah er einen kleinen, sich bewegenden Punkt, der sich aus dem Schatten der Klostermauern löste. Blinzelnd kniff er die Augen zusammen und erstarrte. Es war ein Reiter, der mit wehender *cappa* den Weg entlangritt, um ihn auf Höhe des bewaldeten Hügels zu verlassen, mitten ins Dickicht, das ihn innerhalb eines Atemzuges verschluckte. Ohne das Antlitz erkannt zu haben, wusste er, wer dieser Reiter gewesen war: Radulf von Braunshorn.

9

Nachdem Agnes und Humbert von Ulmen den Kapitelsaal verlassen hatten, war eine lautstarke Debatte unter den Schwestern entbrannt.

Die einen vertraten die Ansicht, dass die Oblatin Anna den Teufel mit dem gebrochenen Gelübde der Keuschheit herausgefordert und durch Radulfs Tat eine freilich furchtbare Strafe erhalten hatte, als er sich an ihr verging. Denn war es nicht Annas zuchtloses Verhalten, das den Hirten ansteckte?

Wogegen die anderen einwandten, dass der Exorzist Gehilfe jener Schlange war, als er dem Drängen seiner Lenden nachgab und sich auf die Oblatin warf. Denn Radulf, Diener der Kirche, hätte dieser Befleckung entfliehen müssen. Er aber hatte es vorgezogen, sich mit der Fratze des Teufels auf die Wehrlose zu stürzen. Was anders war ihr geblieben, als sich angesichts der furchtbaren Scham vom Turm fallen zu lassen, der gerechten Hölle entgegen, bereit, ihre Schuld im ewigen Feuer zu sühnen?

Die Debatte drohte zu einer hitzigen Auseinandersetzung zu werden, als Sibille sich zornig auf Irmentraut stürzen wollte, nachdem diese erneut von der Schuld der verderbten Sünderin gesprochen hatte.

In jenem Augenblick aber, als die Glocke der Klosterkirche erbarmungslos zu läuten begann, verstummte der Disput. Voller düsterer Ahnung strömten die Schwestern hinaus in die feuchtkalte Morgendämmerung, hinüber zur Kirche.

Was sie dort sahen, löste allgemeines Entsetzen aus. Die Priorin lag im Mittelschiff am Boden, mit geschlossenen Augen und verdrehten Beinen. Blut quoll aus etlichen Wunden. Der Seelsorger war an ihrer Seite, von Tränen geschüttelt, hilflos betend.

Oben von der Empore aber schlug dichter, schwelender Qualm, aus dem gierige Flammen züngelten. Erst jetzt erkannten sie das Ausmaß der Katastrophe: Der Glockenturm stand in Flammen!

Margarete erstarrte in Furcht. War die Priorin tot? Hatte sie denjenigen überrascht, der nun zum zweiten Mal die Kirche niederbrennen wollte?

Das Läuten der Glocke erstarb. Als der letzte Ton verklungen war, entstand ein heilloses Durcheinander. Nonnen rannten panisch umher, schrien nach Wasser und stießen sich gegenseitig zu Boden.

Jutta war eine der Besonnenen, doch sie lief nicht, um Wasser zu holen, sondern kniete sich neben die Priorin, zerriss deren Habit und machte sich daran, die zahllosen Blutungen zu stoppen.

Inmitten der Konfusion stand Ida mit andächtig erhobenem Antlitz und zum Himmel gereckten Armen und begann Psalmen zu singen. Einige der Schwestern scharten sich um sie und stimmten mit ein, die Hände zum Gebet gefaltet.

»Wenn ich rufe zu Dir, Herr, mein Fels, so schweige doch nicht, dass ich nicht, wenn Du schweigst, gleich werde denen, die in die Grube fahren. Höre die Stimme meines Flehens, wenn ich zu Dir schreie, wenn ich meine Hände aufhebe zu Deinem heiligen Tempel.«

In wilder Erregung überlegte Margarete, was zu tun war. Sollten sie auf ein Wunder warten und währenddessen tatenlos zusehen, wie die Kirche niederbrannte? Das Holz war feucht durch die anhaltenden Regenfälle, das Feuer hatte Mühe, sich emporzufressen. Noch konnten sie etwas tun, noch war nichts verloren!

Hastig tastete Margarete nach dem im Habit verborgenen Tafelbild und holte, mit neuer Zuversicht gestärkt, tief Luft. »Schwestern, bewahrt Ruhe. Wir brauchen Wasser. Rasch, holt Kübel aus Küche und Badehaus.« Dabei fuchtelte sie mit den Händen und versuchte, den aufgebrachten Nonnen Anweisungen zu geben.

Doch sie reagierten nicht, schrien angesichts der Bedrängnis, rannten durcheinander in kopfloser Hast. Nur ein paar der Konversen stürmten hinaus, wieder andere kamen mit Wasser gefüllten Gefäßen zurück und liefen die gemauerten Stufen zur Westempore hinauf, um das armselige Nass auf züngelnde Flammen zu schütten.

Margarete raffte ihren Habit und lief ins Freie. Von draußen konnte sie das Ausmaß der Katastrophe sehen. Rauch quoll aus dem baufälligen Turmdach, aus den Ritzen des Gemäuers und den Schallarkaden des Glockenstuhls.

Plötzlich entdeckte sie eine Person, die sich auf dem Sims des Figurenfrieses gegen die qualmende Mauer presste. Elysa! Wie Anna stand sie da, jedoch zitternd und voller Furcht. Nun ging sie in die Hocke, klammerte sich mit beiden Händen an die Hörner des steinernen Widders und verharrte, ohne den Blick von der Öffnung der Arkaden zu wenden, durch die der Qualm immer stärker wallte.

In panischem Entsetzen riss Margarete ihre Arme hoch und schrie mit sich überschlagender Stimme, schrie um das Leben jener widerständigen Frau, die sie so tief in ihr Herz geschlossen hatte. Schrie um das Vermächtnis der Prophetin und um den Bestand dieser Kirche. Sie schrie, als könne sie damit das Böse vertreiben, das sich des Konvents bemächtigt hatte und nach weiteren Opfern gierte.

Plötzlich brach der Regen los, stürzte aus den Schleusen des Himmels. Margarete reckte ihm ihr Gesicht entgegen. Ihr Schreien verwandelte sich in ein kehliges Lachen.

»Regen, noch nie warst du innigster ersehnt.«

10

Die Tropfen fielen gleich Tränen, waren überraschend warm und erquickend. Rannen über ihr Gesicht, über Augen, Nase Mund. Wurden größer und vereinten sich in sintflutgleicher Kraft.

Noch immer klammerte sich Elysa an die Hörner des steinernen Opfertieres und wagte nicht, sich aufzurichten. Sie starrte auf die Öffnung der Schallarkaden und sah, dass der Qualm nachgelassen hatte. War das Feuer gelöscht?

Von unten hörte sie ein Rufen. Vorsichtig wandte sie den Blick. Vor ihr lag in schwindelerregender Tiefe der Kreuzhof, in den nun immer mehr Schwestern strömten.

Ein heftiger Schwindel ergriff sie und drohte, sie hinabzuziehen. Hastig sah sie wieder nach oben, während der Regen mit ungebrochener Stärke in ihren Nacken drang und den Habit durchnässte. Sie musste aufstehen. Gudrun, die Glöcknerin, konnte ihr die Hand nicht reichen, die Treppe war gewiss zerstört. Doch wie sollte sie unverletzt zu Boden gelangen?

Vorsichtig richtete Elysa sich auf, stützte sich am Arm des steinernen Heidenpriesters, bis ihre Hände die Öffnung fanden. Als sie sich abstieß, um die regennasse Brüstung der Schallarkaden zu erklimmen, brach ein Teil des Simses unter ihren Füßen und fiel polternd zu Boden.

Mit aller Kraft krallte Elysa sich an der rutschigen Brüstung fest, hangelte sich behutsam ein Stück zur Seite, bis ihre Füße wieder ein unversehrtes Stück des Simses fanden. Dann versuchte sie es noch einmal.

Dieses Mal gelang ihr Vorhaben. Mit einem Schwung erreichte sie die Brüstung der Schallarkaden und starrte in die rußgeschwärzte Tiefe des Glockenturms. Die Glocke hing unversehrt am fein geschwärzten Joch, das Zugseil war schwarz verkohlt. Die Holztreppe aber war vollständig zerstört, ebenso der hölzerne Boden der Empore, durch den sich die Flammen gefressen hatten. Übrig war nur ein steinernes Gerippe, das bis zum Kirchenvorraum hinabreichte und am Boden ein Haufen rauchender Trümmer. Wie lange würde das Gemäuer des Turmes noch halten?

Elysa sank der Mut.

Plötzlich tauchte im Vorraum ein wohlbekanntes Gesicht auf, und als sie es bemerkte, durchströmte sie ein Schauer der Freude und Zuversicht. Es war Clemens von Hagen, der sich mit einiger Bestürzung den Schaden besah.

»Jesu Domine noster!« Seine Worte drangen nicht bis hinauf, doch Elysa sah, wie die Lippen sie formten. »Elysa!«

Er bedeutete ihr, sich ruhig zu verhalten, und lief davon.

Die dunkle Wolke, die wie ein schützender Mantel das Kloster bedeckt hatte, verzog sich gen Süden und mit ihm der Regen. Ein Sonnenstrahl schob die dichte Wolkendecke beiseite.

Elysa konnte sich des berückenden Schauspiels nicht entziehen. Obgleich sie sich in unzweifelhaft prekärer Lage befand, schweifte ihr Blick über die Klosteranlage nach Rüdesheim, bis hin zum Rhein. Sie sah Schwestern, die, durchnässt vom Regen, noch immer wie eine aufgescheuchte Herde umherliefen, und Clemens, der vor Gregorius stand und heftig gestikulierte.

In jenem Augenblick, als die Strahlen über ihr Gesicht strichen, spürte sie, dass es eine Rettung geben musste, und sei es die Rettung ihrer Seele, die der Herr nun ins Licht führen mochte, dorthin, wo auch Hildegard ihren Platz hatte.

Für einen kurzen Moment schloss sie die Augen und spürte die Sonne auf ihrem Antlitz. Sie dachte an Clemens von Hagen und an den Ausdruck seines Gesichtes, an seine Besorgnis und an das Versprechen, ihr zur Hilfe zu kommen. In ihre Freude über das Wiedersehen mischte sich Wut, die sie noch immer darüber empfand, dass er sie in einem Kloster alleine gelassen hatte, in dessen Mauern das Böse herrschte.

Elysa öffnete die Augen und sah noch einmal in den Turm hinunter. Dort unten stand Margarete seitlich der verkohlten Trümmer, die Hände in den Ärmeln des Habits verschränkt, und schaute zum Kirchenschiff.

Elysa folgte ihrem Blick, drehte den Kopf und sah durch das unfertige Dach des südlichen Seitenschiffes, wie einige Schwestern Agnes vom Steinboden hoben, auf eine Art Bahre legten und sie schließlich zum Südportal hinaustrugen.

In einem Anflug von Mitleid hoffte Elysa, dass Agnes noch am Leben war. Zumindest lang genug, um jenen Tod zu sterben, der ihr als Priorin zustand, unter den Gebeten der Trauernden und dem Duft des reinigenden Weihrauchs.

Der Erzbischof hatte Agnes mit List das Wissen um das Geheimnis entlockt, so wie der Teufel erst durch Eva erfahren hatte, dass der Baum verboten war.

Elysa merkte auf. Hildegard von Bingen war eine widerständige Nonne, die den Sündenfall, Evas ewigen Makel, nachsichtig beurteilt und statt der Frau dem Teufel in seiner Gerissenheit die Schuld zugewiesen hatte.

Der Teufel … Hildegard hatte ihm Einhalt gebieten wollen, als sie die letzte Vision verfasste. Als Elysa sich aufmachte, um die Botschaft zu finden, hatte sie diese im Turm vermutet, bei der Glocke, neu gegossen eingedenk des Endes des Schismas, der Anerkennung des einzigen Papstes durch Kaiser Friedrich Barbarossa.

Elysa wandte sich ihr zu. Die Glocke war groß und mächtig, gegossen mit der neuen Fertigkeit der Ummantelung. Nun erst bemerkte sie, dass der Strahl der Sonne das Gemäuer oberhalb der Schallarkaden in schmalen Schlitzen durchbrach und sein Licht in hellen Streifen auf die Glocke warf. Auf der Glockenflanke aber erschienen Buchstaben, eingegossene Majuskeln, die ihr im Licht der Sonne in vielfältigen Zeilen entgegenprangten.

»Die Inschrift«, rief Elysa in plötzlichem Erkennen aus.

Worte des Lichts. Wahrlich, Hildegard liebte die Allegorie. Vorsichtig beugte sie sich vor, um die Schrift zu entziffern.

LAUDO DEUM VERUM stand in der ersten Zeile. Den wahren Gott lobe ich.

Die übrigen Worte waren unverständlich, scheinbar wahllose Aneinanderreihungen von Buchstaben, doch Elysa erkannte Endungen, von denen Ida gesprochen hatte. In der Tat, es waren Worte der *Lingua Ignota,* geschrieben in lateinischer Schrift!

Sie versuchte, die Worte leise zu flüstern, sie immer wieder zu lesen und in ihr Gedächtnis zu hämmern. Doch es waren zu viele. Auch war die Aussprache ungewohnt. Was, wenn sie später, sollte Gott ihre Rettung erwirken, auch nur eine der Aneinanderreihungen falsch zitierte?

»Diuveliz culiginzeo Kelionz de Rischolianz«, wiederholte Elysa eine der Zeilen wieder und wieder. Doch sobald sie die Augen schloss und versuchte, das soeben Erlernte aus dem Gedächtnis aufzusagen, musste sie erkennen, dass das Vorhaben zum Scheitern verurteilt war.

Elysa drehte sich zum Kreuzhof hin, in dem sich unterdessen der ganze Konvent versammelt zu haben schien. Bis auf Agnes und Jutta – und Ida.

»Holt Ida!«, rief sie hinunter. »Holt die blinde Nonne!«

Während einige der Nonnen sich aufmachten, Ida zu suchen, zogen Wolken vor die Sonne, ließen die Inschrift verblassen. Bang sah Elysa zum Himmel. Dort hinten, unweit des Rheingaus, tat sich eine größere Lücke auf.

Endlich erschien Ida im Kreuzhof und reckte den Kopf hinauf.

»Ich habe die Botschaft, Ida. Die Botschaft der heiligen Hildegard. Denk nur, sie steht als Inschrift in der Glocke. Man kann sie lesen, wenn das Licht durch Ritzen im Gemäuer scheint!«

Unter den Nonnen erwuchs heftige Aufregung. Lautes Gemurmel erhob sich.

Energisch mahnte Ida, sie zu schweigen, und rief: »So sprich.«

»Warte auf die Sonne.«

Dann drangen die Sonnenstrahlen durch. Elysa las die Zeilen und rief sie hinab: »Diuveliz culiginzeo Kelionz de Rischolianz. Kolscanz fuscaleo, razintho Kelionz sanccuvin kanzilo. Jaschua cum kanchziol lunzikol strangulizeo Kelionz, zaruliz tenziz scaliziz ud Rischolianz cioliunz on inimois de crizia. Pa miskila, tu tronzeo jur in scaurin limixeo burizindiz de zol.«

Die blinde Nonne legte die Hand an ihr Ohr und schüttelte den Kopf. Elysa drehte sich zur Glocke, doch eine weitere Wolke verdeckte die Sonne und verdunkelte die Schrift. Es dauerte eine Weile, bis neue Strahlen die Wolkendecke durchbrachen.

Wieder trug Elysa die Worte vor, doch dieses Mal sang sie sie in abwechslungsreicher Melodie. So, wie Ida es ihr am Abend zuvor gezeigt hatte.

Die blinde Nonne nickte heftig. Sie hatte verstanden.

11

Es hatte eine Weile gedauert, dann aber war die Leiter gefunden. Sie war alt und morsch, nicht wie die der Handwerker, von denen Margarete ihm erzählt hatte. Aber jene hatten ihre Leiter mitgenommen, als sie das Kloster verließen.

Einer der Laienbrüder war auf dem Weg ins nahe Dorf, um eine neue, längere zu beschaffen. Doch darauf konnte Clemens nicht warten, er musste augenblicklich handeln, denn der Turm konnte jederzeit zusammenstürzen.

Clemens von Hagen hatte gedacht, das Herz würde ihm bersten, als er Elysa dort oben auf der Brüstung der Schallarkaden gewahr wurde. Zart und fern, im Wollhabit der Benediktinerinnen, mit herabfallendem, nassglänzendem Haar. Doch obwohl Elysa sich in größter Gefahr befand und einen Abstieg vom Turm alleine nicht bewältigen konnte, hatte er den Eindruck gewonnen, dass sie keineswegs hilflos war.

Etwas hat sich verändert seit meiner Abreise, dachte er, als er nun gemeinsam mit Gregorius den Kreuzhof betrat, die Leiter in den Händen, an den aufgeregt tuschelnden Nonnen vorbei.

Die Leiter an die Mauer des Kreuzganges gelehnt, kam er bis zu den Dachbalken im südlichen Seitenschiff, die von den Handwerkern erneuert worden waren. Über das Gerippe der Holzlatten konnte er bis fast zum Dach des Mittelschiffs klettern. Nun war er Elysa ganz nahe.

»Kommt, steigt auf den unversehrten Teil des Simses und lasst Euch von dort aus herunter.«

»Wollt Ihr mich auffangen?«, fragte Elysa, nicht ohne belustigten Unterton, den er angesichts der Lage als allzu übermütig empfand.

Clemens beobachtete erstaunt, wie sich Elysa trotz ihres langen Gewandes behände über die Brüstung bewegte und sich auf das Sims des Figurenfrieses hockte, um sich von dort aus herunterzulassen. Es schien ihm, als wolle sie den Beweis führen, wie unnötig seine Anwesenheit war, und sogleich ging es ihm auf, dass er diese Reaktion wohl verdient hatte.

Als Clemens Elysa die Leiter hinabhalf, umfasste er ihre schmalen Hüften und ließ sie auch dann nicht los, als sie sich auf dem Boden gegenüberstanden.

»Verzeiht«, flüsterte er, ließ die Arme fallen und trat einen Schritt zurück.

Er hatte die unziemliche Berührung gemeint, doch Elysa missverstand ihn.

»Ihr habt eigenmächtig gehandelt«, sagte Elysa, und ihre Augen blitzten.

»Das tat ich.«

»Ihr habt mich in eine missliche Lage gebracht, habt mich alleine im Kloster zurückgelassen, ohne mich über die Gefahren aufzuklären. In der Zeit, in der ihr fort wart, wurde eine Nonne niedergeschlagen und beinahe vergiftet, ebenso wie ich, die aus Torheit und Unwissen vom verdorbenen Fleisch aß. Ida musste auf Geheiß des Exorzisten mit bloßen Fingern ein glühendes Eisen tragen, und noch am selben Tag stürzte sich eine Oblatin, geschändet und entehrt, vom Turm und zerschmetterte auf den Stufen der Kirchentreppe. Heute stieß der Exorzist die Priorin von der Empore und setzte den Glockenturm in Brand. Wer weiß, welches Unheil er indessen noch anzurichten vermag. Sagt, Clemens von Hagen, was von alldem ahntet Ihr, als Ihr Euch aufmachtet, das Erzbistum zu bereisen?«

»Radulf von Braunshorn ist fort. Ich sah, wie er das Kloster in Richtung Rheingaugebirge verließ.« Hatte Clemens Abbitte leisten wollen, so stieg nun doch bittere Wut in ihm auf. »Es war keine angenehme Reise, Elysa von Bergheim. Und ich trat sie nicht an, ohne mir Sorgen um Euer Wohlergehen zu machen. Doch es galt, das Geheimnis um die schrecklichen Vorfälle zu enthüllen. Wie Ihr wisst, hoffte ich, von den Zwiefaltener Mönchen etwas über den toten Mönch zu erfahren. Auch ich hatte Gefahren zu überstehen. Ich wurde von den Schergen eines Wanderpredigers verwundet und konnte mit Gottes Hilfe dem tödlichen Schwert eines Edelmannes entkommen.« Er atmete schwer. Elysa sah ihn durchdringend an, ohne dass ihre Augen verrieten, was sie dachte. »Hinter Oppenheim traf ich die Mönche aus Zwiefalten, die die Gebeine ihres toten Bruders ins Heimatkloster brachten, nachdem sie Herz und Eingeweide auf dem Rupertsberger Friedhof begraben hatten. Durch sie erfuhr ich, dass der Mönch qualvoll gefoltert worden war.«

»Das ist mir bekannt«, unterbrach Elysa ihn.

Clemens ließ sich seine Verwunderung nicht anmerken. »So erzähle ich Euch gewiss auch nichts Neues, wenn ich Euch berichte, dass Adalbert die gesamte *Lingua Ignota* als Eingeweihter beherrschte, nicht nur die Substantive, die im Codex zusammengefasst sind.« Ihr Nicken zur Kenntnis nehmend, fuhr er fort. »Auf meinem Weg zurück gelangte ich ins St.-Stephans-Stift in Mainz, um zu meinem Entsetzen zu erfahren, dass Radulf von Braunshorn unterdessen im Eibinger Kloster eingetroffen war und den Laienbruder Gregorius als Boten nach Mainz geschickt hatte, um nach der Wahrheit hinter unserem Aufenthalt zu forschen.«

»Ihr wusstet von dem Brief? Auch von der Antwort, mit der Gregorius zurückkam?«

»Ja. Doch die Antwort kam von mir. Ein Stiftsbruder zeigte mir den Brief und half mir, ihn zu fälschen, um die Gefahr von Euch zu wenden.«

»Wovon sprecht Ihr? Der Bote kam gestern Nacht zurück. Doch die Kunde, die er bei sich trug, war jene, die mich als falsche Anwärterin entlarvte und Eure List aufdeckte. Ich musste die Nacht im Skriptorium verbringen, um der Gefahr zu entgehen!«

Clemens begriff nicht. Dann weiteten sich seine Augen, entsetzt. »Gottfried! Dieser Judas …«, rief er voller Bestürzung. »Und ich wähnte mich in Sicherheit, ihm habe ich vertraut. Er muss die Briefe des Nachts wieder zurückgetauscht haben.«

Enttäuscht und verbittert angesichts des unerwarteten Verrats wandte er sich ab, als sich eine Nonne durch die umstehenden Schwestern drängte, die den Disput staunend verfolgt hatten.

»Elysa, ehrwürdiger Kanonikus. Rasch, Agnes liegt im Sterben. Doch bevor sie den Weg zum himmlischen Bräutigam antritt, möchte sie Euch noch einmal sehen.«

12

Sie eilten zum östlichen Konventshaus. Die Nachricht von Agnes' bevorstehendem Tod hatte ein eigentümliches Feuer in Elysa entzündet. Ihr Verstand sagte, dass es die gerechte Strafe für eine verderbte Sünderin war, doch es war der Mut der reumütigen Priorin, der sie, Elysa, vor eben dem Schicksal, auf dem Boden zerschmettert zu werden, errettet hatte.

Während sie die Treppe zur Zelle hinaufstiegen, versuchte Clemens flüsternd, Elysa über die dunkle Seite der Priorin aufzuklären, woraufhin sie ein barsches »Ihr erzählt mir nichts Neues« entgegnete.

Agnes lag mit grauem Gesicht in der Schlafnische. Neben ihr stimmte Humbert von Ulmen mit gesenktem Kopf ein Gebet an. Auch Jutta, Ida und Margarete waren zugegen, die Hände zum Gebet gefaltet.

Die Tücher um Brust und Kopf der Priorin waren von Blut durchdrungen, das Antlitz war fahl und eingesunken. In den gefalteten Händen lag ein Kreuz.

»Gepriesen sei Gott, der mich am Leben erhielt, bis ich euch alle um mich versammelt weiß«, sagte Agnes schwer atmend. »Ich habe gebeichtet und die Absolution erhalten, doch ich möchte diesen vom Teufel entweihten Ort nicht verlassen, ohne mein Wissen weiterzugeben. Um Radulf von Braunshorn aufzuhalten, der sich anschickt, die Christenheit zu verderben. Daher will ich erzählen, was sich zugetragen hat.« Es war ein langer Satz, der sie sichtlich schwächte, doch sie fuhr fort. »Einst sah ich mich als ehrenvolle Braut Christi. Begabt und tüchtig, der Äbtissinnenwürde würdig, doch ich wurde in das armseligere der beiden Klöster abgestellt, als Priorin einer zuchtlosen Horde. Doch dank Gott war auch Ida zugegen und wies die Nonnen unter Strafe an, den Regeln zu folgen. Ich hingegen hatte in meiner Eitelkeit nur den einen Gedanken: dieses Kloster einer Äbtissin gleich zu regieren und zu neuem Glanz zu verhelfen, und so begann ich, die edelsten Kirchenfürsten anzuschreiben und als Gäste zu empfangen. Unter ihnen war auch Erzbischof Konrad, der im Jahr zuvor das Rupertsberger Kloster dem Schutz der Mainzer Bischofsbehörde unterstellt hatte und mir nun von großen Plänen der Stadt Mainz erzählte, die, einem zweiten Rom gleich, zum Mittelpunkt der Christenheit aufzusteigen gedachte. Ich gebe zu, dass es mir schmeichelte, als er mir bedeutete, dass er mich in jener neuen Zeit als würdige Nachfolgerin der alten Äbtissin vom Rupertsberg sah.«

Agnes schloss die Augen. Ein sanfter Wind wehte durch die Ritzen der Fensteröffnungen, und Elysa glaubte schon, er käme, ihre Seele mitzunehmen, als die Priorin die Augen erneut aufschlug.

»Die alte Schlange ist voller Schlauheit und betrügerischer List, voll vom tödlichen Gift der Bosheit. Denn in ihrer Klugheit flößte sie mir die trotzige Verwegenheit ein zu sündigen. Tag und Nacht gedachte ich der Worte des Erzbischofs, und als das Mutterkloster mich maßregelte, da ich die mir zugedachten Aufgaben von Stolz erfüllt überschritt, setzte ich meine zornigen Gedanken in Taten um. Vordem Bibliothekarin im Kloster Rupertsberg, wusste ich, dass Hildegard von Bingen noch eine letzte Mahnung an die Menschheit zu verkünden hatte, und da die Pläne des Erzbischofs der Einheit des Christenreichs widersprachen, war gewiss, jene Mahnung sollte eben dieses Vorhaben vereiteln. Erneut ließ ich nach dem Erzbischof rufen, und als er mir von einem Mann erzählte, der einem Heiligen gleich zum Oberhaupt des neuen Roms berufen sei und alle entlohnen werde, die ihm zur Hilfe kommen, enthüllte ich mein Wissen von dem Pergament und den Zeichen der Verkündung, von Adalbert von Zwiefalten und dem alljährlichen Hildegardisfest.« Agnes atmete tief ein und schwieg.

»Als der Papst zum Zug ins Heilige Land aufrief, wusstet Ihr, dass der Zeitpunkt der Verkündung gekommen war«, ermunterte Clemens die Priorin fortzufahren. »Der Erzbischof befand sich zu dieser Zeit in Ungarn, also verschwor sich das Mainzer Domkapitel. Deren Schergen lauerten Adalbert auf, der zum alljährlichen Hildegardisfest reiste.«

»Wer immer Adalbert auflauerte, entzieht sich meinem Wissen«, antwortete die Priorin angestrengt. »Als Adalbert von Qualen gezeichnet in unserem Kloster auftauchte, war ich bestürzt. Ich hatte gedacht, meine Aufgabe sei mit der Offenbarung des Geheimnisses erfüllt. Doch Adalbert zeigte sich ungebrochen, und er offenbarte ganz deutlich, dass er die Vision in meinem Kloster zu finden gedachte. Ich glaubte, er wäre seinen Häschern entkommen, und es sei nun an mir, ihn an der Ausführung seiner Mission zu hindern. Also schlich ich in die Küche und vergiftete das Fleisch, das ihm zugedacht war. Ich konnte ja nicht ahnen, dass Elisabeth …«

Margarete rang nach Luft und bekreuzigte sich hastig.

Unbeirrt fuhr die Priorin fort. »Als ich mich zur Nachtzeit seines Zustandes versichern wollte, sah ich ihn zum Skriptorium schleichen und folgte ihm. Ich fand ihn am offenen Fenster gen Kreuzhof, den Blick zur Klosterkirche gerichtet. In der Hand hielt er das Pergament, das ich bei seinen Häschern geglaubt hatte.«

Wieder machte Agnes eine Pause. Als sie fortfuhr, war ihre Stimme nur noch ein Flüstern. »Er wollte es sich nicht entreißen lassen, so sehr ich auch zog. Dieser Mönch hatte trotz wochenlanger Folter und hagerer Gestalt die Kraft eines Löwen. Ich sah meine Möglichkeiten schwinden, die Äbtissinnenwürde, die hohe Ehre, innerhalb einer Verschwörung zu stehen, die ein neues Zentrum der Christenheit erschaffen würde. Was an jenem Vorhaben falsch sein sollte, wollte ich nicht erkennen. Auch nicht, dass es mich dazu verleitete, den Mönch mit nacktem Zorn zu erdrosseln und das Pergament an mich zu nehmen. Ich hoffte, man würde glauben, er sei an den Folgen seiner Erkrankung gestorben, also ließ ich ihn dort liegen, wo er stürzte. Dass der Mönch das Pergament selbst im Todeskampf nicht hergeben mochte, sah ich erst am nächsten Morgen, als ich es noch einmal hervorzog, um es genauer zu betrachten.«

»Da hatte ich das fehlende Stück bereits eingesteckt.« Auch Margarete war nun aschfahl. »Ihr wusstet, dass nur ich es haben konnte, da ich den Mönch im Skriptorium gefunden hatte. Und deshalb schlugt Ihr mich nieder.«

Agnes nickte. »Als mir klar wurde, dass mit dem Verschwinden des Fragments auch die Vision der seligen Hildegard noch nicht verloren war, geriet ich in Aufregung. Ich warf eine Fackel auf das Kirchendach, das der Mönch so starr angeblickt hatte. Darunter lag auch der Hildegardisaltar, darum wähnte ich die Botschaft dort. Der Wind entfachte das Dach augenblicklich, blies es bis hin zum Skriptorium, dessen kostbares Fenster zerbarst.«

»Der Brand erlosch …«

»Ja, es muss wohl Gottes mächtiger Atem gewesen sein, den Ida in jener Nacht anrief. Ich wagte es nicht, noch ein zweites Mal zu zündeln, also suchte ich nach dem verlorenen Stück Pergament, das ich bei Margarete wähnte.«

»… und das ich bereits zwischen dem Gemäuer versteckt hatte, als Ihr mich niederschlugt«, ergänzte Margarete verbittert. Es war ihr deutlich anzusehen, dass die Reue der Priorin ihr Herz nicht zu erreichen vermochte.

Agnes schloss wieder die Augen und strich mit zitternden Fingern über das Kreuz auf ihrer Brust. »Ich war einem unentschuldbaren Wahn verfallen, glaubte, mit Margarete auch das Geheimnis vernichten zu können. Letztendlich kam mir das Glück zur Hilfe, als einer der Küchengehilfen sie dabei beobachtete, etwas in den Mauern des Backhauses zu suchen, und mir davon berichtete. So kam ich doch zum Fragment.«

Nun meldete auch Ida sich zu Wort. »Warum aber habt Ihr es dem Exorzisten nicht übergegeben? Dann wäre doch Euer Plan erfüllt, und niemand hätte je den Ort der Botschaft gefunden.«

»Ich frage mich, woher du weißt, dass ich das Fragment bei mir behielt …« Agnes öffnete irritiert die Augen und sah Ida an. »Es lag auf meinem Pult, als du auf mich gewartet hast. Ich war in Eile, vergaß, es zu verbergen …« Sie lächelte. »Gott ist mit den Gerechten, edelste aller Töchter. Ich habe gelitten, als er dich einem Gottesurteil aussetzte, doch ich wusste, du würdest nicht fehlen. Je mehr Radulf von Braunshorn sein wahres Gesicht entblößte, desto stärker wuchs der Wunsch, mich von ihm zu wenden. Er ist kein heiliger Mann Gottes, wie der Erzbischof mir hat glauben machen wollen. Radulf von Braunshorn, den er als den höchsten Kirchenfürsten des neuen Christenreiches ernannt haben wollte, zeigte sich eitel und unbarmherzig zugleich. Als ich mich erdreistete, ihn zu fragen, warum er, obwohl er ein so hohes Amt innehatte, selbst kam, um die Vision zu vernichten, verriet er sein wahres Ansinnen. Er wolle selbst dafür sorgen, dass die Dinge ohne weitere Missgeschicke verliefen. Zudem erwarte der Kaiser eine rasche Erledigung der Angelegenheit, da die Zeit dränge. Der Kaiser … Ich begriff, dass das neue Reich nicht im Sinne der Christenheit sein konnte, wenn Kaiser Friedrich Barbarossa

Macht über denjenigen hatte, der es leiten sollte. Oh, ich Törichte. Wenn einen der Hochmut überfällt, will man sich über die Sterne, andere Kreaturen und Engel erheben, die stets die Gebote Gottes erfüllen. Doch man kommt zu Fall, wie auch jener fiel, der die Lüge gegen die Wahrheit stellte. Dann erfuhr ich von Radulfs verderbtem Handeln an Anna und suchte ihn auf, um weiteren Schaden abzuwenden.«

Die Stimme der Priorin erstarb. Ihre Augen flackerten. Der Priester begann, Psalmen zu intonieren, doch Agnes winkte ab. »Noch nicht«, flüsterte sie. »Zunächst muss ich euch von dem Ort berichten, an dem das Fragment verborgen liegt. Ihr müsst die Botschaft finden. Denn der Ruf aufgebrachter Jungfrauen wird weit weniger wiegen als das machtvolle Wort einer Prophetin, der selbst Könige und Päpste folgten.«

»Das Fragment ist bereits gefunden«, antwortete Elysa. »Es ist gefunden und entschlüsselt.«

»Was wisst *Ihr* davon?« Clemens von Hagen sah Elysa überrascht an.

Elysa enthielt sich einer allzu stolzen Antwort, die ihr in dieser Umgebung nicht angemessen erschien. Später wollte sie ihm alles schildern und sich der Süße des Triumphes ergeben. Nun aber berichtete sie mit knappen Worten.

»Wir fanden das Fragment im Buchrücken des in der Archivtruhe verschlossenen *Scivias.* Margarete bemerkte den neuen Lederbezug, hinter dem es sich verbarg. Mit Idas Wissen war es uns möglich, die Worte zu entschlüsseln. Dort fanden wir den Hinweis auf die Kirche und schließlich auch auf den Turm. Als ich nach meiner Flucht vor den Flammen auf der Brüstung der Schallarkaden saß, fiel das Licht der Sonne durch die Ritzen und beleuchtete die Inschrift der Glocke. Die Worte entstammten der vollständigen *Lingua Ignota*, die nur Eingeweihten kennen.«

»So ist auch Ida eine der Erwählten ...« Schweiß perlte von

Agnes' Stirn. Sie hatte Mühe, das Flackern der Augen zu bändigen. »Wie lautet die Botschaft?«

»Ehrwürdige Agnes«, sagte Ida versöhnlich, »Ihr habt schwer gesündigt, doch wer in reuevoller Zerknirschung zum Herrn zurückfindet, dem wird auch ein Platz in seinem Himmelreich zuteil. Ihr habt die wahre Schönheit einer geläuterten Seele offenbart, als Ihr Euch Radulf entgegenstellt habt, denn sein Plan war weit größer, als Ihr zu ahnen vermochtet. Radulf von Braunshorn verlangte nicht nach einem neuen Zentrum der Christenheit in Mainz. Er verlangte nach dem höchsten Posten auf Erden, nach dem Posten des Stellvertreter Christi.«

»Er wollte Papst werden?« Ein leises Stöhnen entfuhr der Priorin. Auch Clemens konnte einen überraschten Ausruf nicht unterdrücken.

»Ich kann die Worte nur bruchstückhaft wiedergeben«, fuhr Ida fort, »denn die Zeit der Unterweisung ist fern. Doch höret folgende Botschaft, die die selige Prophetin in die Glocke prägen ließ: ›Der Teufel verwaltet den Papst des Kaisers. Ein Priester wird kommen, den wahren Papst in aller Heimlichkeit zu stürzen. Also fürchtet, wenn die Heerfahrt des Kreuzes einen neuen Papst gebiert, einen Wolf im Gewand des Hirten, der dem Kaiser die Herrschaft über die Christenheit bringt.‹« Sie zögerte. »Und noch etwas stand geschrieben, doch ich bin nicht sicher, was damit gemeint ist: ›Doch Schwester, hüte dich vor dem, der des Nachts im Feuer der Sonne leuchtet.‹«

13

Priorin Agnes von Eibingen starb unter den Tränen der Schwestern, die sie umgaben, doch ohne den tröstenden Klang der Glocke. Am Abend des nächsten Tages wollten sie der Priorin mit einem Totenmahl gedenken, um dann den Beginn der Fastenzeit einzuläuten.

Aus dem Dorf waren neue Handwerker geeilt, die sich nun daran machten, den Turm vor dem Zusammenstürzen zu bewahren. Ebenso wie die Mauer der Empore, die nur noch ein Knochenwerk aus kalten Steinen war. Die Luft wurde erfüllt vom Hämmern und Klopfen.

Manche der Schwestern waren zu verstört, das Geschehene zu erfassen. Gelähmt von den Schrecken, verharrten sie im Kreuzgang, saßen eng beieinander auf den steinernen Bänken und starrten auf den rußgeschwärzten Turm. Gewiss waren auch welche darunter, die einen Abschied erwogen, der Regel nach undenkbar, doch wer würde es ihnen verwehren wollen?

Andere wiederum taten sich zusammen, um eifrig zu debattieren, erkennend, dass das Böse nun ein Ende haben musste. Denn auch die aufgebrachten Elemente, angetan, die Menschheit in Feuer, Sturm und Wasser zu verschlingen, schienen beruhigt und hatten seither geschwiegen.

Sibille aber, die junge Novizin, zog sich inmitten der lärmenden Unruhe in die rauchgeschwängerte Kirche zum stillen Gebet zurück, und hätte jemand ihren Worten gelauscht, so hätte er erkannt, dass sie das *Rex noster promptus* flüsterte, das Hildegard von Bingen einst als Lied erdachte:

Unser König hält sich bereit,
aufzunehmen der unschuldigen Kinder Blut.
Die Wolken aber, sie klagen ihr Wehe
Ob des unschuldig vergossenen Blutes.

Den Vormittag verbrachten Elysa, Clemens und Margarete im Skriptorium, um die Botschaft der seligen Hildegard für die Rupertsberger Äbtissin niederzuschreiben, die jene Worte als gewählte Nachfolgerin der seligen Hildegard zu verkünden hatte.

Clemens begann, sich heftig über den Kaiser zu erregen, dessen Plan weit verheerender war als die offene Einsetzung der Gegenpäpste Jahre zuvor. Mit einem neuen Papst aber, der unbemerkt seinen Befehlen gehorchte, wäre die Idee der uneingeschränkten Herrschaft über das Heilige Römische Reich Deutscher Nation, ja, der gesamten Christenheit, Wahrheit geworden, während aller Augen auf den Kreuzzug gerichtet waren.

Elysa wandte ein, dass der Kaiser doch unmöglich eine kanonische Wahl würde beeinflussen können, woraufhin Clemens ihr erklärte, dass es sehr wohl möglich sei, wenn es in den Reihen der Kardinäle wichtige Befürworter des einzusetzenden Kandidaten gebe. Denn noch gelte das Recht der Kandidatennennung, das jeder Kardinal ausüben könne, eine mehrheitliche Akklamation führe dementsprechend zur Bestätigung der Wahl. Und welcher der Kardinäle werde schon ahnen, dass sie einen kaiserlichen Befehlsempfänger anerkannten? Zudem hatte selbst der Mainzer Erzbischof Konrad einst seine Stimme bei einer Papstwahl gegeben, gewiss plante er ebenfalls nach Rom zu reisen, Radulfs Ernennung zu stützen.

»Radulf von Braunshorn hat als ehemaliger päpstlicher Legat

ausgezeichnete Verbindungen sowohl zu den römischen Prälaten als auch zu den ansässigen Adelsfamilien«, sagte Clemens mit verdunkelter Miene. »Dieses Mal wusste der Kaiser einen wahrhaft erprobten Kämpfer ins Feld zu schicken, der sich in langer Zeit der Vorbereitung der Unterstützung des Episkopats versichern konnte und in Rom großes Ansehen genießt. Wahrhaftig, Friedrich Barbarossa ist ein vortrefflicher Taktiker. So wollte er vor aller Welt die päpstliche Verfügungsgewalt über Rom und das Patrimonium Petri anerkennen und doch im Stillen seine Fäden spinnen.«

»Ein teuflischer Plan«, bemerkte Elysa.

»In der Tat.« Clemens lachte bitter. »Gewiss befindet sich in diesem Moment bereits ein Tross kaiserlicher Gesandter in Rom, der die Möglichkeiten erwägt, unseren Papst mit Hilfe listiger Ränke sterben zu lassen. Aber er hat nicht mit der seligen Hildegard gerechnet, die seinen Plan geschickt zu vereiteln wusste.«

An diesem Punkt begriff Elysa, dass die Gefahr auch nach der Eröffnung der Vision nicht vorüber war. So würde die Rupertsberger Äbtissin im Namen der seligen Prophetin einen Boten zu Kaiser Friedrich Barbarossa schicken müssen, der sich zurzeit im Pleißenland aufhielt – um ihn zu mahnen, von seinen Plänen zu lassen. Gewiss würde die Botschaft in großer Runde verlesen, wie es bei Hofe üblich war, und unter den Nicht-Eingeweihten für falsche Heiterkeit sorgen. Doch der Kaiser und seine Berater wären vor jenem Schritt gewarnt.

Eine allzu öffentliche Verkündung der Vision würde einen Zusammenbruch des Reiches zur Folge haben, darin waren Clemens und Elysa sich einig. Es gab machthungrige und nicht weniger mordlüsterne Fürsten, die nur darauf warteten, den Kaiser ins Heilige Land ziehen zu sehen, um dann die Herrschaft an sich zu reißen. So galt es, sorgsam zu taktieren und das Unglück zu verhindern, ohne ein neues heraufzubeschwören.

Ein weiterer Bote sollte vom Rupertsberg nach Rom reisen, den Papst vor den Plänen des Kaisers zu warnen. Ein anderer zum Mainzer Klerus mit der Empfehlung, den flüchtenden Exorzisten zu verstoßen, wenn man die eigenen Hände in Unschuld waschen wollte.

Noch am selben Tag machte sich ein Bote mit den Schreiben zum Rupertsberg auf und kündete zugleich vom Tod der Priorin.

Vor ihrem Ableben hatte Agnes Ida noch einen ledernen Beutel übergeben, den Adalbert bei seiner Ankunft bei sich getragen hatte. Elysa hatte ihn gleich als jenen Beutel erkannt, der unter der Strohmatte gelegen hatte, als sie die Zelle der Priorin nach dem Fragment durchsucht hatte. Was sie im Dunkel der Nacht für einen vom Wasser geschliffenen Stein gehalten hatte, zeigte sich bei Licht betrachtet als kostbarer Rubin – Stein der Mondfinsternis.

Nun, da Elysa mit Margarete und Clemens auf einer der Steinbänke im Kreuzgang saßen und über die Geschehnisse der vergangenen Tage redeten, kamen sie auf die Bedeutung dieses Steines zu sprechen.

Margarete hatte jenes Buch über die Feinheiten der Natur auf den Knien liegen, das Jutta in ihrer Krankenstube verwahrt hatte. Sie blätterte durch die Seiten, bis sie zur Schrift über die Steine gelangte.

»Jeder Stein hat Feuer und Feuchtigkeit in sich«, las Margarete laut. »Aber der Teufel scheut und hasst und verschmäht die Edelsteine, weil er sich erinnert, dass ihre Schönheit in ihnen erschien, bevor er von der ihm von Gott verliehenen Ehre hinabstürzte, und weil auch gewisse Edelsteine vom Feuer entstehen, in dem er seine Strafe hat.«

»Ich kenne eine Menge teuflischer Herren, die sich mit dererlei schmücken«, bemerkte Clemens trocken. »Die Steine können die Bösen dieser Welt nicht verschrecken.«

Margarete fuhr beharrlich fort, ohne seinen Einwand zu beachten. »Der Rubin aber verfinstert sich, wenn er auf göttlichem Befehl anzeigt, dass Hunger oder Seuche oder Veränderungen in den Reichen bevorstehen. Und an welcher Stelle auch immer der Rubin ist, dort können die Luftgeister ihre Trugbilder nicht vollenden, weil sie ihn fliehen und von ihm weichen.«

Sie schwiegen, in Gedanken versunken. Elysa ließ noch einmal die Bilder des Morgens an sich vorbeiziehen. Ihr Erschrecken, als sie im Eingang des Turmes auf Radulf traf. Sein Körper, der sich an sie presste und eine grauenvolle Mischung aus Furcht und Ekel in ihr auslöste. Der Disput mit Agnes, der im Sturz von der Empore endete. Dann Radulfs hämisches Lachen, als er den Reisighaufen entflammte, der auf dem Reliquienschrein lag.

»Was ist mit den Reliquien geschehen«, fragte Elysa unvermittelt. »Ob Agnes sie entwendet hatte?«

Margarete wiegte den Kopf. »Vielleicht, denn in der Tat hatte sie den Hildegardisaltar auszulöschen versucht, um dem Teufel zu gefallen.«

»Manche Dinge werden nie geklärt«, meinte Clemens. »Reliquien sind ein kostbares Gut. Jemand wird sie im Tumult des ersten Kirchenbrandes entwendet haben. Auch gibt es im Rheingau genügend Gläubige, die für einen Fingerknochen Hildegards ihre gesamte Habe verwenden würden.«

Es waren noch viele Fragen offen. So wussten sie nicht, was aus dem Exorzisten geworden war, der aus dem Kloster floh, in der Annahme, die Vision vernichtet zu haben. Und wer war noch Teil der Verschwörung, wer hatte dem Mönch aufgelauert, wer ihn gefoltert? Für Clemens von Hagen war es die Tat von Schergen, die für ein paar Silbermünzen ihre Seele verkauften. Weder die Prälaten noch der Exorzist selbst würden derartige Arbeiten verrichten, dafür gab es andere. So wie auch Radulf sich Agnes bedient hatte, um an sein Ziel zu kommen.

Sie würden sich dem fügen müssen, wohlwissend, dass alleine die Botschaft an die erzbischöfliche Kanzlei für ausreichend Unruhe sorgen würde. Clemens rechnete mit einer Reihe von Bezichtigungen und Abdankungen, aber die Korruption des Mainzer Klerus würde es nicht verhindern. In den unteren Reihen warteten etliche, die den hohen Posten im Domkapitel nicht mit christlicher Nächstenliebe verbanden.

Elysa seufzte. So wirr die Lage noch vor wenigen Tagen erschienen war, nun lag nahezu alles ausgebreitet vor ihnen. Für sie aber war der Weg, den sie vordem beschritten hatte, nicht zu Ende. Noch galt es, ihre Zukunft zu klären. In ihr erwuchs eine tiefe Unruhe, der Wunsch, sich ihrem Bruder und zugleich den Schatten der Vergangenheit zu stellen. Dann erst würde sie entscheiden können, wie ihr Leben weitergehen sollte.

Sie betrachtete Margarete, die still in der Schrift las. Margarete hatte ihr des Nachts im Skriptorium bedeutet, sie sei eine gute Nonne. Nichts hatte Elysa ferner gelegen, doch in diesem Moment erschien es ihr als Ausblick. Die Benediktinerinnen gaben den Halt einer verlorenen Familie, den sie bei Magnus nie würde finden können. Margarete, Ida und auch Jutta, die sie zu Unrecht verdächtigt hatte. Hier könnte sie ungehindert ihren Studien nachgehen und dank der Mitgift aus den Truhen und mit den Folianten ihres Onkels eine stattliche Bibliothek aufbauen. Hier könnte sie sich der jungfräulichen Keuschheit verpflichten und all jenen Männern entkommen, mit denen ihr Bruder sie gewiss vermählen wollte.

Ihr Blick streifte Clemens von Hagen, der mit geschlossenen Augen dasaß, den Kopf an die Mauer des Kreuzganges gelehnt. Sie betrachtete sein Profil, die gebogene Nase, das markante Kinn. Clemens von Hagen, Mann Gottes, zur Enthaltsamkeit verpflichtet.

Sehnsucht stieg in ihr auf, das Verlangen nach der Nähe jenes

Mannes, der ihr nie würde nahe sein dürfen. Und als sie die Gefühle zuließ, die sie all die Tage verdrängt hatte, wurde ihr bewusst, dass es für ihr Seelenheil keinen anderen Weg gab als das Kloster.

»Wir sollten sofort aufbrechen«, sagte sie unvermittelt. »Meinem Bruder erklären, dass meine Zukunft nicht auf Burg Bergheim liegt.«

14

Als Elysa mit Clemens von Hagen zur Burg Bergheim aufbrach, trug sie das Gewand der Benediktinerinnen. Die Truhen hatten sie indes dort gelassen. Doch sie würde zurückkommen, das hatte sie Margarete und Ida versprochen, als sie sich schwesterlich umarmten und Lebewohl sagten.

Nachdem Elysa am Vortag den Wunsch nach unverzüglichem Aufbruch geäußert hatte, war sie auf heftigen Widerstand gestoßen.

Clemens von Hagen wollte sich nach der beschwerlichen Reise ausruhen, und auch Margarete zeigte sich erstaunt, hatte Elysa doch nur wenige Stunden zuvor noch in tödlicher Gefahr auf dem brennenden Glockenturm gekauert.

Zunächst jedoch hatte Elysa sich uneinsichtig gezeigt und von großer Unruhe getrieben. Sie wollte ihrem Bruder gegenüberstehen, von Angesicht zu Angesicht, und all der Furcht der letzten Jahre begegnen, die in schrecklichen Bildern immer wieder an die Oberfläche ihrer Gedanken strömten. Und sie wollte Magnus offenbaren, dass sie als Statthalterin nicht bereitstehen würde.

Erst auf Clemens' Frage hin, ob sie ihrem Bruder von Schwäche und Fieber gepeinigt gegenüberstehen wolle, hatte sie ein Einsehen. So hatte auch sie sich mit einem im Ofen erwärmten Stein zurückgezogen, den sie unter die Decke ihrer Schlafstatt nahm.

Erschöpft und kraftlos hatte sie bis zum frühen Abend geruht und war dann auf der Suche nach etwas Essbarem aufgestanden. In der Küche hatte Ermelindis eine köstliche Pastete für sie bereitgehalten und warmes Brot, das sie mit großem Appetit verschlang, um gleich darauf mit einem neu erwärmten Stein in die Zelle zurückzukehren und zu schlafen, bis die Sonne den morgendlichen Nebel vertrieben hatte.

Nun, da sie sich zu Pferd auf dem Weg zur Burg Bergheim befanden, hatte die Sonne ihren Zenit bereits überschritten. Es wehte ein kalter Novemberwind, als sie den steilen Weg zu den Höhen des Rheingaugebirges nahmen.

»Was werdet Ihr tun, wenn Ihr nach Mainz zurückkehrt?«, fragte Elysa unvermittelt.

»Mein Ausscheiden verkünden und mich als Priester einer kleinen Gemeinde niederlassen.«

»Ihr gebt Euch geschlagen?«

Clemens schwieg. Der Ausdruck in seinem Gesicht verriet weder Furcht noch Scham – nur Eigensinn.

Elysa lächelte. »Ihr seid zu Großem berufen, ehrenwerter Kanonikus. Wollt Ihr nicht gegen die reißenden Wölfe antreten, die unsere Kirche in Gefahr bringen? Wollt Ihr nicht Hildegards Ruf nachkommen, die einst forderte, sich gegen den verderbten Klerus zu erheben und mit Mut zu erwirken, dass er sein leeres, stolzes Selbstvertrauen ablegt? Mit Eurer Gottesfurcht und Ehrbarkeit könnte die Gerechtigkeit nach Mainz zurückkehren.«

»Und was ist mit Euch?« Clemens sah sie von der Seite an. »Glaubt Ihr wirklich, Ihr seid zur Nonne berufen? Ihr seid keine Frau, die sich dem Willen anderer in Stillschweigen beugt. Noch glaubt Ihr Euch sicher in Eurem Vorhaben, seht Euch als Erneuerin der Schriften, denkt an ein Leben im wiederhergestellten Skriptorium, das Ihr mit Bücherschränken und wertvollen Folianten füllen wollt. Doch was, wenn die Äbtissin vom Rupertsberg stirbt und eine strengere ihr nachfolgt, die Euch die Arbeit in jenen Räumen untersagt, weil sie der Ansicht ist, die Frau werde durch die Bildung verderbt und müsse sich strengster Klausur unterordnen?«

»Das wird die selige Hildegard nicht zulassen.«

»Überprüft Eure Gesinnung, Elysa von Bergheim. Das Gelübde vor Gott ist ein Schritt, der dem innigsten Wunsch nach der heiligen Verpflichtung folgen sollte und der nicht aus dem gewiss löblichen Wunsch nach einer ehrbaren Aufgabe heraus entstehen darf oder aus Flucht vor den irdischen Lasten.« Er stockte. »Wenngleich der Herr die Vermählung einer solchen Jungfrau, lieblicher als aller Wohlgeruch duftender Blumen, mit dem himmlischen Bräutigam sehr wohl begrüßen würde.«

Elysa spürte hilflosen Zorn, doch sie enthielt sich einer Antwort. Sie waren an einem Platz angekommen, von dem aus sie noch einen letzten herrlichen Blick über die sanften Hügel des Rheintales hatten, bevor der Weg in den dichten Wald führte. Die kühle Sonne glitzerte auf dem Wasser des Rheins, das sich in sanfter Strömung kräuselte.

»Ein wundervolles Schauspiel.« Elysa stieg ab. Sie schloss die Augen, spürte die sanften Strahlen und atmete tief durch, schöpfte Kraft für das, was vor ihr lag.

Clemens trat neben sie. Ohne dass Elysa die Lider hob, spürte sie seine Anwesenheit, die ihr Herz in plötzlicher Hast beben ließ. Augenblicklich schoss das Blut in ihre Wangen. Sie öffnete die Augen und drehte sich von ihm weg, während sie sich wünschte, er würde ihre Hüften umfassen, wie er es getan hatte, um sie vom Kirchendach zu retten.

Er schien ähnlich zu fühlen, denn als sie sich ihrem Pferd zuwandte, spürte sie seinen sehnsuchtsvollen Blick.

Sie sah ihn an. Sogleich stieg eine Welle der Zärtlichkeit in ihr auf. Sein Gesicht näherte sich ihrem, der innige Ausdruck seiner

Augen erweckte nie gekannte Gefühle. Erschrocken fuhr sie zurück.

Es geht nicht, dachte Elysa harsch. Was man noch vor wenigen Jahren duldete, wurde nun sträflich verfolgt. Priesterfrauen, als Konkubinen verjagt, verloren jegliches Recht, waren fortan geächtet.

Die Enttäuschung stand Clemens ins Gesicht geschrieben. Er sah sie unverwandt an, als warte er auf eine Erklärung.

Elysa schüttelte heftig den Kopf. »›Ein Priester lasse diesen Schmutz hinter sich und sei ein Liebhaber der göttlichen Gerechtigkeit, denn er ist seinem Gott in Heiligkeit geweiht. Den fleischlichen Begierden in den Werken der Zeugung von Kindern ist er nämlich entzogen und kann deshalb so nüchtern und unbefleckt jenes Brot darbringen, dass zum Heil der Menschen auf den Altar gelegt wird.‹«

»Woher stammt dieses Zitat«, fragte Clemens bitter.

»Ich las es im *Scivias*.«

»So muss Euch doch etwas an mir liegen, ansonsten hättet Ihr es nicht derart häufig gelesen, dass Ihr es zu zitieren vermögt.«

»Ihr irrt Euch. Ich las es aus Zufall.«

»Wahrlich, in Euch lodern die Flammen der Heiligkeit. Geht nur hin, werdet Nonne, es wird Euch gut zu Gesichte stehen.«

Mit diesen Worten schwang Clemens sich auf sein Pferd und ritt voran, ohne sich nach ihr umzusehen.

Elysa folgte ihm. Wieder einmal hatte sie sich männlicher Annäherung entziehen können. Doch ein Triumph wollte sich nicht einstellen.

15

Als die Sonne hinter dicht aufziehenden Wolken verschwand, erreichten sie die Wälder derer von Bergheim. Die Luft roch nach der Feuchtigkeit modernder Blätter und der kühlen Frische des nahen Abends.

Sie waren zunächst dem Höhenweg gefolgt, den seit Jahrhunderten auch jene Kaufleute nutzten, die die Rheinenge umgehen wollten. Dann waren sie in Richtung des Gebirges abgebogen. Der Weg ging steil hinauf, ab und an war ihnen ein Reisender begegnet, der den Aufstieg nicht scheute, um die Bäche in den Tälern zu meiden, die nach den starken Regenfällen unpassierbar geworden waren.

Immer enger verflochten sich die Zweige der Buchenbäume, wurden undurchdringbare Barriere gegen einfallende Heere. Der Weg wurde zum Pfad, führte durch einen befestigten Durchlass. Bald lichteten sich die Bäume, wichen Feldern und Gehöften. Über all dem jedoch, auf einem Felsensporn, lag Burg Bergheim.

Seit Tagen hatte Elysa auf diesen Moment gewartet, ihn gefürchtet und heimlich verflucht. Sie hatte gedacht, das Herz würde ihr zerspringen, wenn sie die alte Heimat wiedersah, zum ersten Mal seit jener Zeit, als man sie nach Mainz gebracht hatte.

Hingegen musste sie feststellen, dass die Burg in ihrer Phantasie mächtiger gewesen war, einer kleinen Stadt gleich oder der Festung eines Königs. Diese Burg vor ihr war jedoch keinesfalls so prächtig und groß, nein, von weitem schon erkannte sie, dass die Gebäude hinter der einfachen Ringmauer, ein Verteidigungsturm, ein zweigeschossiges Wohnhaus und ein Nebengebäude, klein und gedrungen waren.

Elysa zügelte das Pferd und atmete tief durch.

Clemens sah sie von der Seite an. »Seid Ihr bereit?«

Seit jenem Vorfall hatten sie kein Wort miteinander gesprochen. Elysa setzte zu einer harschen Erwiderung an, besann sich aber. »Ja, ich bin bereit.«

Langsam ritten sie auf die Anhöhe zu. Heftige Erinnerungen überkamen Elysa, als sie den tiefen Halsgraben erblickte, in den die Mutter gestürzt war und der nun morastig war und übel roch. Eine hölzerne Brücke endete auf halber Strecke. Die Zugbrücke war hochgezogen.

Mit lauter, tönender Stimme kündete Clemens von der Rückkehr Elysas.

»Magnus von Bergheim, öffnet das Tor. Ich, Clemens von Hagen, bringe Euch Eure Schwester Elysa aus Mainz zurück.«

Eine ganze Weile geschah nichts. Elysa stieg vom Pferd, bemüht, ihre Unruhe zu bändigen. Sie sah zurück, suchte den Baum, unter dem die Mutter begraben lag, doch sie sah nur einen Stumpf.

Endlich wurde die Zugbrücke mit Getöse hinabgelassen und das zweiflüglige Holztor aufgestemmt, doch nicht von einem Burgwächter. Es war Magnus von Bergheim, mit schwarzem Umhang über indigoblauer Tunika, der ihnen mit rotgeränderten Augen entgegenkam und sein Erstaunen nur schlecht verbergen konnte.

Als Elysa den kleinen Burghof betrat, traten Tränen in ihre Augen, die sie hastig wegwischte. Gefühle der Wehmut und die

Erinnerung an unbeschwerte Kindertage mischten sich mit der Ahnung von Bedrohung und Bildern eines schreienden, schlagenden Vaters.

Dort, an der Längsseite lag das Wohnhaus, in dem sie acht Jahre ihres Lebens verbracht hatte. Der Lehm der oberen Geschosswände hatte zu bröckeln begonnen, die Holzläden vor den Fenstern waren morsch. Gegenüber befand sich ein halbverfallenes Nebenhaus, in dem ehedem alle Bediensteten gewohnt hatten und aus dem nun zwei verschüchterte Mägde traten, beinahe noch Kinder, die sich ungelenk verbeugten.

Wo früher die Ställe gewesen waren, gab es nun einen Verschlag, in dem neben zwei Pferden auch Federvieh unterkam, das umherflatterte und den Burghof mit Unrat bedeckte. Nur Magnus bildete eine tadellose Erscheinung, mit gerade gestutztem Bart, sauberem Gewand und geckenhaft spitzen Lederschuhen.

»Was ist geschehen?«, entfuhr es Elysa.

»Was soll schon geschehen sein?«, erwiderte Magnus ungehalten. »Es waren harte Jahre seit Vaters Tod. Das Geld reicht nicht für die notwendigen Reparaturen. Das meiste, was ich noch besitze, werde ich für den Zug ins Heilige Land verwenden, um es dort zu verzehnfachen.« Er betrachtete ihren Habit und runzelte die Stirn. »Wo ist deine restliche Habe?«

»Ich komme mit nichts als dem Gewand auf meinem Leib.«

Magnus murmelte etwas Unverständliches. Dann wandte er sich Clemens zu. »Ich danke Euch, dass Ihr meine Schwester hierher begleitet habt. Doch ich kann Euch keinen würdigen Platz für die Nacht anbieten. Eine meiner Bäuerinnen wird sich Eurer annehmen.«

»Ich bin ein einfaches Strohlager gewöhnt«, erwiderte Clemens. »Gebt mir eine Ecke, in die ich mich legen kann, dann braucht Ihr Eure Hörigen nicht zu bemühen.«

»Sie werden ohnehin zu selten bemüht, ehrenwerter Kanonikus.« Magnus' Stimme klang gepresst. Aus seinen Poren dünstete der Geruch von saurem Wein.

»Aber du wirst ihn doch nicht gehen lassen, ohne ihm deine Gastfreundschaft zu erweisen?« Elysa wurde es unbehaglich. Hatte sie gedacht, in eine Burg voller Bediensteter zurückzukehren, musste sie nun feststellen, dass sie alleine mit ihrem Bruder und den beiden jungen Mägden sein würde, wenn Clemens die Burg verließ. »Ich bestehe darauf, dass Clemens von Hagen bleibt.«

Dieses hier war kein Ort für sie. Sie würde dem Bruder keinen Anlass zu Streitereien geben und noch im Morgengrauen aufbrechen, um nach Eibingen zurückzukehren.

Ihr Blick wanderte zum Kanonikus, der offenbar ähnliche Gedanken hegte. Sie lächelte zaghaft, was er mit einem aufmunternden Nicken beantwortete.

Auch Magnus verzog seinen Mund zu einem Lächeln. »Teure Schwester, nun haben wir uns seit so vielen Jahren nicht mehr gesehen. Ich möchte das Wiedersehen mit dir feiern, lass mich hören, wie es dir seitdem ergangen ist. Die Bäuerin, von der ich vorhin sprach, bringt das Essen herauf, sie wird jeden Augenblick hier sein. Sie hat ein sauberes Haus und wird gewiss gut für das Wohlergehen deines Begleiters sorgen.«

»Ich sehe nicht, warum Clemens von Hagen unserem Wiedersehen nicht beiwohnen sollte.«

Magnus von Bergheim schien derartigen Widerspruch nicht gewohnt zu sein. Kurz zog er die Brauen zusammen in aufwallendem Zorn, dann jedoch besann er sich eines Besseren. »Oh, dem Kanonikus wird es gut ergehen. Doch es gibt Dinge zu bereden, die für fremde Ohren nicht bestimmt sind. Lass uns von alten Tagen sprechen, von unserem Vater und von der Mutter. Wovor hast du Angst, Schwester, fürchtest du die Stille der Burg? Ein köstliches Mahl ist bereitet, ich werde die Kerzen entzünden und auf deine Ankunft anstoßen. Den Kanonikus aber kannst du gleich morgen wieder sehen, bevor er seinen Weg zurück nach Mainz antritt.«

»Du willst über Mutter sprechen?« Elysas Hände krallten sich in ihren Habit. »Ausgerechnet du? Ich kann mich nicht erinnern, dass Mutter dir jemals am Herzen lag.«

Magnus lächelte bitter. »Du warst noch ein Kind, Elysa. Es gab viele Dinge, die du noch nicht verstehen konntest, Dinge, die nur unsere Familie betreffen. Schick den Kanonikus fort für die Nacht, so verspreche ich dir, dich aufzuklären.«

Worte der Schlange! Ihr Innerstes sträubte sich gegen diesen Mann, ihren Bruder, groß und breitschultrig, breiter noch als der Kanonikus. Doch es dürstete sie danach, die Vergangenheit zu besprechen, jene Lücken der Erinnerung zu füllen, die sie bis zum heutigen Tage verfolgten.

Langsam senkte sich die Dunkelheit herab. Die Mägde begannen, die wenigen Fackeln des Burghofes zu entzünden, als eine rundliche Frau in schmutzigem Kleid die Burg nach einem kräftigen Klopfen durch das Mannloch im rechten Torflügel betrat und einen mit Essen gefüllten Korb ins Herrenhaus trug.

Elysa erkannte Speck und Wurst, Käse und Milch. Sie erinnerte sich an das Totenmahl, das die Nonnen zu dieser Stunde bereits verzehrt haben mussten. Hatten sie Agnes verzeihen können, so wie Gott den Sündern verzieh, wenn sie sich voller Reue zu ihm bekannten? Hatten sie zuvor eine Messe gefeiert, um für das Seelenheil der Priorin zu beten?

»Geht nur, Clemens«, sagte sie entschlossen. »Ich will mein Verlangen stillen, die Vergangenheit zu begreifen. Es wird nicht notwendig sein, mich vor meinem Bruder zu schützen, denn er ließ mich rufen, weil er meine Anwesenheit braucht.«

Clemens nickte zögernd, nahm sie aber beiseite und zog einen kleinen Dolch aus seinem Gewand.

»Hier, nehmt«, flüsterte er. »Euer Bruder spricht von Wiedersehensfreude, doch ich traue ihm nicht.«

Rasch sah Elysa sich nach Magnus um, doch der sprach barsch mit der Bäuerin, die offenbar weniger gebracht hatte als erwartet, also steckte sie den Dolch ein.

Clemens entbot ihnen einen knappen Gruß, dann folgte er der Bäuerin durch das Mannloch.

In dem Moment, als sich die Einstiegstür des Burgtores schloss, überkam Elysa eine nie empfundene Furcht. Sie straffte den Rücken und atmete tief durch. Eine Ratte huschte über den Hof, Magnus trat wütend nach dem Tier, verfehlte es aber.

Sie betraten das Wohnhaus. Der untere Steinbau war feucht und roch modrig.

Magnus legte den Umhang ab und entzündete die Öllampen. Elysa fand sich im unteren Geschoss wieder, in dem auch die Kemenate lag, der einzige Raum mit Kaminfeuer, in dem sie zuletzt allein mit ihrer Mutter gelebt hatte.

Eine breite und ehedem herrschaftliche Treppe führte in das erste Stockwerk, in die Wohnhalle. Am Fuße jener Treppe aber befand sich ein großes geschnürtes Bündel.

»Du willst fort?«, fragte Elysa ihren Bruder.

»Ich plane, das Fest der Weihnacht am Hof in Eger zu verbringen.«

»In der Pfalz des Kaisers?« War Magnus zu einem der vielen Reisenden geworden, die dem Tross des Kaisers durch das Land folgten, um am herrschaftlichen Glanze teilzuhaben? War er der haltlosen Vergnügungssucht des Hofes zugetan, verprasste er den Familienbesitz mit Huren und Gauklern? Ein eigentümlicher Gedanke stieg in ihr auf. »Hattest du meine Ankunft nicht mehr erwartet?«

Magnus übersah ihre Frage, nahm eine der Öllampen und ging zu Treppe. »Gleich neben der Kemenate findest du eine Kammer mit einem Nachtlager. Dort steht eine Truhe mit Kleidern, derer du dich bedienen kannst. Kleide dich deinem Stande angemessen und komm nach oben, damit wir uns an den Speisen gütlich tun und über das Vergangene reden können.«

Das Licht der Öllampe beleuchtete seine große Gestalt. Ein fein gearbeiteter Gürtel fiel Elysa ins Auge, mit ungewöhnlicher Schnalle, die das Licht hundertfach zurückwarf. Noch während Magnus sich der Treppe zuwandte, erkannte sie darin ein glutrotes Funkeln, das von Steinen auszugehen schien. Elysa erstarrte. Ihre Gedanken begannen zu rasen. Sie musste sich irren.

»Magnus?«

Er wandte sich zu ihr um. Das Licht war schwach, doch sie erkannte, dass es vier Rubine waren, welche die goldene Schnalle in einem angedeuteten Kreis zierten. Sie waren geformt wie jener, den der Mönch in seinem Beutel bei sich getragen hatte. Doch noch etwas erblickte sie, das ihr wahrhaft die Kehle zuschnürte: An der Stelle, die den Kreis vollenden mochte, war das Metall blank. Einer der Steine fehlte.

16

Die Nacht war schwarz, denn obwohl die Luft klar war und ohne Wolken, hatte sich ein Schatten über den Mond gelegt.

Clemens von Hagen tat seine Schritte in Gedanken versunken, folgte der Bäuerin im Licht der Lampe zu ihrem Haus.

Etwas hatte ihn stutzig gemacht, doch so sehr er darüber nachdachte – er konnte es nicht weiter ergründen. Es war etwas in der Burg, an diesem Bruder der edelmütigen Elysa.

Unfassbar, zwei derart ungleiche Kinder vom selben Samen, eines ehrenwert und tüchtig, das andere verderbt und voller Starrsinn und Gier. Doch es war nicht Magnus' offensichtliche Selbstüberschätzung, die Clemens argwöhnisch gemacht hatte.

Noch bevor er im Licht der Funzel das Bauernhaus erblickte, wusste er plötzlich, was ihn irritiert hatte: Magnus von Bergheim war erstaunt gewesen, als er seine Schwester erblickte. Er hätte sie erwarten müssen, aber offensichtlich dachte er, sie komme nicht.

Und noch etwas erregte sein Misstrauen. Elysa war im Habit der Benediktinerinnen gekommen. Hätte ihr Bruder sie nicht als Nonne ansehen müssen, sich fragen, ob sie bei ihrem Aufenthalt die Jungfrauenkrone erhielt? Nein, er nahm es als ein gewöhnliches Gewand, so als wisse er bereits, dass sie nicht ihre Profess abgelegt hatte.

Clemens blieb stehen, in plötzlicher Erkenntnis. Es konnte nur eines bedeuten: Magnus von Bergheim war im Bilde. Er hatte gedacht, Elysa wäre im Glockenturm verbrannt, daher sein Erstaunen. Und auch, als er sich in seiner Überraschung fing und sie begrüßte, galt kein Wort ihrer Kleidung, weil er bereits erfahren hatte, dass sie es unter falschem Anliegen trug.

Der Einzige aber, der ihn in Kenntnis gesetzt haben konnte, war Radulf von Braunshorn, den Clemens in rasender Hast und mit wehender *cappa* in den Wald hatte preschen sehen, als die Glocken von Eibingen geläutet hatten – in jenen Wald, dessen Pfade oberhalb des Kaufmannsweges auch zur Burg Bergheim führten.

Plötzlich begriff Clemens, dass auch Magnus Teil der Verschwörung gewesen war, und im selben Augenblick vermochte er jene Position erkennen, die man Elysas Bruder, dem erbarmungslosen Herr einer abgeschiedenen Burg, zugedacht hatte: Er war der Folterknecht.

17

Elysa betrat die Kammer, die Magnus ihr zugewiesen hatte und die sie als sein ehemaliges Gemach erkannte. Nun standen darin eine Truhe und eine Pritsche mit Stroh.

Der modrige Geruch, der die ganze Burg durchdrang, hing auch in diesem Raum. Nach Atem ringend stürzte sie zur Fensteröffnung und riss den Holzladen auf.

Der Mönch musste Magnus den Rubin entrissen haben, doch was konnte es anderes bedeuten, als dass sie sich begegnet waren. Je länger Elysa über diese Zusammenhänge nachdachte, desto offenbarer wurde, was in der Zeit nach dem Hildegardisfest geschehen war. Ja, ihr Bruder wäre gewiss imstande, einem Mönch Gewalt anzutun, um ihm ein kostbares Geheimnis zu entlocken.

Die Furcht in ihrem Herzen wandelte sich in Panik, die sie nur mühsam zu beherrschen vermochte.

»Mutter, hilf«, flüsterte sie in die Dunkelheit der Nacht, während sie beide Hände an die Brust presste.

Sie dachte an das Schicksal, das ihrer Mutter zuteil geworden war, an das erregte Gesicht des Bruders, als er den Priester anfeuerte, die Dämonen aus ihr herauszuprügeln.

Rasch sann sie über ihre Möglichkeiten nach, die Burg augenblicklich zu verlassen. Sie kannte den Mechanismus, der die Zugbrücke herabließ, aber es wäre zu laut, würde ihren Bruder augenblicklich warnen. Irgendwo musste es auch einen Geheimgang geben, der den Bewohnern in Zeiten des Kampfes die Flucht ermöglichte, doch sie konnte weder sagen, wo er begann, noch wohin er führte.

Nein, sie musste die Nacht überstehen, demütig sein, jeden Streit vermeiden. Noch war Magnus ihr zugetan, gedachte, sie als Statthalterin während seines Zugs ins Heilige Land einzusetzen. Sie würde sich seinem Wunsch entsprechend kleiden und sich als treue Schwester erweisen, zurückgekehrt in den Schoß der Familie.

Heftig atmend öffnete sie die Truhe. Was sie dort sah, ließ sie jegliche Fassung verlieren. Es waren Kleider, die ihre Mutter getragen hatte. Kostbare Stoffe, Zeugnisse vergangener Pracht. Elysa riss sie heraus, jedes einzelne hatte sich tief in ihre Erinnerung eingegraben, löste Tränen der Trauer in ihr. Weinend hielt sie ihre Nase in Leinen und Seide, fein gewebten Wollstoff und Brokat, atmete den Duft ein, doch die Gewänder rochen nicht nach ihrer Mutter, sondern nach modrigem Tuch.

Hatte sie im Stillen gehofft, mit der Rückkehr zur Burg auch der Toten gedenken zu können, so musste sie nun erkennen, dass man deren Andenken achtlos in eine Truhe gesteckt hatte, das Grab war verwildert, der Baum zu dessen Füßen gefällt.

Von plötzlicher Wut ergriffen, wählte sie ein leuchtend purpurnes Gewand aus zweifach gefärbter Muschelseide. Jenes Kleid, das die Mutter getragen, als sie vom Wagen ins Wasser des Burggrabens gestürzt war, und das sie auch dann nicht abgelegt hatte, als der Priester sich anschickte, die Dämonen aus ihrem Körper zu prügeln. An manchen Stellen war es gerissen und stümperhaft vernäht, doch es passte, als wäre es für eben diesen Augenblick gemacht. In diesem Kleid und mit dem Dolch am Leibe wollte Elysa ihrem Bruder gegenübertreten und ihn jene Dinge erklären lassen, die zu erklären er versprochen hatte.

Mit festem Schritt stieg sie die Treppe empor zum oberen

Stockwerk, in dem der Wohnsaal lag. Elysa erinnerte sich an die üppig gedeckten Tafeln und die großen Feiern, bei denen gelegentlich auch ihr Onkel Bernhard aus Mainz zugegen gewesen war und sie ihn so ausgelassen erlebt hatte wie später nie wieder.

Eine eigentümliche Stimmung lag über dem Saal, als sie ihn betrat. Auch dieser Raum war kleiner, als sie ihn in Erinnerung hatte.

Magnus hingegen hatte ihn einem Festsaal gleich werden lassen. Auf einer großen Tafel, von dreiarmigen Leuchtern erhellt, standen vielfältige Speisen, Käse, Brot, Dörrobst, Wurst und Speck. Ein großer Krug, silberne Teller und Becher, drei an der Zahl, als erwarte er einen weiteren Gast.

»Setz dich«, sagte Magnus schroff, als er sie bemerkte. Doch dann wich der gestrenge Ausdruck seiner Augen einem ergriffenen Glanz. Er stand auf und streckte die Hand nach ihr aus. Mit leiser Stimme fügte er hinzu: »Wahrhaftig, du siehst bezaubernd aus, deine Wangen von Anmut und Schönheit erfüllt. Du gleichst Mutter, dasselbe Kleid, das Haar …«

Elysa ergriff seine Hand nur zögernd. »Erwartest du noch einen Gast?«

»Die Neugier ist ein übles Laster«, antwortete er brüsk. »Doch nun setz dich, wir wollen jener Zeiten gedenken, die uns zusammenhielten.«

Damit goss er rosigen Wein in die Becher und trank seinen leer, noch bevor er sich an die Stirnseite des großen Holztisches gesetzt hatte.

»Du siehst mich im Kleid unserer Mutter, der du die Absolution verwehren wolltest«, begann Elysa ungewollt scharf.

»Mutter, ja …« Magnus' Blick glitt zu einer der Kerzen, deren Qualm in feinen Schlieren zur rußigen Decke stieg. »Du besitzt die verklärte Erinnerung eines Kindes.«

»Was willst du damit sagen?«

»Mutter war eine Hure.« Er sagte es beinahe gelangweilt und sah sie dabei herausfordernd an.

Elysa starrte zurück, entsetzt.

»Du hast es nicht sehen wollen, doch, ja, sie beging Ehebruch. Vereinigte sich in geschlechtlicher Lust mit einem heiligen Mann Gottes.«

»Einem Priester? Nein, das kann nicht sein, Magnus, du musst dich irren. Nie war ein Priester je zu Gast auf der Burg. Woher hätte sie ihn kennen mögen?«

»Du besitzt noch immer den Verstand jener Tage. Wach auf, Schwester, erinnere dich jenes Kirchenmannes, Leiter der Domschule, der sich erdreistet hat, unseren Zusammenkünften beizuwohnen.«

»Onkel ...«

»Ja, sprich es nur aus. Onkel Bernhard.«

»Er war ihr Bruder!«

»Nein, Elysa.« Magnus' Gesicht verfinsterte sich. »Wir alle haben es geglaubt, weil Mutter ihn als solchen vorstellte. Jener Mann, den du Onkel nennst, verpflichtete sich der heiligen Mutter Kirche, nachdem seine Geliebte einem anderen Mann versprochen worden war.«

»Vater ...«

»Vater?« Magnus lachte gehässig, goss sich Wein ein und stürzte ihn hinunter. »Bernhard hat dich nicht aufgeklärt, nicht wahr? Nein. Ich sehe dich erstaunt. Nun, die verbrecherische Leidenschaft war längst nicht erloschen, und als angeblicher Bruder war er häufig hier zu Gast. Da gab sich ein ums andere Mal die Gelegenheit, die Glut der Begierde zum Brand zu entfachen.«

Elysa starrte ihn an. »Das glaube ich nicht«, flüsterte sie.

»Glaube es«, erwiderte Magnus und griff nach dem Käse. »Greif zu, Schwester! Oder soll ich Bastard sagen?« Seine Augen funkelten.

Elysa erstarrte. In diesem Augenblick schoss die Erkenntnis heiß in ihre Wangen. »Du hast mich nicht kommen lassen, weil du eine Statthalterin für die Burg benötigst«, sagte sie leise.

»Man erzählte mir, du wärest unterdessen zu einem klugen Weibe gereift. Doch wie gering ist die Klugheit der Frau gegen die List des Mannes.« Magnus biss in den Käse, ohne den Blick von ihr zu wenden.

»Dann lass mich wissen, warum du mich geholt hast.«

»Zum einen, um mich deines Vermögens zu bemächtigen, das du bedauerlicherweise nicht mit dir führst.« Er griff nach dem Krug, setzte ihn an seinen Mund und leerte ihn in einem Zug. Dann wischte er mit dem Ärmel über den Mund und lachte herausfordernd. »Zum anderen aber, um das zu vollenden, was ich einst begann.«

Elysa sprang auf. »Du warst es – du hast die Achse des Wagens brüchig gemacht.«

»Ach, es war eines von vielen Dingen, die ich unternahm, um die Schande zu sühnen, die sie meinem Vater zufügte. Diese Tat jedoch führte zum Erfolg.« Er beugte sich in unverhohlener Wut vor. »Sie hat Vater hintergangen, ihn zum Narren gehalten, lächerlich gemacht vor Gott und dem Gesinde. Doch ich habe die Briefe gelesen, die Bernhard ihr in aller Heimlichkeit zusteckte. Dummes Weibsstück, das uns das Lesen lehrte, doch die Spuren der Schande nicht sogleich verbrannte. So las ich Gefasel von Liebe und dem Sehnen nach jenem Tag, an dem sie ihm nach Mainz folgen sollte, mitsamt dem Kinde, das er einst mit ihr zeugte.«

Elysa schluchzte in bitterem Erkennen auf. Also war es Bernhard gewesen, zu dem Mutter mit ihr fahren wollte, als man sie vom Wagen riss. Und es war Bernhard, der nach ihrem Tod Elysa mit nach Mainz nahm, um sie der Hölle zu entreißen und zu einer eigenständigen Frau zu erziehen. Umsorgt von einer Frau, die sie für ihre Großmutter hielt.

Ihr Onkel – nein, ihr Vater. Elysa schlug die Hände vor das Gesicht und begann zu weinen, beweinte die Mutter, die den ihr zugedachten Ehemann nie liebte, beweinte den Mann, der ihr Vater war und sich seiner Tochter nie offenbaren konnte. Dessen Großmut sie in Gedenken hielt und dessen Vermächtnis sie in Truhen mit sich geführt hatte, bis nach Eibingen.

Sie war so in ihren Schmerz vertieft, dass sie Radulf von Braunshorn erst bemerkte, als er ihr die Hände vom Gesicht riss.

18

Der Mond beleuchtete hell den Weg über die Felder. Clemens von Hagen lief, so schnell ihn seine Beine trugen, spürte weder Schmerz noch Blut. Angst trieb ihn vorwärts und die Gewissheit, dass Elysa sich in allergrößter Gefahr befand. Mehr als einmal stolperte er über Grassoden und Steine, doch er hielt nicht inne, bis er die Burg erreichte.

Die Zugbrücke war hochgezogen, und die Mauern auf dem Fels wirkten uneinnehmbar.

Wie sollte er die Burg bezwingen? Er besaß weder Tauwerk noch Waffen. Wie sollte er Elysa erretten – mit bloßen Händen?

Magnus war nicht alleine, auch Radulf von Braunshorn war in der Burg, das war gewiss. Clemens erinnerte sich an die Pferde, die Elysa und er im Verschlag vorgefunden hatten, als sie ihre hinzuführten, es waren zwei an der Zahl gewesen. Ein Pferd war ein teures Gut, ein Ritter von Magnus' Stand besaß meist nur eines, das zweite aber musste dem Exorzisten gehören.

Clemens hielt inne und betrachtete das Gemäuer. Es war aus Feldsteinen gebaut, dessen Steine in unregelmäßigen Abständen Halt zu geben vermochten. Wenn er durch den trüben Morast des Halsgrabens kam, konnte er mit Gottes Hilfe die Mauer hinaufklettern. Die Burg hatte keine Wächter, nur zwei Mägde, die um diese Zeit gewiss schon schliefen, niemand würde ihn an seinem Vorhaben hindern, auch nicht Magnus und Radulf.

Während er einen langen Stock in den steilen Graben hielt, unterdrückte er den Widerwillen, der ihm angesichts des stinkenden Sumpfes überkam.

Mit Bedacht prüfte er die Tiefe des trüben Wassers. Es stand nicht hoch, doch sobald er den Stock in den Boden drückte, wollte ihn der modrige Untergrund verschlingen.

Hastig zog Clemens den Stock zurück und sah sich um. Die Holzbrücke, die weit vor den Burgmauern endete, war morsch. Ihr Bretter zu entreißen, um sie als tragenden Untergrund zu verwenden, hätte zu viel Lärm verursacht. Die Nacht übertrug jedes Geräusch.

Auch bemerkte er nun im Licht des Mondes, dass der Graben auf der anderen Seite steil hinaufführte – zu steil und zu glatt, um die Burgmauern zu erreichen.

Clemens seufzte. »Alles ist möglich dem, der da glaubt«, flüsterte er. Doch so sehr er auch suchte, die Burg schien uneinnehmbar zu sein.

In diesem Moment vernahm er hinter den Mauern einen Schrei, der ihm bis ins Mark drang. So erschrak er zutiefst, als neben ihm die Gestalt der Bäuerin auftauchte, die er ohne ein Wort der Erklärung hatte stehen lassen.

19

Elysa schrie gellend, stieß den Stuhl beiseite und wich bis an die Mauer zurück. Ihre Hände schmerzten, als hätte der Exorzist seine Finger mit spitzen Krallen in ihr Fleisch gebohrt.

»Was führt Euch hierher?«, rief sie keuchend.

»Das sollte ich dich fragen. Ich glaubte, du wärest verbrannt. Doch wie ich sehe, wurdest du errettet.« Radulf klang erstaunt, doch noch im Hochgefühl seines vermeintlichen Sieges.

»Nicht nur ich wurde errettet«, erwiderte Elysa. »Auch die Botschaft der seligen Hildegard. Euer schändlicher Plan ist aufgedeckt.« Sie hätte schweigen sollen, doch diese Erkenntnis kam wieder einmal zu spät.

Radulf erblasste. »Von welchem Plan sprichst du?«, fragte er ahnungsvoll.

»Von Eurem Plan, der nicht christlichem Verlangen, sondern dem nach materiellen Würden entspringt, da Ihr trotz des hohen Amtes, welches Ihr anstrebt, die Herrschaft dem *regnum*, nicht dem *sacerdotium* zugesteht.«

»Das stand in der Vision geschrieben? Wer weiß noch davon?« Seine Stimme bekam einen unheilvollen Unterton. Doch Elysa sah auch das kurze Flackern in seinen Augen, und in jenem Moment begriff sie, dass er noch immer Hoffnung auf die Erfüllung seines Planes hegte – und dass sie sich diese Hoffnung zunutze machen konnte.

»Das werde ich Euch unter keinen Umständen verraten. Es sei denn, Ihr gebt mir freies Geleit.«

Radulf lachte höhnisch.

Nun sprang auch Magnus hinzu, zitternd vor Zorn. In seinen Augen erkannte Elysa jene Unbeherrschtheit, die auch dem Mann anhing, den sie bis heute für ihren Vater gehalten hatte. »Du redest, als wärest du wissend, und lässt unser Unternehmen in trübem Licht erscheinen. Du wähnst den Papst als heilig, weil er an der Spitze der Christenheit steht, doch kennst du sein wahres Gesicht? Ein Eidbrecher ist er, ein schamloser Lügner. Was weißt du schon von Recht und Unrecht?« Ihr Bruder stand nun ganz nahe, schüttelte seine Faust vor ihrem Gesicht.

»Lass von ihr ab«, wies ihn Radulf scharf zurecht. »Ich will hören, was sie zu sagen hat.«

Unwillig trat Magnus einen Schritt zurück. Elysa presste die Lippen fest aufeinander.

»So willst du erneut schweigen?«, fragte Radulf amüsiert. »Du glaubst, ich würde dich gehen lassen, damit du mir dein Wissen enthüllst? Erinnere dich an die Priorin, die sich sicher wähnte mit dem Hinweis auf das Fragment. Nur wenig später lag sie zerschmettert auf dem Steinboden der Kirche.« Er kam näher, hauchte seinen bitteren Atem in ihr Gesicht. »Bedenke, Elysa, es gibt Wege, deine Zunge zu lösen, die weit grausamer sind als der Tod.« Dabei strich er über ihr Gesicht, das augenblicklich zu brennen schien. Den Hals entlang, in den Ausschnitt des geschnürten Kleides weiter zu ihren Brüsten. Er grinste mit gebleckten Zähnen, weidete sich an ihrem Entsetzen. Dann ließ er plötzlich von ihr ab. »Nein, meine Teuerste, das habe ich nicht gemeint, gleichwohl ich es mir für später gut vorzustellen vermag. Ich dachte an etwas, das ungleich heißer lodert als die Glut meiner Lenden.« Er nickte Magnus zu, der augenblicklich zum Tisch ging und voll grausamer Vorfreude eine der Kerzen nahm.

In jenem Moment kurzer Unaufmerksamkeit aber riss Elysa den Dolch aus ihrem Gewand und stach ihn Radulf tief in die Brust.

Einen Atemzug lang schien die Welt voller Staunen innezuhalten. Radulfs Blick weitete sich, ungläubig, als wähnte er sich jenen Wesen zugehörig, die unverletzbar waren. Dann griff er nach dem Schaft des Dolches, der die Wunde vollends verschlossen hatte, und als er ihn zog, brach das Blut mit einem Schwall hervor.

Noch während er taumelte, stürzte Elysa an Magnus vorbei zur Treppe und hastete hinunter.

Magnus stürmte hinterher, mehrere Stufen auf einmal nehmend. Der Burghof war leer. Hastig lief er zum Nebenhaus, riss die verdutzten Mägde aus dem Schlaf und stolperte zum Verschlag, scheuchte empört gackernde Hühner auf. Brüllend sah er sich um.

All das sah Elysa aus den schmalen Scharten des Verteidigungsturmes, als sich eine Hand auf ihren Mund legte. Noch während sie zusammenschrak, erkannte sie die vertraute Stimme von Clemens.

»Ruhig, Elysa, ich bin es.«

Sie nickte heftig atmend. Er senkte die Hand.

»Wie bist du hier hereingekommen?«, fragte sie wispernd.

»Die Bäuerin hat mir einen Gang gezeigt, der tief unter der Erde hindurch in den Turm führt.«

Durch die Scharten sahen sie Magnus, der ins Herrenhaus geeilt war und nun mit gezückter Axt wieder auf dem Burghof erschien. Mit verzerrtem Gesicht blickte er zu ihnen herüber, als könne er sie in der Dunkelheit des Turmes ausmachen.

»He, Wechselbalg«, rief er grollend. »Du wirst mir nicht entkommen.« Elysa bemerkte ein leichtes Torkeln in seinem Gang. Sie hoffte, dass der hastig getrunkene Wein ihm die Schlagkraft nahm, doch in diesem Moment schien er nur umso rasender.

Clemens bedeutete ihr, zur oberen Plattform des Turmes zu steigen und die Leiter von dort wegzustoßen. Dann sei sie in Sicherheit.

»Und du?«, flüsterte Elysa.

Clemens lächelte. »*Per Dominum moriemur*«, antwortete er. »Rasch, beeil dich.«

Mit bangem Herzen kletterte sie die Leiter hinauf, blindlings ergriff sie in der Finsternis die Streben, während sie Magnus bereits im Eingang des Turmes poltern hörte.

Von dort erklang nun ein Ausruf des Erstaunens. »Clemens von Hagen, ich dachte, Ihr seid fort?« Dann erklang ein grölendes Lachen. »Wollt Ihr es mit bloßen Händen mit mir aufnehmen?«

Während Elysa die Zinnen erreichte, hörte sie ein furchtbares Krachen, doch folgte kein Schrei. Voller Furcht sah sie in die Schwärze. Was mochte Clemens gegen ihren zornigen Bruder ausrichten können, der kampferprobt und mit geschärfter Waffe um sich schlug? Beide waren groß und kräftig gebaut, doch Magnus war dem Kanonikus an Muskelkraft weit überlegen.

Wieder scholl ein Krachen zu ihr hinauf, dann ein Fluchen.

»Herr, Jesus, steh uns bei«, flüsterte Elysa. Sie stemmte sich gegen die Leiter, versuchte, sie von sich zu stoßen, wie Clemens sie geheißen hatte, doch sie ließ sich nicht lösen, so heftig sie auch rüttelte. Erschöpft sank sie auf die Knie. Was sollte sie auf dem Turm verharren – sie konnte Magnus nicht entkommen. Es wäre ohnehin sinnlos, wenn jener Mann nicht errettet wurde, dessen Nähe sie in Unruhe versetzte.

Von unten drang Kampfeslärm, offenbar hatte Magnus die Axt im Dunkeln verloren, denn nun erklang das Schlagen von Fäusten und das Stöhnen der Kämpfer, gefolgt von bedrohlicher Stille.

Wenig später kam jemand die Leiter hinaufgeklettert und ließ sie bei jedem Schritt erzittern.

»Clemens?«, schrie Elysa. Die Furcht kroch ihr bis ins Mark.

Mit aller Kraft versuchte sie, die Leiter zu bewegen, doch sie klemmte fest. Hastig rüttelte sie an dem Ende, das mit dem Ausstieg verwachsen zu sein schien, während das immer stärkere Schwingen der Streben von der Ankunft jenes Mannes kündete, den sie seit ihrer Kindheit fürchtete.

Fieberhaft suchte Elysa im fahlen Licht des Mondes nach einem Stein oder einem Stück Eisen, einem Stock, nach irgendetwas, das sie ihrem Bruder ins Gesicht rammen konnte, bevor er die Plattform erklomm. Doch sie fand nichts.

Schon erschien der Kopf ihres Bruders im Ausstieg, mit vor Wut verzerrtem Blick und blutiger Stirn. Sofort sprang Elysa hinzu, versuchte, nach ihm zu treten, doch er griff lachend nach ihrem Fuß und riss sie zu Boden, als er die Plattform erreichte.

Elysas Schrei wandelte sich in ein heftiges Stöhnen, während sie mit den Fäusten auf ihn einschlug, sich gegen den Griff wehrend, der sie nun eisern umklammerte und jegliche Bewegung unterband.

»Sieh genau hin«, sagte Magnus keuchend und drückte sie gegen die hüfthohen Zinnen. Unter ihr lag der Graben. Das brackige Wasser glänzte im Schein des Mondes, der faule Gestank drang bis zu ihr hinauf. »Das dort unten ist die Hölle, Elysa, und sie wird dich verschlingen.«

Im selben Atemzug erklang ein ohrenbetäubendes Knarzen. Mit ruckartigen Bewegungen löste sich die Zugbrücke hinab.

Magnus erstarrte. Er ließ von Elysa ab und beugte sich vor, um zu sehen, wer die Brücke in Gang gesetzt hatte. »Welcher Tölpel …«

Weiter kam er nicht. Er hatte Clemens nicht erwartet, der einem Schatten gleich aus dem Ausstieg kam und sich mit ganzer Kraft gegen ihn warf. Magnus fing sich, taumelte zur anderen Seite und griff nach Clemens' Mantel. Doch er konnte das Gleichgewicht nicht halten.

In jenem Moment, als Magnus rücklings und mit aufgerissenen Augen über die Zinnen des Turmes in den Burggraben stürzte, spürte Elysa all den Hass, der aus ihrem Innersten emporkroch.

Magnus fiel mit einem gewaltigen Platschen, das übelriechende Wasser spritzte hoch, doch nicht so hoch wie jenes, das Elysa dereinst in ihrem Gesicht gespürt hatte. Mehrmals noch reckten sich seine Hände gen Himmel, suchten verzweifelten Halt im schlammigen Morast, bis der Untergrund ihn ergriff und ihn erbarmungslos verschlang.

Elysa weinte, Tränen der Erleichterung rannen über ihre Wangen. Sie spürte Clemens' wärmende Hände an ihrem Rücken und sah hinaus in die Nacht, zu den Feldern und Wäldern des Besitzes derer von Bergheim.

Unterdessen schlug die Zugbrücke auf und entließ einen Reiter, der mit weiter *cappa* und auf die Brust gepresster Hand den Weg durch die Felder zur Dunkelheit des Waldes ritt.

»Radulf wird nicht weit kommen«, flüsterte Clemens, gleichwohl er seine Enttäuschung nicht verbergen konnte.

»Zweifellos, Hildegards Vision wird ihn ereilen.« Elysa drehte sich zu ihm um. »Sobald der Morgen erwacht, brechen wir auf.«

»Du willst zurück nach Eibingen?«

»Ja, doch nicht für immer.« Sie lächelte, und in diesem Moment, als sie die Hoffnung in seinen Augen sah, durchströmte sie eine nie gekannte Zuversicht.

Epilog

September im Jahr des Herrn 1189

Als so das Gericht beendet war, hörten Blitzen, Donnern, Winde und Unwetter auf, und was an den Elementen vergänglich war, verschwand plötzlich. Und es entstanden solche Freude und so laute Lobgesänge im Himmel, dass es kein menschlicher Begriff mehr auszudrücken vermag.

Die Elemente jedoch erstrahlten in größter Heiterkeit, als wenn ihnen eine schwarze Haut abgezogen worden wäre.

Elysa erwachte von den Strahlen der Sonne, die durch die Fensteröffnung glitten. Als sie erkannte, wo sie sich befand, sprang sie sogleich auf, erfüllt von Erwartung und Freude.

Sie sah aus dem Fenster, erblickte eifrig umhereilende Nonnen, das Fest vorzubereiten, das sie hier, auf dem Rupertsberg, jedes Jahr zur selben Zeit im Gedenken an Hildegard von Bingen begingen. Morgen würden von überall her Gläubige aller Stände strömen, ob Handwerker, Bauersleute, Adelige, Priester oder einfache Mägde, sie alle kamen herbei, die Heilige zu feiern.

Heute aber würde Elysa Margarete wiedersehen, die inzwischen Novizinnenmeisterin von Eibingen war, und auch Ida, deren ehrenvoller Ruf als geschätzte Priorin bis nach Mainz gedrungen war.

Das letzte Mal hatte Elysa die Nonnen bei der Weihe des neuen Hildegardisaltars gesehen, bei dem die Äbtissin vom Rupertsberg neue Reliquien überbracht hatte, die in einem goldbeschlagenen Schrein aus Eichenholz lagen.

Auch Elysa hatte ein Geschenk dabeigehabt: die Ländereien derer von Bergheim, denen sie sich nun, da sie nach Mainz zurückgekehrt war, nicht länger verpflichtet fühlte.

Die Ereignisse des vergangenen Novembers schienen mit einem Male wieder nahe zu sein. Bilder jener Zeit, als die Elemente sich erhoben hatten, drangen herauf und ließen Elysa trotz der lauen Wärme des aufsteigenden Tages frösteln. Noch einmal dachte sie an das Pergament, das der Mönch Adalbert mit seinem Leben verteidigt hatte, und an all die Gefahren, die dessen Entschlüsselung mit sich gebracht hatten.

In Mainz hatte die Enthüllung mittlerweile für gewaltige Unruhen gesorgt. Wie Clemens von Hagen vermutet hatte, zerfleischten sich die Prälaten in gegenseitigen Schuldzuweisungen, bis ein Mord geschah und der Erzbischof mehreren Mitgliedern des Domkapitels eine Beteiligung am Kreuzzug nahelegte, um im Zug ins Heilige Land einen Ablass der Sünden zu erwirken.

Ob die Botschaft am kaiserlichen Hofe für Erregung gesorgt hatte, war nicht zu vernehmen. Gleichwohl waren im Frühjahr eiligst Friedensverhandlungen zwischen der Kurie und dem Kaiserhof anberaumt worden, die unter der ausgleichenden Mitwirkung des römischen Adels abgeschlossen wurden.

Auch von Radulf von Braunshorn war zu hören, der in Rom zu neuen Ehren zu gelangen suchte, jedoch bei einem Übergriff durch gegen ihn aufgebrachte Stadtfürsten getötet und verbrannt wurde. Es hieß, seine Asche sei in den Tiber gestreut worden, mit jenem Gedicht, das einst dem Führer einer papstfeindlichen Volksbewegung galt:

Untergehet doch stets,
wer immer den Glauben gefährdet,
den dir, seliger Petrus,
Christus der Fels übertragen.

Doch das mochte auch ein Ausbund jener schauerlicher Geschichten sein, die in diesen Tagen kursierten, um von Berichten über die beschwerliche Reise des Kreuzheers abzulenken, die von hinterhältigen Überfällen aus dem nördlichen Makedonien zu erzählen wussten.

Am 11. Mai war Kaiser Friedrich Barbarossa von Regensburg aus mit Pilgertasche und Stab und einem gewaltigen Ritterheer in Richtung Byzanz aufgebrochen. Von Hunderttausenden war zu hören, die sich aufmachten, Jerusalem zu befreien. Ritter mit dem Pilgerkreuz auf bombierten Helmen gemalt, mit Wappen und Waffenglanz. Doch schon kamen erste Meldungen, die von nur dreitausend Rittern berichteten und weiteren zehntausend Knappen und Gesinde, nur mit Messer und dem festen Glauben als Waffen und dem Stoffkreuz auf der Brust. Weit weniger als erwartet.

Von all diesen Dingen war im Kloster Rupertsberg nichts zu spüren. Eine fromme Heiterkeit hatte sich über den Konvent gelegt. Der sanfte Wind trug jubilierende Gesänge vom Nonnenchor herüber, wo die Schwestern das *Nunc gaudeant* für den morgigen Tag einübten.

Elysa schlüpfte rasch in ihre Tunika von schimmerndem Weiß mit hochgeschnürter Taille, die ein bestickter Gürtel zierte. Den blaugesäumten Umhang verschloss sie mit einer runden Fibel, dann verließ sie das Gebäude auf der Suche nach Clemens von Hagen, mit dem sie am Vortag von Mainz aus angereist war.

Sie fand ihn im Gespräch mit der Äbtissin, die Elysa sogleich herbeiwinkte.

»Schwester Johanna sucht dich, rasch, du findest sie in der Bibliothek.«

Elysa wandte sich um, nicht, ohne Clemens mit gekreuzten Fingern zuzulächeln, ihr Zeichen der Liebe und Verbundenheit, das sie sich seit jenem Tag, an dem sie nach Mainz aufbrachen, zugedacht hatten.

Auf dem Weg zur Bibliothek gedachte sie all der Wärme und Zuneigung, die sie miteinander verband, und auch wenn sie sich nicht offen zueinander bekennen durften, so spürte sie, dass die selige Prophetin vor dieser reinen Liebe ihre strengen Augen verschloss.

Als Elysa die Bibliothek betrat, sah sie Schwester Johanna, die sie am Tag ihrer Ankunft auf das Freundlichste begrüßt hatte. Die Nonne saß an einem Pult inmitten eines Raumes, dessen Bücherschränke die kostbarsten Folianten enthielten. Sie sah auf und lächelte.

»Ich habe dich erwartet«, sagte sie.

Das helle Licht der Sonne fiel durch die hohen Fenster, brach sich zu Tausenden von Sternen im kostbaren Glas. Johanna stand auf und ging zu einem der offenen Schränke. Im funkelnden Licht erkannte Elysa, dass die Nonne an einer uneinsehbaren Stelle im Schrank einen Mechanismus betätigte. Als griffe sie in die rückwärtige Mauer, entnahm Johanna nun eine versiegelte Pergamentrolle, doch als Elysa blinzelnd versuchte, ein geheimes Fach auszumachen, stand der Schrank unverändert da, als hätte die Reflexion des Lichtes ihr einen Streich gespielt.

Mit leuchtendem Antlitz trat Johanna an sie heran. »Dieses Pergament hier ist dir zugedacht.«

»Mir?« Behutsam nahm Elysa die Rolle entgegen und spürte im gleichen Atemzug die Kraft, die aus den verborgenen Worten entsprang. Erschrocken und ergriffen zugleich rang sie nach Atem. »Was ist das?«

»Eine Botschaft der seligen Hildegard. Sie hat dein Kommen erwartet.«

Elysa lächelte. Ehrfürchtig strich sie über das feine Pergamentpapier, aus ebenso kostbarer und fein geschliffener Haut wie jenes, das ehedem der Mönch in den Händen gehalten hatte. In diesem Augenblick, als das Glitzern der Sonne sich auf ihre Seele übertrug, wusste sie, dass es genau jene Kraft war, die auch Adalbert durchdrungen hatte, als er vor einem Jahr zum Hildegardisfest seine Mission erhielt.

Im selben Atemzug vermeinte Elysa ein Flüstern zu hören, das Rauschen des Windes, das sanfte Wort einer glockenhellen Stimme, die, einer Vision gleich, erklang. Einer Vision, die weit über die Lande hallte, um vor Macht und Herrschaft in Unrecht und Tyrannei zu warnen und den Menschen von wahrer Belohnung zu künden, wenn sie beharrlich im Guten sind.

Anhang

Die Handlung dieses Romanes ist eine Erfindung, eingebettet in die Geschichte jener Zeit.

In meinem Bemühen, den Roman eng den historischen Tatsachen anzupassen, bediente ich mich des unermesslichen Wissensschatzes der Hamburger Staats- und Universitätsbibliothek, aus der ich an die zweihundert Bücher entlieh, ergänzt durch zahlreiche Kopien, die ich von den Werken des Präsenzbestandes der geschichtlichen Fakultät machen durfte.

Die Geschichte des Buches basiert auf offenen Fragen der Hildegardforschung, denen ich bei der Recherche zur Biografie *Hildegard von Bingen – Ein Leben im Licht*, erschienen als Aufbau Taschenbuch, begegnet bin. So existierte die *Lingua Ignota*, Hildegards erschaffene Sprache, tatsächlich, ebenso die *Litterae Ignotae*, deren Verwendung noch heute Rätsel aufgibt.

In der Tat sind von der Unbekannten Sprache nur die erwähnten Substantive überliefert, obwohl in Briefen verwendete Adjektive auf eine Weiterentwicklung unter Eingeweihten hinweisen.

Ich habe mich bei den Textstellen der *Lingua Ignota* zumeist an das existierende Wörterbuch der Unbekannten Sprache gehalten. Soweit es jedoch für die Handlung notwendig war, habe ich neue, ähnlich klingende Wörter erfunden.

Kenner der Hildegard-Forschung werden zahlreiche historische Details aus dem Leben der Prophetin wiedererkennen, die ich, dem neuesten Stand entsprechend, in den Roman mit einfließen ließ.

Ebenso viele wunderbare poetische Sätze der Visionärin, die auch heute noch nachklingen. Einige davon habe ich in diesem Buch zitiert oder sie, mitunter der Handlung entsprechend abgewandelt, meinen Protagonistinnen in den Mund gelegt, um auch meine Leser daran teilhaben zu lassen.

Bei meinen Recherchen zur Biografie erfuhr ich von äußerst interessanten Aspekten in der Persönlichkeit des Kaisers Friedrich Barbarossa, die erst seit wenigen Jahren in der Wissenschaft gebührende Aufmerksamkeit finden.

Wurde er in der Geschichtsschreibung des 19. Jahrhunderts noch enthusiastisch als Heldengestalt gefeiert, als Symbol nationaler Einheit und Größe, so korrigierte sich das Bild zunehmend, nachdem die schriftlichen Überlieferungen über Person und Politik, die zumeist von Autoren des Hofes verfasst worden waren, kritischer Überprüfung nicht immer standhielten.

So ist jener im Roman beschriebene Versuch Barbarossas, dem Christentum unbemerkt einen befehlsempfangenden Papst voranzustellen, nur logische Konsequenz und – zumindest in dessen strategischen Überlegungen – nicht gänzlich auszuschließen.

Ebendies gilt für Erzbischof Konrad von Mainz, der als Befürworter des *Sacerdotiums* bekannt war und dennoch den Kaiser bei seinen machtpolitischen Plänen unterstützte.

Für manche Motive dieses Romans gibt es nur bruchstückhafte Details, daher mussten sie den Gegebenheiten jener Zeit entsprechend neu erstellt werden.

Vom ursprünglichen Kloster Eibingen existieren keinerlei Aufzeichnungen. Lediglich ein Kapitell, das man bei Rüdesheim fand, gibt Auskunft über die Bauart, und so entstand aufgrund dieses Zeitzeugnisses und der Tatsache, dass das Gebäude aus den Überresten eines ehemaligen Augustinerchorherrenstifts errichtet wurde, eine fiktive Klosteranlage.

Auch waren Vorsteherinnen in Eibingen zwar de facto Priorinnen, wurden aber als Meisterinnen betitelt. Ich habe mich jedoch dazu entschlossen, die Bezeichnung Priorin zu verwenden, um keine Verwirrung zu stiften, da Hildegard auch als Äbtissin immer noch *Meisterin* genannt worden war.

Burg Bergheim hingegen ist eine reine Erfindung, auch wenn die Gegend existiert, in die ich sie gestellt habe.

Dank

Dieses Buch hat eine ungewöhnliche Vorgeschichte und wäre niemals zustande gekommen, wenn mich nicht Reinhard Rohn vom Aufbau Verlag mit dem Schreiben einer Biografie zu Hildegard von Bingen beauftragt hätte. Während der umfangreichen Recherchen entstand die Idee zu diesem historischen Roman, der ungeklärten Fragen der Hildegard-Forschung nachgeht.

Der Balanceakt zwischen fortlaufender Recherche und intensiver schriftstellerischer Arbeit wäre nicht möglich gewesen ohne die Unterstützung meiner Familie, der ein besonderer Dank gebührt.

Allen voran meinem Mann Mirko, Erstleser und der beste Korrektor, den man sich nur wünschen kann, und meinen Kindern, die in dieser Zeit viel Verständnis zeigten, wenn mich ein spontaner Gedanke überkam und ich mich augenblicklich hinter meinem Laptop zurückziehen musste.

Ebenfalls danken möchte ich meiner Mutter Ingrid Zimmermann, die es sich nicht nehmen ließ, den allwöchentlichen Weg von Travemünde auf sich zu nehmen, um mich bei der Kinderbetreuung zu unterstützen.

Dank gebührt auch folgenden Familienmitgliedern, Freunden und Unterstützern, die mir ihre großzügige Hilfe gewährt haben sowie mit spontanen Einfällen weiterhalfen:

Pastor Ralf T. Brinkmann, einem großherzigen und weltoffenen Theologen,

Katrin Elster und Jens Hoffmann, zwei genialen Kreativdenkern mit fortschrittlichen Ideen (www.hoffmannconsulting.de),

Manon Obenhaupt und Sigrid Koschyk, die immer für einen da sind,

und dem kreativen Team von Communicators, das mit viel Knowhow Marketingideen umsetzt (www.communicators.ag).

Reiseroute des Kanonikus

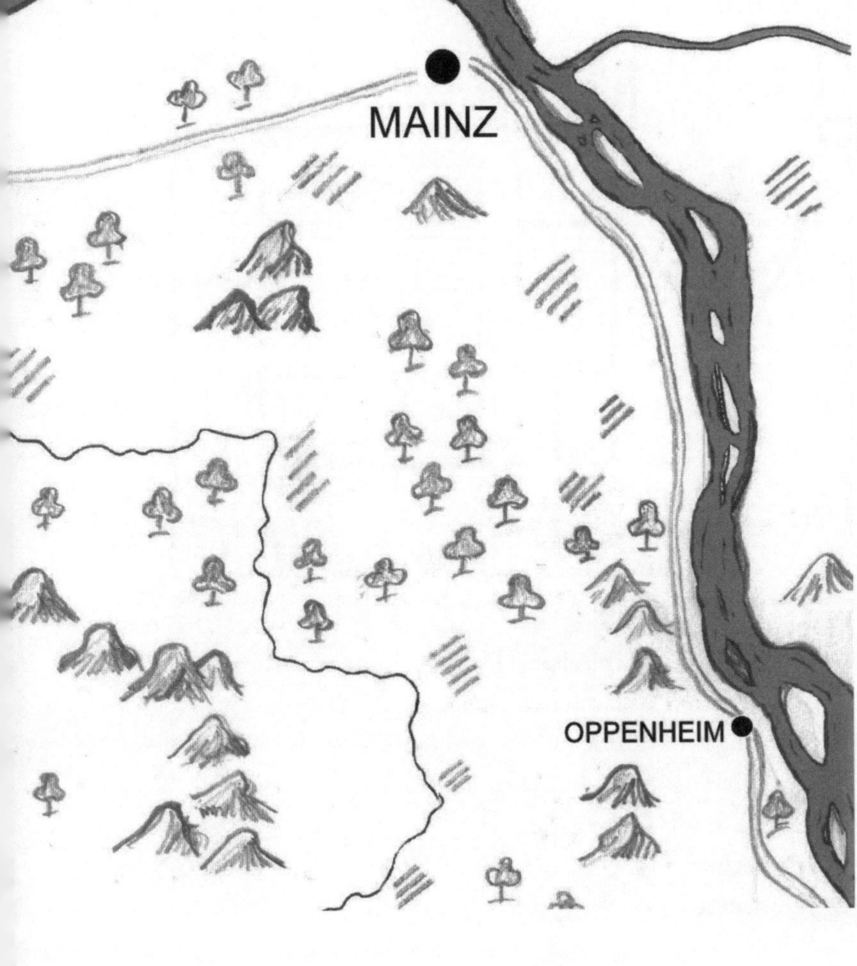
MAINZ
OPPENHEIM

Klosterplan

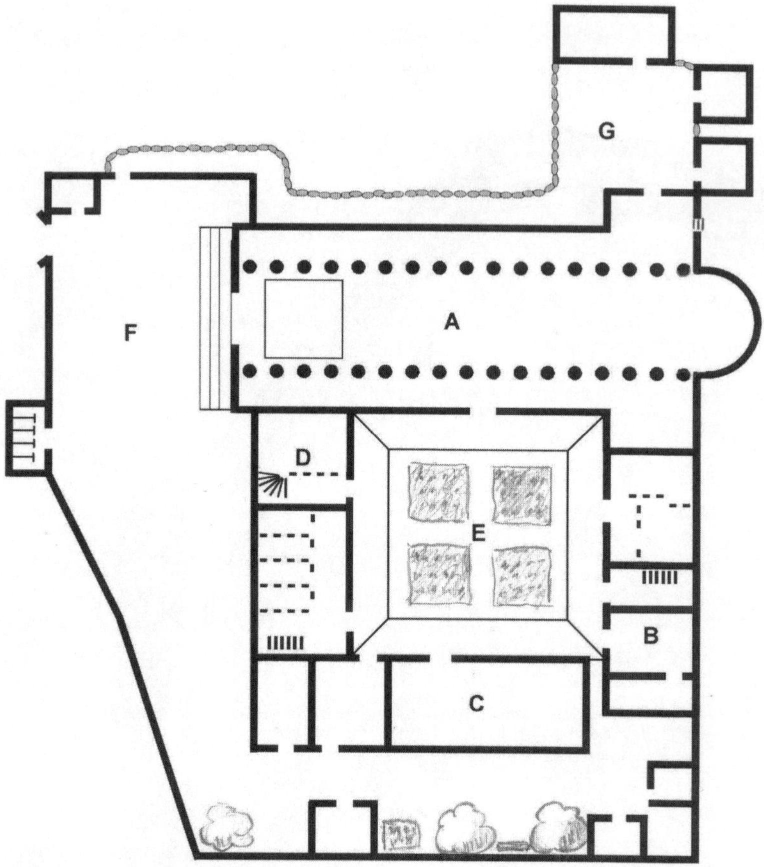

A Kirche

B Ostflügel mit Kapitelsaal, Dormitorium und Krankenstube

C Südflügel mit Lagerraum, Küche und Refektorium

D Westflügel mit Skriptorium und den Zellen für Novizinnen, Konversinnen und weibliche Gäste

E Kreuzhof mit Kreuzgarten

F Klosterhof

G Nordtrakt

Bettina Darré
Die Wächterin
Das Geheimnis der Hildegard von Bingen
Roman
354 Seiten
ISBN 978-3-7466-2547-8

Das geheime Vermächtnis

Bingen im September 1179. Hildegard von Bingen, die charismatische Klostergründerin, liegt im Sterben und diktiert der Novizin Margarete ihre letzte große Vision. Von Engeln und Edelsteinen ist die Rede. Kaum ist die große Mystikerin begraben, schließen ihre sieben engsten Anhängerinnen einen Pakt. Sie wollen das geheime Wissen der Äbtissin bewahren – ohne zu ahnen, in welche Gefahr sie sich begeben. Der Erzbischof von Mainz, dem das Wirken Hildegards immer schon ein Dorn im Auge war, will ihre Schriften konfiszieren, denn er glaubt, sie habe den Stein der Weisen gefunden. Die Novizin Margarete muss fliehen, doch schon bald sind ihr die Häscher des Erzbischofs auf den Fersen und eröffnen eine regelrechte Hexenjagd auf sie.

Mehr Informationen erhalten Sie unter
www.aufbau-verlag.de oder in Ihrer Buchhandlung

aufbau taschenbuch